何处安放

冯俊科中篇小说精选

冯俊科—— 著

四川人民出版社

图书在版编目（CIP）数据

何处安放：冯俊科中篇小说精选 / 冯俊科著. — 成都：四川
人民出版社, 2022.8
ISBN 978-7-220-12526-3

Ⅰ.①何… Ⅱ.①冯… Ⅲ.①中篇小说—小说集—中国—当
代 Ⅳ.①I247.5

中国版本图书馆CIP数据核字（2022）第081302号

HECHUANFANG —— FENGJUNKE ZHONGPIANXIAOSHUO JINGXUAN

何处安放
—— 冯俊科中篇小说精选

冯俊科　著

出 版 人	黄立新
策划组稿	石　龙
责任编辑	张　丹
版式设计	戴雨虹
封面设计	郑坤洪
责任校对	舒晓利
责任印制	祝　健

出版发行	四川人民出版社（成都三色路238号）
网　　址	http://www.scpph.com
E-mail	scrmcbs@sina.com
新浪微博	@四川人民出版社
微信公众号	四川人民出版社
发行部业务电话	（028）86361653 86361656
防盗版举报电话	（028）86361653
印　　刷	成都远恒彩色印务有限公司
成品尺寸	145mm×210mm
印　　张	11.5
字　　数	250千
版　　次	2022年8月第1版
印　　次	2022年8月第1次印刷
书　　号	ISBN 978-7-220-12526-3
定　　价	58.00元

文学与哲学

——《何处安放》序

巴尔扎克说过，小说被认为是一个民族的秘史，米兰·昆德拉提出，小说是人类精神的最高综合；普鲁斯特认为，小说是寻找逝去时间的工具。威廉·特雷弗则说，如果把长篇小说比作一幅复杂精细的文艺复兴时期的画作，短篇小说就是一幅印象派绘画。

什么是小说？这常使人迷茫。

1974年，我开始学习文学创作，在报刊上发表文学作品。但怎么写小说？一直是我苦苦思考艰难摸索却至今没有清晰结论的人生难题。晚年的叔本华借用意大利诗人彼特拉克的话来安慰自己："谁要是走了一整天，傍晚走到了，那就该满足了。"从二十岁出头风华正茂，一直走到了人生暮年，却依然迷迷糊糊没有走到，想来岂不令人伤感？比如长篇小说。很多人认为，写一个人或一个家族几十年的生活和命运，反映一个时代、一个社会的生活。有人则认为，一个时代、一个社会的生活，哪能仅仅是一个人或一个家族的生活？它应该是一批人、一群人、一代人的生活，他们每一个人的身上，都非常生动地、活灵活现地反映着那个时代、那个社会的生活。比如福克纳，他的《喧哗与躁动》，用一种多角度的叙述方法，如同一首分别由"班吉部分""昆丁部分""杰生部分""迪尔西部分"四个乐章构成的交响乐。他在《我弥留之际》中，让十几个人分别讲他这方面的故事。还有他的《野棕榈》。先是《野棕榈》一章，接着是《老人河》一章，两章轮换着登场，一章《野棕榈》，一章《老人河》。《野棕榈》讲的是人世间的故事，《老人河》讲的则是自然界的故事。《野棕榈》讲的是悲剧，《老人河》讲的则是喜剧。有评论家说，这样的长篇小说表面上是两则故事，实际上是彼此对位、紧密联系在一起的有机整体。再比如，马里奥·巴尔加斯·略萨，他的《胡利娅姨妈和作家》，全书二十章，凡双数各章（第二十章除外），竟然都是各自独立的短篇小说，其故事情节，与单章组合成的长篇小说全无直接关系。

有评论家纷纷赞叹：这些绝对是世界性的、开创性的创作手法！

小说是文学的一种体裁。作家和文学理论家们总结出了多种文学的创作手法：严肃文学创作手法，大众文学创作手法，网络文学创作手法，乡土文学创作手法，城市文学创作手法，校园文学创作手法，宇宙文学创作手法，传统文学创作手法，市场化文学创作手法，新媒体文学创作手法，经验主义文学创作手法，结构主义文学创作手法，魔幻主义文学创作手法，象征主义文学创作手法，表现主义文学创作手法，未来主义文学创作手法，超现实主义文学创作手法，现实主义文学创作手法，现代主义文学创作手法，浪漫主义文学创作手法，结构现实主义文学创作手法，生态文学创作手法，非虚构的、无故事情节的、散文式的文学创作手法……文学创作的丰富多彩，为小说的创作展现出一片新天地，浩瀚辽阔，茫茫无际。文学这块沃土上，老树新枝蓬蓬勃勃。

这些真的让人有些晕乎。

二十世纪七十年代初，我在一家省报文艺副刊学习文学创作，老师是五十年代北京大学中文系毕业的，文学造诣很深。他曾说：

"关于文学创作方面的文章和文艺作品不可不看，因为不看你就不知道文学创作的基本知识，就无法借鉴别人的创作手法，无法欣赏别人的创作成果。但看多了，就容易束缚住自己的思维，容易用别人的思维方式来进行创作，那就不会创作出具有个人特色、具有生命力的作品。比如一个孩子，在刚刚学习说话的时候，你给他讲语法，那么这个孩子将来就不会说话。因为他一张嘴，就要先想到什么是主语、谓语、宾语。正确的做法是先让他说话，话说得很流利了，再学点语法，就会使话说得更严谨、更正确、更合乎逻辑。文学创作与此同理。文学来自生活，是作者对生活最真实、最深刻的感受，并通过人物故事，把这种感受传递给读者。生活比文学更精彩。"

这一席话让我铭记至今。

哲学是关于世界观的学问。用什么样的世界观来观察社会，观察人物，观察自然，是哲学解决的问题。文学反映社会，反映人物，反映自然，如果离开了哲学，没有正确的世界观，就有可能在反映中出现偏差。哲学是理性思维，是逻辑思维；文学是感性思维，是形象思维。感性思维是片面的，零碎的，表面的，如果不能上升到理性思维，它就不可能全面、系统、深刻反映社会、人物和自然的内在本质。形象思维如果没有逻辑思维做主导，就等于没有灵魂。

本书精选了我十多年来倾心创作的反映豫西北的溟梁村的中篇小说。六篇作品，六种无处安放的乡愁，包括耕地流失、土地污染、集体资产被瓦解、农民进城打工者的命运及其后代的繁衍、农村青年跳出农门的艰难以及历史上荒唐岁月难以置信的重现，构成了发人深省的村图乡愁。

一个普通的农村，六种无处安放的乡愁。我试图把文学与哲学结合起来，让这种思维的营养液，流淌在这村图乡愁里，让她在故土孕育出花朵，让这些花朵连片绽放，绽放得更艳丽，更长久，更耐人寻味。比如中篇小说《何处安放》，有些人借新农村建设、农村城市化为名，急功近利大搞无序发展，造成了农村大量耕地良田流失；《鸦雀无声》中，高科技成果被肆意乱用、滥用，土地水源被农药、化肥严重污染，带来的灾难性后果让农民有口说不出话来；《老戏台》中村里的个别所谓"能人"，把祖宗留下的财富盗入私囊，把几十年积累下来的集体资产、农民的血汗瓦解一空化为私有……这种结局深刻，惨痛，世人有目共睹。中篇小说《溟梁村手记》所反映的那个年代，是"与天斗其乐无穷，与地斗其乐无穷，与人斗其乐无穷"的年代，是"人有多大胆、地有多大产""人定胜天"的年代。因浮夸冒进，违背了自然规律，结果受到了惩罚。更为可怕的是他们的后代子孙们，依然在走着他们父辈的老路。实践证明：违背了自然规律，就会受到自然的惩罚，就必然会付出沉重的代价。所有这些，印证了一百多年前恩格斯在《自然辩证法》里的名言："我们不要过分陶醉于我们对自然界的胜利。对于每一次这样的胜利，自然界都对我们进行报复。"

这是何等深刻的提醒与何等严厉的警告！

然而，《何处安放》中的村图和乡愁告诉人们，哲学家从人类无数灾难性的后果中总结出来的论断，很多人并不知道，也有的知道了却并不以为然。三聚氰胺兑牛奶，剧毒农药1059种韭菜，化学药液喷洒瓜果蔬菜，辣椒兑苏丹红，硫磺熏馒头，敌敌畏兑白酒，烂棉花套做月饼，废纸板做包子馅，严重超标的各种食品添加剂……灾祸遍布，触目惊心。如果长此以往，我们这个民族将会继续付出灾难性、毁灭性的代价。这只是时间问题。

诺贝尔奖获得者马里奥·巴尔加斯·略萨说："文学不是一种纯粹的娱乐，它与生活有关，与各种社会问题有关，因此优秀文学必须帮助人们生活。"我们的作家，我们的文学作品，在这方面，应该有自己的义务、担当和责任。

当然，文学要讲故事，要讲人的生活、感情和命运，但不能离开时代。要通过故事和人的生活、感情和命运，呈现出一个时代。司马晃、木头爷、王武德、王狗头、司马同、老盛、司马槐、司马连种、老山、麦花、柳成发、艾董事长、司马柳树妈、老靳等，都是时代的产物，他们从不同的侧面勾勒出那个时代的画面。他们的命运就是时代的命运。这些过去的时代和人，包括一些灾难性的事件和教训，本应该给后人以警醒和启示。但可悲的是，它们都如同夜晚的流星从高空飞速划过，消失在遥远的天边，只是在看见的人们心里，或许会留下淡淡的记忆。时间一长，或许什么都没有了。它们常常被后来者忘记了。这对于一个民族来说，是极其危险的。因为，历史往往有着惊人的相似之处。诺贝尔文学奖获得者奥尔罕·帕慕克，一位睿智的文学大家，说出了一句充满哲理的名言："记录下消失的事物，比哭泣与伤心更重要。"

愿文学与哲学孕育的花朵绽放在乡村故土，愿无处安放的乡愁寻找到安放之处。

此为简序。

冯俊科

2022 年 1 月 15 日

| 目录 |

何处安放 *

农民对地产的热爱今昔一致，都达到了顶点，土地的占有欲在农民身上点燃了全部激情。

——[法] 托克维尔《旧制度与大革命》

一

春天的奇思特村分外地有韵味。各种颜色的花开了。红的绿的黄的白的紫的，一棵棵一簇簇一片片的，布满了奇思特村野。这个泰姆河岸边的古老村庄只有一条由鹅卵石混着沙土铺成的主路，路两边长着各种生机勃勃的花草树木。这条主路和这个村庄的历史一样悠久。村里散落着一座座用芦苇、麦秸或茅草覆盖房顶的农舍，墙壁上用彩石和红砖砌出精美的图案。它们大都建造于17世纪。还有一条从泰姆河分流出来的小河，河水洁净清澈，翻卷着细细的浪花穿村流过。河上的那座石桥，是14世纪的产物。

司马征去过欧洲很多乡村小镇考察游览，发现类似于奇思特

---

* 原载《当代》2013年第6期。《新华文摘》2014年第7期，《北京文学·中篇小说月报》2013年第12期，《小说月报·中篇小说专号》2014年第1期转载。《作家文摘报》2014年1月3日连载。

的村子很多。他和众多的游客一样，每当漫步在这些古老的村落中，欣赏着绮丽迷人的风光、呼吸着历史沧桑和现代浓郁清新的气息时，就一直在想：这些村子曾经历过英国轰轰烈烈的工业革命和羊吃人运动，它们是以何种方式度过了几百年的风雨岁月？

正在这时手机响了，一看又是爹司马晃打来的。这段时间，爹动不动就打电话来，每次电话里几乎就是一句话：赶紧回溟梁村，划块院地盖房。司马征在伦敦大学城乡规划专业硕博连读，毕业后恋爱结婚生子，又在伦敦开了个"溟医堂"中药铺，已经有11年没有回去过了。他想，爹妈大概是年纪大了，想儿心切吧？

没想到，这一次爹是真急了，在电话里大声呵斥道：你要是再不回来弄块地盖房，等我和恁（河南方言，当地人对你的称谓）妈死了，连埋的地方都没有了，让狼啃狗拖啊？

司马征关上电话想，爹说得也太邪乎了吧？据县志记载，溟梁村有着两千多年的历史，比奇思特村古老得多。司马征的印象里，溟梁村地处豫西北平原，一马平川。千把口人，四五千亩耕地。村里树木很多。古槐树、古榆树、古梨树、古枣树随处可见，有的大树树干粗得几个人都抱不住，人们根本弄不清它们的年龄。高大的树冠枝繁叶茂，遮下大片阴凉。家家户户都有树园，树园里低矮的灌木密密丛丛，野葡萄藤、牵牛花、拉拉秧等四处攀爬，遮盖着黄土。家户之间有着茂密的杂树草地相隔。村子周围被厚厚的一层树带环绕着，村与村之间相望，只见树林，不见房舍。村里也有一条主街，两边也盖着一些土墙草屋瓦舍。溟梁村的春天也是景色宜人，非常好看。红的桃花粉的杏花雪白的梨花等，绽放在各家院落和树园中间。牛羊猪鸡鸭鹅散养着，在草地上，在林子间，觅食卧歇，恣意游荡。还有几户人家住得离村子较远，鸡犬之声相闻，相互却看不见房舍。小时候，爹带他去地里干活，出了家门，半天才能走出乱蓬蓬密麻麻的林中小道，才能看到村外那一望无际的田野。田野上有一条河，河水碧清见底，潺潺流淌，常有野鸭水鸟嬉戏水中。河上有一座用青砖白灰建成的圆拱桥，那桥建于哪个年代，村里已没有人能说得清楚。记得那桥拱券的青砖缝里塞了很多铁片，铁片锈迹斑斑，被风雨岁月剥蚀得用手一抠就掉下一块。河的两边引出几条清沟，清沟里河水清澈，如血管般蜿蜒在菜地和麦田间。地面太宽阔了，一畦庄稼有两三步宽，几百步长。浇地时人们在清沟边豁开一个口子，放水流进去后，该干什么就去干什么，半天回来一看，一畦庄稼才浇灌了大半畦。割麦子时，由于麦畦太长，爹妈两个人分开从两头往中间对着割。等快要接上头时直起身来一看，才发现两个人并不在一个畦里，错开了好几畦。

田野间散落着许多坟墓。三五个一群，十多个一群，那大概是一个家族的。也有一些是黄河滩人的坟。以前黄河常发大水，黄河滩人怕大水把祖先们的棺椁冲走，祭拜祖先时找不着坟头，就在坡上买坟茔埋人。村子东边两里多远的上岗地，那一片的坟地最大，大大小小的坟头有数百个。一些墓前的石碑由于历史久远，岁月的风雨剥蚀，上面的字迹已看不清楚，也不见有后人上坟的痕迹。爹说这些人家不是绝了后，就是他们的子孙到外面闯荡没再归乡。村里几家大户人家的坟，被茂密的柏树遮盖着，杂草丛生，那是狐兔獾鼠等野物的乐园，它们繁衍生存其间，显得阴森可怕，平时很少有人敢进去。爹常说，当年老日本来村里抢粮，全村几百号人躲在野坟树林里，老日本硬是没有找到。有几个胆大的日本兵钻进去，迷在里面摸不出来，被村里人用三齿耙勪死，埋在了乱坟里。

就这个千把口人的村子，四五千亩的土地，爹妈死了，咋会连埋的地方都没有？

二

司马征回来了，那是2008年的夏天。

他在"淏梁村站"下了公共汽车，站在路边。天啊，这哪是路？简直是车流的河。大卡车、摩托车、拖拉机、三轮车、自行车，你争我抢，来来往往。一个中年人开着手扶拖拉机，发动机前面装一个轮子，轮子上绑着四把大扫帚，十字形状，那轮子带动着大扫帚哗啦哗啦转着，把街道弄得尘土飞扬。司马征看着眼晕，不知道该咋走。淏梁村的夏天真热，热得超乎他的想象。过去的淏梁村树很多，很粗大，枝叶繁茂，地上几乎见不到阳光。田地里一望无际，全是绿油油的庄稼。夏天的太阳虽然火辣，可人们往树下一躲，背阴处一站，便能感受到丝丝的凉爽。眼前的热是干热，因为没有树木，没有麦田，没有任何绿色，大地、水泥路和高楼，一切都裸露着，太阳直直地照射在上面，生出滚滚热浪，灼人。司马征看了指路牌，找到了淏梁村的大致方位，便沿着路边向前走。路两边盖着一栋接一栋的楼房。底层大都开着商铺，商铺里卖衣服鞋袜、水果卤肉、书本光盘、自行车摩托车、羊肉烩面、酸浆面条等。一些大院，用红砖、石棉瓦、玉米秆和土墙围着，门口的牌子上写着×××塑料厂、××制药厂、××化工厂、××造纸厂、××食品加工厂。透过豁口往里看，都是几亩、几十亩、上百亩甚至几百亩大，大院里歪歪扭扭地盖着几座楼房或平房，有的门窗已经破了。地上丛生着杂草野树，有半人多高，在灼热的太阳下有气无力地半卷着叶子，垂死挣扎般挺着。人也感觉憋闷，透不过气来。司马征不停地擦着汗，喘着气，心里有些烦躁。

迎面是一座砖券桥，桥被铁栏杆围着，一块石头上刻着"溟梁村清代古桥"几个大字。驻足细看，噢，这就是当年离村子两三里外的那座青砖白灰圆拱桥，桥下的河没有了，潺潺流水没有了。铁围栏里，桥的周围长满了半人高的荒草野树，只露出圆的弓背，像一个被废弃的古墓。原先河道流过的地方都盖上了楼房。

司马征意识到：到家了。

爹在电话里真没说错。一望无际的田野，村子与田野间隔着的树园野花和一片片一堆堆的坟地都奇迹般消失了，消失得无影无踪，那些景象好像在溟梁村根本没有存在过。

按路牌指引，司马征向右拐了个弯儿。眼前依然是一条水泥铺成的路，只是路面窄了些，光滑坚硬，在太阳的照射下泛着白光。路的两边没有一棵树，没有一簇草，路面很干净，像一条拔光了毛的鸡腿，白光光、直挺挺地伸展着。空气干燥，呼吸到嗓子眼里发干发涩，只想咳嗽。又到了一个十字路口，路牌上写着"溟西街""古桥南街"等，这都是他从来没有听说过的。

自己家在哪条街上？爹没说，他摸索着街道走。走了半天，司马征竟然没有找到自己的家。抬头看看天，已经中午了。村里人应该是正在吃晌午饭，这是村里最热闹的时辰。小时候，街道两边长着高大粗壮的树，树荫下的人都端着头号大碗，碗里盛着鸡蛋干面条、豆角蒸卤面、麸浆酸面条等，他们或蹲或坐或走或喊或唱或吵或骂或笑，吃啥样的饭和啥样的吃饭人都有。印象最深的是通伯，嗓音好，会讲故事。他一手端着鸡蛋汤，一手用筷子扎着三四个大馒头，坐在村中大十字那棵老槐树下的大青石头上，啃馒头喝汤的空隙还有声有色地讲故事。什么《封神榜》《搜神记》《大八义》《小八义》《七侠五义》《司马懿转兵洞》等，讲得活灵活现出神入化，很多精彩情节司马征至今不忘。可今天的淏梁村街上，不仅没了大树，也没看到一个人在街上吃饭。两个打闹的孩子，有八九岁的样子，从一家楼房里跑出来，很快钻进了另一个家门。楼房的背阴处，一条苍黄毛色的老狗，半眯缝着眼，懒洋洋地卧着。

这是淏梁村吗？

司马征有些犯疑惑。十多年没回来，回来后怎么像个外地游客来到一个陌生的地方旅游一样？噢，他想起来了，淏梁村是个城乡一体化建设的典型，曾经被国内外媒体宣传过，说是淏梁村在不到10年的时间里，让农民全都上了楼。上了楼的农民们吃饭，当然就不会在大街上了。媒体还说，淏梁村的农民彻底摆脱了土地的束缚，不再顶着炎炎烈日挥汗如雨地在地里收割麦子，不再钻进像桑拿室一样的玉米地里喘着粗气上肥料拔草，不再冒着寒风大雪冻得鼻涕眼泪直流地平整土地掏井挖河。总之，他们终于离开了令人厌恶的土地，无限喜悦地过上了做梦都想的和城里人一样的幸福生活。

溟梁村这翻天覆地的变化，司马征是在网上看到的。当时，他还曾为自己是溟梁村人而激动过，骄傲过，跟伦敦的朋友们侃过大山吹过牛，拍着胸脯邀请他们有机会一定到溟梁村走一走游一游，看看自己的家乡，那儿可以说不是天堂胜似天堂。可现在回到了溟梁村，看到的咋是这幅景象？

他觉得心里有些发慌，脚底有些虚软，整个人有些腾云驾雾虚幻般的感觉。他想起了一首诗：

先祖坟前思还乡，
血脉殷殷恩泽长。
举目难寻进家路，
低头不觉泪两行。

司马征虽然没有流泪，但眼前的一切使他感到有些陌生，心里没了丝毫的激动，更没有感到骄傲，反倒有些失落，有些惆怅，甚至有些酸楚。诗是谁写的，他记不清楚了。

终于，司马征看到了一个人，坐在村中大十字路口的那棵老槐树下，正在嚼人。那是通伯当年讲故事坐的地方。

这老槐树是村中的树王，全村没有哪一棵树能和它相比。爹说他小时候这棵老槐树就这么大。爹说爷爷当年也是这么说。据说，这棵老槐树是当年先祖从山西洪洞县迁移过来时栽种的，栽种在土地坛门前。土地坛早已荡然无存了，它到底盖在何处，坛门朝着哪个方向，村中早已无人知晓。村里人说，土地坛虽然没了，可土地坛里的土地爷还在，就住在这棵老槐树上，有人甚至说还见到过。当年通伯在这老槐树下，讲过土地爷的故事。说是周朝一位官吏叫张福德，生于周武王二年二月初二，36岁时官至朝廷总税官，他护地为民，为官廉正，能够让老天爷风调雨顺，老百姓五谷丰登，至周穆王三年辞世，享年102岁。当时有一贫户十分仰慕张福德的为政之道，每日里不辞辛苦，勤耕苦作，土地果然不负勤耕人，不久他就由贫转富。为了谢恩，他便以四块大石头围成石屋，塑其泥像奉祀。百姓们知道了，纷纷合资建庙，塑其金身立在庙里，尊为"福德正神"。后来，官府顺从民意，尊他为土地爷，或土地神，号召各村各社建土地庙、土地坛、土地宫供奉，以保佑乡土家宅平安，臣民添丁进口，田地五谷丰登，家养六畜兴旺。甚至说这土地爷还能保护坟墓，让那些死去的人安得其所，不受邪魔的侵扰。通伯还说，村里每个人一出生，都有一份耕种的土地，那是土地爷的，归土地庙管理。这棵老槐树非常灵验，只要它枝叶繁茂，村里就一定是五谷丰登，人畜兴旺，老幼平安。1958年村中大炼钢铁，青年突击队长姓马，二十多岁，血气方刚，是个十足的二货，嘴里喊着"破除迷信，不信神鬼"，掂一把锯子爬到老槐树上，要锯掉几根大的树杈去烧小高炉炼钢铁。没想到上去后，满树的鸟儿在他身边飞来飞去，不停地鸣叫，有几只胆大的鸟儿直扑过去啄他眼睛。他吓得手腿一软，从树上摔了下来，跌断了一条腿，没两年就死去了。从此后，再也没人敢去打老槐树的主意。

司马征是听见了嚼人，循声找过来的。

司马征惊异的是，眼前的老槐树早就没有了以前的模样。下半身虽说还长着一些新枝绿叶，围裹在粗大树干的四周，也还算繁茂，但是老槐树的上半身已经枯死了，像一个肾火虚旺大面积谢顶的男人，头顶上毛发全无，油光闪亮的。干枯的树杈上，原先鸟儿们搭建的十多个窝儿裸露着。一只灰头雀飞来，落到一个窝边的干枝上，它瞅瞅荒废的窝，笃笃笃啄了几口干枯的树枝，喳喳喳叫了几声，展开翅膀凄凉地飞走了。

树下那个嚼人的人，司马征好像认识。

嚼人，是溟梁村的土话，就是骂人。溟梁村人有很多土话，有些太土的话，十里地以外的人听了就有可能犯迷糊，听不懂。爹满嘴土话。司马征上小学学了普通话，就开始觉得溟梁村人和爹说的话太土，没有文化，那些土话都是随口喷出来的。在北京大学读书时，他突然心血来潮，在图书馆里专门研究了溟梁村人的土话，才吃惊地发现，原来是自己孤陋寡闻，知识太浅薄了。爹和溟梁村人说的那些祖先们留下的土话，内涵竟然是那么丰富，根源竟然是那么深厚，远比现代人的语言要睿智、深邃和博大。比如嚼人。《新华字典》解释说：嚼（jué）字义同嚼（jiáo）字，如咀嚼，过屠门而大嚼。再查嚼（jiáo）字，才真的知道了这个字的厉害：上下牙磨碎食物。把人当成食物放在嘴里用上下牙磨碎，那该是一种何等的情景？想来就令人不寒而栗。

比如：爹和溟梁村人把光膀子叫"裼脊梁"。裼读xi音，《现代汉语词典》上解释为：敞开或脱去上衣，露出身体的一部分。全中国人都把上身不穿衣服习惯上叫作光膀子，其实这并不准确，夏天穿着汗褂、背心，膀子都是光着的。唯有裼脊梁，才更加准确地表达上身不穿衣服。再比如：溟梁村人把最好的朋友、铁哥们叫老怀。《现代汉语词典》中，把年岁大的人，很久以前就存在的，叫作老。胸部或胸前、思念怀念和心里存有等，叫作怀。认真品味，细细琢磨，你会觉得溟梁村人对老和怀字，理解运用是多么准确老到。

司马征走近去，果然认识那个嚼人的，是孙得意。

孙得意光着头，眉骨很高，眼窝深陷，脸上无肉，只贴着一张薄皮。颧骨鼻子腮帮下巴，极不安分地凸显着，像随时要撑破那张皮跑出来一样。他裼脊梁，肩上搭个发黄的烂毛巾，坐在一把破旧的柳圈椅上，地上放着一个空碗，看来面条已经吃完了。还有一碗汤，汤上漂着两片红薯叶。他叉开两条腿，胸上腿上汗毛很重，黑森森的，像没有燎毛的猪。他裼巴脚，踩着地，旁边扔着两只布鞋，半仰着头脸，半眯缝着眼，像一尊端坐着的黑煞神。他扯开瓢一样的嘴，先是吆喝几声："溟梁村人，恁都听——着！"像是唱戏前的叫板，然后开始嚼：

咱村有人叫老卖，

卖完好地卖树林，

卖完树林卖坟地。

卖得全村没地种，

卖得没地留子孙。

卖完子孙还不算，

接着再去卖先人。

卖地钱，吃死恁。

吃恁全家长疔疮，

疔疮烂得流脓水。

臭脓水，淹死恁：

一祖先二爹妈三大姑四老姨，

淹死恁：

五姊六妹七哥八弟九儿十龟孙。

恁祖先……

孙得意是司马征小时候的老怀。这个老怀从小就不愿读书，学习不好，小学毕业后就一直在家种地。爹后来告诉司马征，孙得意嚼人，在溟梁村是出了名的。自留地里被人偷了一个南瓜，两棵白菜，几个西红柿，这在农村里本是司空见惯的事，可孙得意能端着饭碗，转着村子嚼上好几圈。

司马征听着孙得意嚼人，发现他嚼的内容丰富，语言尖酸刻薄，语调顺口押韵，唯有声调不像男人，倒像个女人，女里女气的。他嚼得不紧不慢，有词语，有调门，有节奏，像20世纪60年代溟梁村的老民间艺人刘瞎河说书似的，嚼嚼说说，说说嚼嚼，像是在唱着一支优雅的嚼人歌。有两个人走过来，孙得意对那两个人打了声招呼，说了几句话。那两个人没吭声，抿嘴笑着走了，他接着又开始嚼。

司马征走了过去，轻声喊：老怀。

孙得意一眼认出了司马征，立刻直起腰身想站起来。不过他没有站起来，只是嘴里大声说：唉呀，老怀啊，你回来了？你不是在英国吗，回来干啥？哦，看恁爹恁妈吧？

司马征没回答他，说：老怀，别嚼了，有啥好好说。

孙得意说：别嚼了？你不知道，那个老狗比掰有多欺负人！你知道，村后地那口砖圈井边的坟地，是俺孙家的老坟，埋着俺的祖宗先人。可那个老狗比掰，硬是把它卖给了化肥厂，当污水池。你说欺负人不欺负人？我就是要嚼他，嚼得他心惊肉跳饭食不香，嚼得他八辈祖宗、全家都不得安生。

狗比掰，是溟梁村嚼人的口头语。比如"你这个狗比掰人，真不是好东西"。有时也指对他人说的话或办的事表示断然否定"你做那事是狗比掰""你说的话是狗比掰"。

孙得意嚼的那个狗比掰是谁？司马征并不知道，只是觉得他嚼得太难听。尤其是新时代新农村的农民，应该讲道理，讲道德，文明一些才是。都是乡里乡亲的，抬头不见低头见，嚼得恁难听，像啥？变成仇人了？他劝说道：得意哥，老坟地埋着恁孙家的先人，那先人留下的子孙有好几十户，近百人，人家都不吭声，你出来嚼啥哩？

"你说那话是狗比掰！"孙老怀翻脸了，"吃饭千口，主事一人。我是老孙家的长房长孙，我不出来谁出来？我不嚼谁嚼？"

孙得意看见了司马征，人霎时间又变得精神起来，一脸的亢奋。他滋溜滋溜喝了两口红薯叶汤，润了润嗓子，终于打椅子上站了起来，叉开两条罗圈腿，举起一只胳膊，伸向东边的天空，用手指头端点着，极端愤怒，大声吆喝道：

老卖老卖我告诉你，这老槐树上住着土地爷，土地爷的眼睛亮着哩！我要让这老槐树做证，让土地爷评理，谁要敢在俺先人头上动一撮土，俺先杀恁家人，再烧恁家房，最后俺也像老木头一样，把自己倒上汽油点了，俺要用命来祭奠俺先人。我到了阴间，也要乞求土地爷，把你枷锁到阴司衙门，吊打你，审问你。

孙得意吆喝罢，转过头来低下声音，问司马征：老怀，你带没带录音机？带了，哪天你拿录音机来，我好好嚼，从头嚼，你录录音，带到外国去，放给外国人听听？让那个狗比掰臭到外国去。

司马征笑了，不知道该咋回答他。

正在这时，司马晃来了。爹不知道听谁报的信，来接儿子司马征回家。司马晃拉着司马征要走，看看周围没人，便走了过去，轻声对孙得意说：侄儿，嚼吧，那个老狗比掰，为了钱，把村里良田千顷都卖光了，把子孙后代们的衣饭碗都卖光了，子孙后代们将来吃啥？喝西北风？现在又来卖村里的祖先们，没有祖先，哪有他？他是打天上掉下来的？还是从树缝里蹦出来的？这老狗比掰真不是东西。

爹领着司马征走了。

爹走了十几步，又回过头来，看了一眼那棵半死不活的老槐树，自言自语地说：这土地爷也是，老了，管不动了？还是到哪儿溜逛去了？

三

这是老淏梁村。

因为天太热，街上看不到一个人。一只黑猫从地沟里跳出来，嘴里叼着一只老鼠，轻轻跃上一堵半人高的土墙跑了。一只狗不知道从哪跑来，昂着狗头，瞪着狗眼，冲着司马征"汪汪"叫。爹冲着狗在地上狠狠踩了一脚，那狗站住了，不再叫，眨了眨狗眼看着他父子俩，然后扭回头，吐着舌头，夹着尾巴走了。

司马征看着悠悠离去的狗，问爹：得意这是咋了？嚼得恁难听。

爹说：得意出来嚼，是拿了孙家人集体兑的钱。孙家老坟地被卖了，他们孙姓人多，心齐，各家兑钱雇人，有人管往上面跑，去乡里、县里告状；有人管烧底火（土话：背地里策划），在村里拉拢人串通；得意性情耿直，嘴快，管嚼，隔三岔五地坐在老槐树下嚼，嚼了快一个月了。开始还有人稀罕看，现在都习以为常，不看了。你常年不在家，村里的事交缠得很，你不知道底细，不要乱吭气，说了啥，不定顶着谁哩。

司马征问：嚼了顶用？

爹说：到现在也没见化肥厂在孙家坟地动工，看来嚼也怪顶用。

司马征问：村里恁些地，咋都弄光了？

爹说：地再多，哪经搁着卖？

司马征觉得奇怪，问：地是集体的，咋也能卖？

爹说：咋不能卖？

司马征问：咋卖？

爹说：王武德说，现在政府要求城乡一体化。咱村离县城近，规划的五环路，把咱村环进去了，环进去就变成一体了。变成了一体，城里的地能卖，咱村的地咋不能卖？

司马征看了看爹，说：环进去的地都是好耕地，好耕地国家有规定，不能卖，这是条红线。

爹说：环进去的地，是谁家的，每亩给300块钱，就不让再种了。放上3年，就成了荒地。荒地不是耕地，就可以卖了。啥红线绿线，到咱村没有线，只有钱。

司马征又一次领略了溟梁村人的聪明。

爹又说：城里人嫌城里的房贵，就在咱村买地盖房。离县城远的外村人，做生意发了财，想让孩子在城里上学，也来咱村买地盖房，有百十多户，都是盖的五层六层的，还有八九层的。拿钱多的，院地划得就大，楼房盖得可洋气了。前院用石头垒有假山，假山上往下哗哗流水。后院弄有花园，不种粮食，净种些不能吃不能喝的花花草草。

司马征想到了刚才看到的那些厂，问爹：那些门口挂着这厂那厂的牌子，里面咋都荒着？

爹说：王武德一开始对村里人说，弄些有钱人来村里办厂，一亩地挣的钱比种地多得多，咱啥也不干，天天也能吃香的，喝辣的，不当农民当老爷。王武德带着一帮人，说是出去招商引资，拿着村委会的钱，日摆了一大圈，回来时屁股后跟着一大群人。这些人进了溟梁村，活像1943年吃秋庄稼的蚂蚱，呼呼啦啦，你圈50亩，他圈80亩，这人又圈100亩，地说没就没了。

司马征问：那些厂，咋都没办起来？

爹说：没办起来？你知道办的都是啥厂？有的厂冒着黑紫黄烟，呛死人；有的厂飞出来的尘灰盖天，从旁边过得小跑，慢了，灰尘落得满头满脸满身，像头灰土驴；有的厂天天往外流的水，流那水腥臊烂臭，人闻着恶心头晕，流到哪儿，哪儿寸草不生。村西头的刘蛋，才32岁就得了肺癌，去年冬天死了，噢，你不认识他，你出去时他还小。王三毛你知道吧？在塑料厂干两年，突然变成了哑巴，看见谁直啊啊不会说话。郑大望的孙子生下来，两只手只长了两个手指头，天天钩着，像挂馍篮的钩。村里每年都出四五个挎篮子画圈的（形容得了脑血栓半身不遂行走的人，一只胳膊挎篮、一条腿画圈）。每年都要死十好几个人，最小的才五岁，得的都是千奇百怪的病，不明不白的人就没了。后来听说那些厂，都是污染大户，大城市和外地不让办的，就都迁到咱村来了。村里人急了，就去那些厂里闹，说污染，贻害村里人，厂里不听，照干。

司马征问：村委会咋不管？

爹说：村委会还不是王武德当家？王武德说，和人家签有合同，都是50年70年的。日死他娘，听说那些厂，背地里给王武德和村干部们塞有钱。后来，孙得意就带人到乡里县里上访，一直闹，上面来了人，这才停了工，关了门。地圈走了，村也污染了，厂也停工了，搁架到那儿，现在都长着半人深的草，撂荒好几年了，挣个狗比掰钱？有钱人用钱，生生把咱村的地都糟蹋光了，人也给害了。

司马征问：没有地种粮食，村里人靠啥活？

爹说：征一亩地给300块钱。300块钱顶啥用？咱村现在都像城里人一样，吃粮吃菜，连吃一根葱一根韭菜，都要拿钱买。买的那些菜粮，都是用化肥、激素催出来的，含的农药都超标，哪有自己种的好？肥料都是人粪尿。农民都想种地，可地都快没有了。

司马征问：一亩地300块，年年给，也还行吧？

爹说：你想得美，年年给？一次给完你，就啥也没了，说这是叫买断。

司马征说：祖祖辈辈留下的地，一亩地给300，子孙后代们就永远没有地了？

爹说：可不是？啥叫买断？老百姓都不懂。恁通伯说，就是给你钱，让你断子绝孙。王武德说，将来咱的子孙们都成了城市人，光鲜体面，还要地干啥？

司马征说：一亩地300块，太便宜了。

爹说：便宜？真要给你300块就不错了。有的只给200多，说是地不好。

司马征：农民的地不是都承包的，签有合同吗？

爹：签合同？合同就是一张纸，顶狗比掰用？恁木头爷咋死的，你忘了？

木头爷的死司马征哪会忘？刚才孙得意嚼人时还提到了木头爷。木头爷死，司马征最先是在凤凰网上看到的，题目是：农民张木头舍命护地，点汽油烈火中丧生。当时，司马征简直不敢相信自己的眼睛，他打电话问爹，爹说是真的，是因为种铁棍山药。

铁棍山药也叫怀山药，因产于明清所置怀庆府管辖的温县而得名。按照国家认定的地理标志产品标准，铁棍山药产地位于河南省焦作市的温县，司马懿故里，陈式太极拳的发祥地，也是司马征的家乡。这里北依太行山、沁河。太行山独特的熔岩水随沁河流入温县，与南临的黄河水流冲积土壤汇合，形成了独特的土壤结构，非常适宜铁棍山药生长。铁棍山药是山药中的极品，历史悠久，药用和营养价值极高，曾为历代皇家贡品，也是同仁堂不可或缺的重要药材。1994年荣获巴拿马万国博览会金奖。木头爷是溟梁村种铁棍山药的好手。他承包的30亩地原先是溟河故道上的胶泥料礓地。为了能种铁棍山药，他带领全家人，烧草木灰，攒人粪尿，深翻细耕，精精细细打理了五六年，才把薄地变成了好地。随着铁棍山药在市场上销路走好，木头爷种铁棍山药不仅在溟梁村有名，在温县、在焦作也无人不知。木头爷种铁棍山药出名，还得益于他编的顺口溜：

> 铁棍山药是个宝，
>
> 男人吃了女人受不了，
>
> 女人吃了男人受不了，
>
> 夫妻俩吃了床受不了。
>
> 楼上吃了楼下受不了，
>
> 全楼吃了土地爷受不了。

司马征在伦敦开"溟医堂"中药店，铁棍山药是经营的主要品种之一。司马征把木头爷编的这段顺口溜，用英文翻译了作为广告，挂在"溟医堂"里，引来了很多买铁棍山药的顾客，铁棍山药顿时供不应求。1998年司马征第一次回来时，和木头爷签了合同，准备在英国专营木头爷的铁棍山药。

爹告诉司马征：恁木头爷说，小征在英国卖咱温县溟梁村的铁棍山药，做生意像做人，得讲信誉，信誉比命大。铁棍山药是祖宗们传下来的宝贝，到国外卖，就更得保证质量，不能给祖宗丢人，给国家丢人。他咬牙定下了"五年计划"，让30亩地停歇了五年。五年内，30亩地只种庄稼，不种一根铁棍山药。铁棍山药很费地力，一块地种了一次铁棍山药后，得让地停歇五年，不能再种。五年中，木头爷每年拿出一小块地来精心培育品种，把其余的地深翻细耙，上足底肥，种黄豆绿豆，你知道，豆根瘤能够肥地。到了第四年，又停了一年白茬地，连一棵庄稼也不种。第五年春天，木头爷把30亩地全部种上了铁棍山药。春雨贵如油。可那年春雨下得勤，地又肥，种又好，山药苗破土而出，一天一个模样。夏天，秧苗咔嚓咔嚓拔着节长，很快就盖了地面，能掩着乌鸦。一天，王武德对木头爷说：老木头，村委会决定引进一家制药厂，地点选在你那30亩地。村里以每亩280元的补偿，把你的地收回了。木头爷说：凭啥？王武德说：规划。木头爷说：承包30亩地，是村委会定的啊？王武德说：把地收回来，也是村委会定的。木头爷说：我和村委会签有承包合同。王武德说：小合同要服从大合同，村里给制药厂也签订了合同。木头爷看着五年的心血说没就没了，急了，跑到乡里去要说法。乡里接待他的人说：地是村里的，村委会的说法就是说法。木头爷又跑县里。县里人说：乡里不是已经给你说法了吗？木头爷突然感到天塌了，他浑身软弱无力，两眼发直，一屁股瘫坐在地上。县里人害怕了，叫来了乡里干部，一起给他做工作。一个说：咱新时代的农民，思想一定要解放，要把眼光放远点，一定要把自己从黄土地上解放出来，哪能老想着种地？种地能有啥出息？另一个说：咱农民种地种了几千年了，还没有种烦？种地能把自己种上楼？能种成城市人，能吃香的喝辣的？木头爷说：我是农民，农民就是要种地。没地种，吃粮吃菜吃铁棍山药从哪来？从屁股眼里屙出来？

恁木头爷有些疯了。

爹说，制药厂开工那天，开来了七八台铲车、推土机、拖拉机，像当年老日本的坦克车一样，在山药地里"突突突"横冲直撞，又铲又刨又犁。木头爷捶胸顿足，仰天无泪，冷不防掂一桶汽油，倒在了自己身上，划根火柴点着了。木头爷在大火中喊：地没有了，山药没有了，我咋给小征交代？小征啊，爷对不住你。

最后，木头爷被烧成了一块黑疙瘩，像化肥厂烧锅炉的炭。村里很多人都哭了。

司马征听着，眼睛里噙满了泪水。

手扶拖拉机"突突突"地喷着呛人的黑烟，摩托车、小蹦蹦不时地从眼前驰过。爹领着司马征，边走边说：你刚才看到的那些围起来的院子，里面长满荒草，有一个院子就是把恁木头爷家地征走的那家制药厂，也停工好几年了。

司马征没再吭声，心里一剜一剜疼。

爹又说：趁现在村里的地，王武德还没有日弄完，你手里有点钱，赶紧回来划块地盖房。要不再过几年，连搭窝棚的地方也没有了。咱划块地，就是不盖房，抹上地基放到那儿，也能留下一块地，将来种上点粮食，种上点菜，一旦遇到啥饥荒，不是也留个活路？

司马征点了点头。

四

一场雨刚下过，雨不大。午后太阳出来了，像火球一样烧烤着村子。地上冒着腾腾热气，村里如蒸笼一般，蒸得人们心中憋闷，不愿说话，连鸟儿也不鸣，狗也不叫，村子里死一般的寂静。

司马征跟着爹去找村主任王武德。

王武德家的大门口，那可真叫气派。两边是敞开的八字形影壁墙，像老县衙门口那张开的八字形大嘴。两座黑色大理石建造的汉阙重檐式门柱，一米见方，五六米高。左边的柱子上挂着一个白牌子，一尺多宽，一丈多长，上面是黑油漆写的字。这些字的大小、排列都很有讲究。"溟西果品蔬菜公司"八个字小，有小咸菜碗那么小，并成两排，写在牌子顶部；"生产基地"四个字大，个个有洗脸盆那么大，单独写在下面，格外醒目抢眼。

司马征问：这不是生产基地吗?

爹说：狗比掰，哄人哩。

进了大门，司马征才发现这真不是一般的院子。迎面是一座假山，假山后面是一条水泥铺就的路，两米多宽，直通一百多米外的一栋五层小楼。路的一边是果树林，种着苹果、大枣和桃树等。另一边是菜地，种着萝卜、白菜、辣椒、西红柿等。这个院子，至少有十几亩大。

王武德五十岁出头，五短身材，谢顶，头皮上闪着油光，活像溟梁村大十字路口那棵半死不活的老槐树。一脸瘦肉，鹰钩鼻子，鹞子眼睛。眼珠子像镶嵌在眼眶里的两粒干瘪的杏仁。当他看你时，那杏仁会滑动，发亮，射出莫名其妙的光。这种人心计深奥，能说会道，用滢梁村人的话说，老奸巨猾，不是善茬。最有特色的是他那张嘴。宽嘴巴，厚嘴唇，张开着，两门牙向外面凸出，像是随时准备去吞吃撕咬什么。王武德穿着一条黑色大裤头，米黄色丝绸开胸短袖卦。褐巴脚，趿拉着一双木头板拖鞋。正坐在小楼前葡萄架下面的藤椅上喝茶。看见司马征和他爹，没有说话，抬起手"啪"地在自己脸上扇了一巴掌。司马征吓了一跳。爹说：别怕，恁德叔不论看见谁，都要先扇自己一巴掌。王武德笑了，露出一口洁白的假牙，说：小时养成的毛病，那时候咱村里树多，草多，水多，蚊子也多，密密麻麻的，经常往脸上扑咬，也没啥东西拍打，就用手。时间长了，成习惯了，没有蚊子咬，也想打。

爹说：武德，小征回来了，急着想盖房，俺家划院地的事给你说了不知道多少次，嘴都磨出茧来了，你老说等小征回来，小征可回来了，今天你给咬个牙印？

王武德脸上飘过一丝笑，欠了欠屁股，看了司马征一眼说：小征，你在英国有房有业，弄恁大个腾特儿（土话：指事业、场面），还稀罕滢梁村这巴掌大一块地？

司马征按照爹的叮嘱，笑着说：德叔，咱村在以您为核心的党支部领导下，日子越过越富裕，家家户户都盖了新楼，很快就变成县城了，真比英国强。我生在这儿，长在这儿，您是看着我长大的，我对咱村，对您，感情最深，在外面天天想，过几年孩子大了，我还要回来哩。

王武德"啪"地扇了自己脸一巴掌，说：你咋是个憨凶球（土话：傻蛋）？咱村多少人想跑都跑不出去，你好不容易跑到了英国，弄恁好，还要再回来，再回来干啥？咱村人多地少，把恁爹恁妈也弄到英国去，多好？听说英国那儿地面宽，骑马跑一天也看不见几个人？

爹说：英国人说话像黄瓜哩喽（学名：黄鹂鸟）叫，我和他妈听不懂，到那儿还不把俺两口子憋屈死？俺哪儿都不去，就爱在淏梁村听你叫唤。

王武德笑了，说：晃哥，你也是个老凶球。小征拿钱给雇个翻译，不就中了？

爹说：英国也不是满地钱，一扫一堆，一抓一把。

王武德说：小征啊，叔听说你在英国开有中药铺，中药价钱有啥谱？看咱村西头人家孙孬，小学三年级没读完，就跑到莫斯科，也是开了个中药铺，发了，发大了。买了一栋楼，娶了四五个俄罗斯媳妇，生了一堆孩子。他妈去莫斯科住了一年多，回来说，连多少个孙子孙女都没弄清楚，全是一堆小杂毛。人家孬还说，死都不再回淏梁村。看看人家孬，多有志气？那孬，才是个真正的爷们，走出淏梁村，吃遍全世界。你咋老想着村里的一亩八分地，有啥狗比掰出息？你读书读到了英国，读到了八事（博士）九事，真是读愚了？读成了憨凶球？看来你在国外这些年，真白闯荡了。

王武德说着，"啪"地又扇了自己一巴掌。这一巴掌扇得有些重。

司马征发现，王武德虽然往自己脸上扇巴掌，其实扇得轻重是不一样的。有时扇得不重，只是象征性的，轻轻扇，点到为止；有时甚至只是做做动作；有时就扇得有些重。

司马征不知道，王武德往自己脸上扇巴掌，扇多扇少，扇轻扇重，啥时候扇，啥时候不扇，都是有讲究的。这种讲究是他当村委会主任多年悟出来的。对待上级领导，自己无论对错都扇，扇了都有好处。自己错了，扇得重些，表示一种认错，一种自己惩罚自己的态度。我已经扇了自己巴掌了，还能让我咋办？自己没错，扇巴掌就轻些，不仅显得自己谦虚，还能让领导自己去反思。扇自己巴掌的过程就是让领导反思的过程。这个过程中，有点明智的领导会感到自责或不好意思。对待老百姓，扇自己巴掌就是一种威慑，这种威慑能够摆平很多难缠的人和难缠的事。对待难缠的人或事，开始扇得轻些，让对方看到，村委会主任自己扇自己巴掌，心里会感到有些难堪或不好意思。如果见效不大，就慢慢扇得重些，威慑力也就不断地加大。我王武德作为村委会主任，是溟梁村的一把手，土皇上，已经在不停地扇自己巴掌了，而且越扇越重，你还能有啥说？你还好意思一直纠缠着不放？如果真是遇到执迷不悟、缺心眼死心眼的人，王武德会对自己越扇越重，直到狠狠地扇自己一下表示结束。这象征着他要彻底摆脱难缠的人或事。如果谁再难缠下去，以后就定会有他好看的。

爹知道他这个名堂。见王武德扇自己的巴掌重了，爹有些急了，说：武德，你说那些狗比掰话顶球用？我是溟梁村老根户，祖祖辈辈都在这村里住，凭啥不给我弄块地盖房？

王武德也收起了笑脸，说：村里的地恁紧张，你就一个儿子，还在英国，老院子还能住，凭啥非要再给你划个新院地盖房？

爹说：老院是我们弟兄五个共有的，咋是我一个人的？

王武德说：你那几个弟弟，不是都跑到城里去了吗？

爹瞪了王武德一眼，咽了一下口水，没吭声。

王武德又说：村委会有规定你不知道？凡是离开村子20年的，一律不再算是漠梁村人。恁那几个兄弟别说不回来，就是回来，老家也没有他们份了。

王武德站了起来，不再说话，像磨道上的驴，在葡萄棚下转悠着。木板拖鞋嘎达嘎达响，并不时往自己脸上扇巴掌，而且有越来越重的趋势。

司马征看着王武德，心里真的感到有些不好意思起来。他想到了孙得意嚼人。

晚上，夜幕像一层黑纱覆盖着村子，寂静而又神秘。司马征拿出1000英镑塞给爹，让爹给王武德送去。爹不去，说：本村人划院地，是不要钱的，为啥给他钱？还是外国钱。他这人你不知道，就爱钱，见钱眼开，只要给钱，啥事都敢干。

司马征笑了。

爹回来时，脸色好看了些，说：王武德正在吃饭，把英镑塞给了他。他一只手拿着英镑不停地甩，甩得哗哗直响，一只手往自己的脸上不时地扇巴掌，说自己解放前，在开封给英国人擦皮鞋时见过英镑，以后就再没有见过。

几天后，村委会给司马晃划了一块新院地，在村东面。

五

楼房是请老梁设计的。老梁是司马征温县高中时的同学，毕业于同济大学，曾在北京圆明园修缮队当过技术总监，跑过世界上很多国家。后来被洛阳黄河古建工程公司聘为顾问。老梁干活利落，很快就把新院地规划好了。他绘好图，钉好木橛，放好线。镇中伯一声开工，挂在竹竿上的鞭炮噼噼啪啪响了起来。司马家族的人来了很多，有的嘴里叼着骆驼牌香烟，有的啃着酱猪蹄烧鸡腿，有的吃着烧饼火腿肠。说说笑笑热热闹闹的，挥锹抡镐地帮着打地功。

打地功，就是城里人说的打地基。按照老梁放的白灰线，挖好了地基，开始打夯。夯也叫硪，青石头做的，几十斤重，圆形，直径一尺半左右，高约一尺，腰部靠上锻一圈凹槽，槽里套一根牛皮绳圈，牛皮圈上分开系着10根粗麻绳，两三米多长，十个小伙子手里执着。打夯是个力气活，要唱打夯歌，一人领唱，其余人和唱。这都是祖先们传下来的。

孙得意领唱：大家伙准备好啊？

大家伙和唱：好啊。

孙得意：使劲往上扔啊！

大家伙：扔啊！

孙得意：使劲往下砸啊！

大家伙：砸啊！

孙得意：砸成金疙瘩啊！

大家伙：金疙瘩啊……

孙得意领唱九人和，十个小伙子齐心协力，绷紧绳子，一下子把几十斤重的夯抛到了三四米高的空中，再狠狠地砸下来，砸得地面颤动。一夯挨着一夯，把地基打了一遍。镇中伯拿着铁锹，把夯过的地面铲平了，洒上水，铺上一层新土，接着再打。就这样一层一层地铺，一遍一遍地打，三天后，地基打好了。

下午，太阳刚偏西，工匠们说着笑着往地基上抹灰，砌铺砖石。突然，不知道从哪儿涌来了一群人，男的女的年轻的老的，个个头上缠着白孝布，手里举着花圈、纸人、纸马、纸电视机、纸电冰箱等，呼呼啦啦地摆了一地。他们扑通、扑通跪在地上，不停地磕头，嘴里祖先、爷爷、奶奶、爹啊、妈啊，喊啥的都有。还有几个人挥着铁锹，在院子里和房屋正中间的空地上圆起坟堆来。

这是唱的哪一出戏？

司马征急了，一个箭步跑过去，夺过一个人的锹，两只脚不停地踢圆起来的坟堆。

一个八十多岁的老头儿过来，一屁股坐在那坟堆上，对司马征说：这是俺家的老坟，这地下埋着俺祖宗、俺先人，俺爹妈就埋在你的房底下。你们哪儿不能盖楼，非要在俺爹妈头上盖？恁缺不缺德？恁是没有祖先啊还是没有爹妈？

老头儿的脸上沟壑纵横，皮粗肉糙，眉宇间透露出老练、奸诈、邪恶的光。司马征一看就知道，那是一张见过世面饱经风霜且遇事敢拼命的老脸。司马征心里有些胆怯了，呆在那儿，不知道该咋办。

这时，有人点燃了花圈、纸人、纸马等。烈火熊熊，灰烬借着热浪像黑色的蝴蝶四处飞扬。编织那些纸扎的柳树枝、高粱秆，在火舌的吞噬中爆裂着，发出噼啪噼啪的声响，青烟灰烬弥漫了一院子。司马征拿着铁锨，跑过去扑打火苗。一个小伙子提着大竹篮子，往空中大把大把地抛撒白纸钱。外圆内方的白纸钱，小烧饼一样大，纷纷扬扬，飘飘摇摇，忽忽悠悠，雪片一样，肆意傲慢地散落在人们的头上、身上和地上。司马征又跑过去夺那个小伙子的篮子。不知道是谁，在旁边点起了鞭炮，鞭炮声噼噼啪啪地响了起来。那群人听见鞭炮声，齐刷刷地盘腿坐在地上，扭鼻涕甩眼泪地放声哭喊起来。那哭声听起来很大，听下去觉得那仅仅只是声音，干号，并没有流露出丝毫的悲伤。

哭闹声引来了溟梁村很多人观看。

一个八十多岁的滩洼女人，满头白发，一脸横肉，两眼露出凶光，恶狠狠地朝司马征走来。离司马征还有两步多远，她突然半蜷曲着身子，像一只卧地打滚的老母狗，自己扑通躺倒在地上，嘴里不停地喊："你们看看，老少爷们看看，他打人了，打我这八十多岁的老人，我有血压高，有心脏病，有糖尿病，这房他不能盖，赶紧送我上医院！我的娘啊，我不能活了，他打我了……"看着这个自导自演无事生非的老女人，司马征一下子惊呆了：天底下竟然有这样的老女人？不仅仅是滑稽，还可以说是无耻，一个泼皮无赖之徒，《水浒》中牛二一样的人物。

司马征走遍世界，从来没有见过这种阵势，社会舞台上，从没见过演技这么卑劣的演员。溟梁村的人都在笑，指指点点的，鄙夷地观看着这个老女人的表演。

打地功、抹地基、盖新房，原本是农村人的大喜事，可这突然降临的一群孝子，齐哭乱喊，包括那个泼皮牛二一样的老女人，把司马征家的大喜事搅得乱七八糟，变成了办丧事，你说晦不晦气？

爹气得脸色铁青，张口结舌说不出话来，他小跑着去找王武德。没进王武德家门，爹就大声嚷：武德武德，我日死恁先人，你把滩人的坟地划给我，操的是啥心？

王武德正在喝酒吃花生米，每天中午他都要吸溜几口司马懿大将军酒，悠闲自得，神仙一般，他的脸已经有些发红了。听了司马晃的诉说，红脸立马变得阴沉起来，他感到事态有些严重。毕竟，王武德是个当村主任的，他放下杯筷，劝说司马晃别急，在溴梁村地面上还有人敢翻了天？他甩着八字脚，一扭一扭地来到工地。王武德扫了一眼眼前的境况，"啪"地往自己脸上扇了一巴掌，这一巴掌扇得有些重，脸上的红又增加一层，有些涨红，像蒸熟刚刚出笼的虾。

他质问那老头：恁哪村的？

那老头儿吓了一跳，说：你是哪个庙里的关老爷？我这么大岁数了，当着这么多人，你扇自己的脸，欻谁哩？

欻（念chuā音），温县方言，意思是用惩罚自己的方式给对方难堪，让对方下不来台。

王武德说：谁也不欻，我自小就有这个毛病。你说这是恁家老坟，有啥证据？

老头儿往地上跺着脚说：俺是黄河滩的，这下面有老师法，不信挖挖看？

滩人拿着铁锹往地下挖。挖了一阵，果然挖出个石头灰橛，灰橛下面还有一块大方砖，砖上阴刻有两行字：灰橛南十二丈五尺七，东七丈八尺三，孙善祖坟。

灰橛，是溟梁村的先人创造的划分地界的标志。平原上的村子地面再宽，空地再多，都依然非常金贵。家家户户的院地、田地、坟地之间，为了把一分一厘的土地所属划分得清清楚楚，使它作为永久性的基业遗留给自己的后代子孙，都要下灰橛标志界限。下灰橛很有讲究。定好地界后，在确定的位置挖一尺多深的坑，在坑底用铁火柱往下扎二尺多深的洞，把白灰水浇灌下去，在地下形成白灰柱子。上面放块刻有字的砖，砖上再放上石橛。石橛周围再种上枸杞。就形成了地下有白灰柱，中间有刻字砖，上面有石头橛，地上长有枸杞的地界标志，明显醒目，不可移动。

王武德问：孙善祖是谁？

老头儿说：俺老祖爷。

王武德站在灰橛的位置，撩起眼往前后左右四周看了看，说：这里原来是有一大片坟，可"文化大革命"时就平了，几十年来一直种庄稼，谁还记得这里是你家的祖坟？

老头儿说：这灰橛你不是看见了？方砖上刻的字你不是也看见了？现在政府讲以人为本，活着的是人，死去的也是人。谁都有祖先。你没看报纸电视？人家××市，一夜就新圆起了100多万座坟，100多万座啊，那是多少人的祖先，你知道吗？俺爹妈俺祖先的坟，咋就不能再圆圆？

王武德扇了自己一巴掌，说：村委会有规定，老坟一律不能再圆。

那老头儿不再看王武德，他冲着司马征说：你要敢在俺祖坟上盖房，我就死给你看。我死了也要埋在这儿，和我父母、祖先做伴儿。

那个躺倒在地下的老女人已经自己站起来了，浑身灰土，披头散发站到了老头儿的身边。那老头儿拉着那老女人的手，拄着拐棍，像喝醉了的酒徒，晃晃悠悠地向司马征走去。

司马晃怕儿子有啥闪失，急了，跑过去拦那老头儿和那老女人，嘴里嘟：算了算了，真是他妈的丧气，这是个坟地，啥狗比掰好地方？我不要了。

"你这喷粪的嘴！"黄河滩人火了，揪着司马晃的衣领，举起拳头巴掌要打他，说："这是俺家的祖坟，万年吉地，你敢嘟这是狗比掰地方？"

溟梁村人多势众，拉开了黄河滩人。

王武德说：老晃，算球了吧，真没想到他们还有这么多后人。

司马晃对王武德说：武德，恁家的院里地方大，几十亩，我上恁家院里盖去。

黄河滩人见王武德松了口，立马行动起来，像一群饥饿的麻雀飞扑在地上吃米粒。他们挥镐舞锹的，没有吸一袋烟工夫，就在那个院子里圆起了四五个大坟堆。每个坟堆像小山一样，几乎占满了整个院子。每个坟堆上都压上了白纸钱，几个没有焚烧的花圈也放在上面。

新坟白纸花圈，格外刺眼，成了溟梁村的一道新景。

后来听说第二年，黄河滩人在坟堆间的空地上种上了菜。

几年后，那几个大坟堆越来越小，菜地越来越大，不仔细看，都以为是个菜园子。黄河滩人私下对溟梁村的亲戚说，自从建起了三门峡、小浪底水库，原来的黄泛区不再遭受黄河水淹没，黄河滩都变成了地，地很多，也很肥沃，种啥长啥，年年丰收。可这些年，政府搞黄河滩发展战略，建了很多开发区，制药厂、造纸厂、服装厂、皮鞋厂、生命源制剂厂……地说没就没了。一个人原来平均三四亩地，现在只剩下二分多，种粮食将将够吃，吃菜全是买的。后来知道，买的菜都是用化肥催的，叶子上洒的农药一层摞一层，吃多了得癌症，村里没明没黑地死了不少人。黄河滩人现在被逼得没办法，就想起了祖先，想起了祖坟，就跑到坡上来寻找祖坟，开发祖坟，自己种粮种菜吃。溟梁村人听了，咂咂嘴，互相看着，不知道该说啥好。

十几天后，村委会给司马征家又划了一块院地，在村北边。

六

黄河滩人祖坟上的新房没有盖成，大闹了一场，这像一块石头，整天压在爹妈的心头。爹整天长吁短叹：晦气啊，真是晦气，走遍三里五庄，查遍祖宗八代，谁家盖新房会弄出这种事情来？妈也是一脸的忧愁，说：咱是哪辈子和他们结的冤家？

不管咋说，现在又划了新院地。为了一扫晦气，让爹妈高兴，司马征盘算，要在这块新院地上，盖出全溟梁村，不，是全乡全县，最奢侈、最豪华、最别致、最引人注目的楼房，给爹妈扬名出气，疏解苦闷。司马征先拿出来100万元，多不封顶。司马征在伦敦开的中药铺"溟医堂",生意非常好。英国人爱用中药养生,尤其爱吃温县的铁棍山药。他不缺钱。

几年前,司马征就筹划着给爹妈盖楼了。他觉得农村的楼房不能盖得太高,但一定要讲究材质和风格,一定要具有世界水平,一定要让溟梁村人长长见识,看看人家欧洲的乡村小镇都是啥样的,看看人家外国的村民居舍都是咋盖的。欧洲的乡村城镇化,经历了几百年的时间,积累了一代又一代人的财力和智慧,是自然而然地发展起来的。啥叫自然而然?就是尊重事物的内在规律,自由发展,循序渐进,必然这样,集聚着每一代人的智慧和付出,非人力干预急于求成。那里的房舍不仅具有居住功能,同时也体现出民族特色和历史印痕文化特征。比如那里的名居豪宅,都不是太高,两层居多,三层的很少。不像溟梁村那几家土财主,包括武德叔家,有了一点钱,楼房就盖了三四层甚至五六层高,他们口口声声说自己是新农村建设、城乡一体化的带头人。这也难怪,在农村人的眼里,谁家的楼越高,就越显得富有,越有派头,就越像城市人。一看见谁家盖有四五层的楼房,像20世纪五六十年代的农民进城,看见高楼大厦就肃然起敬,羡慕得直吧咂嘴。其实,农村盖那么高的楼,除了炫富,有啥大用?爹说,那一楼就是做饭吃饭待客看电视打麻将玩扑克,二楼住人,三楼堆放杂物,四楼以上基本上是野猫耗子的居所。在司马征看来,这些楼房没有档次,没有文化,没有品位,样式、风格和用的材料大致相同,像是在立起来的火柴盒上掏了几个窟窿,土得掉渣还自以为豪华而神气。司马征在欧洲农村考察时,专门选择一些乡村小镇具有特色的庄园楼房,从不同的角度拍了许多照片，最后把照片都给了老梁。这些庄园楼房，都是历史悠久，民族特色明显，文化底蕴深厚，既具有舒适的居住功能，又有着很高的审美价值。

司马征印象最深的是英国的丘吉尔庄园。庄园坐落在伦敦郊区，不仅院落规划、楼房布局、建筑风格、建筑材料都极其讲究，单就门的设计来说，就很有特色，让人看了听了瞠目结舌。丘吉尔的第一代祖先在修建庄园时，从大门到卧室安装了150多道门。据说是为了和情人在庄园里厮混，等夫人到达庄园后从第一道门进去，卧室里就有信号响起。夫人要走到卧室，必须经过150多多道门。这等于层层设防，保险安全。淏梁村人的院落，最多的只有三道门，院大门、屋门和卧室门。不少人家只有一道门，除了屋有门，院子和卧室都没门。司马征受150道门的启发，对老梁说自己常年不在家，为了安全，使小偷不易进到父母卧室，设计门时要借鉴这一风格。为此，从院大门到二层楼上父母的卧室，老梁设置了整整15道门。晚上九点以后，如果有人进了第一道门，父母的卧室就会有信号响起，屏幕上显示1；进了第二道门，屏幕上显示2；一直显示到15。

终于，司马征给爹盖的两层半小楼竣工了。这栋楼从建筑风格、雕刻彩塑、所用材料、室内装饰、家具配置以及院内格局，真是让淏梁村人大开了眼界。

大门口是一片敞开的草地。草地中间是一个花坛，坛墙用紫红色大理石砌成。花坛正中间是黑色大理石基座，一尺高，六尺六寸见方，上面安放一尊九尺九寸高的黄铜雕像，雕像是罗丹的名作——思想者。思想者裼肚肚（土话：赤裸着身子），驼背蹲着，弯曲的右手托着下巴，目光冷峻深邃，低头审视着眼前的土地。

爹有些不解，围着那铜雕像转了好几圈，手拿一根老榆木棍，朝着雕像的屁股，梆梆梆敲了敲，问司马征：这啥货？褐肚肚，圪蹴在咱家门口，丢不丢人？

司马征说：这是外国一个著名雕塑家的作品，名字叫思想者。

爹问：思想者？他圪蹴到这儿，思个啥？想个啥？是不是思想着，为啥把他放到这儿？

司马征笑了笑，没有再给爹解释。

思想者的两侧，也是八字形开面的墙，墙面上贴着黑色的大理石，这是爹的建议，司马征让老梁采纳了。思想者像是一道影壁，后面是院的大门，两边是一对石狮子，院墙用青石条铺了三层地基，然后青砖墙体一墙到顶，青瓦封盖。门框门楼全部用土红色的花岗岩砌就，风格别致，造型讲究，上面雕刻着各种花纹图案。从整个门面看上去，具有中国特色。豪华而不浮躁，庄重而不显赫，富贵而不奢靡。进了大门，更是别有一番风格。一条五尺宽的路，用清一色的粗花岗岩铺成。迎面是一栋两层半高的楼。单就楼的人字形山墙朝向，就和全溟梁村的所有房子都不一样，它面南朝向，正对着大街。底座是四个四叶式圆形石柱墩，墩上立着四根多立克式石柱，石柱顶部的水平横梁，是四条一尺见方的砂岩，雕刻着山、水、日、月、松、柏、楼阁风光图。整个墙的主体由红砖砌成。一层的正中间是圆拱形正门，两侧是两个欧式的白色窗框，镶嵌着彩色玻璃。二层楼的整面墙用红木雕刻造型分格，镶嵌着一整块透明的大玻璃墙，豪华庄重，采光充分。二层顶部，同样放着四条一尺见方的砂岩横梁，雕刻着福、禄、寿星图。再往上，是半层高的三角形框架，在三角形框架的正中间位置，雕刻着一尊牛头。那牛头采用古希腊立体雕刻手法，悬出墙外，比南非马赛马拉草原上野公牛的头还大。牛角高扬，牛眼圆瞪，牛视眈眈地俯瞰着院子和大街。牛头的两边开着两扇造型别致的欧式小窗户。

村里人知道，司马晃是属牛的。

这院落楼房一建好，让所有看到的人眼睛一亮，心里一震，有不少人脱口而出：操，这楼房，真牛×。

爹说：我盖了一辈子房，从来没有见过这样的楼房。

王武德不止一次地说：小征，我日死恁妈，你盖的是外国的庙，还是皇帝住的宫殿？

还有人说：王武德准备把自己家的五层楼拆了，要重新盖。

淏梁村人还传播出一个信息，内容更加邪乎：司马征盖楼用的大理石，和古希腊修建卫城用的大理石出自同一个采石厂。门窗上的彩色玻璃，和梵蒂冈教堂门窗上的一模一样。墙上涂着的油漆，卖漆的人当场大口喝过，是最环保的。砌墙的红砖，和莫斯科红场建筑物上的红砖出自同一厂家。最讲究的要算屋里地面铺的砖，据说是从当年装修克林顿办公室铺剩下的地砖中弄一部分走私过来的。也有人说不对，村西头孙孬他妈去过司马晃家，说那屋里铺的地砖，好像在莫斯科的克啥狗比掰宫（克里姆林宫）里见过，俄罗斯风格，应该是从装修普京卧室的地砖中弄来的。村里就是这样，人多嘴杂口舌多，爱东家长西家短，有影扯没影的，咋邪乎就咋编咋传。

新楼盖好后，司马征买了两挂10万头的鞭炮，用竹竿挑起十多米高，把大门口和院子里崩得炮屑飞溅，青烟弥漫。在鞭炮和街坊邻居们的喝彩声中，在淏梁村人无限羡慕的目光中，司马晃夫妇高兴得像当年做新郎新娘，咧着说不出话的嘴，搬进了新盖的豪宅。

谁知道这么好的楼，住进去第三年，妈就得了肺癌，很快就去世了。

妈的命真苦。

七

2017年秋天，司马征又接到了爹的电话，说自己吃不进饭，腰疼，两腿无力，连站起来走路的力气都没有。

司马征急匆匆从伦敦赶回了淏梁村。

爹躺在床上，脸色灰黄，说话声音有些绵软。司马征带爹到市医院检查。医生看了看片子，说发现胃里长有东西，进一步确诊需要做胃镜。可爹的脾气拗，死活不愿做胃镜。医生最后给开了一堆药，说回去吃吃看吧。司马征听老中医说过，人得病多是因为生气，引起体内气血不和、阴阳失衡、血脉瘀滞。人活着就是一口气。关键是要让这口气顺溜，顺顺溜溜高高兴兴是最好的医药良方，能治百病。这几年，爹过得真不省心。划院地盖房，滩人闹事，妈又去世，糟心的事情一档接着一档，爹的心情就一直没有轻松过，高兴过。当务之急，就是要想办法让爹高兴，高兴了，说不定病情会有好转。

从市里回来的路上，爹突然说不想回新院，要回老院子去。这是司马征没有想到的。

　　老院子在老溟梁村。才十年的时间，溟梁村的发展日新月异成果显著，超出了以往几百年。突出标志是分成了新、老两个村子。新溟梁村，就是司马征2008年回来看到的，在老溟梁村的北面、西面和东面，呈凹字形包围着老村子。老溟梁村南面之所以空缺一面，是因为南面地面平坦，有县城。乡里不允许村子往南发展，说是留给县城将来发展的新区。这些年，新溟梁村又有了新的突飞猛进的发展。最明显的标志是，原先那些停工空着的废旧工厂，圈起来的那些长满荒草的院子，现在已经都盖成了楼房，一座挨着一座，一栋连着一栋，大都是八九层、十一二层高。那些楼房水泥钢筋浇筑的墙，有的墙外面还贴着华丽的彩色瓷砖，大门口镶嵌着"牡丹嘉园""世纪宫""司马庄园"等字样。墙体上，房顶上，做着花花绿绿的广告，刺眼醒目。电线横拉竖绕的，蜘蛛网一样。街道换成了沥青路面，沿街两边开着小卖铺，卖油条、烧饼、浆面条、烧鸡、猪头肉以及各种水果，也有修理自行车、摩托车、三轮车、配钥匙等，经营啥的都有。街上人来人往，大车、小车、摩托车穿梭般地行驶，熙熙攘攘，非常热闹。相比之下，老溟梁村彻底衰落了，像被子孙们遗弃的老人，孤僻，冷落，凄凉，已经很少有人居住了。一条东西走向的土路，坑坑洼洼的，依然像几十年前那样，病恹恹地躺在那。两边是低矮的旧瓦房破草房，有不少人家的院墙屋墙已经倒塌，房顶上和院子里长着野草小树。这里倒成了鸟们的乐园，乌鸦麻雀斑鸠黄鹂各种鸟儿飞来飞去，自由自在地展喉歌唱。野狗野猫黄鼠狼老鼠们，也在这里漫步嬉闹，繁衍子孙，无忧无虑地生活。

司马征家的老院子，在老溟梁村的中间。

司马征把爹搀扶到了老院子。秋天了，多年不住人，院子一片荒凉。满院的野麻、艾蒿、鬼子姜、狗尾巴草，它们都已经过了疯长的季节，现在变得枯萎发黄，无精打采地耷拉着。很快，它们一年一度的生命期就要停止了。地上和枯草间，散落着一些干枯的树叶。院里的颜色，看上去就像爹的脸。

司马征扶着司马晃进到老屋。老屋里弥漫着一股陈旧发霉的气味。秋高气爽，太阳刚刚偏西，光线充足洁净，透过窗户、门口，倒是把屋里照得亮堂。司马晃坐在八仙桌旁的柳圈椅子上，抬眼望着前面的墙。原先糊在上面的报纸经不住岁月的折磨，有些已经崩裂脱落，像朵朵开败的残花，耷拉在墙上。

他对司马征说：去，把墙上那些破报纸全都撕下来，看着眼晕。

司马征去撕墙上的报纸，发现报纸是"文化大革命"期间的《一二·九造反兵团报》。有几张是同一天的，还算平整，贴在墙上，报纸上通栏标题写着：红卫兵勇破四旧，平祖坟斗志昂扬。

司马征笑着说：爹，这报纸可都是文物！

司马晃说：啥狗比掰文物，都给我撕了。

司马征撕去报纸，露出了里面的土墙。土墙是用泥土和着麦秸垛的。随着撕去的报纸，墙上飘下一片灰尘。灰尘弥漫开来，直往他的鼻子和嗓子眼钻，鼻子和嗓子有些发辣，直想咳嗽。司马征低头看看脚下的地。这地面他非常熟悉，是用黄土夯的，夯得很瓷实，加上踩踏的时间久了，变得有些黄中发暗，暗中发亮。小时候，他趴在地上玩，地面上有时会开裂起几块薄皮，核桃般大小。他把一块地皮抠着翻过来，发现下面有着一层稀稀疏疏的点，白色的。爹说那是尿碱花，小孩子撒的尿多了，渗到下面，时间久了，就结成了尿碱花。司马征说我在地上撒过的尿才有多少，哪会结成了尿碱花？爹说你尿的次数不多，可我爹、我和你四个叔叔，都在这地上尿过，日久天长，渗下去的尿就结下成这碱花。知道吗？这尿碱花可有好处，能防虫蚁。小孩子褪肚肚光屁股在地上玩耍，没有虫蚁叮咬，比现在的杀虫药好得多。司马征环视着屋里的床，那床是槐木做的，据说爷爷就出生在那张床上，已有一百多年的历史。还有那条长板凳、小木椅、木头脸盆架，都是经历了几十年、上百年的沧桑岁月。

　　老屋的一切依然如旧。土墙土地，包括墙上的挂历、年画、中堂等，对于司马征来说是那么熟悉。因为他打几岁起就跟着奶奶住在这屋里。爹妈住的是西厢房。可这些东西毕竟很陈旧了。蜘蛛网挂在棚上，屋里的一切落满了尘灰，眼前又是那么的陌生。司马征毕竟在伦敦那个繁华的世界大都市生活了这么多年。

　　司马晃沉默了半天，没有说话。

　　司马征抬头看爹，爹坐着，正在往八仙桌下面瞅，目光有些发直发呆。

　　司马征说：爹，看看老房子，回后街吧？

　　爹抬起头，说：征，把后街新院那楼拆了吧？

　　司马征像被电击了一样，立马瞪大了眼珠：啥？拆楼？

　　爹点了点头，那样子不容置疑。

司马征心想：爹得的是啥病，疯了？

爹说：拆吧。

司马征问：为啥？

爹说：种地。

司马征：恁好的楼，拆了种地？

爹说：种地。现在村里没地了。吃粮吃菜都得买。买的粮食和菜，都是用化肥催的，上的都是剧毒农药。咱村每年死不少人，都是得的肝癌肺癌胃癌食道癌的。医生说，跟吃的粮食和菜有很大关系。咱村人没有黄河滩人精，黄河滩人说，他们自己吃的粮食和菜，都是上的人粪尿，种菜从不打农药，有了虫用手去逮。他们说，那些种粮种菜的专业大户，从来不吃自己种的东西。现在咱村人迷糊过来了，也想自己种粮种菜，可是没有地了。拆了楼，弄出一块地来，咱也自己种东西，自己吃。

司马征想了想，对爹说：把咱这老院拾掇拾掇，不也一样能种？

爹看了看他，没理他。停了一会儿，爹又看了看他，嘴唇似张非张的，好像肚子里有话，却又不愿意说。又停了一会儿，爹终于说话了：

征，把那个东西搬出来。

啥？

灰橛。

啥灰橛？

司马征四处瞅瞅。爹用拐棍指着八仙桌下面说：

恁大个东西看不见？

八仙桌摆放在老屋北面墙的正中间。从司马征记事起，八仙桌就是个非常神圣的地方。上面敬奉着司马家族的历代先人牌位，下面收拾得干净利落。奶奶、母亲在世时，每天早上起床的第一件事，就是用抹布蘸着清水，把桌子擦洗一遍。年下时，大年三十晚上，上面就开始摆满了猪头、鸡、鸭、鱼、肉、水果等各种供品，香炉里插着香火，青烟袅袅，满屋飘动。

八仙桌下，司马征看见了那个灰橛。乍一看，那灰橛像块大土坷垃。其实是石头的，土灰色，圆柱形，有头号大碗口那样粗，尺把长，坑坑洼洼的不太光滑。老房子里常年没住人，灰橛躺在八仙桌下面，覆盖着一层灰尘，不仔细看，真不知道那是啥。

司马征说：搬它干啥？

爹说：叫你搬你就搬！

司马征弯下腰去搬那灰橛。那灰橛约有十多斤重。司马征吭哧吭哧的，从八仙桌下面搬出了那个灰橛，弄得身上手上都是尘灰。

他问：放哪儿？

爹说：去，把灰尘扫干净。

他又问：贼次耐（土话：脏的意思），扫它干啥？

爹有些烦了：叫你去你就去，啰唆啥？

司马征把灰橛搬到院里，拔了一把狗尾巴草，扫去了灰橛上的灰尘，又搬进来放在爹面前。

爹指着那个灰橛，问司马征：知道是哪来的？

司马征摇了摇头。

爹说：新院地下挖出来的。

司马征说：挖出来个灰橛，咋了？就非要拆那楼？

爹说：知道灰橛下面的砖上写的啥字？

司马征还是摇了摇头。

爹说：咱农村人拉屎撒尿，喜欢敞亮，用玉米秆或土墙一围，就是厕所，屎尿再臭，风一吹，啥也闻不见了。不像城市人，吃饭睡觉拉屎撒尿，都在一个屋里。你把厕所盖在楼里，恁妈嫌太次耐，经常吃不进饭。就让恁舅，在楼后面挖个厕所，没想到，挖出了这个灰橛。

司马征看着爹，心里仍不明白：挖出个灰橛又咋了？非要拆楼？

爹又说：这灰橛下面，有一个刻字的砖，砖上写着，司马宫坟茔。你知道司马宫是谁？

司马征说：不知道。

爹说：家谱上写有，司马宫是我的老祖爷（曾祖父），你老祖爷他爹。那新院地，原来是咱家的老祖坟，埋着咱家历代祖先的棺材。原来在村子东面，两里多远的上岗地，那有一大片老坟，你还记得吧？老祖坟是好多家的，其中也有咱家的。现在村的北面，咱的坟，是恁老祖爷自己新扎（土话：新建设的意思）的坟茔，埋着恁老祖爷他爹他妈，恁老祖爷老祖奶和恁爷爷奶奶。"文化大革命"时破四旧，把村子北面那一大片老坟，全都平了，石碑也砸了，柏树也刨了。几十年来，生产队种菜种粮，把那块地翻来翻去。后来，楼房越盖越多，村子向外扩展，真没有想到，新院就划在了咱的老坟，新楼就盖在了咱老祖宗的坟上。

司马征有些明白了，却又不死心：只是见到了灰椁和砖，那有啥？

爹生气了，说：那有啥？你真是不见棺材不掉泪？又往下面挖，挖出来一个砖砌的墙，扒开砖墙，里面是一层半尺厚的木炭，木炭里面灌了一层半尺厚的松香。再往里面挖，是两副棺材，原来是个墓室。那两副棺材的木板好，是柏木的，都没坏，大头露着，大半截还压在咱楼下。棺材大头前，刨出一块青石板做的盒子，尺把宽，二尺长，半尺厚，打开看，里面刻着我老祖爷的名字，活着的时候都干过啥，啥官职，写得清清楚楚。恁爷爷活着时告诉过我，说俺老祖爷在清朝是个高官，道光年间，当过国子监祭酒，和那个青石头盒里写的一样。那不是咱祖先还能是谁？要不墓室会弄得恁好？我和恁妈，天天和祖先们住在一起，我和恁妈住上面，祖先们住下面，你想想那是啥心情？你妈住进去才几年，把命都贴进去了。这还不是老祖先们，对咱这不肖子孙的惩罚？还不是老天，对咱的报应？

司马征不再说话了，心里沉重起来。

爹说：这件事，没敢给恁几个叔叔说。你记着，千万不能给他们说。

司马征有些不解：说了怕啥？

爹有些激动：怕啥？恁四叔、五叔要是听说了，会来挖坟掘墓，寻找墓里的宝物，怕啥！前些年，恁四叔、五叔都干啥营生，你不知道。他两个人是盗墓贼！在黄河南巩义的邙山上，盗宋朝古墓。跑到西乡，挖司马懿家的祖坟。他俩倒卖墓里的文物，被判过刑。我让恁舅原封不动地，把墓又埋上了，告诉恁舅，这事要永远烂到肚子里，永远不能对任何人说。我和恁妈在墓前，连续烧了三天香，跪在那儿，又磕头又作揖的，恳求祖先们原谅。最后，恁妈还是把命贴进去了。

爹说得凄婉悲伤，眼眶里闪动着泪花。

司马征认真点了点头。

爹说去找过王武德，告诉他房下面有老坟，不吉利。

王武德说：老晃，年代多了，连你自己都不知道那里有老坟，我比你还小几岁，咋会知道？

爹央求武德：能不能再给我划块新院地？

王武德说：你是真不清楚，还是假装糊涂？你没看看，咱这村里，现在哪还有好地？剩下的几块地，七齐八不整的，下面不是张家王家的老坟，就是李家郑家的祖坟，他们都有后人，一窝一窝的，你能盖？你敢盖？滩人那次闹，你忘了？细想想，你楼下那老坟，没名没主，不知道是谁家的，正好。你可千万别声张，要是有人知道了，说是自己家的祖坟，那还不去扒恁家的楼？再说，恁家那栋楼盖得多排场？眼红的人多了。算球了，老晃，就只当你是给咱村里的老祖先们看坟哩。

爹对司马征说：武德说的是实话，村里真的是没有好地了。

停了一会儿，爹又说：征，咱用你在英国挣的血汗钱，买了咱自己家的祖坟，在上面盖了恁派场一栋楼，我死了，咋去见恁爷爷奶奶和祖先们？大门口你弄的那个楬肚肚铜像，叫啥来着？思想者，对，思想者。他老盯着地面看，是不是他把地下都看透了？他思个啥？想个啥？是不是在思想，你咋把恁好的楼盖在自己家的祖坟上？直到恁妈死了，我这也才咂吧过味儿来。

司马征苦笑一下，没有吭声。

司马征想了想，对爹说：这老屋太次耐，咱先还住到新院，这几天我把老院子收拾收拾，再搬过来住？

司马晃答应了。

八

秋天来临了，新溟梁村的人们并没有意识到。

新溟梁村没有树木，没有花草。这些原本是自然界安排的参照物。它们发芽、生长、衰败、凋落，是四季变换最明显的信号。可新溟梁村没有这些参照物，没有这些信号，那里的人们一天到晚看到的，是那些反射着热浪的楼房，白光光的水泥路，穿梭般的车流和顾客如织的小卖铺。他们在新溟梁村，始终感到的是那么的火烧火燎，热热闹闹，轰轰烈烈，充满了火热的激情和希望。只有到了老溟梁村的人，才感到冷静，才觉得安宁，才有些清醒，也才能发现秋天的味道。因为在老溟梁村，那些春天发芽生机盎然、夏天蓬蓬勃勃疯长的花草树木，现在都已气数殆尽了。花儿早已凋落，青草已变得苍黄，树叶一片一片地飘落下来，慢慢显露出干杈杈的枝干。

司马征来到了老院子。他已经连续几个晚上没有睡好觉。世界上很多事都令人不可思议，但它们都切切实实地存在着。拿那栋楼房来说吧，咋就偏偏盖在了自己家的祖坟上？这是天意还是偶然巧合？妈的身体原来那么好，住进去才几年时间，命咋就说没就没了？这么残酷的后果，难道也是偶然巧合？哲学上讲偶然和必然的关系，说一切偶然都有它的必然性，一切必然都是通过一个个偶然表现出来的。他好像有所感悟了。思考再三，他决定在老院子给爹再盖一栋楼。老院子安全，住过历代祖先，地下绝不会有那些意想不到的东西。他无论如何也要给爹再盖一座楼，再盖一座比祖坟上的那栋楼更豪华、更高档的楼，以了却爹一辈子的心愿，抚慰爹那饱受创伤的心灵。钱算啥？爹这一辈子不容易，妈不在了，只要能让爹高兴就行，他有的是钱。司马征抬起脚，踩倒了院里那些疯长的野草小树。迈开步子，丈量着老院子。结果令他失望：面积狭窄，不够盖一座自己理想中的楼。

他想到了西邻居。司马征听爹说过，西邻居的祖上和自己的曾祖父聚过仇，聚仇的原因就是为盖这座老上房。爹说，曾祖父为盖这座上房，10多岁就开始在院里种树。20多年后锯倒了那些树，小缸口粗的做大梁，洗脸盆粗的做二梁，大碗口粗的做檩条，枝枝杈杈和小树干做椽用。最后缺了一根檩条，曾祖父去锯与西院边界上的一棵树，西院不让。那是一棵榆树，原本是野生的，树小的时候没人注意，直到长大了，能当材料用了，两家人才都围着那棵树不停地看。

一个说：这是俺的，树是长在俺家的院地上。

另一个说：净瞎胡扯，这树明明是长在俺家的院地上，是俺的。

两家人吵得像仇人，捋胳膊挽袖的要打架。那时候村子里人口少，地面很空旷，家家户户之间野草相连，小树疯长，看上去好像并没有严格边界。为了弄清楚那棵树到底归属于谁，曾祖父和西院拉起了天线。

拉天线分边界为的是寸土必争，寸土不让。看似为了争眼前这棵树，实质上是争谁能世世代代拥有这寸土寸地。寸土寸地虽然不大，但如果世世代代都拥有它，就能拥有它世世代代生长出的财富。为了争那寸土寸地上世世代代的财富，邻里之间为院地边界拉天线的很多。两家请来了村里的管事人，在院子两头的分界点刨出了祖上立下的灰橛，在灰橛的位置插上一根高高的竹竿，两根竹竿间拉着一条天线。在两家有争议的地方，从天线上坠下一条垂线，垂线下面夯拉个圆锥形铅坠，铅坠尖接触地面的位置，就是两家院地的分界点。拉天线的结果是，那棵树长在两家边界的正中间。

曾祖父对西院说：树做个价，我给你一半钱。

西院说：我要树，不要钱，我也要盖房。

曾祖父说：锯吧，锯了一劈两半。

西院说：不锯，让它再长几年，我盖房想当大梁用。

爹说，两家一直为那棵树较劲，一直把结下的仇恨延续了好多年。那棵树在两院的较劲中一直长到了1958年，那时村里搞大炼钢铁，一切财产充公，大树被锯倒，撺进了村里的炼钢炉，变成了一股青烟。

西邻居和自己家祖上为盖房，争院地边界结下的冤仇，随着岁月的流逝，随着祖先们的远去，到爹和司马征这一代已经淡忘了。司马征看到，当年两家怀着仇恨用青砖垒起的边界隔墙，随着风雨岁月已经坍塌风化，变成了一道尺把高的青灰土埂。土埂上爬着牵牛花和野瓜秧。不仔细看，两个院子像是一个院子。西院的两座破旧老房子淹没在荒草杂树丛中。他跨过那道几乎看

不清的隔墙，发现荒草和杂树丛里有一块熟地，熟地上蹲着一个
人，那人正在用小铲子铲菠菜。菠菜贴着地面长，叶子碧绿厚
实，边缘和尖部有些发红。几畦菠菜长得很好，棵棵像盘子那么
大。还有两沟小葱，小葱也长得青绿挺拔。司马征走过去，原来
是镇中伯。镇中伯佝偻着身躯，眼睛已看不太清楚，他大声问来
人是谁。当他知道了是司马征，便问：

征，国外回来了？

回来了，伯，咋在这儿种菜？

村外没地了，都卖光了。老院子荒着，开出来种点菜，种点
粮，够我吃哩。

荒废的老院子变成了菜园子和粮田，是司马征没有想到的。

司马征后来发现，老溟梁村有很多荒废的老院子里都开有
菜园，种着黄瓜辣椒西红柿白菜等，还有的种玉米小麦黄豆红薯
的。问爹，爹感叹说，村外的地，原本是世代先人种庄稼和蔬菜
的良田，先人们用血汗把地喂熟了，现在都盖上了楼房，建起了
这工厂那园区。村庄里面，原本是世代人居住的院落房舍，现在
却长满了荒草野树，荒草野树中又被开垦出来种着庄稼和蔬菜。

这世界咋都弄颠倒了？

这一句话，司马征和爹有同感。他这一辈人活到现在，才发
现世间有很多事情都颠倒了。二十世纪五十年代，自己小时候，
吃五谷杂粮不好，拉嘴扎胃，做梦都想吃精米麦面，麦面还要
八五的，最好是八零的，就是一百斤小麦磨出85斤或80斤的面。
现在颠倒了。都说吃五谷杂粮好，小米要带着细糠吃，小麦压
扁了不出面连皮吃最好，叫麦片，不破坏维生素，有利于健康。

以前觉得穿粗布土布不好，太土，都想穿洋布、的确良、的卡布的衣裳，连进口的日本尿素袋也成了做裤子的抢手货。现在颠倒了。都说穿粗布土布的衣裳好，纯棉的，天然的，冬天保暖，夏天透气，有利于皮肤保养。以前觉得下雨天不好，连下三天雨就举头骂天，塌窟窿了？都说晴天好，红红的太阳多好的天！现在颠倒了。雨天越多越好，能冲走颗粒悬浮物和有毒气体，有利于净化空气，滋润万物生长。雨天少了就打碘化银弹，搞人工增雨。以前觉得住平房草房木板房、点蜡烛煤油灯不好，做梦都想住楼房，"楼上楼下、电灯电话"成了远大理想共产主义的重要标志。现在颠倒了。有钱人都不想住楼，想住平房草房木板房，说能接地气。有电灯不用，非要弄个电蜡烛、电煤油灯点上，说是古朴高雅，有情调。以前觉得瘦人不好，像个要饭的。胖人好，富态，做梦都想变胖。现在颠倒了。瘦人好，苗条健美。肥胖不好，很多人天天吃肥肉喝减肥茶，晚上不吃饭，快速走路，早晚跑步，掏钱在跑步机上消耗肥肉脂肪，咋能变瘦就咋干。

古希腊的一位哲人说：人，最难认识的是自己。

实践证明，人真是个很难弄懂的动物。

西院原本也人丁兴旺。司马镇东、镇西、镇南、镇北、镇中老弟兄5个，和自己的爹是一辈人，当年都居住在一个院子里，20多个孩子像养着的一群鸡，叽叽喳喳的满院乱跑。夏天的夜晚，院地上铺着几条苇席，苇席上躺着一地的孩子。冬天没有床，床是大人们睡的，孩子们都挤在院里的柴草垛里睡觉，像卧在草窝里的鸡。爹说，西院的孩子们大了，有人考上大学，毕业后没有再回来，有的外出在广东深圳打工，有的满世界跑做生意，他们挣了钱，在村子外面划新院地，盖新楼，西院就冷清荒芜了。镇中伯问：

征，你来这破院子干啥？不嫌次耐？

俺爹也想回来老院住，和你做个伴儿。

恁爹他，也真是个憨凶球（土话：傻蛋的意思。），放着恁好楼不住，咋非要住这儿做？

你咋不搬后街，到我七哥八哥九弟他们那儿住？

他们那儿？他们那儿外亲们太多，大人孩子都来住，说是咱村离县城近，孩子上学、大人上班都方便，人太多了，房子就显得少，挤得像一窝鸡，住着嫌聒吵。不像你，在那新宅院，给恁爹盖恁洋气的耗子楼，多宽敞，多派场。

啥叫耗子楼？

村里人都说，你给恁爹盖的，是耗宅吗？

司马征笑了，没有解释。

镇中伯又说：五八年时，小喇叭里天天播，说共产主义就是楼上楼下、电灯电话。现在都共产主义了，可那共产主义的楼，我就是住不惯。上楼下楼磕磕绊绊，收了粮食也没有地方放，瞎不自然。院地里打着水泥，光溜溜的像老和尚的头，走在上面打滑溜，看不见一撮黄土，树木花草不生，没有一点绿色。屋里打着茅厕，屙尿都在屋里，夏天憋闷，冬天憋气，臭气能熏死人。墙上涂着这油漆，抹着那颜色，花里胡哨的，哪有老房住着舒坦？恁伯是土命，生在这儿，长在这儿，从小在这院里和黄土地上滚大，三天看不见黄土难受。现在老了，住在这儿，出门能看两眼绿，进屋能踩老黄土，可僻静，可踏实。死了，我还想埋在这儿。

镇中伯大概也孤独，肚子里好像憋有不少话，见人就想诉说。

司马征看着破旧的老屋，问：这老屋破成这样，咋不修盖修盖？

修盖？这屋是俺弟兄5个的，爹妈在世时分家，我只分有35道瓦垄。前年想修盖，可还没有动工，老三老四来了，说哥你住着可以，新修盖不行。新修盖了，整个屋不就都是你的了？我们还有份哩。

听了镇中伯的话，司马征心里像堵了一团棉花。

他又想到了东邻居。东邻居是六爷的家。六爷和自己的爷爷是堂兄弟。小时候，他经常翻墙到六爷的院子里偷葵花。六爷家几代单传，独门独院，院子很大，种着很多葵花。葵花开时，满院一片金黄，香气飘得半条街都能闻到。葵花成熟的季节，忍受不住诱惑，他约上几个老怀，其中就有孙得意，经常跳过去偷葵花。听奶奶说，六爷六奶年轻时开豆腐小作坊，做豆腐卖豆腐。临街没有院墙，院子又大，空旷，六爷怕夜里有贼进院子偷东西，就在院子临街横着楔了两根木橛，拉上一根细牛皮绳，绊贼。六奶做了一夜豆腐，第二天一大早，六爷挑豆腐去卖，忘了那根绊贼绳，把自己绊了一跤，豆腐扔了一地。六奶见六爷回来，问：今个咋卖恁快？六爷说：可不是，日死他娘，今个运气好，没出门，就碰上个要豆腐大户，没吱喝一声，就全卖光了。这事后来被村里人当成笑话讲。幽默的六爷和勤劳的六奶早已去世多年。他们只有一个独生女儿叫凤荣，司马征叫她凤荣姑，远在青海西宁，很少回来。

司马征从西院回来，隔着倒塌的院墙，看六爷六奶家的东院。东院里也很空旷，长着荒草小树，荒草小树里也开出了一块熟地，种着玉米、南瓜。玉米穗已被人掰去了，留下十几棵枯黄的空秆，在微风中悲哀地摇晃，玉米叶之间相互摩擦，发出轻轻的沙沙声，像人在呜咽，低沉悲伤。南瓜秧枯萎变黄，大南瓜已被人摘走了，留着两个干黑的蒂把。两个小南瓜有拳头大，随藤蔓挂在小树上。东厢房的顶部塌了几个窟窿，檩条、大梁和椽龇牙咧嘴地裸露着。窗户已经被人卸走了，留着黑洞洞的窟窿。墙上被猫狗鸡鼠们掏了很多洞。老上房稍微好些，门窗都还在，房顶上长着一簇簇野草，在风里不停地摇晃。

司马征去找王武德，说：德叔，我六爷家的老院子荒着，划给我咋样？

划给你，白划？

那就，卖给我？

宅基地不让买卖，这是国家政策，你不知道？

司马征半天没有说话，他不知道该再说啥。

王武德看着有些尴尬的司马征，诡异地笑了。他扇了自己脸上一巴掌，吸了口纸烟，吐出一串烟雾，在弥漫的烟雾中，他贴近司马征的脸，眨了眨眼睛，腔调变得低弱，只有他两个人能够听见：

小征，你准备拿多少钱？

村里要多少钱？

王武德伸出一把手。

五千？

王武德像被蝎子蜇了一下，立刻直起了腰杆，他有些激动：

五千？你真能说得出口！

司马征想：我家是村里老根户，爹说过，老根户划院地原本是不要钱的，五千还少？

他放开了口子问：五万？

王武德干脆利索地把手掌翻了过去，又翻了过来。然后顺手扇了自己一巴掌。

司马征狠狠心，往大处说：十万？

王武德没说话，点了一下头。接着，又点了一下头。笑了，皮笑肉不笑的。

司马征吃了一惊：太贵了吧，就一个老院地，荒着，值恁些钱？

贵？新规划的五环路，已经把咱村划进去了，咱村很快就和县城一体化了，成为县城了。县城的地有多贵，你该知道吧？

王武德说完，又扇了自己脸上一巴掌。

十万。五环路。成为县城。这几个概念一直在司马征的耳边回响。

他没有告诉爹，给了王武德十万。

司马征满心喜悦。他盘算着，把自己老院的上房扒去，推倒和六爷家之间的隔墙，把六爷家的老房也扒去，两个老院子连在一起，成为一体，地面就宽敞多了。他要在这宽敞的地面上，给爹再盖一栋楼，这栋楼要建得比后街祖坟上的楼更豪华、更牛×。

司马征不缺钱。

司马征兴奋起来。他哼着《幸福的家乡幸福的我》小曲，跨着轻盈的脚步，跳进了六爷的院子。两只黑色的蝴蝶，忽闪着翅膀迎面飞来，几乎要撞到他的脸上。司马征没理会它们，直奔六爷家的上房。六爷家上房屋门的门鼻子用铁丝纽着，多年无人开启，铁丝已经生锈，手轻轻一掰，铁丝粉碎性地断成几截，跌落地下。推开门，眼前的一幕让他惊呆了：两副黑漆漆的棺材放在屋子的正中间，大头正对着屋门口。一副棺材的大头上写着红色的"福"字，另一副棺材的大头上写着黄色的"寿"字。两副棺材上面用苇席盖着，苇席上落着一层尘土。棺材下面的地上堆着几堆浮土，一群耗子正在上面玩耍。受到突如其来的惊吓，小耗子们唧唧叫着，慌忙四散逃走了。两只大的耗子倒显得老练镇静，没跑，咕噜噜地转着四只鼠眼珠子看他。

司马征突然想到了爹。

九

30多年前的一天，司马征记得很清楚，六爷来到他家。六爷已经很老了，拄着一根老榆木拐棍，颤巍巍的。他来找爹司马晃，说：晃，帮我和你婶把喜木备了吧！

溟梁村人把做好的空棺材叫作喜木，人死了装进去才叫棺材。

爹说：二老身体怹扎实，急啥？

六爷说：喜木备好了，放它几十年也没啥，还可以放放粮食。人命无常。我和怹婶怹一大把岁数了，像是野地里点的蜡，风一吹说灭就灭了，一旦有个三长两短，到时候也不抓瞎。

司马征听语文老师讲过三长两短。老师说三长两短，指意外的灾祸事故，特指人的死亡。爹说：恁那老师是瞎胡扯。你没见爹给人家做的喜木？没盖子的喜木是几块板？三长两短。一块底板，两块侧帮，是长板。大小两块堵头，是短板。人老了，都要有个三长两短。有了三长两短放在那儿，心里就踏实。人突然不行了，放进去，把另一块长板拿来盖上就行了，就不会抓瞎，不会为没有棺材装殓着急。

每当想起爹对三长两短的解释，司马征就觉得任何一个中国著名的汉语言学大家，也没爹有学问，也都没有溴梁村先人的学问深。

爹说：叔，用啥料？

六爷说：东院的两棵大香椿树，我特意留的，长四十多年了，锯了吧，用香椿木。

爹问：凤荣啥意见？

凤荣就是六爷六奶的独生女。听妈说一九五九年，凤荣姑和初中一个同班男同学跑青海西宁去了，说是响应国家支援大西北建设的号召。六爷六奶苦苦劝阻，凤荣姑心野，不听爹娘话，硬是偷偷跑了，一跑六七年没一点音信，差点把六爷六奶气死。直到"文化大革命"，青海西宁造反派和保皇派武斗，凤荣才跑回家来一趟，说是保皇派得势了，革命处于低潮，回来老家避避。十几天后，说是革命形势好转了，他们那一派把革命的大权又夺回来了，急着要回去继续闹革命，就又跑走了。

六爷说：嫁出去的闺女泼出去的水。再说她跑恁远，经常是多少年没有一封信，叔婶靠不上她，就靠你！

爹半天没有吭声。

六爷又说：叔婶不会让你白尽孝，你虽然是我的堂侄儿，从现在起，你就是我的亲侄儿，你把我俩养老送终，东院的屋业就都归你了。

爹还是没有吭声。

六爷说：这院恁弟兄五个，住着多窄强？我和你婶走了，你就搬到东院去。

爹木匠手艺好，修房盖屋，做喜木、架子车棚等，样样都行。几天后，爹锯倒了六爷家的两棵大香椿树，用手掐着算了算，觉得不够，又锯倒了自己院的一棵香椿树。三棵香椿树晾晒了两年。爹用拐尺、墨斗，量好尺寸放好线，叫上二叔、三叔们，把树干绑在大街上的老槐树上，两边架上长板凳，爹和叔们褪脊梁，站在长板凳上，双手握着大锯，一推一拉地拉着大锯解板料。拉大锯解板料是件重体力活。随着"刺啦刺啦"的声响，锋利的锯齿把圆木中的木质钩拉成一粒一粒的锯末，弧形般地纷纷扬扬撒落下来。随着锯末一粒一粒钩拉出来，一条锯缝慢慢向下延伸，直到把一块板料完整地锯解下来。拉大锯解板料又是技术活，没有技术会把大锯拉偏离画好的墨线，一块板料就废掉了。四叔、五叔力气小，经常拉偏，爹常训他们，急了还上手打过四叔、五叔的耳光。

解板料用了三个月。天冷了，爹把板料弄到六爷的东厢房内，拿着斧、锛、锯、凿、刨等各式家伙，给六爷六奶做喜木。冬天，屋外大雪纷飞，屋内滴水成冰。爹穿着破旧的粗布棉袄棉裤，腰上系根布带，褪巴脚穿着单布鞋，一锛一斧一凿一刨地做喜木，认真精心，手上脚上冻裂的条条缝隙里，经常渗出血来。爹整整忙了一个冬天、半个春天，做好了两副喜木。爹买来两脸盆松香，用铁锅烧化了，浇灌到喜木的底部，把缝隙弥漫得滴水不漏。秋天，爹领着司马征在北河洼沙土里捡桐油子。那里原是溟河故道，在潮湿的沙土地里，可以刨出一些零零星星的圆状物，黑褐色，不规则，质地硬，小的像玉米粒，大的像小枣。爹说那叫桐油子。捡回来后，用清水洗洗，放铁锅里在火上和生桐油一起熬，熬成了黑黄色的桐油。五叔烧火偷懒，没烧多长时间就喊行了。爹拿根筷子，蘸着锅里的油往地上滴一滴儿，见油滴滋滋地往四周翻着花，说不行，再烧。一直熬到把桐油滴在地上，不再往四周翻花为止。爹把熬好的桐油和黑墨汁轮番地往喜木上漆抹，一遍一遍地，整整漆抹了九遍。两副喜木的里里外外，漆抹得像黑色的大理石，结实光滑，闪着黑咪咪的亮光。溟河故道沙土里这种神奇的圆状物，后来在北京大学图书馆，司马征查阅了很多资料，它们的学名到底是啥？始终没有找到。

溟梁村有个习俗，两口子如果有一个先死了，一般是不埋葬在地下的，只是在树园里或村边盖一个比棺材大一些的小房子，当地人叫丘，把棺材丘进去。等另一个去世后，再一起埋葬到地下。六爷死了。六奶让爹拍电报告诉青海西宁的凤荣，让她回来送送她爹。

凤荣回电报说，西宁离家太远，坐车得十多天，赶不上送爹了。再说现在正抓革命、促生产，革命工作太忙，孩子又小，回不去。

六奶气得一双小脚直往地上跺，嚼闺女不懂事，对爹娘没有一点亲情，路再远，革命再忙，亲爹不在了，也不能回来再看一眼？六奶对爹说：晃，打今个起，你就是俺的亲生儿子，俺老两口没有这个闺女，恁叔的后事你办吧。我死了，你把俺两口子挖坑一埋，这个院子就留给你了。

爹充当了孝子。他请来了一班乐器，在吹吹打打声中，把六爷装殓进棺材。爹身穿重孝，手捧着香盆，肩膀上扛着幡，走在棺材的前面。棺材后面，跟着二叔、三叔、四叔、五叔以及包括司马征在内的兄弟姐妹们。他们哭哭喊喊地，把六爷丘在了村后边的树园中。后来，六奶也死了。爹把六奶装殓进另一个棺材里。然后把六爷从丘里起出来，带着一帮孝子贤孙，穿着孝衣，拿着哭丧棒，要把老两口子合葬。

正在这时，凤荣回来了。

她对司马晃说：晃哥，俺爹俺妈暂时不入土，老两口先安放在上房屋吧。

爹问：凤荣，为啥？

凤荣说：这个院子是祖上留给我的屋业，让俺爹俺妈留在屋里给我看院子。等过几年我退休了，从青海回来了，再送二老走。

爹说：东院屋业的事，六叔六婶没有给你说过？

凤荣说：说了，我不同意。

凤荣不由分说，把六爷六奶的棺材安放在上房屋里，头也没回地回青海了。

司马征做梦也没有想到，六爷六奶的棺材竟然一直放到了现在。

十

司马征从六爷家的院子里出来，肚子里像是装了一块醋缸里的石头，既酸涩又沉重。他怀着一线的希望，心神不定地去找王武德，王武德大概会有办法。太阳挂在天上，云在天上飘着，太阳从云彩后面一会儿出来，一会儿进去，地上一会儿阳光灿烂，一会儿昏暗无光。

司马征见到了王武德，说了六爷六奶棺材的事，问：德叔，咋办？

太阳光正好从云里出来了，照在王武德的脸上，一片金黄。他扇了自己一巴掌，叹口气说：年代太长了，把这事都忘了。几十年了，凤荣也一直没有再回来过，人也不知道还有没有了。这样吧，村委会做主，把那两副棺材弄去火葬场，烧了吧。

移棺再葬，或者火化，在溴梁村都是件大事。

村委会成立了司马霄云、司马黄氏（也就是六爷六奶）的丧葬领导小组。王武德任组长。六爷的父亲和司马征的老祖爷是叔伯兄弟，司马征在溴梁村成了六爷最近的一支子孙。他按照习俗，像当年的爹一样，充当了孝子贤孙，在六爷家门前的大街上搭建一座灵棚。一阵鞭炮响过，在老上房里六爷六奶棺材前，司马征点燃了一堆锡箔，烧了三炷香，跪下扑通扑通磕了三个头。村丧葬领导小组派来的抬棺人，呼呼啦啦揭去了盖在棺材上几十年的苇席，在满屋飞扬的沉土中，把两块红布搭在棺材上。

六爷六奶的棺材被移到了大街上的灵棚里。

灵棚前摆放着纸扎，金童玉女、金山银山、摇钱树、电视机、电冰箱等，应有尽有；灵桌上摆放着寿馍、猪肉、煺光了毛的鸡等各种供品。正中间放着两个纸扎的苹果手机，一黑一红，非常显眼。村里人说话直：咋给六爷六奶一人一个苹果，还让人咬了一口？司马征头顶麻袋片，身着一身白布重孝，跪在棺木旁边守灵。几班响器，在灵棚前轮番吹奏着，《驾鹤西去》《孟姜女哭夫》《五女拜寿》等，曲目繁多热闹异常。

六爷六奶已死去多年了，村里很多年轻人，根本不知道曾经有过这两个人。年纪大一点的，只知道他们老夫妻俩早已死去，并不知道装着他们尸骨的棺材，至今还存放在他家的老房子里。

时辰到了，王武德大喊一声"起灵"。一阵鞭炮噼噼啪啪响起，十二个小伙抬着两副棺材，沿着村里的老路向村外走去。六爷六奶生前大概没有想到，这条路他们生前走了一辈子，死后几十年待在屋里没有出来，现在走在这条路上，他们如果有在天之灵，依然会觉得是那么亲切，那么熟悉。因为两边的老房老舍老院子，除了破旧些外，基本上没有什么变化。只是路两边的大树锯光了。粗壮的树根憋耐不住，在周围滋生出一簇一簇小树。路沟里长满了荒草蒺藜，乱麻咕咚的。

司马征披麻戴孝，背着幡儿，走在最前面。他的眼里没有眼泪，也没有什么悲伤，只是脸上带着哭相，嘴里喊着"六爷六奶"地发出哭腔，心里却并不怎么悲伤。他想到的是，如何拆去六爷家的院墙和房子，如何把两个院子整合到一块，在祖先们原来的基业上，再盖起一栋豪华的新楼。这原本就是一个祖先的家业。

送葬的乐队还算壮观。笙、箫、笛、弦、唢呐一起奏响，尤其是吹唢呐的贾老皮，腮帮子鼓得像嘴里塞了两个鸡蛋，满脸通红，摇头晃脑地吹着《喜相逢》，接着又吹《百鸟朝凤》。还有那个拍大镲的，特别会玩儿。他把两个大铜镲，啪地狠狠拍了一下，并不把两个镲立刻分开，而是拖着让它俩相互摩擦，发出镲—啦啦—镲—啦啦的颤音。那颤音拖得让人听着揪心，像是人在哭。

突然，乐队停止了吹奏，抬棺材的小伙子们都站着不动了。迎面走来了两个人，一高一矮，一瘦一胖，两人大声喝道：停下！停下！

司马征问来人：你们是谁？

那个矮胖子，络腮胡，脸蛋泛着两坨紫红色，出言不逊：你他妈的是谁？

司马征说：有话说话，你怎么张口骂人？

脸蛋泛着两坨紫红色的矮胖子走近司马征，像装满了一肚子恶气的斗架公鸡：骂人？我还要抽你哩！

随即啪嚓一个耳光，扇在了司马征脸上。

那个瘦高个急忙走上前去，拉开了矮胖子，质问司马征：你算老几，竟敢做主，把俺姥爷姥姥抬出来？你给谁商量了？

原来，是六爷的两个外孙，也就是凤荣姑的儿子们来了。

几十年没有见面，表兄弟们相互不认识了。

那一耳光打得太突然，司马征被打得有些晕头转向，后脑勺觉得有一股血，突突突直往脑顶上撞，像是要撞进脑壳，崩裂开来，喷涌出来。这种羞辱和尴尬，燃起了他心中的火，他愤怒地捏紧了拳头。

王武德过来了，对那两个外孙说：你们的姥爷姥姥，在屋里放了几十年了，不能老是这么放着吧？

脸蛋泛着两坨紫红色的矮胖子把胸脯挺得老高，说：放着不放着，是我家的自由，你是谁，管得着吗？

王武德扇了自己一巴掌，说：我是村主任，村委会落实政府规定，死去的人要一律火化。

瘦高个儿吓了一跳，说：你不要拿扇自己来吓唬人。我妈说，姥爷姥姥临死前留有话，找不到风水好的墓地，就是把他二老放到墙倒屋塌，也绝不火化。

王武德说：要不就埋到公坟？

瘦高个说：公坟，公坟哪还有好地方？

王武德说：现在施行新农村建设，搞城乡一体化，村里已经规划到县城五环路里了，恁姥爷姥姥不能老这么放着！

瘦高个说：你再扇自己十巴掌也没有用，吓唬谁哩？这院子，这房子，都是我姥爷姥姥的。法律保护公民的私人财产不受侵犯，把二老放到自己的屋里，天经地义，看谁敢动！

王武德也生气了，重重地扇了自己一巴掌，大声说：既然抬出来了，就不能再抬回去，村委会有权决定，抬走火化，我看你们两个还敢反了不成？

突然，脸蛋泛着紫红色的矮胖子，打屁股后掭出一个塑料桶，里面装着液体。他扭开盖子，在手里哗啦哗啦地摇晃着，有星星点点的液体溅了出来。另一只手拿着打火机，"咔嚓咔嚓"地打着，冒出璀璨烂漫的火星。他凶神恶煞般地昂着头，仰着一张不怕死的脸，横横地立在棺材前面，对王武德喝道：我姥爷姥姥是咋被抬出来的，还咋给抬回去！不然，我也像俺木头姥爷那样，倒上汽油，把自己点了！俺木头姥爷是咋死的，你还没忘吧？

这阵势简直是来得太突然了，溟梁村人谁都没有想到。人们立刻紧张起来，议论纷纷的：

咦，这远在青海西宁的外孙，咋也会知道老木头的事？

操，这是啥狗比掰外孙，敢在姥姥家门前要大刀，逞凶蛮？真是没一点王法了？

这哪是凤荣她儿子？妈那×，我看他咋像电影里马步芳队伍上的土匪马家军？

问问凤荣，看这孩儿他爹，是不是解放前，在青海那里当过土匪？

咔嚓一声，一个炸雷在天空响起，团团乌云翻卷着涌上头顶。空气很快变得厚重起来，令人憋闷。接着又一道闪电，撕裂开浓重的乌云，发出刺眼的白光，瞬间就消失了。天好像要下雨。

王武德抬头看看天，回头看看那两个外孙，咂巴咂巴嘴，半天没有出声。最后，王武德不轻不重地扇了自己一巴掌，对司马征说：

小征，把他们还抬回去吧！

六爷六奶，像陈放在老屋里的两个老物件，悄无声息地存放了几十年，还没有走出老溟梁村，更没有看到那欣欣向荣的新溟梁村，看到那白光光的水泥路，那一栋挨一栋的楼房，那花花绿绿的广告，那奔跑的车流，就又被抬回去了，锁放到原来安置他们的老地方。

司马征看着抬回去的棺材，心里无比的酸楚。他想哭，不过他没有哭。他拉着王武德，声音有些颤抖地问：德叔，这……咋弄……

天下起了大雨，电闪雷鸣。瓢泼大雨下了一阵，渐渐地变小了，渐渐沥沥的，把空气弄得潮湿阴冷。

夜里十点多钟，小雨还在下着，王武德来找司马征。他披着一件雨衣，蒙头盖脸的，像个电影里雨中接头的特务。在思想者的雕像后面，站在大门楼下，他拉着司马征，低声说：小征，没想到，真没想到凤荣家还有人。有人在，那老院子就暂时还不能动。恁叔虽说是村委会主任，也不敢硬来。你没看看那两个熊外孙，多野蛮？敢玩命。咱村里可不敢再出个张木头了，要再出个张木头，那会要了恁叔的命。

听得出来，王武德的话有些无奈，凄婉。他掏出一个纸包，塞进司马征怀里，说：为了给恁家划这个院子，村委会集体研究了好几次，常研究到半夜，饿了到村南地小吃铺吃饭，花了三千多块。前天，请乡里土地所的丘所长吃饭，专门说恁家院地的事，招待他又花了两千多。村丧葬领导小组安排今天的事，加上搭灵棚、买纸扎、请响器和交火葬场的费用，总共花了两万多，剩下的钱，叔说啥也不能要，还给你吧。

王武德说罢，隔着雨衣做了个扇脸的动作，转身走了。

雨又下大了，越下越大了。雨点敲打着周围的世界，噼噼啪啪响。周围一片黑暗，黑暗中泛着丝丝点点的白光，时隐时现的。不知道哪棵树上，大概是一只无窝可居的猫头鹰，咕哕哕——咕哕哕——地叫了几声。那声音伴随着雨声，孤独，凄凉，瘆人。溟梁村人不叫它猫头鹰，叫它倒霉鸟。

司马征呆呆地站在大门楼下，手里拿着纸包，瞅着雨夜中的思想者。雨点毫不留情地敲打着它，发出沉闷的声响。讨厌的倒霉鸟，依然在哀鸣着：

咕哕哕……

十一

英国15世纪的哲学家弗兰西斯·培根说过一句名言：知识就是力量。司马征对这句名言，从来没有怀疑过。现在他突然发现，这句话并不正确，至少是并不完全正确。溟梁村的这些人，别说大学毕业，就是读过高中的也很少，大多数人小学读完就回来种地了。他司马征从小学读到北京大学，读到了伦敦大学，拿到了博士学位，学到的知识少吗？可面对着溟梁村的人，面对着溟梁村的现实，自己学的那些知识，简直如一瓶矿泉水泼到了撒哈拉沙漠上。

早饭后，司马征来到自己家老院，在那个埋了半截的青石礅上蹲着。他像一只四处碰壁的狗，被逼无奈，无路可走才回到老院子来的。他蹲在自家的老院子里，看看东院的六爷家，看看西院的镇中伯家。这时他才明白，无论什么时候，土地和院落在老百姓的眼里永远是那么的金贵，那么的神圣。溟梁村的那些老院子，看起来长着荒草野树，破破烂烂，鼠打洞狗奔窜猫走窝，像是无主人似的，实际上都有自己明确的主人，都是神圣不可侵犯的私产。

快中午了。在这个老院子里，在这半截石磙上，他一直蹲着，看着，想着，半天过去了。令他没有想到的是，随着天上的太阳渐近中午，心里竟有一股豪气慢慢聚集起来，升腾起来。这是他原先没有想到的。司马征直起了身子，看着祖上留下的院子，这股豪气越来越清晰，越来越神圣，越来越坚定不移，充满了心胸。这是他蹲了大半天的收获。有谁能否认，这个老院子不是自己的祖先留下的？祖祖辈辈都在这个院子里出生、生活，直到最后死去。祖先们留下的老院子，就像祖先留下了自己一样，自己就是这个院子无可争议的主人。在这个祖先留下的老院子里，无论怎么盖，无论盖什么样的楼，完全由自己说了算，这是天经地义的，谁也无权干涉。就像凤荣姑和她的两个儿子决定六爷六奶的屋业一样。司马征迈开了坚实的步子，又一次丈量着自己家的老院地。他折根树枝蹲在地上划着、算着。

老梁来了，说：征哥，盖一座教堂式楼房怎么样？

司马征看着老梁：教堂式楼房？

老梁毕竟也是见过世面的人，说：咱们国家的农村人都太土，走遍全国，农村的房子基本一个模样。你知道，教堂在欧洲的城市乡村风行了一千多年。在溟梁村盖一座这样的建筑，一定比在后街新院，盖的那栋楼房还要牛×。那是庄园式风格。这里再弄个教堂式风格的。把农村土得掉渣的建筑风格引领引领，咋样？

看得出，老梁是有备而来的。他拿出几张照片，指给司马征看：这一张是英国泰姆河西岸的多尔切斯特村的圣保罗教堂，主楼就是方形结构，气势挺拔。这一张是诺福克郡黑登镇乡村的圣三一教堂，建于15世纪中期，是哥特式建筑晚期的垂直式样。这一张是曼彻斯特普雷斯特伯里村的圣彼得教堂，这一张是斯陶尔河谷戴德姆村的圣玛丽亚教堂……

老梁说，伯母生前信教，盖成教堂式建筑，既是对伯母的纪念，又在漠梁村展示出英国农村独特的建筑风格，伯父一定会高兴。

司马征问：这老院地方够吗？

老梁信心十足：我踏勘过，盖这种风格的楼，完全够。

司马征说：教堂的尖顶不要太高，不要挂十字架，窗户要开阔，采光要充分。

一座教堂式的楼房竣工了。

楼房的主楼像塔。四方四正，共有6层，从地面到顶尖，高达38米。司马征今年38岁。花岗岩基座。四面墙体用红砖砌成。四个角是大理石半圆柱造型。每层都有尖拱形窗户。主楼安装一部电梯，从一层到达楼顶。楼顶部平面十字交叉处，有一座尖塔，直插空中。四个角上有精巧玲珑的小尖顶塔。整个主楼向上的动势很强，雕刻极其精美，内容非常丰富。单就这楼的造型构架风格，别说全县，就是全市、全省也很难见到第二个。看吧，这楼顶的四个小尖塔和正中间的主塔之间，是一个回旋敞开式阳台。站在阳台上，可以俯瞰整个漠梁村面貌，包括新、老漠梁村。紧连着四方四正主楼到大街之间，盖着一栋小楼，两层。小楼的一层宽敞明亮，是个大厅。二层是爹的起居室，可以直接进入主楼，坐上电梯到达楼顶。主楼和二层小楼浑然一体。这种一堂一塔式结构，精巧别致，朴素亲切，既具有英国乡村哥特式小教堂风格，又有着中国庙宇特色。小楼到大街之间，是近20米长的草坪，种着绿茵茵的草。据说那些草是国外进口的，一年四季都是绿的。在老溟梁村，在低矮破旧的老房子中间，这座建筑鹤立鸡群般地巍然高耸着，豪华庄重，威严气派，无与伦比，像是溟梁村的中央电视塔。

爹说：征，我还没有死，你把庙就给我盖好了？

司马征说：爹不知道，在英国，在欧洲农村，这样的小楼到处都能看到。

爹说：净哄恁爹哩，爹知道，那是教堂。

司马征这才想到，爹去过英国。他没再说话，扶着爹乘坐电梯到达塔楼顶端，站在阳台上。

天上没有一丝云彩，空气洁净透亮，明媚温暖的阳光照耀着他和爹的脸庞。爷俩居高临下，心旷神怡，喜气洋洋地俯瞰着整个溟梁村。先看到的是老溟梁村。老溟梁村子布满了破旧的院子和房舍。不少院子之间的土墙已经倒塌。一些人家的房顶塌了许多窟窿，黑洞洞的。院子里和墙头上长着绿色植物。司马征知道，那些植物是小树、野草、野麻、洋姜、野菊花和牵牛花等。也有些院子里种着小麦、红薯、茄子、辣椒、小白菜等粮食和蔬菜。老溟梁村里除了能看到老鼠、野狗、流浪猫等，已很少看到人的踪影，像是被一场可怕的瘟疫洗劫过后，没有人敢光顾的地方。

这段时间，司马征特意在老溟梁村走了走，发现村里很多老院子真像爹说的那样，开有一块一片的田地。田地虽然不大，有的只有苇席大小，地面也不整齐，七扭八歪的，却都种着蔬菜和庄稼，长得也都生机勃勃。土地不亏人。还有的地是刚刚被开垦出来，还没有种上东西，散发着泥土的清香。大街上，有几只野狗在慢条斯理地走动，不时地在墙根或地沟闻闻，悠闲，自由，懒洋洋的。司马征又想起了二十世纪五六十年代的溟梁村，家家户户之间草地杂树相隔，鸡鸭猪羊在林中散养着，它们恣意游荡。现在的溟梁村，早已没有那种院落，没有那些东西了。鸡鸭猪羊与农民朝夕相处相依相伴了几千年，现在绝迹了。当然，现在有现代化的养鸡场、养鸭场、养猪场、养羊场。可用爹的话说：现在的肉吃起来分不清鸡鸭猪羊肉，全是饲料味儿，还是自己养的放心。可现在都上楼了，在哪养？咋养？

塔楼顶端的阳台上，视线非常好。

司马征看到，老溟梁村子的外围是新溟梁村。栋栋楼房五颜六色，高低不一。一些楼顶上架着太阳能板，大锅小锅的电视天线等，像是围在老树根上茁壮长起的新树，密密麻麻，像一片楼的森林，占满了原先的田野、坟地与河道，与邻村的新楼几乎连在一起。往远处看，东面的东溟梁村，北面的两河村，西面的青岗村，过去都相隔四五里远，现在也都连在了一起，成了楼的世界。看来村子的周围和周围的村子，都已经城镇化了。

司马征特意看了看东院的六爷家。在高处看六爷家的院子，显得不大，房子也显得低矮。不知道什么时候，六爷家的东厢房顶和墙上的窟窿已被修补好了，门是新换的，窗也被人安上了。上房的房顶也被揭瓦修补一新。院子里堆放着几垛新砖新瓦。难道六爷家的老院子也要准备进行规模性的建设？再仔细看，院子里的空地变成了熟地，种着小麦。麦苗长出了地面，绿油油的。六爷六奶的老院子不知道啥时候，已一改往日的荒芜凄凉，焕发出一丝生机。粗心了，司马征这段时间只顾着自己家盖楼，没注意到六爷六奶的老院子也发生了意想不到的变化。是不是凤荣姑或她的儿子还是别的什么人住进了六爷家？这不大可能，六爷六奶两件老文物，依然还在上房屋里放着呢。

司马征突然想到了埃及开罗的死人城。

那年他去埃及旅游，站在开罗地标建筑萨拉丁城堡前的高地上，向东北俯瞰。在著名的艾资哈尔公园和穆盖塔姆山之间，延绵着一片低矮的灰色建筑群。经过了解，这就是开罗最著名的"卡拉发"公墓群，俗称"死人城"。他饶有兴趣地进去游览了一番，发现死人城里竟然别有洞天。死人城里的墓宅，是按照民居的风格和格局建造的。有院子、围墙、大门、房屋和墓室。房屋多数只有一层或两层。大门边的围墙上，刻着墓主的名字和墓宅编号。司马征向一个守墓人了解，守墓人告诉他，墓室的下面埋葬着棺椁尸骨。他跟着守墓人，从地上的墓屋顺着台阶下到墓室。室内共有八九个墓葬，每个墓葬都立着石碑和死者的名号。有资料表明，早在十四世纪，开罗的富有人家就开始在这里建造墓地。墓室用石料修砌，有刻字的墓碑，很是气派。为了保护墓地不被破坏，他们雇用守墓人，并在墓地里搭建简易住所，让守墓人居住。墓宅就是守墓人的家，几乎是世代相传。守墓人绝大多数是为别人守墓，也有少数为自家看坟，且与墓室同居一个院落。这一般都是家境破落者。他们无力在城里置办房产，便以看护祖坟的名义居住在这里。据统计，"死人城"里居住的埃及人大约有100万。

这已经是十多年前的事情了。那时的司马征觉得埃及人真是邪性，诡异。活人与死人同居，令人不可理解。现在，他有些理解了。

再看西院。镇中伯站在他家的菜地边上，一只手拿着刚拔的青菜，一只手搭着凉棚，像是在寻瞅着天上的鸟雀儿，正往他和爹站的楼顶上观望。司马征赶紧热情地向镇中伯摆手。可能是镇中伯眼睛不好，没理他的茬儿，还在往楼顶上观望着。司马征把爹拉过来，指给爹看。爹看见镇中伯，显得有些兴奋，有些激动，他大声喊着："镇中哥，镇中哥，您上来看看？"镇中伯也没有理爹。爹又喊："不用爬楼，有电梯！"镇中伯还是没有理爹。司马征想，镇中伯的眼睛不好，他大概看不到高高塔楼上的爹，可爹的声音他是绝对能听到的，也一定知道是爹在喊他。可对爹那激动的呼喊声，镇中伯却没有反应，一声也没有搭理。爹又喊了两遍，镇中伯还是没有反应。镇中伯放下了搭着凉棚的手，低下头，往地上吐了一口痰，那样子有些狠狠的。然后一撅一撅的，往他住的旧房子走去了。

爹不再呼喊了，脸上也没了那种兴奋和激动。

热烈欢快的鞭炮声在老淏梁村里响了起来。这是庆贺老院新楼的落成典礼。"啪——"二踢脚在地上炸出一团青烟，嗖地钻入高空，"啪——"地在闪光中炸响。礼花弹一个接着一个飞向天空，在空中兴高采烈地轰然炸开，炸得满天彩花飞扬。很多居住在新村里的人都跑来观看。这些年，每逢过年过节和红白喜事，这种热烈喜庆的鞭炮声，只是在新溟梁村响，老溟梁村已经好多年没再响过了。

有人边跑边问：是不是小征又把他六爷六奶弄出来去火化？

也有人说：是不是老镇中走了？

人们都猜错了。司马征已经根本不可能再去动六爷六奶了。老镇中也没有走，活得还很结实硬朗。倒是司马征的三叔四叔五叔们来了，这是令人们没有想到的。他们好多年前已经离开了溟梁村，进了县城、省城，成家立业，生儿育女，过上了体面的城市人生活。自从他们的父母去世后，几乎没再回来过，就像溟梁村根本没有他们的家。

五叔是弟兄们中间最小的，四十多岁，他用脚踩踏着草地，说：院子里原先长着艾蒿、鬼子姜、野菊花，多好，多原生态，现在只种着一种草，不嫌单调？

三叔身体微胖，看上去老实巴交的，用手抚摸着花岗岩基石和红色砖墙，仰着头观看楼房顶部造型别致的角楼，眼睛里闪动着光泽，嘴唇微微颤抖，不知道该说些啥还是说不出来些啥。

四叔，就是那个曾经盗掘宋朝古墓，挖过司马懿祖坟被判过刑的叔。别看他瘦小，可一脸的精明，不到四十岁就谢顶了，大面积谢顶。据说进监狱时满头黑发，出来就谢顶了。他坐在台阶上，低着头一声不吭。

五叔对司马晃说：大哥，贼大一栋楼，你一个人住着，不嫌孤得慌？

四叔抬起头来了，他一脸严肃，把司马征叫到跟前，声音严厉地问：小征，这院子是我们和你爹弟兄五个人的，你把老房子都拆了，盖成新洋楼，你给谁打招呼了？

没有等司马征说话，五叔问：小征，你这势干，现在这座新洋楼算是谁的？

四叔说：小征，你有钱是你的，我们不眼红，可你也不能这么做啊？你也太不把叔们放在眼里啦！

五叔说：有了钱就六亲不认，想干啥就干啥，想咋干就咋干啊？

鞭炮声震耳欲聋，喧嚣声刚刚停息，人们的耳朵里出现了暂时性的沉寂。沉寂中，四叔、五叔的话显得分外清晰、沉重。

爹看了看几个弟弟，说：贼大一座庙，我住着害怕，恁都搬来住吧！

五叔说：大哥，这个洋楼我住不惯。

四叔说：大哥，这楼是小征给你盖的，我们住着也不合适。

爹显得有些无可奈何，说：你们都有啥想法，说说？

弟弟们相互看了半天，四叔说：大哥，村里人都知道，小征在英国挣了大钱，没几年，在溟梁村盖了两栋楼，最牛×的楼。俺们在城里生活得也不容易，房子贵得要命，孩子们大了，结婚也没有住处。这老院我不要了，看看现在这院子和洋楼，总共值多少钱，估个价，分给我五分之一就行了。

三叔说：老四，你说的话是放屁！这楼是小征给大哥盖的。大哥住着理所应当。你愿意回来住，就给大哥做个伴，不愿意，还滚回你自己家去。

五叔梗着脖子，几根青筋绷得老高，说：三哥，你愿住你住，我不住，我只要我应该得到的一份。

三叔说：这老院子是爹妈留下的，谁都有一份，这是常理。可这些年，咱们都跑到城市里去了，咱们在城里有家有房有业，大哥在城里有啥？咱们不能城里村里都占着吧？

不知道啥时候，二叔来了。二叔也是个忠厚人，平时跟着儿子在县城生活，也很少回村里来。他看到这种阵势，说：老四、老五，去找找武德，划块地皮，自己再盖座房，钱要不够，我和大哥支援你。

四叔嚷了起来：几年前我回来，去找过武德，他说村委会有规定，离开淏梁村20年都不再算村里人，不再给划院地了。

五叔也很激动：武德说，村里早就没有地了。要是能再划块院地，我们还来老院争啥？

四叔说：我早就想着在老院盖楼，没有想到小征不打一声招呼，就把老房子拆了，把洋楼盖起来了。小征，你读书真是读愚了！在这院子里盖楼，只有你爹的份，哪能轮得到你？

五叔说：你这一茬小兄弟们，十多个呢，要是个个都来老院子里盖，能盖得下？你的眼里还有谁？手里有了几个钱，就横划院子竖盖楼，盖罢宫殿盖教堂，张狂成啥样？你说说，在你的眼睛里还有谁？恁四叔说你的一点不错，你也太不把叔们放眼里啦！

四叔、五叔越说越激动，越说越气愤，质问司马征像审讯犯人。

司马征感到无言以对。他在盖楼前的那一腔豪气，楼盖好后的那满腔喜悦，在叔们面前像皮球里泄出来的气，扑哧一声全没有了，消失得无影无踪。他的心里七上八下，乱作一团。四叔、五叔说的那些话，是他从来没有想过的，连做梦也没有想到过。他真不知道该怎样回答。

五叔回过头又问爹：大哥，你在后地不是已经划了块新院地，已经盖好了楼，那楼谁看了都说像宫殿，全县都颁了帽（溟梁村土话，意思是出了大名，拔头筹，数第一），你咋不住，又跑回来占这老院子？

四叔说：大哥，你再有钱，也得给穷弟兄们留一条活路吧？新院你占着，老院你也占着，俺们兄弟几个都回来了，住哪儿？

爹看了看五叔，看了看四叔，再也没有吭声，一言没发，默默地低下了头。爹低头的那一瞬间，司马征看到爹的眼眶湿了。

十二

今年冬天雪下得早，不到十一月中旬，天就飘起了雪花。雪花虽然稀疏，却也纷纷扬扬，洒落在房上地上，很快就覆盖了一层，把整个溟梁村变成了一片银色的世界。就在这雪天里，司马晃倒下了。司马晃躺在床上，拉着司马征的手，看着窗户外面飘洒的雪花，对司马征说：爹这一辈子真没出息，没给你留下一点基业。

司马征说：咱盖的两栋楼还不牛？看看周围三里五庄，包括全县全省，哪有咱这两座楼盖得排场？

爹说：那是你拿钱盖的。

司马征说：盖时不是说好了？是爹盖的。

爹苦笑着，说：征，恁爹妈都是土命，一辈子在土里刨食，只能住土屋茅舍，住不了楼房。你看，后地那栋楼吧，石条、青砖、雕梁、画栋，盖得多好？恁都叫啥？对，叫庄园风格，没想到盖在了咱的祖坟上，恁妈死到里面。这栋楼吧，不光材料用得好，样子更是没说的，弄成教堂风格，还装上了电梯，比祖坟上那栋楼更排场。这咱祖祖辈辈，走遍那全县、全省农村，哪有这？谁见过？你把它盖在了咱老院里。可爹，又要死在这儿了。

司马征心里像一把锥子在扎，眼睛里有些湿润，想哭，他忍着没哭。他看着爹，不知道该说啥。

今天，爹的话格外多：不光恁爹妈是土命，住不了楼房。整个溟梁村人都是土命，也都住不了楼房。爹算了算，七几年八几年以前，老溟梁村住的是土墙平房，瓦盖草顶，喝的都是土井里的水，全村1000多口人，一年最多死过6个人，最小的活87岁，最大的活了108岁。有了新溟梁村，地没有了，都住上高楼了。钢筋水泥的墙，沥青浇灌的顶，比过去老日本修那炮楼还结实。喝那水吧，是打的机井，从水泥管、塑料管里流出来的。刨去外出打工的，全村还不到1000口人，死的人咋一年比一年多？最少一年死十几个。去年最多，死了17个，最小的才几岁，最大的也没活过70岁。得的病可真是邪乎，都是千奇百怪的病，有些病，连郑州、北京大医院的外国医生，都说没有见过，都不知道咋医治。

司马征对爹说：这都是现代化病。吃的蔬菜粮食水果，化肥农药严重超标，住的楼房建材，用的家具涂料，都不环保，村里的水、土、空气都污染了，得病人咋能不多？

爹说：恁镇中伯比我大，大9岁哩，看看人家，多硬朗，活得多滋润。

司马征说：镇中伯住在老院里，自己种东西自己吃，自然就好。

爹说：爹也想自己种粮，种菜，自己吃，可地没有了。你想想，老百姓要是没了地，吃啥？咋活？

司马征没回答爹的话。

爹说：恁妈临死前和我商量，说国外世道不稳，你看那电视里，今天你打我，明天我打你，哪天消停过？一旦小征那儿乱了，一家人想回来，回村里避乱，住哪？连个放脚的地方都没有？说啥也得给孩子筹一座房，哎……

司马征说：我知道，爹一直在想着划院地，想着盖房。

爹突然笑了，笑得有些狡黠。停了一会儿，爹说：过去村里有地时，爹真是想盖房，可咱没钱。现在咱有钱了，爹只是想划块院地，并不是真想盖房。

司马征听了一愣，看着爹，有些疑惑不解。

爹迟疑了一阵，说：你不知道，爹这些年，看武德他们，今天弄个这基地，明天办个那工厂，后天又建个啥园区，花里胡哨的，弄啥名堂的都有，把村里祖祖辈辈们留下的地，全都日弄光了，爹是心疼啊。咱办不了基地，开不了工厂，也建不了园区，咱划块院地，盖座房总可以吧？爹就拿划院地盖房做幌子，想弄块地留着。唉，爹下手迟了，你没看看，咱划的院地，不是在黄河滩人的祖坟上，就是在咱家的祖坟上，村里真是没有好地了。这没有了地，子孙后代们将来咋过生活？

爹显得很累，大喘了口气说：征，爹走后，你也走吧，像村西头的孙孬，再也不要回来溟梁村了。

司马征突然有种天塌地陷般的感觉，整个人几乎要彻底崩溃了。爹的话，像刀子一样在扎他的心窝，一剜一剜的疼。

他终于忍不住，抱着爹，哭了。

爹快要断气前，二叔、三叔、四叔、五叔都来了，他们老兄弟几个要见上最后一面。他们来时，爹爹闭着眼睛，没和他们说一句话。司马征说：爹已经不能言语，迷迷糊糊，有些不省人事了。四叔、五叔把司马征拉到旁边，说：小征，听恁爹的嗓子眼，已经有痰音了。这里可是老院，可不能让恁爹老到这个院子里。趁现在还没有断气，赶紧拉到后街恁家的新院去吧，赶紧地，不能再耽搁了。

两个叔叔的提醒很及时，也很有必要。按照溟梁村的习俗，人只要断了气，就不能再进家门。这个老院是爹和几个叔叔们的，后街的新院才是司马晃自己的。更重要的是后街的新院里，还停放着母亲的灵柩。妈那年去世后，爹没让妈的灵柩入土，放在新院一楼的一间房里。爹说让妈在这里等着，等自己百年后和妈一起埋进黄土，一起走向另一个世界。

傍晚，雪还在不大不小地下着。零零星星的雪花，有气无力地飘着。司马征和叔叔、堂兄、堂弟们，冒着小雪，用架子车拉着爹，把爹拉往后街的新院。新院大门前的思想者雕像，头上落了一层白雪，像戴了一顶孝帽。孝帽下一副冷冰冰的面孔，迎接着父亲。刚进了新院大门，爹就断气了，好像他就在等着这一刻。

正堂屋，桌椅、沙发、水缸、电视等杂七杂八的东西已经腾开了，空荡荡的。屋正中间放着两条长板凳，爹的棺材放在长板凳上。棺材里，躺着穿戴好寿衣的爹。妈的灵柩从旁边的屋里也移了出来，和父亲的棺材并列放在了正堂屋中间。爹妈的棺材前，摆着一张供桌，馒头、烧饼、麻糖、苹果、香蕉、煺光了毛的鸡、半生不熟的猪肉等供品，摆满了一桌子。两支白色的蜡烛燃烧着，不时地有一两滴伤感的烛泪，无声无息地潸然流下。香炉里的三根香一明一暗的，冒着缕缕青烟。供桌前的火盆里，不停地燃烧着锡箔。屋里笼罩着烟雾，散发出一种复杂难言的气味。

晚上，叔叔们都走了，堂兄弟们陪着司马征给爹妈守灵。司马征无心和人说话，他跪在棺材一侧的地上，像大门口的那尊思想者雕像，低头凝视着眼前的地。屋地坚硬冰凉。司马征思念着勤劳又苦命的爹妈。棺材里的爹妈，很快就要被埋入黄土，和自己阴阳两隔，永世不能再相见了。爹妈、自己和黄土地，有着无法割断的联系。黄土地上生育了爹妈，爹妈在黄土地上又生育了自己。现在，爹妈又倒在了黄土地上，黄土地又要将爹妈和自己永远分离。

这种冷酷无情，带给了司马征无尽的无奈和悲伤。

第二天上午，叔叔们都来了。他们脸色平静，看上去并不怎么悲伤。围着爹妈的棺材，司马征和叔叔们商量把爹妈葬在什么地方。商量的结果是，把爹妈埋入村里的公坟。公坟在村西北四里多远的一片高坡上，那里原来有一座寺庙，司马征没啥印象。爹生前常说，那庙过去香火很盛，有一大铜钟，敲起来几十里外都能听见。1958年大跃进炼钢铁，寺庙被毁，梁木拉去烧高炉，砖石拉去建桥梁，老墙土当成肥料上了田地。寺庙虽然被废了，但那里地势高。祖先们能把寺庙选建在那儿，一定是认为那儿风水好，是一块宝地。因此，村里死去的人都想埋在那里。二十世纪九十年代农村殡葬改革，村委会把那儿定为村里的公坟。

雪停了。司马征和二叔到公坟给爹妈寻找穴位。一同前来的还有通伯，他是爹的义兄，懂风水，会看穴位。公坟里堆满了大大小小的坟头，空隙间长满了没膝的荒草，坟头和荒草上落了一层薄雪。他们踏着雪，在坟堆间四处寻找合适的地方。好不容易找到一块空地，通伯用步一测，说埋两副棺椁不行，几个墓离得太近，挖下去会和别的墓挖透。接着又找。终于找到了一块合适的空地。刨去地面上的雪，往下挖了两尺多深，没想到挖到了一个熟穴，不知是谁，也不知啥时候，已经埋在了这里，连坟头也没留。结果跑了大半天，也没能给爹妈寻找到一个穴位。

第三天，司马征和二叔去找王武德，为爹妈定块墓地。王武德说：老公坟去年就埋不下人了，新公坟定在哪儿？要研究研究。

几天过去了，仍是没研究出结果来。

王武德说：给你爹妈单独批一块墓地容易，埋在哪个小队的地都行，也都愿意。难在你爹妈是新开公坟的第一人，新公坟定在哪儿？意见始终不统一。争执的焦点是地的风水，说是全村人的公坟，一定要选村里风水最好的地。

哪块地的风水最好？

老公坟的西面是一队地，一队长说：坟地东高西低，面向西方不好，村里以后会死人多，尤其是一队会死人更多。

北面是六队地，六队长说：坟地南高北低，阴气太盛，面朝阴气，更不好。

东面是九队地，九队长说：寺东地都是垆土，硬不说，料礓太多，死人到了阴间磕磕绊绊，也不能轻松自由。

寺前是司马征八队地，队长是司马征本家小叔。小叔说：那是咱队地，墓随便挖，挖哪都行。只是听老人们讲，寺后不栽树，寺前不埋人。新坟开在寺前地，不知道将来会有啥不好应验。

又几天过去了，还是没有结果。司马征和叔叔们开始着急，着急中又有点气愤。爹出生在这块地上，长在这块地上，在这块地上耕作辛劳了一辈子。村前村后，村里村外，远地近林，沟坡路河，哪儿没有爹走过的脚步？哪儿没有爹滴下的汗水？然而，当他逝去后，竟然没有一块能够埋葬安放他的地方。

三叔说：光着急不行，扎新坟是得看风水，恁通伯懂风水，去问问他？

司马征找到通伯。通伯一听急了，眼睛一瞪说：啥风水？天下哪的黄土不埋人？朱元璋他爹妈被塌下来的大山压住，他后来哭爹妈找不着坟头，还不是照样当了皇帝？人死了埋哪儿，哪儿的风水就好。嘴上说是风水，实质是怕占了自己队的地。

司马征终于醒悟过来了。

爹是开新公坟的领头人，爹一人埋下，以后会有几十、上百个后逝者顺序埋下。爹埋在哪儿，哪个小队就会永远失去一大片良田耕地。这些年，盖楼修路办厂，村子里的耕地真的很少了。耕地是农民的命根子。耕地不断减少，农民们都感到了危机。

爹的墓地牵涉全村的土地，牵涉每个现在活着的人和今后活着的人的利益。爹生前在村里默默无闻，从无与别人有过利益之争，死后竟会牵涉这么多人的利益。爹生前热爱土地，但他没有想到，和他一样热爱土地的乡亲，热爱到连一块埋葬他的墓地都无法定下。爹如果有在天之灵，真不知会有何感受。

司马征彻底失望了。不，是彻底绝望了。

这些年来，司马征人在外面，内心深处一直把溟梁村当成非常神圣的地方，始终对她怀着深深的眷恋，永远割舍不断，即使他走遍了世界各大都市，游历过各处风景名胜，这种感情，这种信念，也从来没动摇过，放弃过。然而现在，他感到自己的心突然被撞碎了，碎得一塌糊涂，惨不忍睹，不可收拾。面对着溟梁村，这个生养了世代祖先，生养了父亲和生养了自己的地方，他没有再流出一滴眼泪，也没有再说出一句话来。

匈牙利著名作家马洛伊·山多尔在小说《真爱》里说：痛苦是没有眼泪和语言的。

这哪里是一个文学家的语言？这是一个哲学家的名言。

十三

司马征要回伦敦了。

夜里，雪又下了起来，下得很大，雪花像鹅毛一样。早上老梁开车来送他，叔叔们一个也没有露面。昨天，四叔、五叔当面撂给他一句话：恁好的院子，恁好的楼房，你这势干，这个家门，以后还咋进？

司马征是从老祖宗司马宫祖坟上的新院子走的。

司马征在爹妈的棺材前，重重地磕了三个响头，然后用一把铜锁，轻轻地锁住了堂屋的正门。他转过身子，朝院子里看了看。满眼的雪花飘落着，院子里一片白色。他走了几步，站到了院子里，纷纷扬扬的雪花，无情地往他的头上、身上落下。司马征很快变成了一个雪人，浑身上下都是白色，像穿着一身重重的孝衣。他迈步向大门口走去。他突然觉得，两条腿从来没有像现在这么沉，两只脚也从来没有像现在这么重，迈一步都很艰难。地上的雪已经下得厚了。他一步一个脚窝，脚下的厚雪被踩得吱扭吱扭响，像是一个人因万般无奈和说不出的委屈在低声地抽泣。出了大门口，司马征转过身，面对着正堂屋的方向，跪在了雪地上。他双手按在雪地里，头对着雪地磕，一下，一下，又一下，重重地磕了三下。两行泪水，禁不住扑簌扑簌地流下。然后他站起身来，把两扇厚重的院大门拉上，一把沉重的大铜锁，咔嚓锁住了大门。罗丹的那尊思想者铜雕像，依然头戴孝帽，裼肚肚，驼着背，弯曲的右手托着下巴，两眼目光严酷冷峻，低头审视着眼前的地。地上全是雪，白茫茫的。雕像下面那黑色的大理石基座，已经被积雪埋住了。

那思想者雕像，如同一个冻僵了的老人，孤零零地在雪地里蹲着。

司马征没想到的是，孙得意来了，在大门口等他，不知道他是啥时候来的，等了多长时间。孙得意戴着一顶草帽，穿着厚厚的棉袄，在飘飘洒洒的雪花中，用埋怨的口气说：小征，咱俩打小就老怀，你这走了，咋也不说一声？

司马征感到有些意外，也有些不好意思。他做梦也没有料到孙得意会来，赶紧说：雪下得大，也不知道你溟梁村的新家在哪儿。

孙得意笑了笑，说：我的新家，就盖在我家的祖坟上。记得吗？就是那年，王武德准备卖给化肥厂当污水池的地方，我嚼了他半年，他没敢卖，我就在那儿盖了新楼，给俺祖先们看坟哩。现在村里很多人家盖房，没地方，就都争着抢着去给祖先看坟。子孙多的，打成了一锅粥。好在前几年我下手早，本家们没人闹。

孙得意说完，跳进大理石砌成的花坛里，在思想者屁股后的地上扒拉开雪，捧起两捧土，放在一块蓝粗布上，包好，递给司马征，说：老怀，拿着，这是点念想。无论你走到天东地西，只要看到这包土，就看到了老家。晃叔和婶虽然不在了，可这溟梁村，是你的老根。你没听说，有人当了恁大的官儿，手里的钱多得数不过来，就是不知道祖先在哪，就到处乱撒钱，寻找祖先。最后没找着，就生生造出一个假祖先来，还建了庙堂，盖了戏台祭奠。你有爹有妈有祖先，可不敢忘了自己的根。

司马征一把抱着孙得意，哭了。

雪下得更大了，不时地有阵风刮起，雪片卷得天昏地暗四处飞扬。雪厚，老梁车开得很慢。司马征坐在车里，看着车窗外的世界，迷迷糊糊，混混沌沌。老梁把车里的暖气开得很足，司马征却仍然感到一阵阵发冷，身子有些打战。他已经分不出哪是老溟梁村，哪是新溟梁村，哪是农村，哪是县城，哪是省城。他感到无比的悲伤和遗憾。离开生养自己的故乡，离开故去的爹妈，怎么就偏偏赶上了一场大雪，让自己啥也没能看清楚？对了，出村时他看见了大十字路口那棵老槐树。老槐树几年前就死了，彻底死了，再也没有长出一枝一叶来。但它那粗大的树干依然傲立，枯死的枝丫交叉盘结，痛苦地伸向灰蒙蒙的天空。在这漫天飞舞的大雪中，那大槐树依然挺立着，在阵阵寒风中，发出呜呜的声响，仿佛在风雪中述说着自己的万般委屈、无奈和凄凉。看着那棵老槐树，司马征的心里还突然泛滥起一个荒唐的想法：想到了传说中的土地爷。这土地老爷，掌管着溟梁村土地几百年、上千年，一直到自己读大学离开时，全村千把口人，还有四五千亩的土地，现在呢？难道真像爹说的：土地爷老了，管不动了？还是跑到哪儿溜逛去了，不管了？

司马征坐上了飞往伦敦的飞机。

他的心情一直无法平静。他想到了自己在伦敦大学读博士期间写的那篇论文：《土地·农民·城市化》。那篇论文刊登在牛津大学的学报上，获得了优秀博士论文奖，曾经在欧洲学术界轰动一时。哈佛大学的欧尔曼教授还给他发来邀请信，请他到哈佛大学做报告。司马征有些羞愧地笑了。他想到了爹，想到了爹临死前给他说的那些话，想到了孙得意、木头爷、镇中伯、黄河滩人和新溟梁村、老溟梁村，这些丢失了土地的农民和农村，是否就城乡一体、完成了城市化？还有凤荣姑、三叔、四叔、五叔们，在城市里生活了几十年，他们都城市化了吗？

妈死爹病这几年，司马征每次回到溟梁村，都感到有一种可怕。这种可怕不是自己的无知和浅薄，而是感觉这里有一种氛围，这种氛围超出了常规，超出了伦理，超出了正常人的思维能够想到的那种现实，近似于残酷，近似于疯狂。它让你看上去到处是路却寸步难行，听到的是满嘴亲情遇事却冷酷无情。深想起来，这种可怕的实质在于，农民们赖以生存的土地资源日益减少，日益紧缺，迫使他们对土地的热爱已经达到了顶点，对土地的占有欲已经点燃了农民身上的全部激情，这种激情已经变成了熊熊烈火，这种烈火已经在焚烧吞噬毁灭着一切，包括亲情。这种可怕的氛围，不身临其境，不深入其中，不亲身接触那些和自己切身利益密切相关的人和事，那是根本无法感受到的。

司马征认识国内一个著名文学家，从小生活在大城市，写的全是反映农村的文学作品。作品中那些犹如天堂牧歌般的内容，在司马征看来，简直可以说是十分的无知，非常的幼稚，甚至是滑稽，但却大受吹捧，多次斩获国内大奖。这个乡土文学家在介绍自己的创作经验时，极力推崇什么文学采风。说如果不到乡村采风，就没有创作灵感，就不可能创作出那些精品力作。为此他每年向政府申请经费，到各地乡村采风。司马征觉得，他的那一套所谓的经验，大概不是骗人骗钱，就是有些痴呆疯傻。一个搞文学创作的，到一个地方走马观花一番，一采而过，风一样地走了，能采出个啥？能知道个啥？司马征遗憾自己不会写小说。不过退一万步想，就是溟梁村真的出了一个著名小说家，真的把溟梁村的事写成了小说，即使获得了鲁奖、茅奖、诺贝尔奖，又能怎么样？

文学来自生活。再精彩，也永远没有生活丰富、生动、复杂。

司马征清楚地记得，世界上最早提出城乡一体化思想的，是英国城市学家埃比尼泽·霍华德。他在著作《明日的田园城市》中认为，城市和乡村将进行"愉快的结合"，形成由农业用地包围城市的田园城市。美国著名城市学家刘易斯·芒福德对霍华德的这一思想大加赞扬。他认为这样做，可能使全部居民在任何地方都享受到真正的城市生活的益处。这些大腕儿们，当然也包括当年给自己评奖的那些评委和哈佛大学的欧尔曼教授。他们都是当代研究这个领域的世界级的专家，有着高深的理论修养，走遍了世界各地，考察过世界上无数的典型案例。可如果他们有机会到中国的溟梁村——这个豫西北只有千把口人的小村子看看，会不会觉得自己有些单纯，有些幼稚了？

飞机发动机在轰轰轰地响着。

司马征透过窗户往外面看，飞机已穿过厚厚的云层，在万米以上的空中飞行。上面是无际的苍穹，浩瀚神秘。下面是漫漫的云山雾海，云海反射着太阳刺眼的光。地面上，啥也看不见了。

司马征的鼻子一酸，眼圈红了。不知道为什么，他突然又想到了埃及，想到了开罗的卡拉发……

鸦雀无声 *

> 到目前为止的一切生产方式，都仅仅以取得劳动的最近的、最直接的效益为目的。那些只是在晚些时候才显现出来的、通过逐渐的重复和积累才产生效应的较远的结果，则完全被忽视了。
>
> ——[德] 恩格斯《自然辩证法》

一

听说市场上卖的一些西红柿又红又大，都是用药物喷洒出来的，不是绿色食品。我有些不相信。正好院子里有块空地，想自己种绿色食品西红柿。市农科院的高级工程师老毕是我的高中同学，我便打电话告诉了他。几天后，老毕笑盈盈地来了，提着一个纸箱，打开看是一箱西红柿秧苗。

老毕说：这是刚刚培育出来的，是最好的品种。

秧苗栽下后，果然长势良好。到了该结果时，棵棵都结出了西红柿。可后来发现，那些西红柿长得太慢了。一个星期过去了，没有太大变化。两个星期过去了，还是没有长得

---

* 原载《中国作家》2014年7期。《中华文学选刊》2014年10期转载。

太大，颜色也只是绿中泛些粉红色，不是太红，不好看。

这是什么新品种？

我打电话给老毕：你是骗我还是把品种搞错了？这样的西红柿怎么能是优质品种？

老毕问：你是嫌西红柿长得太慢了？

我说：这样的长势，再过两个星期也吃不上。

老毕听完笑了，说：这好办。

老毕来了，从包里拿出三瓶化学药液。他打开瓶盖让我闻。一瓶有股扑鼻的清香，一瓶酸烈呛人，还有一瓶散发出恶臭。老毕把三瓶化学药液分别用三盆水兑好。一盆水浇到西红柿根部，一盆水喷洒在西红柿枝叶上，另一盆水喷洒在西红柿上，然后对我说：三天后这些西红柿就可以摘了。

我问老毕：这些化学药液有毒吗？

老毕说：倒进嘴里喝，肯定不行。

第二天清早，我起床一看，奇迹真的出现了。西红柿苗变得又粗又壮，枝叶繁茂。西红柿个个像气吹似的，长大了许多。又过了一个夜晚，西红柿变得又红又大，色泽艳美，鲜红欲滴。看着这些魔术般出现的西红柿，我吓得有些发毛，赶紧打电话问老毕：这狗比掰西红柿敢吃吗？

老毕说：别人都在吃，你咋不敢吃？

我放下电话，看着那些又红又大的西红柿，想着老毕的话，心里直犯嘀咕：这些用化学药液三天长大的西红柿，真的敢吃吗？

这篇文章刊登在《新农科技报》上。

清晨，司马槐抄起这份报纸准备铺在篮子里去枣树林里捡枣，就在拿起来的那一瞬间看到了这篇文章。他坐在院子里的石碾上，一字一句地把这篇文章从头到尾看了两遍，心里像一锅滚烫的开水：

吃这些三天长大的西红柿，不就是在吃那三种化学药液吗？

现在有些人咋疯了？最好吃的辣椒里兑有苏丹红，最好喝的牛奶里兑有三聚氰胺，雪白的蒸馍都是用硫黄熏的，蓬松焦黄的油条里兑有洗衣粉，最瘦的猪肉里有瘦肉精，最好喝的酒里兑有敌敌畏。用剧毒农药1059浇韭菜，韭菜长得肥嫩厚实，产量很高。还有邻村焦郎庄，一直被誉为市里的绿色蔬菜供应基地，可听知情人说，他们种的蔬菜都是在夜里偷偷喷洒剧毒农药。越喷洒剧毒农药，蔬菜就越是长得叶肥色绿，连一个虫眼也没有，看着就越喜人。话说回来，这些化学东西的神奇效应农民们哪会知道？还不都是那些被称为科学家或专家的人发明创造出来的？那些所谓的科学家或专家们的脑子是被驴踢了还是钻进了邪风，竟然去发明出这么神奇的化学物品来？看来，有些好看好吃的东西可能更害人，温水煮青蛙，笑里藏刀，软刀子杀人。

司马槐觉得自己的手有些发抖，心在快速地跳动，脸上冒出了一层虚汗。他想起了自己家的那片枣树林。几十年来，枣树林的那些枣儿在不经意间也发生了奇异的变化，这种奇异变化与用化肥厂的肥水浇灌有没有关系？

司马槐家的枣树林在溟梁村南面，那是他家的老财院。老财院里长着十九棵枣树。爹活着的时候，每年一到冬天，爹就催促司马槐到枣树林培植枣树。司马槐挥镐舞锹地在一棵一棵枣树根部刨出圆坑，吭哧吭哧地挑来一筐一筐的猪粪鸡粪和一担一担的人粪尿，埋进坑去。到了春天，他挑来一担一担的井水浇在枣树的根部。爹拄着榆木拐棍站在旁边看，嘴里唠叨说：冬春培植好，秋天结大枣。其实，那时候枣树上结的枣也不大，也不太多。那十九棵枣树品种不同。九棵是甜枣树，结的枣儿不大，圆溜溜的，咬一口嚼在嘴里，脆生生甜滋滋的，像灌了口蜜一样。三棵是酸枣树，结的枣儿小，像小拇指头肚，成熟时是乳白色。那枣儿小归小，味道酸烈，像裹着一包烈醋，轻轻咬一口，酸得满口流酸水，吃两口能酸倒满嘴牙。村里一些怀孕妇女扛着圆鼓鼓的肚子，常到这几棵树下钩枣吃。还有七棵是灵宝枣，个儿大些，椭圆形，酸里带甜，甜里带酸，酸甜酸甜的。收枣时，爹在一根长竹竿上绑一个木头钩，用木头钩钩住枣树枝轻轻摇晃，大枣噼噼啪啪地跌落下来，掉在枣树下像地毯一样柔软的草地上。司马槐那时年轻，性子急，举着钩子钩住枣树枝死劲摇晃，没有摇几下，木头钩咔嚓就被掰断了。司马槐埋怨爹："铁钩结实，为啥不让用？非要用木头钩。"爹说："铁钩结实，死劲摇晃，还不把枣树摇晃死了？恁老祖爷说，枣树怕铁钩，摇晃树会疯荒。用木头钩摇晃，越摇树越旺。"枣树顶部有钩不到的枝，爹叫司马槐爬到树上，抓住枣枝摇晃。剩下一两小枝时，爹就说："不要摇了，留着吧。"看着挂满枣儿的枣枝，司马槐说："我费劲扒拉爬上来，干啥要剩两枝枣不摇？"爹说："留给鸟吃。"司马槐问："鸟有啥功劳，留枣给鸟吃？"爹说："啥功劳？树上的虫不是鸟吃的？没有鸟，虫把枣树吃死了，你还能吃上枣？"

后来，爹去世了。

爹去世的第二年，村里从县化肥厂引来了肥水。自从用上肥
水浇枣树，上粪浇水那些繁重的活儿就彻底不再干了。费力流汗
的活儿不干了，可每年大枣结得比爹活着的时候任何一年都格外
多，长得也格外好。看到不费力气年年丰收的大枣，司马槐的感
觉，有着说不完的轻松和喜悦。

啥叫肥水？其实是废水，就是从县化肥厂排出来的废水。
那废水从化肥厂合成车间、蒸馏车间、冷却塔，包括从化肥厂工
人洗澡的澡堂里流出来，说是含有很多化肥残留。化肥厂长老狄
说：这些废水是地地道道的肥水，用来浇地，不用再上化肥，不
用再上底肥，也不用再上人粪尿，庄稼长得壮实，亩产能达八百
至一千斤。他还编顺口溜说："肥水是个宝，庄稼离不了。一年
浇三遍，不用上肥料。"

肥料对种庄稼的农民来说，就是多打粮食的法宝。俗话说：
"庄稼一枝花，全靠肥当家。"有了肥料庄稼就能长得好，打得
多。当时的溟梁村地多贫瘠，盐碱地、沙土地、胶泥地、料礓地
多，没有肥料，庄稼就像营养不良的孩子，长得稀稀拉拉，病恹
恹的。遇到旱涝虫害，种一百斤种子，只能收获八十多斤，收的
没有种的多。为了改良土壤，多打粮食，庄稼人一年四季，有三
分之一时间在积肥。人粪尿不够，政府就号召群众多养猪，说养
一头猪就是一个小型化肥厂。提起养猪积肥，司马槐的心里就像
苦海，翻腾着说不尽的苦水。

司马槐家养了五头猪。炎热的夏天，太阳火烧火燎地烤着，

司马槐钻进齐腰深的玉米地割青草，玉米叶子把身上拉得青一道紫一道，汗水浸泡着，火辣辣地疼，难受。割完青草捆成捆，背着一大捆死沉死沉的青草回到家来，扔进猪圈里，担两担清水往青草上泼。猪吃了泼水的青草拉的屎就稀，拉屎也快。还有些草猪不吃，就往上面撒一层土，泼上水，猪在上面拉屎撒尿踩和，沤上几天就成了猪粪。出猪粪是一件又脏又累的体力活。司马槐跳进猪圈，挥舞着三刺耙，把猪踩实沤好的粪一大块一大块地劚松了，再用铁锹一锹一锹地铲起来扔出猪圈外面。猪圈里屎尿遍地，腥臊烂臭，呛得他肚子里一鼓一鼓的直想呕吐。用三刺耙劚猪粪时，那五头猪也不老实，它们开始时拥挤在一起，瞪着十只猪眼惊恐地看着司马槐，拱着猪嘴唧唧地叫唤。后来，那猪们就满圈地奔窜跑跳，猪身上带的稀泥屎尿，溅得司马槐腿上身上脸上脏兮兮的。有一次，司马槐举起三刺耙狠劲地劚下去，没有料到一只小猪跑过来，正好钻到三刺耙下面，耙不偏不倚地劚在小猪头上，小猪四蹄伸直，浑身颤抖，眼睛翻白，唧唧叫唤两声就没有气儿了。司马槐抱着死去的小猪，心疼得流出来眼泪，有好几天坐卧不安。猪粪出圈后，再用三刺耙把大块的劚成小块，小块的劚碎，敲打成土状。用两只箩筐装满猪粪，一担一担地挑到几里地远的庄稼地里。一担猪粪足足有一百多斤，出一次猪粪要担上好几天才能担完。把猪粪担到庄稼地，回来时箩筐不能空着，还要在路沟里担满满的两箩筐土，撒到猪圈里，重新开始下一次积肥。

司马槐恨透了弄猪粪。

化肥是啥东西？祖祖辈辈的溟梁村人只知道肥料，不知道化肥。肥料，就是能够肥地的人粪尿猪鸡粪，从灶台里掏出的草木灰，还有拆除百年老房的墙土。司马槐第一次知道化肥，是大队长老山通过在县供销社当副主任的二爷弄来的一小袋日本尿素。那日本尿素装在绵软结实的塑料编织袋里，封口的地方有一根线，老山在众目睽睽下搓了搓手，像拉手榴弹拉环一样，捏着线头嚓地一拉，口袋就开了。里面露出一粒一粒像大米一样的东西，洁白晶莹，在太阳下泛着光泽。司马槐正好赶到了，他嘴里啧啧啧地直响，说："这老日本的米咋恁白？"伸手抓几粒放进嘴里，立刻跳了起来，喊："我操，这老日本米咋苦嚓嚓嚓的，蜇得满嘴像火烧？"

老山说："你真是个憨囟球（土话：傻蛋）。这是日本化肥，给庄稼上的，你知道吗？"

司马槐说："不知道。"

老山说："是化——肥——，就是用化——学——做成的肥料。"

老山一脸的傲气，故意把化和肥、化和学两个字分开，把它们的音节拉长。

一提老日本，提起化学，司马槐的心里打了个激灵，立刻警觉起来。他说："老山，这是老日本用化——学做成的肥料？"

老山说："那还有错？你看看这袋子上写着：尿素，日本株式会社。"

司马槐说："老山，你不知道老日本的化学厉害？"

老山瞪着司马槐，问："老日本的化学厉害，你啥意思？"

司马槐说："当年，老日本在县城俺连种他姥姥家，扔过一个化学炸弹，他姥姥、姥爷和街坊邻居十几家几十口人身体溃烂，变成了聋子、瞎子或哑巴，一年多后全死光了。到现在那些院子还草木不生，蝇虫绝迹，没有人敢住。这些你都忘了？"

老山脸色如水，没有吭声。

司马槐说："现在老日本又弄化学做成肥料，用这化学东西上到庄稼地里，到底是好还是坏？打的粮食会不会把人吃成聋子瞎子和哑巴？会不会把人吃死？你敢保证？"

司马槐的话像炸弹，炸得溟梁村人哑巴了一样，都没有吭声。

老日本当年用化学弹造成的那种危害、那种惨状，全村、全县二十多岁以上的人，谁不知道啊？既然是老日本用化学做的肥料，那就看看吧。

老山提起那袋日本尿素，悻悻而去。

当大家还是像祖祖辈辈那样，嗨哟嗨哟地挑着猪粪或人粪尿往庄稼地上的时候，人家老山已经从繁重脏累中解脱出来了。他欢快地吹着口哨，轻轻松松地抓上几把日本尿素撒在小麦地里。结果是，小麦比全村的长得都好。靠着路边的打麦场上，老山把小山一样的麦粒堆放在路边。他在麦粒堆上插了一块木板，木板上用毛笔写着醒目的字：日本化肥好，亩产860斤。

小山一样的麦粒堆，老山一直堆放了好几天。听天气预报说要下雨了，才赶紧把麦粒收进了仓库。

溟梁村人激动起来了。院里院外，前街后街，田间地头，人们嘴里都在交口称赞：

"妈那×，这老日本的化学肥料咋恁厉害？一亩地产量比两亩地还多！"

"我操，早知道咱也去弄袋日本化肥用用。"

……

老日本的化学肥料厉害是真厉害，但不是谁说想弄就能弄到的。那化学肥料太金贵了，一袋日本进口的化肥要三十五块钱。不仅贵，也非常不好买，筹够了钱没有后门也根本买不到。庄稼人没有别的念想，一天到晚都念想着咋样才能让庄稼长得好，能够多打粮食。面对化学肥料的诱惑，司马槐想出了一个主意。他在饭场对大伙说："咱三家五家地凑钱，找老山他二爷合着买一袋化肥，回来后再分咋样？"就这样，溟梁村开始有人一袋一袋地扛回了化肥。有了化肥，上的方法也讲究。要用手一小撮一小撮地捏着，精心地丢到离庄稼的根部四指远的地方。太近了不行，肥力太壮，会把庄稼烧死；太远了也不行，天气热挥发快，会失去肥力。有一省心就有一费心。上完化肥就要不分昼夜地赶紧浇水，浇水晚了蒸发的氨气会把庄稼叶子熏干枯死。为了及时给上了化肥的庄稼浇水，也真是累死了人。浇水用的辘轳是汉代传下来的。一个三尺多高的梯形辘轳架上，架着一个直径一尺左右、七尺长的圆筒，圆筒的两头朝相反方向缠绕着两根牛皮绳，牛皮绳上挂着两个大水桶。辘轳架两头站着两个人，绞动着辘轳把，两只大水桶一上一下地从井里把水绞上来，倒进水池里，水就顺着小水沟慢慢向地里流去了。两个壮劳力用辘轳浇地，挥汗如雨，腰弯酸了，手磨出茧子，一天也浇不了半亩地。土井不够用，不到半年时间，溟梁村的田野里新打了二十几眼土井。

县里要建化肥厂了。

化肥厂是专门生产化学肥料的工厂。有了化肥厂的肥水那该有多好？不用割草背草挑水沤猪粪，不用跳进腥臊烂臭的猪圈里剐猪粪，不用掏钱求人买化肥，不用钻在庄稼地里用手一撮一撮地丢化肥，更不用扭屁股弯腰地摇着辘轳把去浇地。肥水沟一年四季打地头流过，肥水里既有化肥又有水，庄稼想啥时候浇就啥时候浇。不费力气，也不用掏钱买化肥，这不是天大的好事？

后来的现实告诉了溟梁村人：老狄的话一点儿没错，那肥水可真是神水。就像那神奇的化学药液能让西红柿三天长大一样。庄稼每年浇上三遍，啥肥料也不用再上，也不用累死人的辘轳浇水，小麦、玉米、谷子穗大粒饱满，年年丰收。就连枣树林里的老枣树，每年浇上两遍肥水，便像焕发了青春一样，枝壮叶绿，也不再长虫了，枣儿结得也格外多，长得格外大，个儿大饱满，色泽鲜亮，一嘟噜一嘟噜的，把枝条压得像村西头的老罗锅一样，弯得直不起头来。司马槐经常扯着五音不全的嗓子，学着豫剧《李双双》里的喜旺唱：

"庄稼人有哇了它，可是真得法啊……"

提起大枣，司马槐突然想起了前几年卖大枣的事。司马槐拉着一架子车的大枣在街上卖，一个怀孕的女人说："买点小酸枣。"他拿起一个枣递过去，买枣的女人咬了一口嚼了嚼，说："你这是啥狗比掰酸枣？寡甜淡酸、苦不拉叽的。"司马槐又拿一个递过去，那女的咬了一口嚼了嚼，"呸呸呸"地吐到地上，说："咋都是一个味儿呢？"扔下半个枣气哼哼地走了。司马槐自己拿起几个枣咬在嘴里嚼了嚼，果然像那个怀孕女人说的，都是一个味儿。要是在夜里吃，评品味道，肯定猜不出吃的是啥大枣。他突然发现，本来形状不同、品种分明、味道各异的甜枣、酸枣和灵宝枣，这些年长得咋都是大大的、圆圆的？一律紫红颜色？大得有些可怕，圆得有些出奇，颜色就像嫩紫皮的茄子。哪些是甜枣、酸枣和灵宝枣，味道全都差不多，也分不清了。吃在嘴里就像嚼蜡，一点也没有枣的味道。这是不是肥水里那些化学的东西造成的？这近几年，大枣虽然年年丰收，可连司马槐自己和家人也不爱吃枣树林的枣了。他曾给老山说起过枣的神奇变化，老山说："肚饥吃糠香，饱了肉当糠。现在的人是肚里油水大了，嘴变刁了。"

司马槐又想到了用化学药液三天催大的西红柿。

二

溟梁村有个习俗：无论苹果、柿子还是桃、梨、大枣等，长在树上是有主人的，一旦掉在地上，就成为公众的了，谁捡到就是谁的。每到大枣成熟时节，枣树林里是鸟儿欢乐的世界。尤其是天快黎明时，鸟儿叽叽喳喳地开始吵窝。喜鹊、乌鸦、灰麻雀、斑鸠、啄木鸟，在枣树林里追逐撕咬飞翔鸣叫，把一些早熟的大枣蹭落在地上。每年到了这个时节的早上，司马槐都要去枣树下面捡落在地上的枣。

司马槐提着大荆篮走进了枣树林。枣树林里静悄悄的，竟然没有看到一只鸟飞，没有听见一声鸟叫，异常寂静。司马槐看看地上，地上落的枣稀稀拉拉的，没有往年那么多。是不是有人起得早，已经捡过一遍了？

司马槐后悔今天起床晚了。

司马槐奔向那棵枣树王。枣树王的树龄至少百十年以上，每年结的枣最多。下面是否跌落的枣也多？他到了枣树王下面，看到地上躺着一只乌鸦。走近一看，那乌鸦一动不动，眼睛圆圆地睁着，嘴里咬着一颗枣，那枣又红又大，被乌鸦咬去了一半。司马槐说："吃，吃，死劲吃，撑死了吧？"他弯腰捡起乌鸦，发现乌鸦身体发凉变硬，已经死了。司马槐觉得奇怪。三年困难时期时见过饿死的鸟，鸟也有被撑死的？他有些不相信。他抬头看看枣树，一些枯黄的枣树叶在秋风吹拂中飘落下来，露出的枣又红又大，挂满了枝头。有几只乌鸦和灰麻雀，呆呆地卧在枣树枝上，不吃不动也不叫，傻了哑了一样。司马槐挥动着两个胳膊，嘴里"啊啊啊"地轰鸟。那鸟儿们依然不动不叫，没有任何反应，死了一般。司马槐捡起一块土坷垃向鸟儿扔去，鸟儿卧在枣树枝上岿然不动。有一只灰麻雀身子微微一晃，忽闪着翅膀从枣树上跌落下来。司马槐捡起来拿在手里，感觉到那只灰麻雀的身子还微微发热，它的两只眼睛圆睁着，嘴一张一合的，没有声音。很快，灰麻雀两腿猛地一蹬，死了。

司马槐心里有些不安起来。

他提着两只死鸟小跑着回家，啪啪啪地拍着东屋的窗户，喊儿子司马连种起床。没有料到自己大张着嘴，却发不出声来。他跑到水缸里舀了半瓢水润润喉咙，试着喊喊，还是不能出声。

咋了？哑巴了？

司马连种从东屋出来了，睡眼惺忪，看着爹一只手拿着死乌鸦和灰麻雀，一只手不停地比画，嘴不停地张张合合，"啊啊啊"地发声，却说不出一句话来。怎么了？爹也哑巴了？司马连种连忙喊：

"爹！爹！爹！"

司马槐的嘴一直"啊啊"地叫着，说不出一句话来。

溟梁村第一个不会说话的是老山。老山是村委会主任，在召开全村群众大会传达乡里"科学种田会议"精神时，没有讲几句，就光用手比画，嘴里"啊啊啊"地叫，说不成话了。司马槐当时还逗他说：

"老山，啥叫科学种田？你讲啊？讲啊？怎么没有说几句，就给我们'啊啊'起来啦？"

老山"啊啊"直叫唤，一句话也说不出来，急得脸像紫茄子。

司马槐嘲笑他说："算球了吧！你当大队长几十年，话说得太多了，老天爷想让你歇歇嘴。"

王太轻是村里第二个不会说话的。他拉一架子车白菜，停在县城农贸市场门口，大声叫卖。一个买的人说："便宜点，五毛钱一斤。"王太轻说："五毛五一斤，少一分钱不卖。"两个人正在搞价钱，突然王太轻说不出话来了。买白菜的人以为他不吭声就是同意了，抱着白菜就走。王太轻揪着他不让走，也不说话。很多人说：

"这卖菜的刚才还大喊大叫，现在咋哑巴了？装的吧。"

不到三年时间，溟梁村王太重、王铁叉的弟弟王三眼等，有十多个人相继突然间都不会说话了。不会说话的人也有区别，有人还能"啊啊"出声，有人干脆光张嘴，一点声音也发不出来。

司马槐想到这些，他紧紧地拉着儿子的手，神色慌张起来。他觉得，好像有一场大灾祸要临头了。他想到了那些抹药后三天长熟的西红柿，便把那份报纸递给了司马连种，用手指头点着那篇文章。

司马连种说："爹，我看过了，是咱县的女县长写的。这和你不会说话有啥关系？"

司马槐又想到了当年老日本在县城扔的化学炸弹，想到了老山扛着第一袋日本化肥进村那天他说的那些话，想到了现在包括自己在内的溟梁村的哑巴们……司马槐弯腰捡根树枝，用颤抖的手在地上写：

毛主席说："历史的经验值得注意。"

司马连种没有弄懂爹的意思，疑惑不解地看着司马槐。

司马槐又写：老日本，化学炸弹，肥水，哑巴，这些你想过吗？

司马连种醒悟了，说："爹，你是说肥水沟的水有问题？"

司马槐沉重地点点头，用棍子又写道：走，找老山。

司马槐的手里拿着一沓纸和一支铅笔，司马连种提着死去的乌鸦和灰麻雀，爷儿两个去找老山。

老山正要出门，手里也拿着笔记本和圆珠笔。他在本上写：来干啥？还提着鸟，死的？

司马连种说："我爹也哑巴了。"

老山写：老槐，你咋还会哑巴？

司马槐写：早上去捡枣，回来就哑巴了。

司马连种说："是不是肥水闹的？"

老山写：村里人都这么说。

司马槐写：化学炸弹，化学肥料，化——学——厉不厉害？

老山写：没有想到，咋贼厉害！

司马槐写：咋弄？

老山写：找化肥厂，肥水沟不能再流咱村了。要赔偿！

司马槐指一指乌鸦和灰麻雀，写：鸟咋都死了？

老山用眼睛扫了一眼死鸟，写：这几年，村里死的鸟多了。

司马槐写：和化肥有关吧？

老山写：化肥厂每天冒着黑紫黄烟，三天不刮风就变成黑锅盖罩在村上，呛死人，都有毒。人都哑巴了，鸟还不死？

司马槐写：妈那×，化肥厂害得咱人鸟不能活，找他们去。

司马连种说："走，找他们去。"

老山写：提着鸟，叫上太轻、太重、狗胖、三眼，哑巴们都去。

溟梁村浩浩荡荡地走出了一群人。有人手里拿着小笔记本或一沓纸和笔，王三眼胳肢窝里夹着块木板，手里捏着粉笔，像是去参加考试的学生。

这群人到了化肥厂，厂大门紧闭。

门卫老焦是个彪形大汉，肥猪一样的身体横在钢筋棍焊成的大栅栏门里，突兀着猪一样的大嘴，喷着唾沫星说："狄厂长有令，闲杂人员不得进厂。"他指了指旁边的木牌子，木牌子上写着：工厂重地，闲人免进。

原来，化肥厂早就听说溟梁村出了不少哑巴，要到厂里闹事，令老焦把他们挡到门外。司马槐知道老焦是啥人，就在三眼拿的木板上给老山写：

这鸡巴货是个土匪，咱不惹他。咱到县政府去上访，同意吗？

老山看看紧闭的大栅栏门，看看门里面站着土匪一般的老焦，拿着粉笔在"同意"上画了个圈。

溟梁村人拿着笔记本和笔，拿着木板和粉笔，司马槐手里提着死鸟，又浩浩荡荡地向县城涌去。

司马槐和老山他们不想在化肥厂大闹，原因他们自己心里清楚。

溟梁村出现这样的悲剧，难道他们自己没有责任？

三

溟梁村南面，原来有一条东西走向的土坡。由于土坡地不好耕种浇灌，就世世代代荒着，上面长满了荒草灌木，还有一座早已倒塌荒废的土地爷庙。20世纪80年代，县里要建化肥厂，选中了这个土坡，土地爷庙和那条土坡很快被夷为平地，建起了一座化肥厂。土坡周围的牛村、焦郎庄、溟梁村听说化肥厂要排废水，要挖一条废水沟。都知道那废水含有化肥，是不掏钱不费力气就能让庄稼年年丰收的肥水。

三个村子为了让那条肥水沟从自己村的地里流过，打得不可开交。

公社孙书记来了，传达了县里的决定："肥水沟从溟梁村过，流进村北面的禽河，可以使下游半个县都能得到肥水。"牛村和焦郎庄干部黑丧着脸走了。当时，老山是溟梁村大队长。孙书记对老山说：

"老山，肥水沟往恁村流过，恁村那个老牌坊碍事，咋办？"

"拆！今天夜里就拆。"

"还有几座坟也碍事，咋弄？"

"迁！死人都是祖先，祖先都想让子孙们过好生活，迁十几座坟啥狗比办大事！"

老山带领淏梁村人，当天夜里就把几百年历史的老牌坊拆了。化肥厂北墙外那几座碍事的坟，是司马槐家的祖坟，那里埋葬着司马槐的父母和先人。老山对司马槐说："老讲用，把老祖宗们请到村东地吧？那里风水好，也安静。"

老讲用是司马槐的外号，淏梁村妇孺皆知。

动祖坟在农村是一件大事，不到万不得已是不能惊动祖宗的。夜深人静时，司马槐独自一人跑到祖宗的墓骨堆前转了好几圈，想了很多。他想到了割草挑土养猪积肥出猪粪的艰辛，想到了老山用日本化肥的第一年把小麦亩产八百六十斤写在麦粒堆上的木牌，想到了几家人兑钱央求老山二爷买化肥的不易，想到了将来不用买化肥就能用上化肥厂的肥水沟，想到了牛村、焦郎庄村干部在争夺肥水沟时那凶神一样的脸、瞪着牛蛋一样的眼睛，想到了老山给孙书记表态的话……司马槐没有再说啥，带着一帮司马家族人，跪在祖坟前扑通、扑通磕过头，刨出祖先们的尸骨重新装殓，吹吹打打，放鞭炮撒纸钱，抬着八副黑漆漆的棺材，把祖先们请到村东地去了。

几天后，化肥厂厂长老狄来了，甩着八字步，一摆一晃地领着一帮人来淏梁村地里规划放线挖肥水沟。

他们有人在前面测量，有人在后面提着白灰筐，抓出一把一把的白灰在地面上撒出两条雪白的灰道。溟梁村人围着看。看着看着，五小队的人高兴起来，因为肥水沟往北进入禽河，经过的地大部分都是五小队的。其他小队的人看着没有戏，骂骂咧咧地散去了。司马槐的眼睛睁得溜圆，一眨不眨地看着老狄他们把两条白灰道直直地放了过来。再延伸一百多步就到了自己家的二十亩地，过了那二十亩地就是自己家的枣树林。

老狄说："老槐，感谢你和恁祖先们，大力支持化肥厂建设。"

司马槐说："听说那肥水是神水，浇地不用上肥料就能多打粮食？"

老狄说："那还有错！你赊等着笑吧。"

司马槐看着快要流到嘴边的肥水，高兴得像过年。他不停地搓着手，一会儿站在老狄左边，一会儿站在老狄右边，围着老狄不停地转。他说：

"老狄，恁干活真麻利，真有股毛主席说的'革命加拼命精神'。"

老狄笑了，说："老槐，你少给我头上戴臭袜子。再拼命今天也拼不到恁家的地头。"

西边的太阳还有一竿子高，大队长老山就说："老狄，天快黑了，歇吧。到我家吃饭，明天再放。"

老狄乐呵呵地拍拍手上的土，甩着八字步，一摆一晃地跟着老山走了。

司马槐看了一眼不远处自家的地和枣树林，看着远走的老狄他们，骂道：

"这个鸡巴老山，真不是个东西！"

第二天一大早，司马槐就跑去放线的地方看。到了晌午，连老狄他们的影儿也没有见。几天过去了，一直没有看到老狄他们来放线。撒过白灰道的地方沟已经开始挖了，他还是没有看到老狄他们来放线。一直到放了线的沟已经挖好了，老狄他们还是没有来。司马槐的心里有些犯嘀咕：

"咋弄的，不挖了？咋偏偏快到自己家的地和枣树林时，肥水沟就停下来了？"

天刚放亮，司马槐被尿憋醒了，听见老榆树上的麻雀们在叽叽喳喳地吵窝。他披衣服下床，开开屋门，看见太阳透过老榆树枝叶的缝隙，把斑斑点点的光洒到西屋的房脊上。他从门后面的地上提起一把斧子，往村南面那片枣树林跑去。他跑，是想把小肚子里憋的那泡尿撒在枣树林旁自己家的麦地里。司马槐刚出村头，迎面碰上了王太轻。

王太轻问："跑恁快干啥？有狗撵？"

司马槐说："轧枣干。再不轧，枣树都长疯荒了。"

王太轻走了。司马槐觉得尿在肚子里憋得太难受，看来已经坚持不到自己家的麦地了。他前后看看无人，两边的树园里杂树疯长，有几只乌鸦和麻雀在叫唤，便从裤裆里掏出家伙，一边走一边尿，在黄光光的土路上尿成了连在一起的"Z"字形。

溟梁村有句俗话："三月三，轧枣干。"每年阳春三月枣树发芽前都要轧枣干。轧枣干，就是抡起斧子在枣树干上砍，每棵树干上隔三岔五地砍十几斧子，砍破树皮，露出树干中的白色，流出一些汁液。司马槐当年问过爹："这枣树长得好好的，干啥每年都要砍？"爹说："你不砍它，长得太快，还不长疯了？就像你，不廓砍（土话：修理的意思）你身上的毛病，你随便长，能长成人？"后来他才知道，小枣树长到快结枣时，用斧子砍它的树干，为的是不让它长得太快，太快了树干就长得像根竹竿，细高脆弱，大部分养料用在了长树干上，只能结稀稀拉拉的枣，村里人就说："这枣树长疯荒了。"每年轧了干的枣树，就长得慢，长得粗壮敦实，能够承受住满树丰硕的果实，结枣的年期就越长。多年后，司马槐看到县农科所的技术员，用铁丝、绳子把苹果树、桃树的枝条捆着钉在地上，拉扯着枝条不让往高处长，说这是从国外引进的新科技成果，能够使果树长得慢，树干粗，产量高，结果期长。司马槐脱口就骂："扯淡。溟梁村人抢斧子轧枣干，是发明这种技术人的祖先。"

司马槐刚轧好一棵枣树，邻居郑狗胖来了。

郑狗胖说："老槐，还有心思轧鸡巴枣干？老山他们把肥水沟规划跑了。"

司马槐："咋规划跑了？"

郑狗胖："听说老狄他们不来了，让村里自己规划。"

司马槐说："不会吧？规划咋没有看见撒的白灰道。"

郑狗胖说："老山怕咱几家人看见闹事，就没有再撒白灰，改在地上楔木橛，隔没有多远楔一个木橛，把咱几家的地绕过去了。"

司马槐一听就火了，搞的啥鸡巴名堂？跑过去一看，果然在以前挖好的地方，楔着木橛的肥水沟走向，往西拐了一个大弯，绕过了司马槐家的那片枣树林和二十多亩承包地，从老山家和另外十几家的地里穿过去了。

这时，老山带着那十几户人家来了，他们扛着家什来挖肥水沟。

司马槐提着斧子，气昂昂地站在老山面前，横着身子不让他们挖。他质问老山：

"我请走了祖先，让开了路，这肥水沟为啥不走直路走弯路，偏偏绕过我家的地？"

老山显出一脸无奈，说："老讲用，这是老狄他们规划的。"

"你这样干，我立马把俺祖先们再请回来，你信不信？"

"你疯了？祖先们能随便请来请去？这真是老狄规划的，我有啥法？"

"啥老狄规划的？毛主席说'路线确定之后，干部就是决定的因素'。你是大队长，是溟梁村干部，老狄还不是听你的哩？"

"要是听我的，我让肥水沟绕着咱村子转八个圈，啥时候流光了啥时候算。"

"你说的比唱的还好听。你就是有私心，想用肥水浇怎家的地。你要好好学习学习毛主席的《为人民服务》，狠斗'私'字一闪念，灵魂深处闹革命。"

"老讲用，这都啥狗比掰年月了，你还动不动扯这些？你的'私'字斗没斗？你的灵魂深处咋不闹闹革命？"

司马槐从小读私塾，脑子管用，记性好，孔孟之道和古人的一些经典语录出口能诵。他不仅出口能诵，还能把这些经典诵得很在地方。吃大食堂时，队里有几个年轻人到大锅里抢吃稀粥锅里的红薯疙瘩，司马槐说：

"古人云：融四岁，能让梨。你们都二十好几了，咋还抢红薯疙瘩吃？"

年轻人说："饿。"

司马槐的脸立刻变得庄严起来："古人云：饿死事小，失节事大。"

年轻人说："啥狗比掰节？人都饿死了，还要啥节？要那节有球用？"

老讲用气得直咂嘴。

老讲用出名，是在"文化大革命"中。那时，全国掀起了活学活用毛主席著作热潮，司马槐把《毛主席语录》和毛主席的"老五篇"，就是《矛盾论》《实践论》《为人民服务》《纪念白求恩》和《愚公移山》，背得滚瓜烂熟，在漠梁村、公社、县里的讲用比赛中拿过头名。县革命委员会成立"活学活用毛主席著作讲用团"，司马槐是讲用团里的名角主力。他对马克思、恩格斯、列宁、毛主席的很多语录，烂熟于心，遇事遇景，张口就来，把革命导师们的经典语录和现实结合起来，用得恰到好处。老讲用后来就落了个毛病，"文化大革命"以后多少年了，遇到有些事情或同别人争论，还是动不动就搬用革命导师的语录，拿革命导师们的语录说事。

司马槐说："老山，你这是利用大队长的权力为自己谋好处。"

老山说："你净狗比掰瞎扯。这沟拐个弯，十几家都能得好处，咋为我自己谋好处？"

那十几家人拢在一起，七嘴八舌地冲着司马槐说："走直线，只有恁几家地能得好处，按老山说的挖，十几家的地都能得好处。你不能为恁几家，把十几家的好处都弄没了吧？"

司马槐说："那我家的地咋弄？"

老山说："少数服从多数。"

司马槐说："毛主席说'真理往往掌握在少数人手里'。"

老山说："你有啥狗比瓣真理？"

司马槐突然想到了刚才一边走一边尿的"Z"，说："让肥水沟在咱队的地里多拐几个弯，再流进禽河不就行了？"

老山想了想，笑了，说："老讲用，毛主席教导我们说'只要你说得对，我们就改正。你说的办法对人民有好处，我们就照你的办'。那就多拐几个弯，把大家的地都照顾到？"

司马槐说："毛主席还教导我们说'犯了错误则要求改正，改正得越迅速，越彻底，越好'。"

老山又板起了脸，说："不过，这要老狄同意才行。"

老狄回答得很痛快："看在老槐和他祖先们的贡献分儿上，可以多拐几个弯，只要不影响厂里排水就行。"

就这样，一条连续不断的"Z"字形的肥水沟，穿过老山、王太轻、王太重等十几家的地，又折回到司马槐、郑狗胖儿家的地，连续拐了十几个弯，最后流进了禽河。

肥水沟开通的那天，司马槐和五小队的人满脸喜悦，站在沟的两边看。那些水有些混浊，混浊里泛着白色，冒着热气儿，散发出轻微刺鼻的氨水味儿。老山说：

"氨水味道越呛人，说明里面化肥含得就越多，水就越肥沃。"

老山和王太轻、王太重几家的地在沟的上游，他们不知道从哪儿弄了两台潜水泵，丢进肥水沟里，"突突突"地闷声闷气地响，从一根小碗口粗的皮管子里，肥水哗哗哗地喷流出来，灌到了他们的麦地里。这东西抽水很厉害，等肥水沟流到司马槐家的麦地和枣树林时，沟里的水已经很少了，有气无力地流着。

司马槐跑去说老山："不要太贪了，灌多了不怕把麦给恁淹死？"

老山说："你是急狗比掰啥？化肥厂里肥水有的是。"

司马槐悻悻地回来了，半路碰上王太轻。

王太轻问："干啥去了，板着个驴脸？"

司马槐说："买小猪娃去了。"

王太轻问："恁家小猪娃不是好好的，咋又买？"

司马槐说："跌肥水沟里喝水，撑死了。"

王太轻问："噢。买的猪娃哩？"

司马槐说："没买。"

王太轻问："为啥？"

司马槐说："妈那×，只有两只猪娃，掂掂这只太轻，掂掂那只太重，没合适的。"

司马槐说完走了。

王太轻突然醒过闷儿来。他板着脸想骂司马槐时，司马槐已经走远了。

司马槐回到自己地边的肥水沟，卷起裤腿跳进去，用桶捂着沟底使劲往上提，每次只能提半桶，提三四个半桶，才能灌满两桶。司马槐提着两桶满满的肥水，一桶一桶地浇灌到麦地里。这样干虽然费事，有些累，但比积猪粪出猪粪担猪粪轻松多了。司马槐又想到了那头被剾死的小猪。有了这条肥水沟，真是好到天上去了。

司马连种来了，说："爹，这侍弄多费劲儿？"说完跑了。没有多长时间，司马连种背着一张旧门板来了。他把门板横挡在肥水沟里，又掩上一些土，沟里不多的肥水慢慢积聚起来。他对爹司马槐说："耐心等吧，把肥水聚得漫出沟沿，让它自动流进麦地。"一直等到下午，肥水快要聚满到沟沿时，郑狗胖来了，说："老槐，你们家办的啥狗比掰事，不叫下游人活了？"说完跳进沟里，一脚蹬倒了门板，聚起来的肥水哗的一声全流跑了。

司马槐对儿子说："你看看，你看看，干啥都不能性急。古人曰：'方寸起岑楼，一勺生龙鱼。'还不如半桶半桶地弄。现在可好，白聚了半天。"

司马槐用桶提着肥水，用了十几天的时间，把自己家的二十多亩麦地和枣树浇灌了一遍。

冬天又赶上两场大雪，春天的麦苗长得格外好。麦苗分蘖快、分蘖多，麦秆粗壮结实，叶子黑油油的。二月初，是麦苗掩住乌鸦的时候。别的小队麦苗连麻雀还没有掩住，五小队的麦苗长得就掩住了膝盖。四月，别的小队麦还没有抽穗，五小队的麦穗就开始扬花了。嫩黄细小的麦花挂在又粗又长的麦穗上，轻轻闪动着，发出淡淡的花香。枣花香、麦花香，混在一起，弥漫了五小队的田野和大半个村子。蜜蜂们成群结队，嗡嗡嗡地在枣树林和麦地间穿梭忙碌。五月，五小队的麦地一片金黄。麦秆高大粗壮，麦穗硕大，颗粒饱满。微风吹来，沉甸甸的麦穗波浪一样地翻滚流淌，发出"沙沙拉拉"的声响。

七小队的王铁叉，站在自己家的麦地里，看着没有浇过肥水的麦子，长得稀稀拉拉的，像面黄肌瘦的病秧子，手捏着麦穗软软的，麦浆还没有灌满，还要等上十多天才能收割。司马槐家的麦子已经收割完了，小山一样的麦垛，垛在打麦场上。

司马槐看见王铁叉沿着场边的小土路走过来，揪下两个麦穗放在手里搓搓，用嘴呼呼呼地吹飞麦壳，把颗粒饱满的麦粒扬手倒进嘴里，嚼着对王铁叉说：

"铁叉，搓一把尝尝？这麦粒里的麦筋真粘，真多！"

王铁叉说："你慢慢嚼吧，别粘着你的喉咙，把你憋死。"

司马槐说："憋死也比饿死强。"

王铁叉没再说啥，走了。走时仰头对着远处的天，骂着一些云遮雾罩、也不知道是骂谁的话。

打完场，司马连种推过一架磅秤，磅过后用根棍在场地上画着一算，亩产八百多斤。司马槐听了，仰着脸哈哈大笑起来。不光是司马槐家，老山家、王太轻家、王太重家、郑狗胖家，所有沿肥水沟两边有地的人家，庄稼、蔬菜都是大丰收，笑得合不拢嘴。

司马槐家的枣树林自从浇上了肥水，也有了神奇的变化。

春天，全村的枣树，干柴柴的没有一点绿色，唯独司马槐家的那片枣树林的枣树，吐出了嫩芽，嫩芽长得也快，几天工夫就覆盖了枝头，绿茵茵的。当别的枣树刚开始发芽，司马槐家的枣树花就开了。一串一串细碎的枣花，在清早太阳光的照耀下，像金黄色的珍珠，泛着乳黄色的光，散发出扑鼻的清香。秋天，枣树上结的枣又红又大，有的红得发紫，泛着紫油色的光；有的红里透白，亮漆漆的。司马槐捡起掉在地上的一个大枣，用手抹了抹上面的土，放嘴里啃了一口，禁不住说："这枣真是又大又好吃。"

收割完麦，麦茬地种上玉米。一遍肥水浇过，玉米很快就发芽出苗，黑油油地往上长。玉米苗长到两三寸高，溟梁村闹腾起来了。带头的就是仰头骂天的王铁叉。王铁叉领着很多人，有的挑着水桶，有的端着脸盆，小孩子端着大碗，像挖宝一样跑到肥水沟里舀水，浇自己家的玉米。司马槐看着一窝蜂样的人群，骂道：

"妈那×，恁都太自私了吧？把俺好好的玉米都踩踏死了。"

王铁叉说："恁妈那×。到底谁自私？肥水沟是全村人的，凭啥光恁用？"

那些人不理五小队的人，纷纷到肥水沟里舀肥水。

王三哏拿把马勺，一马勺一马勺地在肥水沟里舀水，好不容易灌满了两木桶，挑着正要走，司马连种跑过去，抓着三哏的桶不让走，说：

"恁把俺好好的玉米苗踩踏死了，给俺赔。"

"赔？赔你个球。恁些人踩踏，凭啥叫我赔？"

三哏根本不买他的账。两人拉扯半天，连种提着三哏肩上担的一只桶鋬，抠着桶底，把桶抠了个底朝天，另一只桶摔在地上，两桶肥水浇在了王太轻的玉米地里。三哏抡起扁担，打在连种的腰上。连种抓着扁担，一脚把三哏蹬翻在地。三哏一个鲤鱼打挺翻身起来，一手揪住连种头发，一手搂住他的腰，把连种按翻在地，骑在身上，抡起鞋底啪啪啪地抽打连种的脸，打得连种"妈哟妈哟"直叫唤。

王铁叉端着一个大脸盆，穿过司马槐家的玉米地，跳进肥水沟里舀肥水。肥水沟里的肥水已经很少了，舀了半天，连稀泥带肥水才舀了一盆。他端着盆刚走几步，司马槐拦住不让他走，说："铁叉，你踩坏了我的玉米，不能走，把这盆肥水浇到我地里。"

铁叉说："老槐，你们他妈的麦季已经吃了一季肥了，秋季咋连口汤也不让俺喝？"

司马槐说："想喝，去化肥厂喝。你今天说啥也不能从我这地头过。"

铁叉不再说话，扬手把一盆肥水带着稀泥泼在司马槐的脸上，司马槐变成了个泥水人。司马槐张口骂铁叉，泥水流进嘴里，又苦又辣又呛，他赶紧"呸呸呸"地往外吐，吐几口就闭紧了嘴巴。他想去打铁叉，又睁不开眼睛。等他能睁开眼睛张开嘴时，铁叉早已无影无踪了。

五小队各家的玉米地里，像老鳖翻了潭一样，喊声连天，骂声一片，打成了一锅粥，脸盆、木桶、大碗、扁担、马勺等各色器具扔得满地都是。

司马槐像一只从泥水坑里跑出来的老狗，浑身淌着泥水去找老山。

老山在大队屋里坐在柳圈椅上吸旱烟，吸得悠然自得，有滋有味，吐得满屋烟雾缭绕。

司马槐一屁股坐在办公桌上，用手指着老山说："毛主席说'不要等问题成了堆，闹出了许多乱子，然后才去解决'。你大队长咋当的？全村人打成一锅粥，你咋连屁也不放一个？"

老山吐出一口烟雾，漫不经心地说："老讲用，放屁有用？有用我就顿顿吃红薯，天天放屁。"

司马槐说："你是不是要等出了人命再去管？"

老山说："你忘了毛主席还说'解决问题像过河，不解决桥或船的问题，过河就是一句空话'。我正在找桥和船哩。"

司马槐说："你这样一口一口地吸着大烟，桥和船就找到了？"

老山说："找到了。"

司马槐问："在哪？"

老山说："我刚给老狄打过电话，老狄说化肥厂现在缺水，要咱村出钱出人出力，帮他们再打两眼机井。把水供得足足的，肥水沟里流出来的水不就多了？"

司马槐高兴起来，说："你看看，毛主席说得没有错吧，'干部是决定的因素'。干部带了头，一步一层楼。干部带了头，群众有奔头。"

老山抽完了旱烟，把烟袋锅在办公桌腿上啪啪啪拍得很响，说："叫王铁叉再端一盆肥水，泼你狗×的一头脸。快滚你个球×吧。"

司马槐跳下办公桌走了。

溟梁村按人头，每人出二十块钱。老山带着村里的青壮劳力忙活了整整两个冬天，给化肥厂打了两眼机井。安上抽水机，井里的水从小洗脸盆粗的皮管里喷涌出来，蓝莹莹的，清澈净亮，飞溅起的水珠晶莹剔透，欢快地流进了化肥厂。

肥水沟里的水一下子多了起来，像条小河，哗哗奔流。

司马槐发现，沟里的水多了，却不再混浊，也没有了呛人的味道。他找到老山："沟里的水咋寡淡寡淡的？"

他们去找老狄。

老狄说："厂里光生产尿素，哪有恁些肥水？"

老山说："俺全村人省吃省喝出钱费力，两眼机井白打了？"

老狄说："再打三眼机井，三年半内完工咋样？"

司马槐一听急了，说："老狄你疯了？两眼机井两个大坑，俺全村人都跳进去了。再挖三个大坑，准备把俺全村人都埋了？"

老狄笑了，说："你真是个农民，没有眼光。化肥厂准备扩建了，要引进几条日本化肥生产线，生产磷肥、氮肥、钾肥，再办个编织袋厂，专门装化肥。到那时候，肥水沟里啥肥料都有了。"

老山和司马槐笑着走了。

老山在全村社员大会上说："以往到了冬天，主要任务就是积肥沤粪，深翻土地。现在我们要科学种田，依靠化肥厂，亩产超千斤。溟梁村新的五年计划是：帮助化肥厂再打三眼机井，扩挖多挖肥水沟，要让全村的田野里，布满大渠小沟，同蜘蛛网、毛细血管一样，肥水遍地流，年年大丰收。"

五年间，化肥厂有了飞速发展。单拿烟囱来说，原先一个烟囱，现在变成了六个。六个烟囱一个比一个高，一个比一个粗，一个比一个冒出的烟雾大。冒出的烟雾在太阳光的照射下泛着不同的颜色，有黑色、黄色、紫色和绛红色。

渓梁村的田野里，纵横交错，蜿蜒着大大小小的肥水沟。沟里日夜流淌着混浊呛人的肥水，肥水一年四季浇灌滋养着渓梁村的庄稼。

到了收获季节，渓梁村里一片欢笑声。

夏天，打麦场上，麦垛垛得像小山一样，脱粒后的麦粒大饱满。秋天，家家户户院子里的树干上、木桩上、房檐下，挂满了玉米穗，玉米穗个个像棒槌粗。蔬菜也长得一年比一年好。司马槐抡起三刺耙剾萝卜，剾出来的胡萝卜、白萝卜个个像壮汉的上半截胳膊。大白菜的心儿格外瓷实，小孩儿们踩在白菜心上跳跃着奔跑。

四月，麦子裂开口子，抽出了嫩穗，突然发生了问题。有些嫩麦穗刚长到一寸多，黑密密的吸浆虫在穗上落了一层。几天后麦穗就由绿变黄，由黄变黑，死去了。司马槐心急火燎地到县城去买农药喷洒，半路碰见了王太重。

王太重说："囟球货，钱多了？"

司马槐说："不买药咋弄？"

王太重说："舀肥水沟里的水往麦穗上泼啊？一泼虫就死了。"

司马槐说："肥水恁神？能壮地，咋还能灭虫？"

王太重说："化肥厂又弄了一个农药厂，建在化肥厂旁边，排出的水也流进了肥水沟，那里面有不掏钱的农药。"

司马槐笑了。

滇梁村人都笑了。

他们在欢歌笑语中迎来了一个又一个的丰收年。

三十年的时光，像吸袋烟的工夫，一转眼就过去了。

令人没有想到的是，三十年后的滇梁村，咋会出现了这么多哑巴？

四

滇梁村一群上访的哑巴，情绪激动地到了县政府。

门卫问："哪村的？想干啥？"

滇梁村人手里拿着木板、笔记本和笔，"啊啊"喊叫，说不出一句话来。有人嘴张张合合，并不出声，用手比比画画，像哑巴演剧一般。

门卫莫名其妙："这是一群啥鸡巴人？来干啥？"

围观的人慢慢多了起来，人们议论纷纷：

"上访的？"

"上访的咋不吭声？"

"不是有几个人在'啊啊'叫唤吗？咋听不清他们说的啥？"

"哪个哑巴剧团，来演哑剧吧？"

"演啥狗比掰哑剧，手里还拿着木板、本和笔？"

"还提着死鸟哩？"

"那是道具。"

......

有个人认识司马槐，走过去问："老槐，你们这是演的哪一出戏？"

司马槐闭嘴不出声，用笔写：见县长。

那人有些生气了，骂司马槐："看你那鸡巴怂样？见县长就吓得不敢吭声？"

女县长出来了。

女县长说："请你们到政府第一会议室谈谈。"

一干人跟着女县长到了会议室。分管工业的副县长、工业局长、化肥厂狄厂长、制药厂石厂长，都坐在那里。

女县长说："溟梁村出现这么多人不会说话，应该引起我们高度重视。据说是与化肥厂、制药厂排出的废水有关，请你们有关部门谈谈。"

狄厂长说："我们厂排出的水里面含的都是化肥残留物，对庄稼生长有好处。溟梁村用我们厂的肥水浇地这么多年，省了多少化肥钱？"

司马槐写：你们厂排出的水有毒。

狄厂长说："有毒？有毒你们的庄稼还一年比一年长得好，年年大丰收？"

司马连种说："新闻里广播，用1059剧毒农药浇韭菜，韭菜长得肥嫩粗壮，也是年年丰产。难道说那些韭菜没有毒？"

工业局长说："废水里有没有毒，要拿出科学证据来。"

司马槐写：证据就是俺村哑巴越来越多。

狄厂长说："哑巴多与肥水浇地有没有直接关系，要经过科学论证，才能得出科学结论。啥叫科学，你懂吗？"

司马槐写：马克思说："在科学的入口处，正像在地狱的入口处一样。"你们真讲科学，把我们都送进地狱了。

老山写：制药厂排出的废水也有毒。

制药厂石厂长说："我们厂排出的水都做过净化处理，不可能有毒。"

司马连种说："用你们的废水往虫上泼，虫立马就死了。没有毒虫咋会死？"

石厂长说："那是专门留下的农药残余，让你们灭虫的。好心还办成坏事了？"

司马槐写：毛主席说："爱讲假话的人，一害人民，二害自己。"

石厂长说："我发誓，我们厂的废水里要是有毒，明天我们全厂人也变成哑巴。"

司马槐写：列宁说："那个叫喊得最凶和发誓最厉害的人，正是想把最坏的货物推销出去的人。"

女县长和那些带"长"字的人，看着司马槐如此熟练地写出革命领袖的经典语录，目光诧异，不知道该再说啥了。是啊，革命领袖们的话都是至理名言，是放之四海而皆准的革命真理，你们都是共产党的干部，敢说我司马槐说的话不对，可你们哪个人敢说革命领袖们的话不对？这一点，老讲用司马槐的心里绝对有数。

会议室里立马一阵沉默。

司马槐把死乌鸦和灰麻雀放到桌上，写：这鸟是咋死的？

石厂长说："我们只生产农药，不研究死鸟。"

老狄说："老槐，当年规划废水沟，你把祖坟都迁走了，还要我革命加拼命，这些你都忘了？"

司马槐写：老狄，你是温水煮青蛙，把我们都煮了。

工业局长、狄厂长、石厂长，那些带"长"字的人坐在桌子一边，语声朗朗，气势夺人。漠梁村的人坐在桌子另一边，除了司马连种会说话，其他人时而"啊啊啊"叫喊，但连不成句；时而默默无语，鸦雀无声，手忙脚乱地在木板上、纸上写着。

在木板上和纸上写字表达意见，和用嘴说话表达意见，有着两种截然不同的效果。用手写字，要一笔一画的，写得慢，没有用嘴说话快，往往是一个字没有写好，对方好几句话就喷射出口了。更重要的是，写字没有像说话那样，能把声音、语调和言辞，快速有机地结合在一起，形成口头语言的巨大气势和强烈的撞击力。唇枪舌剑，磅礴有力。更何况那些带"长"字的人，都是在数百人、上千人面前做报告的老手。在这种阵势面前，尽管司马槐用革命领袖们的经典语录抵挡一阵，可哑巴了的漠梁村人依然像做错了事、屈理了一般，正在被带"长"字的人训斥着，也像在认真听着带"长"字的人的指示，在一笔一画地做着记录似的。

女县长稳稳地坐着，面无表情，一声不吭，听着看着，任凭她的属下和臣民们用各自的方式，倾诉着各自的理由。

司马槐看了一眼女县长，心里很窝火："啥鸡巴县长？泥胎一般。"他觉得心里有好多话要说，无奈写字太慢，又急又气。

女县长终于说话了。

她用手轻轻拍了一下桌子，说："溴梁村群众说的情况，和废水有没有必然关系，目前也只是一种可能性。县政府将组织专家对这一情况进行认真调查。"

司马槐写：列宁说："在今天这样的现实面前，不顾事实，只谈'可能性'，简直是可笑的。"

司马槐写完站起来，把写好的那张纸和那份《新农科技报》扔在女县长面前，把死乌鸦和灰麻雀摔在桌上，拉着司马连种走出了县政府第一会议室。

五

司马槐家枣树林正对着化肥厂的方向，的两棵枣树上，系着一条红布横幅，上面用黄广告色写着一行字，每个字像架子车轮子那么大：

围堵废水，保家护田。

司马槐叫司马连种拉上架子车，又叫上郑狗胖，拉来一车一车的土倒进肥水沟里，堵住肥水沟里的水不能往自己家地里流过。下游一堵，上游的王太轻、王太重和老山都急了，他们也挥锹舞镐拉土，纷纷填沟。溴梁村人都行动了起来，一天工夫，纵横交错、蜿蜒在田野里的大沟小沟被填平了。化肥厂、制药厂排出的废水，没有了沟渠，没有了约束，便自由自在地向溴梁村的田野漫淹开来。

黄河自从出了三门峡，展开它放荡不羁的雄姿，一下子摊开了十几里宽的河道，汹涌澎湃，不停地吞噬着岸两边的土地。不知道从啥时候起，黄河岸边的人们用麦秸树枝，和沙土搅拌在一起，举起石夯，唱着"呼儿嗨哟"的打夯歌，筑起了十多丈宽、两丈多高的黄河大堤，用来阻挡夏秋暴涨的河水。每年冬天，人们都要去修筑、养护黄河大堤。自从修起了三门峡水库，黄河基本上处于断流状态，人们才不再修筑养护黄河大堤。

今天，看到四处溢流的废水，溟梁村的人一下子激动起来，他们纷纷扛着镐拿着锹拉着车，砍树枝捆麦秸，抬着石夯，向村南面奔去。年纪大的老头老太太，看着忙乱的后生，嘴里直问：

"咋了？黄河又涨大水了？"

"雨季过了，哪来的大水？"

……

在老山的带领下，溟梁村人拿出了当年修筑、养护黄河大堤的技术和干劲，又举起了石夯，唱起了"呼儿嗨哟"的打夯歌，连夜奋战。修筑这样的堤坝，比起当年修筑黄河大堤那样的巨大工程，简直跟玩过家家似的。不到三天时间，在化肥厂、制药厂与村地之间，筑起了一道八九米宽、三米多高的堤坝，结结实实的，挡住了向溟梁村地面流来的废水。

化肥厂的地方毕竟是过去的坡地，地势高，废水在溟梁村受阻，转向牛村、焦郎庄，漫无声息地涌流了过去。牛村、焦郎庄的人也急了，村中立刻响起了"当当当"的锣声，不知道谁还点响了几声铳枪。村民们都有着保家护田的天然激情，都有着修筑黄河大堤的传统技能。他们听见锣声铳声，便纷纷涌向村外田间，也在自己的田地上筑起了一道坚固的堤坝。

三个村子筑起的堤坝连在一起，形成了一个封闭的椭圆形，像一条巨大的蟒蛇，死死地盘卧在化肥厂、制药厂的四周，把两个厂围得水泄不通。两个厂的废水无处可流，倒溢回灌，不到一天时间，全厂里没有了一块干地，没有一个人能再穿鞋上班，全都是挽起裤腿、光着脚丫子蹚水行走。村里的人听见老狄在化肥厂的大喇叭里喊：

紧急通知，紧急通知，下班的、倒休的，立刻到工厂围墙处修筑堤坝，阻挡废水倒流。

工人们立刻行动起来，用煤渣碎砖泥土和没有来得及清走的废料，把工厂四周的围墙堆砌加固起来，也修筑起一条堤坝。

化肥厂、农药厂的效益太好了，到了这个关口，工厂里依然机器轰鸣，随着"嗞嗞"的响声，一团一团白色的蒸汽不停地喷射出来。那六个高耸的烟囱，依然像往日一样，冒着滚滚的黑紫黄烟，笼罩在化肥厂上空。溟梁村人纷纷骂道：

"老狄这个鸡巴货，真是要钱不要命。"

几天后，废水在两道堤坝中间的空地上快速积聚起来，放眼望去，泽国一般，化肥厂成了泽国中的孤岛。

化肥厂长老狄终于忍耐不住了。

他领着一干人，挽着裤腿，手里提着鞋，拄着根木棍，蹚着淹过膝盖深的废水，一步一摇、几步一停地向溟梁村走来，像一群当年黄河涨大水时黄泛区逃难的灾民。老山、司马槐、王太轻和溟梁村很多人，站在堤坝上，有的拿着纸张和笔，有的拿着小木板和粉笔，形成一个半圆的铜墙铁壁，堵住老狄他们不让上来。有两个小伙子抬着一块黑板，拿着粉笔和黑板擦，在老山身后站着。

老狄说："老山，老槐，爷们，咱先上去再说话行不行？"

老山用粉笔在黑板上写：不行，这是溟梁村的地。

司马槐也拿着粉笔，在黑板的边缘上写：肥水里没有毒，你就站在里面吧。

老狄说："这腿脚又不是庄稼，哪能用水老泡着？"

司马连种喊："泡吧，泡得你也哑巴了再上来。"

司马槐写：不要再搭理老狄，让他也用笔写，平等对话。

司马槐写好后，示意两个小伙子高高举起黑板，扭过身子，对着溟梁村人绕转一周。溟梁村人鼓起一片掌声，那些会说话的人喊：

"好！好！老狄闭嘴，用手写，平等对话。"

老狄说："爷们，溟梁村的好爷们，咱有话好好说。先让我们上去行不行，好爷们？"

女县长来了，带着孙乡长和派出所吴所长，手里提着死乌鸦和灰麻雀。老狄们站在水里，看着前来的上司和同僚，脸上露出了获救的喜悦。

溟梁村人沉寂下来，用充满敌意的眼神看着女县长等人，都不再说话。

女县长说："老狄，经市科研所研究，废水里确实含有大量的有害物质，长期食用含有这种物质的粮食、蔬菜、水果，会破坏人的发声器官，致人哑巴。这些鸟儿的死也与废水有关。"

老狄一干人听了，哑巴了一般。

溟梁村的哑巴们一听，急了，纷纷跳下堤坝，冲过去要打老狄、老石他们。

孙乡长急忙拦住，说："有理说理，打人犯法。"

吴所长把手铐晃得哗啦哗啦响，嘴里喊："不许打架，谁先动手就铐谁。真鸡巴没有王法了？"

老山写：地是溟梁村的，绝不允许他们踏上半步。

老狄说："好爷们，咱上去再说吧？泡得真难受。"

司马槐写：难受？爷们都哑巴了，鸟都死了，不难受？

狄厂长看看女县长，女县长看看溟梁村的人。溟梁村人，包括那些哑巴和哑巴的家人，那些害怕自己将来说不定哪天也会变成哑巴的人，群情激奋，一个个怒不可遏。

女县长对老狄和化肥厂那干人说："你们先回厂里去，马上停工吧。"

狄厂长看了看女县长，带着自己那干人转过身子，提着鞋，拄着棍，骂骂咧咧的，蹚着废水回厂里去了。

女县长在大堤上说的话像一把火，点燃了溟梁村这堆柴火。愤怒的烈火熊熊燃烧起来，烧得溟梁村人满街流窜奔跑，相互诉说、书写着满腔的怨恨和悲情。

老山带着司马槐、王太轻、王三眼等十多个哑巴，开始去县政府上访。他们三天两头站在县政府大门一侧，举着纸牌标语，上面写着：

清除污水毒害，还我绿色家园。

工厂要赔偿，哑巴要说话。

溟梁村哑巴们的上访引来了嗅觉灵敏的记者。各类媒体的记者们蜂拥而至溟梁村。电视台的记者扛着摄像机晃来晃去不停地拍摄，报社的记者手指头像演奏钢琴般地敲打着电脑，广播电台的记者把录音机、录音笔不停地往人们的嘴边塞。很快，这一事件在省电视台、广播电台和省报上曝了光。电视黄金时间，播放着老山带人举牌上访的镜头，司马槐提着那两只死鸟，不停地在电视里摇晃。收音机里，播放着王铁叉那激情满怀的喧嚷："化肥厂要再不关张，溟梁村就变成哑巴村了。"

省报、市报的头版头条，通栏标题用核桃大的字体写：溟梁村离哑巴村还有多远？

溟梁村哑巴们上访的新闻惊动了高层。一位分管工业的副省长拿着中央某领导的批示，带着省里几个专家来到溟梁村。那些专家们一进到溟梁村，像鸟儿寻找食儿一样，散开飞向不同的地方。有人拿着小铲这里挖一小铲土那里挖一小铲土，装进了玻璃瓶里。有人跑到那几口一百多米深的井里打水，把打出的一些水装进了玻璃容器。还有人拿着像给架子车胎打气的气筒一样的东西，爬到房顶和树上，对着天空抽气，然后把抽的气压装进一个小罐子里。

几天后，县委、县政府做出决定："化肥厂、制药厂立即关闭。对溟梁村受害群众予以赔偿。"

化肥厂、制药厂彻底停工了。

那条结实的堤坝里，围着停工停产的化肥厂、制药厂。周围村里的人都把堤坝里叫作圈子里。圈子里一汪的废水，像个湖泊，在微风的吹动下，漂散着一团一团黄色紫色绿色红色白色褐色等各种说不清的东西，像开放在废水里的各色花朵，散发出浓烈呛人的气味。有人说，那些无处排泄积聚起来的废水，把化肥厂、制药厂的机械设备、化工原料、制药材料等，都浸泡、腐蚀了。厂里的工人们有不少人恶心头晕呕吐，又无事可做，就都放假回家了。几十天后，圈子里的废水才慢慢渗落下去，所有的树木都已经干枯死去，地上寸草皆没，白茫茫的一片。

溴梁村、牛村和焦郎庄的人说："乖乖，幸亏堤坝筑得早，把毒水挡到了圈子里。再晚了，还不知道有多少人变成哑巴。"

按照副省长的指示，县委、县政府责令化肥厂、制药厂，立即关闭停产。要不惜一切代价，给受到毒害变成哑巴的溴梁村人看病。

六

一辆豪华大巴车，拉着老山、司马槐、王太轻等溴梁村的一群哑巴。

车上装着水果蒸馍方便面火腿肠叉烧肉矿泉水司马懿大将军酒等，跑焦作跑郑州跑西安跑上海跑广州跑北京，去的都是有名的医院，找的都是著名的专家。在广州市，一家旅游医院的胡教授说："美国有个专家研究出一种治疗哑巴的新技术：环境疗法。"

司马槐写：啥叫环境疗法？

胡教授说："就是让哑巴到很少有人去过的名胜古迹、风光景点旅游参观，那些地方空气好，环境优美，可以让哑巴们高兴，高兴了就会激动，激动了就要表达，表达欲望强烈了就会刺激语言神经系统，语言神经系统受到刺激，活跃了就有助于让哑巴开口说话。"

渍梁村的哑巴们听了，立刻欢呼跳跃起来。

胡教授的指点，给渍梁村的哑巴们带来了无限的希望和喜悦。他们围着老狄，坚决要求增加美国专家的新疗法。

老狄哭丧着脸答应了。

此后，老狄不仅带着渍梁村的哑巴们看病，沿途还增加了必不可少的旅游项目。

老山、司马槐、王三哏这些庄稼汉子，除了不会说话外，能吃能喝，能玩能闹。他们每顿饭都是大口吃肉，大口喝酒，两三口吞进一个蒸馍，一瓶司马懿大将军白酒一撅两半，划拳一次论输赢，顷刻间就灌进了两个人的肚子。一桌饭没有等菜上齐，便被风扫残云般地吃了个精光。这些人腿脚麻利，体壮如牛，有用不完的力气，登山爬楼如走平地一般。这些在黄河边长大的子孙，见水如命，喜好游泳，在洞庭湖上乘游船游览，司马槐、王三哏扑通、扑通跳进了湖里，开船的艄公和导游小姐吓得面色苍白，喊他们赶紧上来。上船后司马槐用指头在老山的手心里写道：

水真清，比黄河好多了。

游北京昆明湖时，司马槐脱下衣服穿着裤头又要跳，老狄急忙拉住他，说："老槐，这里是首都北京，皇家园林，不是黄河汉、洞庭湖，下去游泳要罚款。"

司马槐用指头在老狄手心里写：你拿。

老狄说："还要逮进去关十五天。"

司马槐吐了吐舌头，穿上了衣服。

两年过去了。

两年多来，这群哑巴们在华山黄山泰山武夷山云台山云蒙山、太湖西湖洞庭湖鄱阳湖昆明湖、二七塔大雁塔小雁塔东方明珠塔中央电视塔、兵马俑虢公墓颐和园圆明园长城等风景名胜，都留下了轻快的足迹和欢乐的笑声。看了两年多，哑巴们玩得很高兴，很尽兴，很激动，但病情没有任何好转，他们依旧只会"啊啊"，不会说话。

一天傍晚，溟梁村的哑巴们从北京司马台长城景点回来，在王府酒店的大堂登记住宿，司马槐突然想起了广州那家旅游医院的胡教授，想起了胡教授说的那个美国专家。他拿起笔给老山写：

叫老狄买机票，送我们去美国。

老狄看着纸条，问："为啥？"

司马槐写：美国环境好，有疗效。

老狄扑通给司马槐和老山跪下了，几乎是哭着说："爷们，我的亲爷们，钱全花光了，还塌了不少窟窿。"

大堂里的保安过来了，引来了一些人围着观看。老山大腹便便梗着脖颈，司马槐一手拿纸一手拿笔，溟梁村的哑巴们威武雄壮地站在老狄面前。一个办过手续准备住酒店的小伙子看到这种场景，挺直身板站在老狄一边，质问司马槐和老山：

"要账也不能把人往死里逼啊？做人都有尊严，你们想干什么？"

大堂里围观的人越来越多，他们盯着司马槐和老山，眼睛里射出不满、憎恶，甚至愤怒的光。老山心里发怵起来，赶紧拉老狄起来，在纸条上写：

屋里说。

安排好住宿后，溴梁村的哑巴们来到老狄屋里集中。

司马槐写：老狄，你为啥不带我们去美国？

老狄说："卖工厂的钱全花光了，工人全解散了，又借了一百万也快花光了。再买机票去美国，飞到一万米高，我从飞机上跳下去，死鸡巴算了。你们哑巴还留一条命，我连命都不要了。"

哑巴们围着老狄，都不说话。

老狄像孙子似的，又想往地上跪。

老山拦住了他，写：再商量。

溴梁村人看到狄厂长的这副可怜相，经过一番认真热烈的交流，最后达成了共识：

两年多来，化肥厂和狄厂长也真是尽心尽力了。厂全倒闭了，钱也花光了，看来这哑巴真的是看不好了。逼急了，老狄真的要跳飞机死了，电视报纸一曝光，显得溴梁村人多不厚道。再说了，以后要再想旅游找谁去？

老山写：人的命天注定，该死××朝上挺。老狄带咱们名医院名医生都看了，鸡鸭鱼肉都吃了，名胜景点都耍了，东西南北都跑了，我看就算×了吧！

人们点了点头。司马槐带头鼓了几下掌，算是同意了老山的意见。

哑巴们坐着豪华大巴，平平静静地回到了溴梁村。

以后的日子里，他们手里也不再拿木板、粉笔、本、纸和笔了，见了面想说啥，顺手捡根树枝、柴火棍、碎砖头、瓦片等，在地上墙上随便写。只要进了溟梁村，到处可以看到各种笔体的字迹。

谁说溟梁村人没有文化？

七

太阳依旧东边升起西边落下，日子依旧一天一天地过着。

围着厂子的堤坝依然像两条巨大的蟒蛇，死死地盘卧在化肥厂、农药厂周围。两个厂早已人去厂废，在岁月风雨的剥蚀中，变成了一堆遗址和残骸。两道堤坝之间的空地，寸草不生，一树不长，白茫茫一片，满目凄凉。

冬天，下了一场雪。老山大病一场，后来提出辞职。

司马连种选上了溟梁村村委会主任。

连种年轻气盛，有精力，有激情，有思路。他带着一干人跑广东福建浙江考察，回来在全村大会上说："办厂吧，办厂能挣大钱。"

司马槐用手里的木头棍，梆梆梆地敲着身边的废旧架子车棚，吓飞了树上的鸟雀。他用粉笔在车棚上写：地不种了？

连种说："地都让肥水污染了，种粮种菜谁还敢吃？"

"不种地吃啥？"

"有钱，啥不能吃？想吃啥买啥，都是绿色食品，像城里人一样风光。"

司马槐的手不动了，也不再"啊啊"。村里的那些老哑巴们，不知是意识到自己年纪大了还是遇到了不听话的后生，这时心里都哑巴了，一声不吭地看着摩拳擦掌、要大干一番事业的年轻人。

溟梁村现在绝对是年轻人的天下。

血气方刚的后生们，早已遗忘了当年化肥厂的肥水给村里带来的祸害，也遗忘了司马槐、老山这些哑巴们。

那个年代的事情和那个时代的人，像翻日历一样被翻过去了。

一时间，圈子外面的溟梁村，疯了一样开始圈地办厂。几年间，村里这厂那厂越办越多，越办越红火。老山的儿子办了个造酒厂、养鸡场，王太轻的儿子办了个饲料厂，王太重的儿子办了个养猪场，王三哏的儿子办了个造纸厂，司马连种办了两个厂：塑料编织袋厂和颜料厂。

几十家这厂那厂，像雨后春笋般地出现在昔日的耕地上。祖祖辈辈传下来的耕地，像一九四三年蝗灾一样，转眼间都没有了。

办厂给溟梁村带来了丰厚的经济收益，村容村貌出现了日新月异的变化。美国白宫风格的村委会大楼，庄严气派，坐落在村子中央。院子里经常停放着路虎、霸道、奥迪等豪华高档轿车。村里世世代代的炉灰渣路，修成了柏油路。路两旁的水泥电线杆上，装着像北京长安街上一样的华灯，整夜放射着灿烂的光芒。村东建起了高高的水塔，自来水管铺设到各家各户，水龙头一开，可以尽情地洗菜做饭洗衣洗澡。村西建起了电视电信发射塔，上面架着好几口大锅小锅，家家免费安装了电视机，每家发一部手机免费使用。村里过去的烂瓦房薄草房都奇迹般地消失了，家家盖起了三四层、五六层的小楼，有的楼外面还贴着华丽的瓷砖。箩筐和架子车早已不见了踪影，小汽车、大卡车、拖拉机在村里奔驰。还有一种摩托车，前面一个轮子、后面两个轮子载着拖斗，溴梁村人把它叫狗骑兔子。这种兔子轻便快捷，开起来"突突突"地冒着阵阵黑烟，在工厂里、院落里、胡同里穿梭奔跑。村委会还盖起了幼儿园和养老院。村里六十岁以上的老人，每月发一百五十元生活费。司马槐、老山这些老年人，享受着过去做梦都梦不到的幸福生活。

一天，连种对司马槐说："爹，把咱老财院的枣树砍了吧？"

司马槐捡起一块瓦片，在地上写：你要干啥？

连种说："建厂。"

"两个厂还嫌少？"

"再办一个塑料凉鞋厂，能挣大钱。"

"圈地去啊？"

"地已经圈完了，村里没有地了。"

"枣树林是恁老祖爷留下的，传到你手就没有了？"

"老祖爷那时不懂得实业救国，光知道种枣树，小农经济，一年才卖几块银圆。我建起这个厂，一年最少能挣三十万。"

"你要恁些钱干啥？"

"送恁和俺妈去美国旅游。"

"我和恁妈老了，走不动。"

"挣了大钱，给恁和我妈包专机、雇保姆，让二老像皇帝皇

136

后一样生活。"

司马槐阴沉着脸，翻翻眼睛，看着给自己涂抹着未来美好生活图画的儿子，拿着瓦片的手在发抖。

司马连种又说："爹，那些枣树多年没有人打理，死的死，疯荒的疯荒，一年下来收不了两篮子枣，留着它们干吗？"

司马槐写：喂鸟。

司马连种说："喂鸟？这些年天空无鸟叫，村里无鸟飞，你哪还见过一只鸟？"

司马槐最了解自己的儿子。尤其是他当了村委会主任，政绩突出，官气十足，说一不二，他认准的事你很难改变他，已根本不把他这个爹放在眼里。

司马槐叹了口气，把瓦片扔到地上，扭过脸，摆了摆手，像一只无用的老狗，低着头走了。

第二天，老财院的枣树全被锯倒了。很快，一个塑料凉鞋厂建成了。连种的塑料凉鞋厂刚建好，就接了一张大订单。厂里机器轰鸣，没日没夜地响着。司马连种接连几天几夜，一直奋战在塑料凉鞋车间。一天早上，他站在凉鞋机的出口，看着吐出来的一只只塑料凉鞋，像看着印钞机印出来的一张张人民币，眯缝着眼笑。司马连种弯腰拿起一只新下机器的塑料凉鞋，往脚上蹬着试。他穿上一只，再穿另一只时，一头栽倒在鞋堆里，口吐白沫，不省人事。

两年后的冬天，司马连种从北京一家大医院被拉了回来。

那家大医院司马槐去过，他和老山那些人当年曾在那家医院看过哑巴病。拉回来的司马连种除了嘴能说话，浑身不能动弹，直挺挺地躺在床上。

司马槐写：咋诊断的？

连种说："半植物人。"

"咋得的？"

"医生说弄不清楚，怀疑是化学污染。"

"咋不再看了？"

连种说："专家说，这病是世界性难症，花钱再多也看不好。"

"化学那东西，你不知道它的厉害？你姥姥家当年让老日本的化学炸弹炸得十几家灭门绝户，到现在那些院子还没有人敢进，你忘了？"

老伴哭了。

老伴抱着儿子连种整天哭，一边哭一边骂司马槐：你哑巴了多少年也不死，儿子不哑巴，可现在跟死了一样。她转口又骂连种，不让你办厂你非要办，办一个不够办两个，两个还嫌少办了三个。这下可好，三个厂都败了，塌了一屁股饥荒，这以后日子咋过？

司马槐拿起一张硬纸板，用圆珠笔在上面写：

古人云：利旁有倚刀，贪人还自贼。"利"字旁边就是一把"刀"。一把刀，你知道吗？那把刀，专门杀贪利的人。

司马槐写完，把硬纸板放在儿子床边的橱柜上，转身走了。

县里的经济也突飞猛进地发展，县城焕发了勃勃生机，炸裂般地向四面八方扩张。各种园区、工厂、研究中心、商品楼等越建越多，郊区农村的耕地已经不多了，一分一厘的耕地都显得金贵起来。县政府为了保护耕地不突破红线，向死人要土地，开展了轰轰烈烈的平坟运动。一片片一群群长满荒草野树的坟地，顷刻间变成了平地。县里号召移风易俗，建起了火葬场，成立了殡葬改革执法大队，强力推行人死火葬，绝不允许再起新坟。

老山搬进了儿子马鳖新盖的楼里不到两年，就病倒了。市医院检查说是肾癌。儿子马鳖花了不少钱，给老山换了两个肾，最后还是没有看好。老山临咽气前让儿子马鳖叫来了司马槐。

马鳖说："槐叔，俺爹说他死后不想火化，让你想想办法。我爹辛苦一辈子，死了连块埋葬的地方都没有了，咋弄？"

司马槐和老山是从小一起光屁股长大的。他两个一起经历了人世间的风风雨雨，见证了溟梁村二十世纪五六十年代那原始自然的田园风光，见证了化肥厂的废水给村子带来多年大丰收的喜悦和不知不觉中带来的祸害，见证了改革开放后那火热的经济浪潮给村子带来的繁荣发展，见证了村里轰轰烈烈办厂在带来巨额利润的同时带来的灾难。司马槐看着躺在床上脸浮肿色蜡黄的老山，心里像刀割一样难受。他让马鳖拿来笔和纸，一笔一画地写了一段字：

山哥，孔融《临终》里说："生存多所虑，长寝万事毕。"千百年来，溟梁村一代一代的人在这块土地上出生，又在这块地上死去，地下埋着一代一代死去的祖先们。你看见田地里留有多少坟墓？俺老祖宗司马懿名气还不大？死了埋在哪儿？不知道。子孙后代哭老祖宗找不到墓骨堆。成吉思汗不比咱牛×？一死，偷偷埋了，连盗墓贼都不知道他埋在哪儿。

山哥，想开了，人死如灯灭，化成青烟飞。眼睛一闭，夜深人静时，让鳖在酒厂院里找一块空地，挖个坑，偷埋吧，偷偷埋进黄土里算了。

马鳖说："爹，俺槐叔想的倒是个主意。入土为安，咱就偷埋吧？"

老山微微点点头。

司马槐又写：我死了也想偷埋，可俺连种把三个厂都卖了，我连偷埋的地方还找不着哩。

司马槐的手在发抖，眼眶里的泪水在打转转。

马鳖说："槐叔，您别伤心。您百年后，也到我的酒厂，和我爹做伴。"

司马槐拉着老山的手，泪水从眼睛里流了出来。

老山的眼圈也红了。

世间没有不透风的墙。农村的人传统观念严重，死后都不想火化。老山偷埋的事不知道被谁知道了，在村里悄悄传播开来。有人死了，也学着老山。有老山带头，我们害怕啥？后来，不光是溟梁村，周围一些村子也有人死后采取了深夜偷偷埋葬的办法。今天还见过这个人，第二天这个人就像在人世间蒸发了一样，生不见人，死不见尸，消失得无影无踪。

活着的人心里都清楚：这个人永远也看不到了。

火葬场发现了死人被偷埋的秘密，向县领导建议："采取严厉手段保护良田耕地，坚决打击破坏殡葬改革的行为。凡发现有偷埋的新坟，必须扒出来就地火化，加倍收取火化费。"

老山生前曾当过几十年的村领导，大概是得罪了人，被举报了。这个老山，当年为了反对化肥厂污染，保护耕地，曾经带领着溟梁村的哑巴们到县政府上访，同化肥厂打官司，上过报纸电视，闹得风风雨雨，在全县也是小有名气。死去的老山，本应该带头执行殡葬改革的规定，保护耕地，怎么胆敢无视政府保护耕地的重大战略决策？

县里的个别领导，大概是被什么事勾起了对老山过去所作所为的回忆，决定抓住这个典型，杀一儆百，刹住人死了偷埋的风气。

一天，殡葬改革执法大队的人来到马鳖的酒厂。这帮年轻人气势汹汹地抄着家伙，提着汽油桶，挥镐舞锹地把埋进地下已经快一年的老山挖了出来，在棺材上泼汽油，点火焚烧。

马鳖的酒厂里围满了人，看着被焚烧的老山，如同围着一堆冬天取暖的篝火，没有一个人吭声。在庄严肃穆的气氛里，溟梁村人像是在默默地为老山举行火葬仪式。这种火葬仪式在电视纪录片里出现过，那好像是在印度吧？印度人死后，尸体放在架着的木材上焚烧，有人在做着法事，超度死者的亡灵。

谁也没有想到，溟梁村的老山死后快一年，竟然享受了印度人的待遇。

司马槐没有看过这个电视纪录片。他看着熊熊燃烧的烈火，听着烈火中噼噼啪啪的响声，仿佛看见老山在棺材里忽地一下坐了起来，浑身烈火，挥着胳膊，用手指着司马槐，大声地哭，大声地喊，大声地埋怨："老槐，就是你，给我出了这样的馊主意，让我死后偷埋，入土了也没有让我得到安宁！"

司马槐好几次深夜从梦中惊醒，都是因为梦见了那天被烈火焚烧的老山。

其实，司马槐给老山出偷埋的主意，就是想让老山入土为安。黄土地里埋死人，祖祖辈辈不都是这样？一代一代的溴梁村人，从黄土地上出生，被黄土地滋养，死后再埋进黄土地，化成一捧泥土。苍天厚土，生死轮回，这不是天经地义的事？可谁能想到，轮到了老山，被埋进黄土地快一年后，竟会被人从墓骨堆里扒出来，泼上汽油焚烧？司马槐活到这么大岁数，哪见过这样惨烈的事情？连听都没有听说过。每当想起这些，司马槐就觉得周身火烧火燎的，像是那焚烧老山的烈火在焚烧着自己。

司马槐几乎要发疯了。

典型，就是具有代表性的人物和事件。用典型示范，就是用典型来教育人们，推广某种经验和做法。泼汽油焚烧的老山就成了典型。这个典型在报纸上、电视里曝了光，在全县引起了强烈的震动。准确地说不叫震动，应该叫震慑。震慑了那些濒临死亡的人和他们的家人，震慑得他们为死者将来的去向胆战心惊，夜不能寐。

秋天，下了一场小雨，紧接着寒流过来，树叶很快变黄变黑变干，在阵阵风中飘落下来。

司马连种觉得自己快不行了，他对司马槐说："爹，我死后也不想火化。"

司马槐写：想偷埋？

连种说："嗯。"

司马槐写：学恁山伯，被人举报了，挖出来泼汽油烧？

连种哭了，没有吭声。

司马槐写：爹答应你。

连种说："真的？"

司马槐写：真的。

连种说："我也不想像俺山伯，挖出来泼汽油烧。"

司马槐写：不会。我虑了很长一段时间。化肥厂那圈子里原先有咱过去的老祖坟，把你埋到咱老祖坟里咋样？

连种问："行吗？"

司马槐写：行。

连种问："咋行？"

司马槐写：毛主席说："废物可以利用。"圈子里是被化学污染的毒地，不是良田耕地。就像当年怹姥姥家被老日本扔过化学炸弹的院子，没有人敢进去。再说，咱老祖宗本来就埋在那儿。你埋在那儿，带个头，将来我和怹妈死了，也埋在那儿。村里人死了，都埋在那儿。看看咱们这些被化学毒害的人，死后能不能化成肥料，把毒地再变成良田？

连种听了，苦笑着说："爹想的有些道理。"

司马连种死了。司马槐让人在寸草不生的白茫茫的圈子里，在他们原先老祖坟的地方，给连种挖了个墓坑。挖墓坑时，司马槐特意让司马家族的年轻人把墓坑挖得很大，很深，翻出了几米深的新土，摊开有两分多地的面积。在堤坝上川流不息的行人眼皮底下，司马连种的墓坑整整挖了三天。司马连种出殡时，司马槐特意放在大白天，在全村人众目睽睽之下，让司马家族的年轻人抬着连种的棺材，出了院子，走在溟梁村的大街上，招招摇摇地把儿子埋进了圈子里原先老祖坟的地里。

他特意让人把连种的墓骨堆堆得又高又大，矗立在圈子里。

司马槐的胆子咋恁大，竟敢毫不掩饰地把儿子埋在圈子里？他真的不怕殡葬改革执法大队？溟梁村人都在感叹。堤坝上来来往往的人，也看到了司马连种那冢一样大的墓骨堆，不少人驻足观望，指指点点，议论纷纷。几个月过去了，竟然是出奇地风平浪静，没有见到殡葬改革执法大队一个人来，没有见到有人去扒开司马连种的墓骨堆泼汽油焚烧。

司马槐埋葬儿子的大胆决策和产生出来的惊人结果，完全超出了溟梁村人的意料。

溟梁村那些濒临死亡的人和他们的家人，也不再胆战心惊、夜不能寐了。他们有了学习的榜样。榜样就是力量，榜样就是一杆指引方向的旗帜。王铁叉死了，埋进了圈子里。王太轻死了，也埋进了圈子里。溟梁村死去的人，都埋进了圈子里。他们都立起了坟堆。不过，他们都不是招招摇摇地埋进去的，都是在夜深人静时偷偷埋进去的。他们的墓骨堆都不大，只有司马连种的三分之一左右，有的更小些。

聪明的溟梁村人，把死后偷偷埋葬和历代祖宗死后立墓骨堆这两种方式，在新形势下，在这个被化学污染的特殊的圈子里，创造性地结合起来了。

牛村和焦郎庄人说："那是县化肥厂的地，这么多人死了埋进去，县里咋就没有人管管？"

溟梁村人说："埋进去的都是溟梁村人，谁敢管？"

那两个村人说："溟梁村人咋？连死了都恁金贵？"

溴梁村人说："过去化肥厂肥水害得溴梁村多少人成哑巴，死了占块地咋啦？"

牛村、焦郎庄人不再说话，自己村里有人死了，也在深夜偷偷地埋进了圈子里。

再后来，离县城十几里远的村子里人死了，不想火化，又不能占用耕地，也在深夜偷偷埋进了圈子里。

有人开玩笑，把那圈子里叫"公坟特区"。在"公坟特区"里，享受着特区外面无法享受的待遇：埋进去的人可以立墓骨堆，没有人管，也没有人问。

"公坟特区"里的墓骨堆越来越多。

一天，司马槐拄着棍子在堤坝上遛弯，没想到迎面碰上了老狄。化肥厂停工停产后，老狄被调到省城一家化学工业公司工作了。上个月退休，回到县里走走。

老狄说："爷们，走在这堤坝上，想起当年办厂，就觉得心里有愧，感到真对不起你们。"

司马槐从口袋里掏出一根圆珠笔，在小本上写：你当年只把我们害成了哑巴，并没有让我们得癌，我们都还活着。

老狄说："这堤坝外面咋办了恁些厂？十几个大烟囱冒出的黑紫黄烟，像帽子一样扣在恁溴梁村上空，不憋得慌？"

司马槐写：好些人得了癌症，每年都死十几个人。

老狄说："真的？"

司马槐写：老山的孙子才十五岁，得肺癌去年死了。

老狄说："爷们，咋不见你们去告状？"

司马槐写：厂太多了，告哪个？

老狄说："全告啊！"

司马槐写：厂是村里人办的，活儿是村里人干的，告谁？谁告？

老狄说："哦，过去县里办化肥厂你们就告，现在恁村自己办厂，害了恁些人也不告？啥狗比掰爷们！"

司马槐写：村委会一听说有人告状，就挨家挨户一把一把的发钱，拿了钱谁还去告啊？

老狄说："爷们，当年我办的是国有企业，没有权力给你们发钱，你们就把我折腾得够呛，差点让我跳飞机。"

司马槐笑了，写：你是好人，花钱给我们看病，还旅游，两个厂都毁了。

老狄说："现在的人和我们当年都不一样了，为了钱，啥事都敢干。"

司马槐写：大年初二，老山的儿子马鳖让公安局逮走了。

老狄问："为啥？"

司马槐写：春节卖茅台酒，喝死了两个人。公安局一查，白酒里兑的敌敌畏，喝的人都说是真茅台，猛喝。

老狄说："老山咋不管管？"

司马槐写：老山死了。老山一死，马鳖没有人管，胆子越来越大。鳖还办了个养鸡场，天天往鸡嘴里塞避孕药，白天黑夜用大功率电灯泡烤着，鸡渴了就喝化学药水，不到二十天的鸡，都长到四五斤重。夏天一打雷，鸡一堆一堆地死。死鸡全村没人敢吃，都又加工成鸡饲料了。

老狄问："为啥不敢吃？"

司马槐写：听说男女吃那些鸡多了，都不会生孩儿。

老狄说："哦，我说现在城里恁些人为啥都不会生育，看来都是吃恁村的鸡吃的？"

司马槐写：王太轻的儿子生产地沟油、瘦肉精，也让公安局逮走了。

老狄觉得血流加快，身上起燥发热，便脱去夹克，露出了里面穿的白色汗衫。胸前的汗衫上印着几个血红的字：太行化学工业公司。

司马槐看见那几个血红的字，身子立刻有些发抖起来。他写：老狄，恁快点穿上夹克吧！

老狄问："咋了？"

司马槐写：我这一辈子就怕化学。看见化学就眼晕，听见化学就心慌，想着化学就发怵。

老狄赶紧穿上了夹克，拉上了拉链。停了片刻，他问："连种现在干啥？"

司马槐一听，哭了。老泪纵横，泣不成声，用棍子颤巍巍地指着圈子里连种的墓骨堆，在地上写：连种没有了，在那儿埋着。

老狄面色凝重起来，半天没有吭声。

老狄知道了司马连种的死因后，叹了一口气，说："爷们，现在钱真是万能啊。有些人只要能赚钱，啥厂都敢办。只要肯花钱，啥厂都办得很红火。有些人只要能拿到钱，连死了都笑哈哈。"

司马槐写：马克思说：资本来到世界上，每个汗毛孔都滴着肮脏的血。一点都没有错，至理名言啊！

老狄说："老讲用，算了吧。现在谁还知道马克思？"

司马槐写：也是。我有一次给老山写马克思的话，他孙子问我，马克思是不是村里马克想的哥哥？

老狄听了，一脸的苦笑。

春天又来了。

今年春雨下得勤，一连几天细雨霏霏。春雨过后春光明媚。不知道啥时候，也不知道是谁，发现了司马连种的墓骨堆上长出了一棵青草。那青草的名字叫鬼见愁。鬼见愁冒出地面时先长出两片绿色小叶，然后贴着地面钻出一根紫红色的藤，那藤一节一节的，每个节点长出几根细白色的根须，伸向地下，汲取营养和水分。地面上长出两片叶子后，再向前伸长出新的一节来。有的节点上还会分叉长出两根新藤。这种草生命力和繁殖力极强，遇到合适的气候条件，会贴着地面四散开来，一节一节地疯长，连鬼见了它都发愁。后来，鬼见愁长成了一片，连片的鬼见愁里还长出了灰灰菜、野苣荬等青草。再后来，还长出了牵牛花、苦菜花和野菊花。鲜花青草，布满了司马连种的墓骨堆。

再后来，司马连种的墓骨堆旁，竟然又长出一棵小树，是一棵枣树。

几年过去了，王铁叉、王太轻和老山的孙子等人的墓骨堆上也长出了鬼见愁、青草、野花和小树。人们说，"公坟特区"里的墓骨堆越来越多，阴气越来越重。没有人敢到"公坟特区"里走动，这在无意间，也成全了那些青草、野花和小树。

县里的车辆、人口剧增。为了解决道路紧张、交通拥堵，那条八九米宽、三米多高的堤坝，被铺成了柏油路。路上来来往往的人，骑车、开车、行走，看着圈子里的"公坟特区"。特区里的墓骨堆和空隙间，长着一片片绿茵茵的青草，一簇簇色彩斑斓的野花，一棵棵横生疯长的野树，生机勃勃，绿意盎然，包围着那堆破旧不堪的化肥厂遗址，包围着那些矗立着的机械设备残骸，形成了一道独特的风景线。

一天，年近八十岁的司马槐提着一把斧子，向村南走去。他的后面跟着十多岁的孙子。那孙子也很俏皮，像当年他爷爷司马槐一样，掏出家伙一边走一边撒尿，在地上撒出一段连续的"Z"。

村里一个在郑州上大学的人回来了，问司马槐的孙子："你爷爷提着斧子干啥去？"

孙子说："奶奶说，我爹坟堆旁长的枣树老不结枣，爷爷去轧枣干。"

大学生很诧异："轧枣干？啥叫轧枣干？"

孙子说："我也不知道。"

大学生紧走几步，追上了司马槐，问："槐爷，上哪儿去？"

司马槐指了指"公坟特区"的方向。

大学生一脸茫然，问："去那儿干啥？"

司马槐捡起一个瓦片，在地上写：找墓地。

老戏台 *

一

元宵节还没到，老戏台前又热闹起来。

老戏台坐落在溟梁村正中央，三面长满荒草野树，台前那片空地是村人休闲纳凉的场所。戏台到底有多老？村里没人能说清楚。五尺多高青条石堆砌的台座，五脊六兽的架构，歇山式屋顶，斗拱支撑屋面。据祖宗们传下话，村里过去每逢节庆婚丧嫁娶，大戏在台上开场，耍老虎斗狮子滚绣球，村民云集热闹非凡。农村刚刚实行土地承包责任制那阵子，有些流浪的民间艺人在戏台上说书、耍猴、玩些小杂技魔术，挣几个零钱混口饭吃。近十多年来，老戏台荒废了。房顶塌了好几个窟窿，露出檩条大梁椽头，瓦垄里长着荒草小树，在风中趾高气扬地摇晃。五条虎身屋脊上的筒瓦龇牙咧嘴，有的已经脱落。六只虎兽头掉下来仨，剩下仨有两个摇摇欲坠。戏台上人屎狗尿鸟粪，老鼠刨窝盗的土一堆一堆的。老戏台倾而不倒，大概得益于四角那四根台柱。那四根粗大的圆木台柱虽然漆麻斑驳脱落，却也还坚挺，屹立在四块雕着虎爪的青石柱础上。

---

* 原载《十月》2016年第3期。《新华文摘》2016年第16期，《北京文学·中篇小说月报》2016年第7期转载。

老戏台前热闹，是因为溟梁村选村长。

一个多月前，干了八年的老村长辞职到深圳去经营自己的房地产公司了，位置空缺，就选新村长。明天正式选举，今天是司马同和王狗头两个人最后一场演说。老百姓都说：村长村长，村里皇上。有了皇帝大权，想干啥不成？要不你看现在，哪个村选村长不像打仗？

司马同是退伍军人，面色微黑，两眼有神，一年四季穿条绿军裤，走路两腿呼呼生风，像忙着去救火。王狗头比司马同大七八岁，司马同却看不起王狗头。不仅司马同看不起王狗头，村里很多人都和司马同一样。生产队时，王狗头整天一副病恹恹的模样，时常请假说外出看病，有人发现他跑山西倒腾煤炭、跑广州倒腾铁棍山药去了。大队派王狗头赶着两头驴去焦作给队里的"五保户"拉煤，回来时只剩下了一头。王狗头哭得两眼泪汪汪的，说："半路上碰到一头公驴，咱队那头母驴发情，跟着公驴跑了，死活拉不回来。"后来有人说，王狗头在回来的半路上把那头驴卖了。

司马同说："就这种鸡巴人，敢让他当村长？"

司马同的邻居、发小张小孬说："同哥，你还真别这么说。旧社会有枪就是草头王，现在有钱就能当村长。"

王狗头是溟梁村现在最有钱的。一九七八年，司马同去部队当兵，五年后退伍回家，王狗头已经发了，是县里有名的万元户。村里的第一辆小汽车是王狗头买的，他开着车滴滴滴地满村跑。村里第一栋三层小楼是王狗头盖的（老村长家盖的是两层小楼），外面还贴着瓷砖。他还开了个"温溟保健品公司"，把熟地黄研成粉兑草木灰做成六味地黄丸，铁棍山药磨成粉兑玉米面做成五谷壮阳散，大把大把地赚钱。

冬寒还没有退去，残雪斑斑点点，散布在草丛里树根旁背阴处。老戏台前显得有些冷落。村民们三个一伙五个一堆地有说有笑，悠闲得像散放的羊。

张小孬说："同哥，听说今天王狗头家杀猪宰羊弄酒，请全村人吃喝。"

司马同说："请吃喝了就能选他？"

张小孬没说错，淏梁村很多人都在那一条主街上。

淏梁村只一条东西走向的主街。王狗头他爹王和尚六十多岁，带着王瘸根等一帮王姓本家，在街上支了九口大杀猪锅，锅里煮着猪肉羊肉，炖着粉条粉皮白菜肉丸，蒸着大杠子馍，做着胡辣汤。王和尚持一根榆木烧火棍，一边在灶里拨火一边喊："元宵节咱全村人一起提前过，不管是张王李赵姓啥，也不分男女老少，都来吃吧，全村大聚餐。"饭菜的香味儿在村里飘散开来。村里的大人孩子像赶集似的，纷纷拥来，越聚越多。不少人已掂着小盆端着大碗拿着筷子在等。王和尚抬头看看天，快中午了，喊"开吃喽！"人们疯了一样抄起勺子到锅里舀肉菜胡辣汤，拿筷子扎杠子馍。

老戏台前，司马同对张小孬说："开始吧。"

张小孬一挥手，支持司马同的那帮杂姓人，咚咚咚敲起鼓当当当筛着锣啪啪啪放起了二踢脚。戏台柱子上挂着的两只大喇叭轰然响了起来，播放着刘中河唱的豫剧"有为王我坐江山非容易……"刘中河是豫剧大家，那嗓音虽说有些嘶哑，真假唱腔混

152

搭，却也浑厚激昂，把"坐江山非容易"唱得坎坎坷坷豪气奔放风云激荡。

吃喝的人们听见响声，端着碗提着酒瓶边吃喝边往老戏台走。有人不知道是干啥，相互说：

"咋了，又唱戏？"

"唱个狗比掰，这年月谁还唱戏？"

"新野县耍猴的老曾又来了？"

"老曾多少年没来了，早要不动猴了吧？"

"不是耍猴，还是为了选村长。"

人们到了老戏台前，见司马同面前放着一张麻将桌，麻将桌上摆着一堆钱，垒得像小山一样。老戏台的两根前台柱上，拉着一条横幅："选我当村长，投资二十万。"那二十万块钱，十块一张五千块一捆，整整四十捆。二十万块钱，对靠种地为主要营生的湨梁村人来说，绝对不是个小数。庄稼人心里都有一本账。汗珠子掉地上摔八瓣，辛苦劳作一年，种出的小麦一斤卖一块多钱，玉米一斤卖七八毛钱，二十万要流多少汗珠子？卖多少斤小麦和玉米？

老戏台前人聚得多了起来。

王狗头也来了。王狗头使劲吸了一大口烟，吐出一团烟雾。他挥挥手驱赶着烟雾。烟雾散淡了，露出了他那张脸。他三十七八岁，高高的个子，小平头，啤酒肚。脸上细皮嫩肉，丰满红润，散布着几个麻坑，一天到晚总是堆着笑，像庙里的大肚子弥勒佛。他说："父老乡亲，我和小同其实没啥大分歧，就为拆不拆这老戏台。我自己掏钱修十字大道，二十米宽。这是建设咱新溟梁村的大工程，可大道正冲着老戏台，老戏台不拆咋修？"

王瘸根原名王常根，因跳墙偷生产队仓库粮食摔瘸一条腿而得名。他端着大海碗往嘴里拨一个肉丸，胡乱嚼了两下吞进肚子，喊："拆吧拆吧，留着它有球用？"

王和尚拖着烧火棍来了，棍头的火已经熄，冒着淡淡青烟。他说："早该拆了，天天戳在村中间，看着它就像又回到了旧社会，直想流泪。"

村里王姓人多，抱团儿，他们都支持王狗头。

司马同问王狗头："修十字大道，就非要拆老戏台？"

王狗头说："我请李嘉诚的专用风水大师来看了，说这戏台戳在村正中间，阻断气脉，财路不通，挡住了全村人发财致富。"

司马同一笑，说："李嘉诚的风水大师？净瞎鸡巴喷吧。风水仙儿的话哪有真的？"

王狗头也笑了，说："老弟你看看，这些年发起来的大款和升官的人，哪个没请风水大师看过？"

司马同说："老戏台没有拆，这些年你不也发了大财？"

王狗头说："咱要当村长，哪能光想着自己发财？"

张小孬爱开玩笑，他说："狗头，拆吧，拆了建个溟梁村天安门城楼，你在上面挥着手，全村人在下面背着锄头排队走，让你检阅。"

人们大笑起来。

王狗头没笑，他吸口烟说："孬，要不叫怹爹来看看？"

张小孬他爹是村里的风水仙儿。

王狗头说："看看咱村这些年一直富不起来，是不是老戏台坏了村里的风水？"

张小孬说："还用叫俺爹？我看了，风水轮流转，穷富转眼间。这戏台留着，将来还能再唱戏用。"

人们一听就知道，张小孬是在向着司马同说话。

王和尚岁数大辈分长，说话常带一句骂人的口头语"咦——我日死恁娘"。他把烧火棍往地上杵了杵，咧着嘴说："咦——我日死恁娘，再唱戏用？我问你，现在谁还再唱戏？谁还再看戏？那电视机里，赤肚肚唱歌的，光屁股跳舞的，搂着亲嘴的，想看啥没有？"

王瘸根说："当年县里的豫剧团多牛×，现在都跑狗比掰哪儿去了？"

村民们听了这话，嘀咕起来。也是，20世纪五六十年代的县豫剧团，在农村人的心目中，那就像现在的中央电视台。可一改革开放，县豫剧团咋就没了？剧院改成了超市，卖鞋袜背心裤头猪肉羊肉胡萝卜大葱小猪娃狗崽子。戏台上支着几口大油锅，哗哗翻滚冒着青烟，爆炸着油条麻花肉丸子。演栓保银环李玉和李铁梅阿庆嫂柯相江水英的角儿们，拉板胡二胡吹唢呐笛子敲锣打鼓拍镲的，现在都忙着跑红白大事歌厅舞厅饭厅酒吧，一门心思挣大钱去了。

王狗头用中指头优雅地弹去烟灰，说："瘸根老弟说得是。县豫剧团都没影儿了，咱村还留着个塌了的老戏台，让它挡住全村人发财致富的路？"

司马同并不退让，说："县豫剧团的事咱管不了。这老戏台是溟梁村祖宗们留下的物业，不能拆。将来有了钱，再好好修修，留给子孙们。"

说心里话，这老戏台留着到底有啥大用，司马同也真不太清楚。只是因为与王狗头竞选村长，成了对手，自然就事事对着干反着来。你说东好，我就偏说东不好。

世间事就是这样，再好的也会有不足，再不好的也有优点，关键看你往哪边说。就这个老戏台，你要说拆的好处，我就偏说不拆的理由。这就是溟梁村人说的：马往前拉牛往后坐——较劲儿。

村民们吃肉喝汤啃蒸馍喝酒，围着司马同和王狗头，像是看当年新野县的老曾耍猴。

司马同见这阵势，感觉到在老戏台问题上，不会有人挑明了支持自己。他两手从桌上拿起两大把钱，招摇着说："选我当村长，投资二十万。六万修村里的路，十字大道十五米宽。五万盖养老院，村里人到了六十岁免费吃住。六万翻建小学校，平房拆了建三层楼。两万打机井铺自来水管道，家家不用出门用上自来水。一万安路灯，村里天天夜里亮得像白天。"

张小孬大喊："好！好！"

锣鼓声喝彩声吵闹声口哨声二踢脚在空中啪啪爆炸声，又响了起来。老戏台前又是一阵欢腾。

有人递给司马同一个已经啃了两口的杠子馍，说："同哥，先吃，吃饱了再吆喝。"

司马同接过杠子馍放在桌边上，说："看到这么多老少爷们来捧场，心里高兴，不知道饿。"有人递给司马同半碗胡辣汤，说："同哥，喝汤喝汤，润润喉咙。"

一只狼狗从戏台后面树丛里出来，穿行在人群里，四蹄踩地无声，缓慢悠然潇洒。两只狗眼不大，似睁非睁的，露出傲视人间一切的神情。它不急不躁，不叫不咬，悄无声息地走到桌前，两只前狗爪轻轻地抬起，柔柔地搭在桌上，狗嘴一伸叼着蒸馍，又悄无声息地走了。司马同接过碗喝一口胡辣汤，伸手去拿蒸馍，拿了个空；低头看时，才发现桌上蒸馍没有了。

几个王姓人看着司马同和他的那一堆钱，眼神有些不屑一顾，嘴里嘟：

"这个鸡巴货，从哪弄恁些钱？"

"妈那×，现在干啥都是何塘墓碑——要钱。"

何塘是何许人也？在温县沁阳孟县（现孟州市）一带，不知道何塘的人多，不知道"何塘墓碑——要钱"这句歇后语的人少。这一带当年曾有一出老怀梆戏叫《何塘墓碑》，唱得家喻户晓世代传说。何塘是明代怀庆府河内（现河南省沁阳市）人，著名的文学家、理学家、音乐家、数学家。嘉靖二年（1523）任浙江提学副使，三年（1524）任太常寺少卿，四年（1525）任太常寺正卿，官至右都御史，掌南京都察院事。嘉靖二十二年（1543）病故家乡，葬于怀庆府城南门外的何家祖茔。何塘一生廉洁，死后没有钱财留给子孙。他生前自己写下碑文：子孙胜似我，要钱何用。子孙不如我，要钱何用。

时间久了，墓碑基座下沉，"何用"二字被埋入地下。地上的碑文变成了"子孙胜似我，要钱。子孙不如我，要钱。"

司马同听见了那两个人在嚼，脸上飘过一丝苦笑，心里想：现在是市场经济，干啥不要钱能行？

第二天正式选村长。

老戏台前面的空地上，坐满了参加投票的村民。周围的树上拉着横幅，贴着红纸标语口号。乡里派来监督选举的副书记老邢，在那张麻将桌前坐着，面色威严，包公一般。

选举按照法定程序在一阵热烈闹腾的气氛中进行着。

监票人把最后统计出来的票数送给了老邢。老邢一看，腾地站了起来，屁股上像被马蜂蜇了一样。会场里死一样的寂静。所有投票人都憋着呼吸，睁大眼睛看着老邢。老邢张了几次嘴，没有出声。

王瘸根喊："老邢，念啊？"

张小孬喊："邢书记，宣啊？"

邢书记面色如水，目光迟疑。他看了看司马同，看了看王狗头，又扫了一下会场，终于宣了："王狗头，三百八十七票。司马同，七十六票。"

邢书记话音没落地，会场里就炸开了锅。

张小孬站起来喊："票数错了吧？"

王瘸根也站了起来，喊："错？一人唱票，三人监票，五人审票，全村投票的人都在会场瞪眼看着，会错？"

张小孬说："这票肯定有鬼。"

王和尚拄着烧火棍站了起来，对张小孬说："咦——我日死恁娘，有鬼？还有神哩，你真恁娘那×敢胡扯。"

王狗头当上了溟梁村村长。

158

二

司马同像只斗败落魄的狗，坐在屋里的小竹椅子上，眼睛直愣愣地看着地发呆，一直没有说话。

娘说："同，咱干啥非要当那个村长？当村长有啥好？'文化大革命'在老戏台上斗大队长王净横，脖子上挂着小黑板，天下大雪，马细往脖子里给他灌冷水，铁叉用巴掌扇他脸，王臭粥一脚把他踢翻在地，摔得鼻青脸肿，差一点从老戏台上栽下来，这你都亲眼看见的，忘了？"

司马同说："没忘。"

娘说："要再闹'文化大革命'，你就不怕村里人斗你？"

司马同说："斗王净横是因为他偷队里粮食，睡马细妈、铁叉媳妇和王臭粥他姐，我又没干这些，斗我啥？"

娘说："你为啥就非要去当这个村长呢？"

司马同扬起头说："您没去新乡刘庄村看看，人家史来贺当村长，家家都住上了独门独户的二层小楼，村子建得像天堂。看看咱村，只有老村长和狗头家盖了楼，村里还是一九五八年大炼钢铁时修的炉灰渣路，啥时候能过上好日子？"

娘说："狗头不是说要修十字大道吗？"

司马同说："狗头的话您也敢信？他当了村长，村里的集体财产会被日弄光。"

娘说："日弄光了是村里集体的，与你何干？你是何苦哩？"

司马同不再说话，他想到了柿花。

柿花在溟梁村是天仙一样的人物。生产队时，司马同还是个中学生，就喜欢上小学的柿花。假期割麦子，麦垄很长，司马同割得飞快。柿花割着割着，迎头对着割来一个人接她，是司马同。砍玉米秆，柿花砍着砍着，突然前面玉米秆倒了一溜，一看又是司马同。柿花去挑水，司马同家里水缸满着也挑着水桶跑到水井边，帮着柿花绞辘轳。柿花对司马同所做的一切总是嫣然一笑，含情脉脉，从不说话，像王家祖坟那一片野桃花，随风摇曳，一声不响。司马同当兵回来，柿花已二十多岁，越发长得漂亮：不胖不瘦的杨柳身材，马蜂腰，细窄细窄的，两手一卡就能箍着；两个乳房高耸，像安了大枣的发面蒸馍；两瓣肥硕的屁股走起路来像两坨凉粉，一上一下地抖动着；脸蛋和脖子白皙，像刚刚出锅的70面粉蒸的蒸馍。柿花含苞待放，粉嫩娇艳，妩媚动人。司马同心中那股火越燃越烈，烧得他浑身燥热神魂颠倒夜不能寐。要选村长了，他想到柿花家在村里也是个大家族，爷爷奶奶伯伯叔叔婶婶堂哥堂弟堂姐堂妹好几十口，他们都有投票选举村长的权利。司马同给柿花写了一封信，专门跑到县城投进了信箱。

信寄走的第三天中午，街上突然传来母老虎在嚼："小同小同，我日死恁娘！你尿泡尿照照，就你长那鳖形样？就恁家那三间破瓦房？连字都不会写，把'亲'写成'新'，把'爱'写成'受'。'新'？新恁娘那腿！'受'？受恁娘那×！以后再敢给俺柿花写信，把你的爪给剁了。"

母老虎是柿花娘的外号。柿花爹年轻时在县里当过小文职干部，在柿花娘眼里她男人是个比县长省长还大的官，在村里飞扬跋扈为所欲为遇事浑不讲理。不料柿花爹一场大病病退回家，天天一锅一锅地熬中药吃，人称老病号。柿花哥从小得了小儿麻痹症，半残废。柿花娘依然日日在村里"闯门势"，遇事有理没理先蹦起来嚼人。她口齿伶俐声厉如刀，嚼得人心惊肉跳鸡飞狗跑。街坊四邻和她有了矛盾，谁要是敢和她论理，说得她理屈词穷，或者是揭了她的短处，她会疯了一样向你扑去，然后自己一头栽倒地上，喊："××打人了，快救人了。"人们围观过来，她"哼啊嗨啊"地在地上打滚，嘴里说"××把我心口打疼了，我的娘啊疼死我了，快救救我吧"，装死狗耍赖皮，甚至跑到公社卫生院住几天不出来，让对方出医疗费生活费误工费。这女人臭本事大，在溟梁村里人称母老虎，没人敢惹。

母老虎手里拿着司马同写的信，沿着溟梁村的那条主街一蹦一跳地嚼，身后跟着她家的那条狗。一群刨食的鸡地叫着跑了，村里不少人端着饭碗在街上看她。

张小孬笑着迎了过去，说："婶，小同咋说也是高中毕业，还能把'亲爱'写错？"

母老虎把信递过来说："不信你看看，还能假？"

张小孬接过信看了一眼，笑了，说："婶，那两个字小同没写错。"

母老虎一把夺过信："没写错？俺上三年级的孙子给我念的，他能认错？"

街上的人笑了起来。

司马同和娘正在家里吃午饭，听见嚼声，娘把吃剩下的半碗面条放在桌上，对司马同说："看看你给柿花写的信，都写些狗比掰啥？八辈先人的脸都让你丢尽了。"

司马同说："恋爱自由，我没有错。"

娘说："娘眼明，这些年察看过柿花，那是个选高枝站的人。她妈托了很多人，一心想找个城里的干部或有钱人家。咱家靠种地，没车没楼房，柿花能和你恋？"

司马同把眼睛闭着，他不愿再看着娘。

娘的声调低沉凄婉："小同，人活脸面树活皮，你把脸面弄坏了，让娘咋出门？"

电视机里正在播放着动物世界。南非马赛马拉草原上，一只雄狮带着一群母狮在草原上游荡。远处一只雄狮走来，步伐自信缓慢坚定，走到狮群不远处站下。突然，它大吼一声，扑向那只雄狮。两只雄狮拼命厮打。外来的雄狮胜利了，原先统领狮群的雄狮被咬得遍体鳞伤，伤口流着血。胜利的雄狮摇晃了几下脑袋，抖抖鬃毛，两眼半眯缝着，露出骄傲的目光。母狮们向它簇拥过去，偎依在它的身后，众星捧月般地站着。那只被打败的雄狮目光悲哀，一声不响；停了片刻，孤零零地向远处走了。

司马同拿起遥控器，把电视机关了。他对娘说："想出去打工。"

爹已经死去了好几年，他担心娘一个人留在家里孤独；没料到娘长叹了一口气，答应了。

司马同收拾东西，盘算着夜里走，悄无声息地走开。他动身时已经是后半夜了，天上星光闪烁，地上黑黢黢的，全村人大都还在沉睡。

司马同提着行李悄悄走出屋门，隔壁的半截土墙上探出一个头来，低声喊："同哥。"

张小孬在向他招手。司马同走了过去。

张小孬隔墙塞给他一个纸包，说："同哥拿着，出去有用。"

司马同捏着那纸包，打开看是一沓钱，问："你哪弄的这么多钱？"

张小孬说："选村长前一天夜里，狗头他妈送的，全村人不论大小，一人一千块。俺家是夜隔（土话：昨天的意思）晚上狗头妈补送的。"

司马同问："真的？"

张小孬点点头，说："同哥，你太傻了，光知道往桌上摆钱。钱再多，摆在桌上，大家也只能看看，谁的都不是，有啥鸡巴用？"

司马同沉默着。

张小孬又说："还有柿花的事。你光知道写信，写信顶球用？狗头不写信，早把柿花干了。"

司马同说："瞎扯。"

张小孬说："我亲眼看见的。"

司马同说："骗我？"

张小孬说："骗你我是孙子。去年秋天，我夜里去老戏台后面小树蓬里撒尿，从老戏台后墙根那个破洞里钻出来两个人，我赶紧趴在地上，看见是狗头和柿花，狗头拉着柿花的手，分手时狗头在柿花脸上还啃了一口。"

司马同猛然想到，柿花家三年间盖了两座混砖墙新瓦房，临街的土墙换成了红砖墙，盖起了瓦门楼。凭她那半病的爹和残疾的哥，哪有这么多钱？村里曾有人私下说，都是王狗头帮的忙。现在想来没风树不摇晃。再说写给柿花的信，母老虎咋会拿着嚼我？

司马同的心像刀扎一样难受。他抬起头看天，满天的星星忽闪着，忽闪得他有些头晕恶心。黑洞洞的地仿佛也在摇晃，他觉得脚下空虚浑身发软，几乎要瘫坐在地下。

夜幕里，司马同打开院子的后门，幽灵一样离开了溟梁村。

三

新村长王狗头第一次召开全村施政大会。老戏台前的空地上，坐满了聊天打扑克下象棋走地十字棋的人。王狗头吸着烟，满脸微笑地对大家说："父老乡亲们抬举我，选我当了村长。啥叫村长？就是给全村人当孙子，做牛马，白天夜里拉套不歇脚。我保证兑现竞选时说过的话，以后不再让全村人种地，不再受红杠杠的日头晒、汗掉地上摔八瓣的苦。"

张小孬问："不种地吃啥？喝西北风？"

王狗头说："两手哗哗点钱，坐在家里当神仙。"

张小孬说："净瞎鸡巴扯，哪来的钱点？"

王狗头说："我拿钱让老少爷们点啊？后天是一号，从下月开始，不兑现大家罢免我。"

村会计王瘸根把一张大红纸贴在了村委会大门口，上面写着：村委会通知：溟梁村全体村民，从下月1号开始，不分男女老少，每人每月发50块钱。

每月初，淏梁村人像追逐肥美草场的牛羊往村委会院里涌去。出来时个个昂扬着头，脸上洋溢着无限喜悦的笑，手里拿着几张十元大钞。有人用手轻轻抚摸着，有人举钱对着太阳看，也有人折叠起来看看四周把钱装进了贴身的口袋里。不干活儿，能拿钱，哪个地方的农民能这样？

淏梁村很多人都笑了，像裂开的洋槐花，很灿烂香甜。

麦子收割了，勤快人家在承包地里点种上了玉米大豆，插上了红薯。有些老人孩子多、没有劳力的家庭，月月按人口领到几百块钱，也就干脆不再种地了。他们有的到县城或镇上摆小摊，卖青菜烤红薯炒花生等，也有的到建筑工地当小工。麦茬留在地里，一场大雨过后，灰灰菜蒺藜草狗尾巴草疯长，掩没了歪七倒八污黄色的麦茬，地面一片绿色，显得生机勃勃。

这些人家的地撂荒了。

这年天旱，秋庄稼长得不好。秋收后，一些人家看着那些撂荒的地，像是自己吃了亏似的，也不再像往年那样挥汗如雨地耕地耙地种麦，也揣着钱跑外面找事做，地就任由它荒着了。村委会又贴出了一张告示：

凡没有劳力或不愿耕种承包地的农户，和村委会签订协议后，每人每月再增发50元。所承包的土地交村委会统一管理。

淏梁村立刻哗然。

乖乖，不出一点力，不流一滴汗，每人每月能拿到一百元。这是在淏梁村还是在天堂？咱这是当老百姓还是当神仙？不少人家开始算账：一个人一年下来能拿一千多块钱，现在一斤小麦才卖一块多钱，能抵多少斤小麦？算了账，嘴里嚼起来："妈那×，还种那些狗比掰地干啥？"跑去签了协议，决定不再种地。他们从王瘸根手里接过钱，哗哗数着，遇人就说："看看人家狗头，金口玉言说钉是铁，这样的村长哪见过？"

渼梁村大片的庄稼地都荒芜了。

村长王狗头那张弥勒佛般的脸上始终带着和蔼可亲的笑，他碰见人就说："咱农民老是种地，一年到头和土地爷打交道，脏得像头灰土驴，就是因为没有钱。手里有了钱，再种那些地有球用？"

老戏台前面的空地上摆着麻将桌。王瘸根嘴里叼着烟卷，吐出一团烟雾扔出一张牌说："领钱搓麻将看电视，这日子气死活神仙。"

王和尚端起塑料杯，喝了一口泡着桑叶的水，说："咱村过去的大地主王老根和马非，哪有现在的渼梁村百姓舒坦？"

王瘸根说："这不都是狗头哥的功劳？司马同不知深浅，瞎鸡巴逞能，还和狗头哥叫板，他哪有狗头哥的经济实力？"

村长王狗头给每八户人家配发一张麻将桌，一副麻将牌，让乡亲们尽情娱乐。渼梁村的街道上胡同中大树下院落里，到处都能听见噼噼啪啪的麻将声和欢笑声。

一天，王狗头说十字大道要动工，老戏台终于被拆了。

老戏台是在后半夜拆的。王狗头雇了一家拆迁公司，四周站着雇来的保安，拉起了一道警戒线。警戒线里围挡着一圈石棉瓦墙，像围挡着一处军事重地。几盏雪亮的探照灯照着老戏台，戴着安全帽的拆迁工人攀上爬下的，退瓦，扒椽，拆大梁，卸顶梁

166

柱，推墙壁……石棉瓦墙圈里扬起了茫茫的尘土灰烟，大卡车轰轰隆隆地响着，进进出出。

张小孬起大早去镇上割肉路过，想走过去看看。王狗头拦住了他，说："孬，别靠近，太危险，这鸡巴戏台太老，房架墙壁都糟透了，整个是一堆垃圾，靠近了会出危险。"

张小孬问："咋没有让村里人拆？花这冤枉钱。"

王狗头递一根许昌牌烟给他，用打火机点上，自己叼出一根也点上，深深地抽了一口，在肚里憋了一会儿，畅快地喷出一团烟雾，说："清理这堆历史垃圾，又脏又危险，哪能让老少爷们动手？"

天亮了，村里人发现老戏台没有了。几只起早的鸡在老戏台的废墟上刨虫子蝎子吃。一只公鸡吃饱了，站在一块半截砖上伸长脖子"喔喔喔"叫。

王瘸根端着头号大碗一瘸一瘸地走来，在废墟边呼噜呼噜喝糊涂。

张小孬割肉回来了。王瘸根用手抹拉一下嘴片儿上挂的糊涂渣说："孬，看看人家狗头村长，建设新农村的速度多快！"

张小孬没搭理他，瞟了那堆废墟一眼，提着肉走了，嘴里唱着豫剧：

> 吃罢晚饭往正西，
> 碰见孩子他二姨。
> 二姨问我干啥去，
> 我说西村看大戏。

二姨说啊老叫驴，

戏台没搭你看个屁……

老戏台没有了，拆后留下的破砖瓦碎土坯烂椽头废墟，把那片空地占了一大半，已经没有人在这儿打麻将。那棵粗壮的千年老槐树，依然枝繁叶茂。夏天热，一对六十多岁的老夫妻在老槐树下乘凉。

老头儿说："一九四五年我十九岁，你十六岁，欢庆打败老日本，咱在这戏台上唱了七天大戏，把你唱给了我。咱还没死，这戏台就没了。"

老太太说："'文革'时咱俩参加村里毛泽东思想宣传队，在这戏台上唱豫剧《沙家浜》，我演阿庆嫂你演刁德一，村里人说咱是台上两对头，夜睡一枕头。"

老头儿扑哧笑了，没说话。

老太太扇着扇子又说："不知道为啥，和尚家咋一直想拆这老戏台？'文革'开始那年，王和尚要拆老戏台，司马林不让，大闹一场，你忘了？"

老头儿说："哪能忘？"

司马林是司马同他爹，也是个较劲儿的主。当年王和尚带着一帮造反派，扛着镐头提着斧头，喊着毛主席语录：破"四旧"，立"四新"，要拆老戏台。

司马林拦着不让，说："恁这是吃饱了撑的？"

王和尚说："老戏台上，净演些帝王将相才子佳人牛鬼蛇神乌龟王八蛋，是最大的'四旧'，破'四旧'要先拆了它。"

司马林说："啥'四旧'？前几天，这上面刚批判过'走资派'老跑和铁安，把戏台拆了，以后在哪里批斗？"

王和尚说："弄到村东头大土坑里斗。"

王和尚们不由分说，捣下了顶棚、门窗、前后台之间的隔断，拆掉了台前两根大柱上的一对楹联。那楹联上雕刻的字个个有小洗脸盆大，一幅是"挥一旗千军万马"，另一幅是"走几步万水千山"。他们抱来一捆玉米秆，引着火把那些都烧了。

司马林看着那堆火，问："和尚，上个月温县一中的红卫兵革命小将在戏台上演豫剧《白求恩》《张思德》，红卫兵小将们再来，在哪里宣传毛泽东思想？"

王和尚说："田间地头，那里更贴近贫下中农。"

司马林不再说话，他搬来梯子，提着油漆桶拿着刷子，用红漆在原先挂楹联的两根大柱子上分别写着：领导我们事业的核心力量是中国共产党；指导我们思想的理论基础是马克思列宁主义。

围观的有人喊："和尚看见了吗？伟大领袖毛主席语录，你们敢拆？"

王和尚说："你……你们是不是反对破'四旧'？"

司马林指着毛主席语录说："和尚，你要是胆子大就再说一遍，啥是'四旧'？"

几十年转眼就过去了。

老头儿说："'文革'时红卫兵造反，破'四旧'恁乱，老戏台都没拆。现在国泰民安吃喝不愁，狗头咋把它拆了？"

老太太说："老戏台戳在那儿，天天看不觉得啥，一没了心像叫掏空了一样。"

老头儿扇着扇子，没再吭声。

王狗头拆了老戏台，十字大道却迟迟没见动工。

一天，村里突然有人问："司马同呢？"

四

司马同背着二十万离开了溟梁村。他到了焦作，把钱分别还给了开贸易公司搞房地产和在银行工作的老战友。

司马同在马路旁的人行横道上信步溜达，脑子里一直思索着张小孬的话。他算了一笔账。溟梁村八百一十三口人，一人一千块，得多少钱？每人月领五十块钱，不再种地的每人再发五十块钱，一年要多少钱？一算账，司马同才发现了自己与王狗头的差距。这种差距不仅是经济上的，更是思路和观念上的。他觉得自己很失败很失望，也太无知太幼稚了。

三岔路口的书摊上，琳琅满目地摆满了各色图书。摊主把一本《钱通神论》书用夹子夹着，悬挂在最显眼的地方。司马同取下书翻看，里面有一篇西晋文学家鲁褒写的《钱神论》。鲁褒说："钱之为体，有乾有坤。内则其方，外则其圆。其积如山，其流如川。……为世神宝。亲爱如兄，字曰'孔方'。失之则贫弱，得之则富强。无翼而飞，无足而走。解严毅之颜，开难发之口。钱多者处前，钱少者居后；处前为君长，在后者为臣仆。君长者丰衍而有余，臣仆者穷竭而不足。《诗》云：'哿矣富人，哀此茕独。'"

司马同看不懂这些古文，好在旁边有对照译文："钱作为一个实体，有天也有地。它的内部效法地的方，外部效法天的圆。把它堆积起来，就好像山一样；它流通起来，又好像河流。……它对于世人，如同神明宝贝，大家像敬爱兄长那样爱它，便给它起了个名字叫'孔方'。没有了它人们就会贫穷软弱，得到了它人们就会富足强盛。它没有翅膀却能飞向远方，它没有脚却能到处走动。它能够使威严的面孔露出笑脸，能使口风很严的人开口。""钱多的人干什么都能占先，钱少的人便得乖乖地排在后面。排在前面的人就是君王就是长官，而排在后面的就是大臣和仆佣。那些作为君王和长官的富足有闲钱，那些作为大臣和仆佣的贫困且钱财不够用。《诗经》里说：'富人啊总是那么欢乐，贫穷的人啊好孤独悲伤。'"

司马同双手捧着那本书，犹如一头快要渴死的骆驼，在茫茫无垠的沙漠中突然遇到了甘甜的水。他看得心潮翻滚浑身燥热，每条血管每个细胞都在急剧膨胀，像要炸裂开似的。他发现这本书里的知识，远比"何塘墓碑——要钱"那句歇后语要详细丰富深刻得多。他买了这本书。

焦作市北郊一条马路边，几个小伙子和姑娘戳着几个硬纸牌子，上写：招煤矿工人，月薪1500元。

司马同在一张牌子下找到了一家煤矿，下井挖煤。

在井下挖煤对司马同来说，算是重操旧业。司马同一九七八年到部队当兵，是基建工程兵，一支"劳武结合，能工能战，以工为主"的部队。司马同所在的部队开始驻在云贵高原的六盘水，后来调到了辽宁铁岭法库县的调兵山镇，负责盘江煤矿和铁法煤矿的基础设施建设。司马同在井下一直干到一九八二年大裁军部队撤销转业到地方。

一天晚上，司马同从井里上来，听见有人叫他，回头看是矿长老盛。老盛约五十多岁，秃头秃眉秃睫毛，鹞子眼睛鹰钩鼻，耳朵薄小，嘴唇大而厚实。老盛脸上虽说五官单个不好看，他却能把它们有机地整合调动起来，洋溢出猜不透的笑意。老盛笑眯眯地把他叫到一堆煤矸石边，掏出家伙往煤矸石上哗啦啦撒尿，一边撒尿一边问："老家哪儿的？"

司马同："济源老愚公乡。"

"就是那个带着子子孙孙，天天挖山不停的憨愚公？"

"嗯。"

"噢，我说哩。在井下看你几次，发现你挖煤，还真有股憨愚公挖山那劲儿。"

司马同觉得后脊背上唑唑发凉。

老盛和颜悦色地看着他。司马同也看着老盛，没有说话。他不知道该说啥。

老盛问："来矿多长时间了？"

"三个月零三天。"

"想挣钱？"

"嗯。"

"想挣大钱？"

"嗯。"

"后半夜起来，把这堆煤矸石粉碎了，往好煤里兑。"

司马同犹豫了："行吗？"

煤矸石是混杂在煤里的黑色石头，选煤时作为废弃物被挑出来扔在一旁。

老盛说："嫌钱咬手？兑一晚上三百。"

小山一样的煤矸石堆，司马同用五十六个晚上兑完了。老盛一把塞给他一万六千八百块钱。

司马同接过那厚厚的一万六千八百块钱，觉得沉甸甸的，像拿着一大把黄灿灿的金条。他心情激动，浮想联翩，夜里睡不着觉，就拿出《钱神论》来看。书里写："何必读书，然后富贵。"译文为："为什么要读了书才达到富贵呢？只要想办法弄到了钱，就会有享不尽的荣华富贵。"老盛就是小学二年级毕业，没有啥文化，就会写"盛万桶"三个字，那字写得像蚂蚁爬一样。他原来是煤矿开卷扬机的，现在手里资产近亿。看来祖先们早已发现，文化素质极低的人往往能够在经济上暴富。

司马同在厕所曾捡到过一份《焦作日报》，报上有人专门做过统计，说是现代的富人圈里像老盛这样的人很多，列举了不少暴富的名人。这些名人有的连自己名字也不会写，需要签字就按手印，有一根手指头常年沾着红色印泥。报纸上分析说："坑灰未冷山东乱，刘项原来不读书。""古来兴废事，大半误儒生。"原因是读书越多的人，知识越多顾虑就越大，干啥事思前想后怕违纪违规违法，结果是畏首畏尾，啥事也难以干成。无知的人往往无畏，无畏的人往往敢干，敢干的人就能干成大事。

母老虎柿花妈就没啥文化，上小学时天天打腰鼓，二年级没上完就回家了，嫁到溟梁村想干啥没干成？王狗头更是这样的人，小学三年级毕业，做事胆子大，这些年富得流油。矿上人说，煤矿开始改革搞承包时，很多人为了在银行贷到款四处奔走请吃喝托关系，老盛不找银行，谁也不找，他用高额利息民间集资很快就筹够了钱，把这个煤矿拿到了手，不到三年就富裕起来。老盛之所以能挣大钱，关键在于老盛头脑简单胆大敢为，见财就上无所顾忌，各种财源都不放过。

司马同问过老盛："董事长，恁腰缠万贯，咋还这么辛苦地挣小钱？"

老盛说："啥鸡巴董事长？听着刺耳。我就是一个煤矿工人，大字只认仨，以后叫我老盛。"

司马同看着老盛，觉得老盛说的是心里话。他虽然有钱，可穿衣打扮说话做事依然像个普通工人。不像王狗头，手里有点钱就摆谱，说话的口气吸烟的架势脸上的表情摆得像电视剧《上海滩》里的许文强。

老盛又说："李嘉诚富不富？五分钱掉到缝隙里，蹲下去用手抠半天。"

司马同点了点头。

老盛有一句话常挂在嘴边："大钱小钱，正道钱歪道钱，捞到手里都是自己的钱。"

司马同想到了溟梁村人说的"马不吃夜草不肥，人不发歪财不富"。他细细琢磨，"发歪财"远没有老盛说的"捞"字精辟。祖先们创造"捞"字，"手"加"劳"，大概本意就不是要子孙们用手去劳动，那样干太笨太累，而是要用手去把别人的劳动成果弄过来。捞钱，捞财帛，捞油水，捞稻草，捞世界，捞实惠，捞好处，大海捞针，水中捞月……不都是这个意思？

这确是一条精明的致富捷径。

司马同干活不惜力，口风紧，老盛慢慢把他看成了朋友，便不再让他下井挖煤，而是让他白天睡觉养精神。后半夜老盛开一辆报废配件组装起来的卡车，带他找别人家的煤场拉煤矸石。焦作是个煤城，煤矿多，有些矿煤矸石堆那儿没有人管。后来那些矿发现有人偷煤矸石，就派人看着，不让外人再动。

老盛说："日他娘，都精了，兑的人太多，不好捞了。走，去山西。"

老盛是山西人，大矿小矿他很熟悉。碰见煤矸石堆，老盛先下车掏出家伙哗啦啦撒尿，瞪着鹞子眼四处瞭望，看没有人便招呼司马同："来，捞。"司马同穿着裤头，褐着脊梁，抡起大铁锹，嚓嚓嚓往车上装煤矸石。煤矸石弄回来，司马同开碎石机粉碎了，趁着夜黑往好煤里兑。

司马同跟着老盛夜里干的事，他从来不对别人讲。老盛给的钱，他也从来不当着老盛的面点，接过来就塞进了口袋。

一天夜里，路过山西运城一个煤场，老盛到煤堆上撒完尿回来说："来，捞。"

司马同到了煤堆前铲了一锹，以为老盛眼睛花了没看清，说："老盛，这是好煤。"

老盛说："好煤咋？更省事。"

再后来，老盛干脆决定把煤矸石和好煤一起弄，见啥弄啥。老盛白天开着卡车，幽灵一样在矿区工厂村镇游荡，发现了目标，后半夜就带司马同下手。

司马同跟着老盛，偷煤矸石，把粉碎后的煤矸石偷着往好煤里兑，直到后来以捞好煤为主，从不惜力，干得一心一意大汗淋漓。司马同只是觉得，干这些活累人不怕，关键是累心。每次弄完货安静下来，就觉得心虚发怵，有些后怕，提心吊胆的，连走路都感到脚下无根，飘飘然，像随时要跌倒似的。夜里躺在床上，司马同想着初识老盛的那天晚上，谎称自己是济源老愚公乡的，现在更加觉得自己有先见之明，防人之心真得有，尤其是跟着老盛这样的"憨大胆"人混，真不能实话实说。

老盛累了，常到城里歌厅发廊找小姐，或者在路边大车店里搂着老板娘睡觉。焦作和山西沿途有好几家大车店的老板娘，都是老盛的相好。老盛每次早上从大车店里出来，就精神焕发满脸喜悦像刚当的新郎，说："这势睡解乏，一觉起来，浑身轻松。"

司马同不干这些。老盛在搂着老板娘睡觉时，司马同躺在简陋冰冷干硬的地铺上借着昏黄的灯光翻看《钱神论》。书中的很多话常常令他常读常新激动不已。如"谚曰：'钱无耳，可暗使。'又曰：'有钱可使鬼。'凡今之人，惟钱而已"。比如"京邑衣冠，疲劳讲肄；厌闻清谈，对之睡寐；见我家兄，莫不惊视。钱之所佑，吉无不利"。译文解释道："谚语说：'钱虽然没有听觉，却可以暗中指使别人做事。'这话难道是假的吗？又说：'有钱便可以役使鬼神。'更何况是人呢？""那些京城中的达官显贵，在学堂里总是疲倦得打不起精神；对于清谈一事也极厌恶，每遇清谈之类的事，便瞌睡得不行，可是见到孔方兄便不同了，没有人不惊醒凝视的。钱所能够给人们带来的佑护，可以说是吉祥没有不利的。"

这些话说得真好。

王狗头为啥能选上村长？老盛为啥能让那些老板娘们服服帖帖地陪他睡觉？自己为啥深夜不睡觉把煤矸石粉碎了往好煤里兑？为啥心甘情愿地跟着老盛四处跑去弄货？不都是钱役使的？看过《钱神论》，司马同常爬起来偷偷数钱，数老盛发给他的钱。一张一张的，哗哗直响，像听一曲美妙悦耳的歌。一数钱，司马同也是惊醒凝视不再瞌睡，也是困累皆无浑身轻松。

一天后半夜，司马同睡得正香，老盛叫醒了他，说："走，捞货去。"

初春的豫西北，寒风依然凛冽。车灯光洒落在公路上，冰冷苍白。天飘洒着细小的雪粒，挡风玻璃外面白茫茫一片。路上的车很少，老盛车开得很快。两只夜游的狐狸大概想穿过公路，在突然照射来的灯光里停了下来，傻傻地在公路边站着。老盛转动一把方向盘，猛踩一脚油门，卡车呼地向两只狐狸直冲过去。两只狐狸惊恐地跳下公路，撒腿跑了。

老盛显得格外兴奋，骂道："妈的×，下雪天还跑出来，是找食还是找死啊？"

他见司马同没有反应，侧脸看了一眼，司马同睡意未尽，两眼似睁似闭，如同庙里闭目默诵经文的和尚。

老盛说："嘿，醒醒，告诉你一个好消息。"

司马同睁开了眼睛，问："啥好消息？"

老盛说："昨天签了一个合同，猜猜能赚多少钱？"

司马同说："猜不出来。"

老盛说："租了一千四百亩地，租期三十九年，一亩地一年净赚一百八十块，算算共赚多少钱？"

司马同摇摇头，又迷迷糊糊地睡了。他对这个消息不感兴趣。

司马同醒来时，天上飘起了雪花，纷纷扬扬。老盛打开卡车的一面侧板，和路边的另一辆装满煤炭的卡车齐头并在了一起。老盛说："白天路过，这车抛锚了，天冷，那司机怕冻，搭我的车跑回焦作了，说是明天再开车来拉。明天再来还拉个球？来，快捞。"

他俩冒着漫天飞雪，把那辆抛锚卡车上的煤倒到了自己的卡车上。

老盛跳上车开着往焦作返。他脸上红扑扑的，说："老天爷真帮忙。"

司马同说："天没亮，下着雪，慢点开。"

老盛说："敢慢？留有轮胎印，万一被追上不死也得脱层皮。"

司马同不再搭话，系好安全带，两手紧紧抓着眼前的扶把手，两眼直直地盯着车外。雪花像一只只白色的蝴蝶，稀稀疏疏地直往挡风玻璃上撞。雨刮器吭哧吭哧地在挡风玻璃上来回转动，不停地清除着雪花。

老盛不时地看着反光镜，甚至把头伸出车窗外往后面张望。车开得越来越快。盘山公路像扭着的麻花，路面常年被重载卡车碾轧得坑坑洼洼。雪像一张洁白干净的孝布，覆盖在坑坑洼洼的路面和山野。卡车颠簸着前行，在麻花山路上扭来扭去，人在驾驶室里被颠得上下跳跃甩来甩去。到了一个下坡带拐弯的地方，卡车左边的一个前轮突然脱离了车体，骨碌碌地顺坡滚下，像刚才惊恐逃下坡的狐狸。司马同"娘啊"惨叫一声，双手迅速抓紧面前的扶把手，伸直了两条腿，两只脚蹬实，弓起脊背紧紧顶着驾驶座的后背，闭上了眼睛。这一招是司马同当兵时跟老班长学的。在"天无三日晴地无三里平"的云贵高原乌蒙山区，时常有车翻进山沟。

老盛还没有反应过来，卡车便翻着跟头栽进了几十米深的山沟。

司马同醒来时，雪已经停了。

山谷里寒风嗖嗖，死一样的寂静。一只猫头鹰在三四米远的雪地上，叨着吃老盛带在路上还没有来得及吃的道口烧鸡，不时地扬起头地叫唤，让人毛骨悚然。司马同解开安全带，活动活动手脚。还好，发现除了身上有几块擦伤，别无大碍。卡车被摔得七零八落的，煤炭撒得山坡山沟都是，在白茫茫的雪地里黑白分明，格外显眼。驾驶室的顶盖已经没了，不知被甩到了何处。方向盘顶进了老盛的前胸，把老盛的胸脯挤压成了软塌塌血糊糊的肉饼，鲜血染透了他的全身。老盛睁着眼睛，七窍出血，嘴巴咧开，露出一嘴黄板牙，面目狰狞可怕。老盛已经死了。

老盛小肚前的腰包被撕裂开了，鼓露出一堆龇牙咧嘴的钞票。

司马同把那些钱一张一张地抽出来，钱上浸着老盛的血。他最后抽出了三份东西，令他大吃一惊。一份是《土地租赁合同》：甲方河南温县溟梁村委会（温溟保健品有限公司代理），乙方山西××县盛家坪村委会（盛大农业开发有限公司代理）。主要内容是：乙方租赁甲方1381亩地，租期39年，每亩每年租金490元。签订合同之日，乙方向甲方预付6年租金，共计406.014

万元。是王狗头和盛万桶签的字。一份是王狗头签字的预付租金《收据》。还有一份是《合作经营"盛溟现代农业联合开发有限公司"协议意向书》，主要内容是：1.该公司由"温溟保健品有限公司"和"盛大农业开发有限公司"联合成立，共同经营溟梁村1381亩土地；2.该联合公司注册资金100万元。盛万桶出资75万元，占75%的股份，任董事长。王狗头出资25万元，占25%的股份，任副董事长。3.每年按所占股份份额分配利润。

《合同》《收据》《意向书》上满是血迹，盖没盖章，一时也看不清楚；日期是：2月26日，就是昨天。

司马同简直不敢相信自己的眼睛，身上每一根汗毛都在不停地颤抖着。猫头鹰不再叫唤，瞪着眼睛看他，眼珠子在骨碌碌地转动。司马同嘘了一声，那猫头鹰叼着一只烧鸡腿展开翅膀飞走了。司马同长长地吸了口气，定定神，把钱收好，《合同》《收据》《意向书》装进了屁股后面的口袋里，扣上了扣子。

五

老盛老家的村长和家人来了。司马同把出事过程说得很简单："陪盛矿长进山拉货，下雪路滑，车到这个地方掉了一个轮子，翻进了山沟。"

村长叫盛开拓，是老盛的亲弟弟。他含着眼泪说："我哥白天跑着看地谈判签合同，夜里冒雪翻山越岭拉货，连卡车都受不了，人哪受得了啊？"说着泪水簌簌顺颊流了下来。

老盛的遗体被收殓在一副柏木棺材里，装上卡车运往山西盛家坪老家。司马同决意送老盛最后一程。自己跟着老盛干了一年多，挣了十多万，这真的要感谢老盛。

盛家坪坐落在太行山晋城地区一个山沟里，周围荒山秃岭，沟壑纵横。拉着老盛棺材的车没有进村，就听见一片哭声。进了村子，看见有人抹鼻涕擦眼泪的，看出来坪里不少人对老盛的死感到悲伤和痛苦。村里有一广场，中央搭着灵棚，灵棚上方拉条黑布，黑布上粘贴着雪白的字，每个字有卡车轮胎那么大：盛万桶董事长千古。两边的对联是：天堂财路更宽阔，黄金无数尽享用。周围摆放着各色花圈，纸糊的宇宙飞船、空客380、路虎轿车、金山银山摇钱树、童男童女等，占了大半个广场。在一阵震耳欲聋的鞭炮声和孝子们悲痛欲绝的哭喊声中，老盛的棺材被抬进了灵棚。

老盛的丧事办得很隆重。广场上支着六口大杀猪锅，锅里煮着牛猪鸡鸭鱼肉米饭面条蒸着蒸馍。树上绑着喇叭，播放着哀乐。乐声低沉悲伤催人泪下，伴随着杀猪锅里升腾的香气弥漫着山村。人们端着饭盆饭碗你来我往，迎头碰面相互只是点点头，嘴大嚼也不说话。来往过路的司机们听见哀乐声，也停下卡车，端着大碗喝着面条啃着鸡腿筷子扎着蒸馍，吃完后脸上带着微笑一声不吭地上车开着走了。村里人说，这是古老的吃丧风俗，老盛的福气会带给所有吃丧的人。

司马同看见广场北边有个戏台，戏台上有几个人在插松枝，挂白帐布和灯笼等。那戏台看上去是新盖的，咋那么眼熟？五尺多高青条石堆砌的台座，五脊六兽的构架，歇山式屋顶，斗拱支撑着屋面。司马同走到戏台前，一块汉白玉石镶嵌于戏台底座上，阴刻着小洗脸盆大的字："司马懿大戏台"。戏台四角，四根粗大的圆木台柱油漆一新，坚挺地屹立在四块陈旧的雕花青石柱础上。戏台前面的左右两侧，竖立着两座石碑，分别为明、清两代所立。年代最久的是那块明代碑，风化斑驳，字迹模糊，用玻璃框罩着。仔细看，最左侧刻着："溟梁村司马氏族恭立。"

司马同心里咯噔一下：溟梁村的老戏台，咋跑到这儿来啦？

治丧委员会主任盛开拓，见司马同对老戏台感兴趣，走过来说："这戏台建好才几个月，一场戏还没有演过，我哥就走了（豫西北、晋东南一带俗语，意思为"去世"）。治丧委员会决定唱三天大戏，送送我哥，后天演第一场。"

司马同问："这戏台哪儿弄来的？"

盛开拓说："河南温县溟梁村，我哥花三百八十万买的。"

司马同"噢"了一声，没再说话。

盛开拓身上有着一些村长们的共有特点：好显摆，用溟梁村人的话说是"爱吹牛×"。盛开拓说："我们盛家坪地处深山，我哥开煤矿有钱了。看到乔家大院王家大院的旅游很赚钱，我哥想把盛家坪也弄成一个旅游景点，请来个广东的风水大师。那大师说是给香港澳门广东的很多富豪高官都看过风水，包括李嘉诚，看得很准很灵验。大师在盛家坪一番堪舆后说，想要聚大财，要有一座老戏台。北京的颐和园、江西的婺源、山西的平遥，火起来的地方哪个没有老戏台？我哥的一个朋友是焦作人，叫王狗头。他们俩当年搞煤炭生意时认识并结下了友谊。王狗头说他们村正好有个老戏台，是司马懿当年唱戏用的。我哥带着我陪风水大师去了溟梁村。那老戏台破烂得快塌了，我哥和我一看都摇头。王狗头拿着手电筒,带我们到了戏台后面,拨开杂树荒草,墙根下塌个洞。钻进洞,王狗头打开手电筒,戏台的下面齐刷刷摆放着几十口大缸,个个缸口朝上。王狗头脱下一只鞋拿在手里,在一个缸半腰擦了几下,缸半腰闪烁着金光,细看是镶嵌着一尊一尺多高的金戏俑。王狗头说这些缸上个个都镶嵌有金戏俑。墙根躺着两块石碑,王狗头用脚蹭去一个石碑上厚厚的灰尘,显现出"万历三年重修戏台碑记"。大师紧紧捏了一下我的手,又捏了捏我哥的手。这是来前定好的暗号,摸手表示不,捏手表示行。大师既然捏了手,意思是可以买。我哥问卖这戏台谁说了算?王狗头说他是村长,他说了算。我哥出价二百万,狗头说每个缸上的金人就值不少钱,价格太低了村里人不会同意。经过与王狗头不断的讨价还价,我们和大师也不断地摸手捏手,最后双方商定三百八十万。王狗头先要了一百万定金,说是选村长时塌了几十万元窟窿,先补上。我哥答应了。回来路上风水大师说那些金戏俑缸,一个现在就值八九万。"

司马同问:"那些缸有啥用?"

盛开拓说:"台底下共有九十六口金戏俑缸,碑文记载是明代重修时放的,说是台上唱戏时台下的缸有聚声扩音效果,这是老戏台的一绝。"

司马同提出想看看。

盛开拓叫人打开戏台侧边的小门进去,拉开电灯,戏台下面是空的,中间横着码放十二排大缸,每排竖着码放八口大缸,一排方口缸一排圆口缸。每个大缸约半人高,一人环抱不住,缸口朝上对着戏台。每个缸的腰部镶嵌一尊金戏俑,在灯光下闪闪发光。那些金戏俑形态各异，造型逼真，有弹三弦的，拉胡琴的，吹唢呐、笛子、笙箫和敲鼓、打锣、拍镲的，也有的舞姿婀娜做引吭高歌状。司马同仔细查看那些缸，发现有新旧两种，交错摆放着。新缸上没有金戏俑。他问盛开拓："咋新旧两种缸呢？"盛开拓说："有三十六个明代金戏俑缸我哥卖给广东人了，一个缸十一万。我哥说先把买老戏台的投入捞回来。这些缸就是起个聚音扩音效果，新缸旧缸还不是都一样？"

司马同想起了爹当年不让王和尚拆老戏台的事。爹是否知道老戏台有这一绝？爹临去世也没有告诉他这个秘密。

盛开拓说："盛家坪是深山区，地少金贵。溟梁村是平原，地多肥沃，王狗头村长说，他们村人憨卤球（土话：傻蛋）多，一有钱就不愿种地。我哥和王村长商定，准备在溟梁村再租一千多亩地，专门种铁棍山药和绿色食品，成立一个现代农业联合开发公司经营。近期正在商签合同，也不知道签没签好，我哥就……"盛开拓又想哭。

司马同脑子里一片麻木，嗡嗡发响。

从戏台小侧门出来，过了一座雕刻精美的小石桥是盛开拓家。盛开拓家门口有一辆路虎牌越野轿车，威风凛凛地停着。盛开拓带着司马同进了大院。大院里迎面一个圆形水池，中间立着一座四米多高的太湖石，瘦透露皱造型别致。水池和太湖石后面是一座欧式三层小楼，青瓦盖的顶，石条砌的墙，西洋式窗户。迎面屋门两边的墙上，贴着两个磨盘大的"囍"字，红色虽已消煺却依然醒目。楼前草坪上长着几棵梨树，梨树上挂着几片枯黄的残叶。树下面摆着由各色假花名草组成的图形。

这是一个豪华的山村院落，院落里散发出富丽堂皇的气息。

这时，院外来了个女的，手里端个盆，盆里是从广场上的杀猪锅里打来的肉菜。司马同一看，竟然是柿花。柿花红红的脸蛋，乌黑的头发盘绕在头上，用一根藕荷色的缎带扎着；白皙的脖子敞露着，一条做工精美的项链闪烁着金光；穿着奶白色的紧身羽绒服，胸脯高耸，肚子微微隆起，那双杏眼依旧娇羞妩媚，只是少了点勾人魂魄的光泽。柿花变成了一个成熟的富家少妇。她像神话人物突然降临在司马同面前，令司马同不知所措。司马同简直不敢相信眼前看到的真是柿花。

柿花看见了司马同，愣愣地站着，脸上惊讶腼腆羞涩愧疚，表情复杂，很难说得清楚。柿花做梦也没有想到，对她倾慕多年的司马同，竟然会出现在她家，站在她面前。她的心如揣着一只野兔扑腾扑腾直跳，手在颤抖，盆在摇晃，肉菜散发出的香味儿和白色的热气，弥漫在她和司马同之间。

盛开拓赶紧接过柿花手里的肉菜盆，对司马同说："这是我夫人，焦作人。"

柿花抿了抿嘴唇，像要说话。

司马同的手机响了。是张小孬打来的："同哥，你在哪儿？快回来吧，狗头辞职不干村长了。"

司马同："为啥？"

张小孬："他说自己能力不行，溟梁村建设新农村任务太重，干不了啦！"

司马同拿着手机，瞟着直愣愣站着的柿花，嘴唇张张合合，没有出声。他脑子里一片空白，不知道该说啥。

六

溴梁村人对在外面干事的人回来，迎头碰上都不先打招呼。外面干事的人无论官再大钱再多，要先同村里人打招呼；不先打招呼会遭人骂。辈长的人骂："咦，我日恁娘，真是翅膀硬了？眼里还有谁？"同辈的人骂："这个鸡巴货，出去三天回来就仰头撅尾的，不认人了？"晚辈人不骂，嘴里也没有好话："恁大官恁有钱，还回来干鸡巴啥？"

司马同进溴梁村时天已经快晌午了，到了老戏台那片空地旁，没想到碰见了王狗头。应该说是王狗头碰见了他。王狗头开着小汽车正要出村，吱的一声把车停在司马同身边，摇下车门玻璃，一脸微笑地说："老弟回来了？"

司马同这才看清开车的是王狗头。司马同沉默了一会儿，突然伸出一只手端起王狗头的下巴。

王狗头吓了一跳："你想干啥？"

司马同说："想看看你的嘴，又去哪儿咬肥肉吃？"

王狗头把头甩开了，说："净瞎鸡巴扯，哥咬肥肉吃还能忘了你？"

司马同没有说话，皮笑肉不笑地盯着狗头看。王狗头觉得脸上有些发烧，烧得像刚喝过酒，心里有些发毛。

司马同说："盛万桶死了，二月二十六号和你分手，二月二十七号死的。"

王狗头把车开到路边停下，打开车门出来，掏烟盒叨出一根点上，深深地吸了一口，把烟雾吐了出来。他问："你是不是有啥话要说？"

司马同说："盛万桶开车蹿山沟里摔死的，就我和他在一起，没有旁人，我给他收的尸。"

狗头说："这我知道了。"

司马同说："我在盛家坪见到了柿花。"

王狗头的脸霎时变得通红，问："你到底想说啥？"

司马同没再说啥，径直走了。

三天过去，司马同刚吃过早饭，王狗头来了，一脸的微笑。他说："老弟，哥这些天神经衰弱，整夜睡不好觉，天天像熬鹰一样。哥能力真的不行，正好你回来了，村长你干吧？"

司马同说："你当村长，是乡亲们投三百八十七张票选的，谁想当就当？"

王狗头说："再投票选村长，我保证全票都选你。"

司马同和王狗头在村委会办公室谈了一个上午，商定的结果是：王狗头辞去村长，把卖老戏台的三百八十万如数交回村委会。司马同承诺，对王狗头卖老戏台和柿花的事保密，永远不对任何人讲。

王狗头离开溴梁村的那天，瘸根、母老虎柿花妈等人围在小车旁送行。王狗头吸着烟吐着烟雾，笑眯眯地风度依然。他说："我去深圳发展，挣了大钱再回来建设咱溴梁村。"

母老虎柿花妈一脸的柔情依依不舍，说："头，一个人在外面混太辛苦，恁媳妇走三年多了，遇到合适的就再办个人（意思为"娶个老婆"），白天端茶递水，夜里也好有个暖脚的。"

王狗头点点头，优雅地向送行的人摆摆手，钻进小车走了。

司马同当上了村长，带张小孬去了盛家坪。到了盛家坪，直奔村委会。盛开拓坐在沙发上，见到司马同，赶紧站起来。

司马同说："今天是万桶哥三七，我再来给万桶哥烧烧纸，看看他。"

盛开拓拉着司马同的手，满脸沮丧，说话带哭腔："同哥，柿花失踪了。"

司马同和张小孬听了大吃一惊。

盛开拓眼里泪珠闪动，说："三天前，柿花留下一张纸条，说和我分手了，去很远的地方，不让我再找她了。"

司马同问："柿花和你过得好好的，咋会突然失踪了？"

盛开拓说："柿花是狗头村长介绍的，我们结婚才十个月零九天，证还没有扯哩。结婚前狗头村长和我哥商量好，两个村子的农业联合开发公司成立后，我当总经理，柿花当副总经理。我哥一死，这副总经理咋也跑了？"

司马同明白了。他心里明白又不便明讲，便指着张小孬介绍说："这位是张先生，河南有名的风水大师。我请他来是想给万桶哥看看，看他到底冲犯了啥，恁有钱，人咋说没就没了？也给你看看吧，好好一个家，咋说散就散了？"

盛开拓抹了一把快要流出的泪珠，像遇见救命恩人一样，紧紧握着张小孬的手说："张先生法眼高超，给我们看看，好好看看。"

三个人出了村委会大院，张小孬一眼瞭上了广场上的戏台，停下脚步问："这戏台啥时候盖的？"

盛开拓："盖成有几个月了。"

张小孬走到戏台前，前后左右上下仔细查勘一番，然后问盛开拓："这戏台原本是只平原虎，咋进山来了？"

"平原虎？"盛开拓听了大惊失色，想了想说，"噢，张大师说得对，它原来是平原一个村里的，我哥买来的。"

戏台旁边有一个石头高台，张小孬登上高台放眼张望，伸出左手，用大拇指在其他四个指头的指节上不停地掐着，嘴里嘟嘟囔囔，然后跳下高台，咂咂嘴说："你们看，这戏台尾坐北山，口朝南坪，位临五黄星。五黄星为灾星。五黄临门，运气阻塞，破财伤命，凶险发生。戏台正脊的两吻虎头啸天，五条脊背的虎身镂空，台柱础石为虎爪蹬地，气势汹汹。平原虎进了山，哪有不吃人的？"

盛开拓脸色变得苍白，惊恐地看着张小孬。

张小孬拿目光继续审视着戏台，对盛开拓说："快把这个戏台请走吧，看样子还要吃人。"

盛开拓浑身发抖，拉着司马同的衣角走到一旁，背着张小孬低声说："同哥，你看看这咋整？"

司马同说："盛家坪恁些人，下一个吃谁还弄不准哩，你怕啥？"

盛开拓说："我哥走了，村里现在我是老大，又是我哥的亲弟弟，下一个吃谁不是明摆着？柿花也走了，家也破了，是不是都与这虎有关？"

司马同面色凝重，没有说话。

盛开拓说："同哥，要不把这只虎再送回溴梁村？"

司马同思考着，脸上露出的神情像个要拯救盛开拓走出苦海的救世主。

他思考片刻，慎重地点了点头。

三个人来到了盛万桶墓，村委会已经让人把三个花圈摆在老盛的坟前。盛开拓燃着了花圈和一堆锡箔。司马同恭恭敬敬地对着老盛的坟墓三鞠躬，趁盛开拓没注意，从屁股后兜里掏出一沓东西扔进了火里。那东西和花圈一起燃烧，变成了一堆灰烬。一阵旋风过来，旋起的灰烬像一群黑色的蝴蝶，越过老盛的坟头，飘飘摇摇地向远处飞去。

七

第二年春天，桃花杏花盛开，柳枝吐绿，榆钱撒落满地，戏台在溟梁村人一片欢腾和鞭炮声中竣工了。

戏台没有再盖到原来老戏台的地方，盖在了村子北面的良田上，那里祖祖辈辈种着蔬菜庄稼。戏台坐北朝南，正对着老戏台的方向，戏台前是十亩大的水泥操场，宽敞气派。周围栽着柳树松墙。戏台的模样和建筑风格和老戏台几乎一模一样，古朴庄重，油漆喷画一新，台座、柱子、房梁，全是钢筋水泥浇铸。

不少人说："怪像老戏台。"

司马同笑着说："狗头当村长时，老戏台已经给当成历史垃圾拆了。"

不管咋说，溟梁村又有了戏台，演不演戏立在那儿，也是对祖宗们的一个念想。

司马同召开村民大会，手拿一份《现代农业报》，读着报纸上的话："现代农业要打破一家一户的经营方式，对分散的农田施行规模化、公司化经营。"

村民们喊："啥叫规模化、公司化？"

司马同解释说："就是把各家各户承包的地集中起来，形成规模，由公司来经营。"

"那不又成生产大队了吗？"

"生产大队是把土改时分的地，无偿地收到一起。现在是拿钱把地集中起来，不是白收。"

"谁拿钱？"

"公司拿钱，公司经营。"

村民大会结束后，村委会贴出了告示："溟梁村各户，凡不愿耕种的土地每亩六千元，一次性付款后，收归溟河现代农业开发总公司统一经营。"

这公司是司马同以村委会的名义成立的，村长任董事长兼总经理。

王瘸根承包有十八亩地，不想交给溟河公司。独生子王小怪正吃饭，差点把碗摔了，他喊道："你老糊涂啦？咱家恁些地你种啊？"

王瘸根说："你不种，我种。"

王小怪冷笑一声，说："你种？你五十多岁人了，能种个啥？你没算算，十八亩地十多万块钱，存银行光吃利息一年有多少钱？"

王瘸根算算账，小麦一块三毛钱一斤，亩产七百五十多斤，卖不到千把块钱，除去农药化肥浇水费用和除草收割脱粒运送等人工投入，能落下多少钱？十多万啊，可真不是小数。

王瘸根咂咂嘴，和司马同的公司签订了合同。

溴梁村像王小怪这样的年轻人很多，他们说："见报纸上登过，美国日本的农民都这样。"不少人家去签了合同，把地交给溴河现代农业开发公司经营。

王瘸根手里突然得到了一大笔钱，高兴地躲在屋里数钱，整夜睡不着觉。秋天刚过，王瘸根把自己家的三间旧瓦房扒了，盖了一座二层小楼，和老村长家一模一样。村里不少人家也开始扒房，扒了草房盖瓦房，扒了旧瓦房盖小楼。一时间，溴梁村房倒屋塌尘土飞扬地震了一般，接着是新瓦房新楼房如雨后蘑菇遍地生长。

溴梁村的村容村貌日新月异，发生着崭新的变化。

麻将声噼里啪啦地又响了起来，白天夜里不停。人手里有了钱胆子就大，赌场上赌注也越下越野。过小年那天，王小怪打麻将赌钱两天两夜没回家，输给张小孬三十多万。三十多万是小数？王小怪吓得说去拉屎，从厕所翻墙提着裤子跑了。张小孬非要搬到王瘸根新盖的小楼里过春节。王瘸根挡着不让，争执半天，老泪纵横地写下字据："我和老伴在张小孬的杂面公司看大门做饭打工到死分文不要抵账二十万立字为凭永不反悔。"

张小孬问："剩下的十多万咋办？"

瘸根说："等那龟孙子活着回来，也在你这公司干吧，一直干到死。"

溴梁村有个孩子在中国财经大学读三年级，搞新农村建设课题调研，暑假回来和村长司马同谈得很投机。两个多月后，这孩子在《溟梁村农业经济改革的情况调查》里写道：

"盛万桶采取盗窃掠夺式发展，是资本主义原始时期的一种手段。王狗头采取小额度不间断浸润式发展，常见于资本主义在农村的初级发展阶段。司马同用巨额资金搞规模化垄断性经营，对农村原有的经济体制采取塌方式瓦解，成了农村土地、劳动力和资本的所有者、支配者和受益者，获取财富的手段更成熟更精绝也更暴利。发展下去，原来以土地为基础的农村经济体制将很快不复存在，原有土地的主人——农民，将沦为失去土地的劳动者——自由民，他们通过唯一的自然技能——劳动，寻求着自己的生存空间。"

那孩子的研究真有科学性，预见性。

司马同当村长不到八年，溟河现代农业开发总公司统一经营了溟梁村百分之七十五的土地。

司马同以新建的戏台为中心，东西走向修了一条四十米宽的街（中间有十米绿化隔离带），村委会定名叫"司马懿大戏台大街"。这个名字太长，也拗口，人们习惯叫司马大街。新建大街两边是溟梁房地产、农产品加工、农机修理、优良种子等公司工厂，十三座古香古色的四合院、四栋商品楼、两个超市、一个小学校。这些都是溟河现代农业开发总公司的产业。这条街成了名副其实的司马同家大街。司马同在统一经营的土地上，搞绿色种植、科学养殖、观光农业、农家乐等。

这时候，有些精明人意识到：司马同当年把戏台建在这个地方，真是一种超前谋略。

几年后，村民卖地的钱快用完了，才发现不劳动就没钱，没钱就没饭吃，没饭吃肚子空着就像刀剐一样难受，这根传动带式的发展链条以前竟然没人发现。老人们说：

"我日死恁娘，知道肚里没有食儿是啥滋味儿了吧？"

"有地，撒上一把种子种上几棵菜，没钱也不至于饿肚子。"

"没地种，没粮食吃，房子盖得像寺庙、金銮殿，顶狗比掰用？"

人们终于明白了：土地是农民的命。

遗憾的是现在命没有了，命被掌握在司马同公司的手里。

好在村长司马同公司的大门永远是敞开着的，村民们可以随时进工厂、分公司、种养殖基地去干活挣钱。村民们像散放野养了一阵的牛羊，陆陆续续自觉自愿地又返回圈里来，到原先的土地上劳动。

王瘸根说："原先是在自己的地上为自己干活，现在是在司马同公司的地上为司马同干活，不自由了。"

张小孬说："人有钱就自由。不劳动没有钱，你自由个球？"

人有钱不仅自由，而且还任性。村长司马同手里有钱，过上了皇帝一样的日子。顿顿鸡鸭鱼肉，大碗喝酒，说是要把六几年，生活困难时期的那些损失补回来。几年时间，司马同补得像一头吹胀的猪，体重达二百多斤。司马同的秉性也变了，修炼得说话柔和，步履缓慢，脸上始终带着和善的微笑，像一尊款款移动的弥勒佛。

有人说："司马同越来越有点像当年的狗旺。"

有人不认可："他可比狗旺有谋略，活得比狗旺滋润。"

司马同咋能不高兴？十年多结四次婚离三次婚，明里暗里合法的不合法的共生育了九个儿子五个女儿。三个离了婚的妻子离婚不离村，每家住一套豪华四合院，领着自己的子女单独过。

普京第二次参加总统竞选的那年，二月底吧，一场西伯利亚寒流过来，天下起了大雪。

司马大街一座古香古色的四合院堂屋里，司马同坐在西洋壁炉前的沙发上，喝着信阳毛尖茶，和王瘸根、张小孬侃大山，侃《钱神论》。

这些年，司马同手不释卷地研读《钱神论》，认识不断加深，理解有了新意。他尤其赞赏鲁褒对子夏的话持大不以为然的态度。司马同指着翻开的那页书说："你们看，鲁褒说：子夏云：'死生有命，富贵在天。'吾以死生无命，富贵在钱。何以明之？钱能转祸为福，因败为成，危者得安，死者得生。性命长短，相禄贵贱，皆在乎钱，天何与焉？"

张小孬低着头，嘴里咔嚓咔嚓地嗑着瓜子，没有吭声。

王瘸根吸了一口烟说："净都是些狗比掰之乎者也的，俺听不懂。"

司马同笑了，说："子夏是春秋末年咱温县老乡，卜杨门村人，孔门十哲之一。咱这个老乡受他老师孔夫子影响太深，迂腐得很。他说的意思是：'死生是命运所决定的，富贵是上天所决定的。'他净瞎鸡巴胡扯。"

张小孬仰起脸，嘴里含着没有咽下肚子的瓜子，问："他咋瞎鸡巴胡扯？"

司马同说："你看人家鲁褒批他说：'死生并非命运所决定，富贵也不过因为钱而已。因为钱可以转祸为福，变失败为成功，使危险的人变得平安，使快死的人得以续命。性命的长短，官位、俸禄的高低，都是在于钱的多少，天又怎么能决定呢？'"

张小孬瞪着眼睛，问："性命长短，也在于钱多少？"

司马同喝了一口茶，说："咋不是？得了病没钱看，还不是早死？卜子夏晚年儿子得了病，就是无钱医治死了。他自己哭成了瞎子，四处流浪，也不知道饿死到哪儿了。要是有了钱，能落到那种地步？"

张小孬低下了头，继续咔嚓咔嚓吃瓜子。

王瘸根把烟拿到嘴边没抽，斜眼看看张小孬，说："那姓鲁的话也不全对。"

司马同问："咋不全对？"

王瘸根说："他光说了钱可以转祸为福，咋没有说转福为祸呢？"说完狠狠吸了一口烟。

王瘸根此刻说这句话，是想到了儿子王小怪拿卖地钱赌博输了三十多万的事。八年多了，那龟孙子不知道是死是活，到现在连影儿都没有。

司马同说："福咋会转为祸？钱多了会咬死人？"

王瘸根吐出一串烟圈，没再说话。

雪越下越大，地上的积雪有淹着脚面厚。天出奇地冷，风像刀子似的飕飕刮着，冻得人伸不出手。就在三个人侃大山的那天夜里，漠梁村发生了一个惊天动地的事情：

司马同死了。

司马同的死，令全漠梁村人感到意外和震惊。

黎明时分，大雪纷纷扬扬地下着。村里人听见街上有女人的哭声，那哭声显得声嘶力竭悲痛欲绝。大家跑出家门，见司马同离了婚的大老婆、三老婆和现任的四老婆，从各自家里跑出来，冒着大雪哭着喊着疯了一般往刘翠屏家跑。刘翠屏是司马同离了婚的第二任妻子。司马同死在了刘翠屏家，躺在刘翠屏家厕所的水泥地上，肥白壮硕的身躯一丝不挂，眼睛紧闭，嘴唇咧开歪斜着，人早已经不行了。刘翠屏坐在水泥地上号啕大哭，怀里抱着死去的司马同，像抱着一头燂光了毛的大白肥猪。那几个女人到了刘翠屏家，不由分说揪着刘翠屏的头发拖到屋外面，按倒在雪地里用巴掌扇，用脚踢，嘴里嚼着很难听的话。司马同的十几个子女也闻讯跑来，各自护着自己的母亲，又吵又嚷，四合院里乱成了一锅粥。

第一任妻子王杏花，是司马同的结发妻子，五十岁出头，人长得像高头大马，却养得细皮嫩肉。她问刘翠屏："狐狸精，七天前他住在我那儿，人能吃能喝能睡，我给他炖的乌头附子汤每顿喝一碗，咋一到你这儿人就没了？"

第三任妻子黄柿花三十三岁，体态娇小，柔美可爱，结婚五年多生了四个孩子，最小的孩子才六岁多，刚上小学。她说："四天前他从俺家走时，还吃了一大碗炖驴鞭羊肉。害人妖精你说，是不是你把他害死的？你说说，他死了我和孩子们以后咋过？"

第四个妻子马菊花二十三岁，细眉大眼，满头彩发，一看就是个现代美人。她五年前读黄河农业专科学校时到溟梁村实习，离开时肚子里就有了司马同的孩子。她现在正怀着司马同的第三个孩子，鼓着大肚子，已经五个多月了。她哭得脸变了形，盘腿坐在地上，两手拍打着地上的雪，泣不成声地说："老作死的，昨天夜里正下大雪，我不让你来，你非要来这烂骚货家。你可来了，你咋就不回去了？你不回去，叫俺娘们以后还咋活……啊——""啊"没出来，人就噎昏过去了。

刘翠屏二十八岁，样子长得像当年的柿花，是四个妻子中最漂亮的。她和司马同没有结婚就生了两个孩子，结婚后又生了两个。这时她坐在雪地里，浑身泥雪，衣衫被撕拽成了破烂，披头散发像个疯子。她哭诉着："他来俺家就喝了一碗乌头附子汤。俺后半夜醒来，发现他没在床上，以为他走了。天亮我去厕所，发现他倒在地上，人已经硬了。"

雪还在下着，司马同像被遗忘在厕所里的一条死狗，赤裸裸地躺在水泥地上。

医生来了，拨开司马同的眼皮看看，拿听诊器在胸前听听，诊断为："气温骤降，疲劳过度，突发性心脏猝死。"医生听说司马同常喝乌头附子汤，说："那东西叫断魂草，哪能常喝？"

溟梁村不少人闻讯赶过来，有人劝架，有人把司马同抬到了床上，盖上床单。司马家族的几个长辈叫来司马同的子女们，商量怎么处理后事。听说司马同死了，溟梁村人说啥的都有。快八十岁的母老虎柿花妈满头银发却依旧头脑清醒，她在家里掐着手指头算，算司马同这些年弄了溟梁村多少亩地，置办了多少产

198

业，算完后嚼："妈那×，淏梁村一条司马大街都是他的。不义之财弄多了，能不折寿？满掐满算，还差一年一个月零两天，他才活到六十岁。"

张小孬说："卜杨门村的卜子夏说'死生有命，富贵在天'，这话一点都没错。"

王瘸根说："钱多了有球用？多了惹祸，能要人命。"

司马同死后第二天，太阳出来了，像火球一样，血红血红的。

太阳光照在身上，人们却感觉不到暖和。地上的积雪也没有融化，白皑皑的，像司马同家人穿的孝服。司马同的灵棚搭在戏台前空地上，四个妻子十四个子女围着黑漆漆的柏木棺材分班值守，各司其哭。戏台上演了三天歌舞豫剧，放了三个晚上电影。司马大街的两边摆放着花圈，各公司工厂商店超市宅院的门口都贴着白纸门联，悬挂着白色的灯笼绣球。整个司马大街上白花花的，悲怆肃穆。街上架着十多口杀猪锅，煮肉蒸馍熬粉条白菜，吃丧的人们你来我往川流不息。

温县大部分人都是明朝山西移民的后裔，丧葬习俗和盛万桶家的盛家坪基本上一样。

按照掐算好的日子，司马同死后第七天午后三刻，抬到坟地埋葬。

天又飘起了小雪。哀乐和鞭炮声响了起来。司马同的大儿子司马壮走到灵前，举起供桌上的香火盆，啪地摔在地上。灵棚里的孝子们听见摔盆声，立刻放声大哭。那帮司马家族人在灵棚里撒开绳子，着手捆绑司马同的棺材。

这时，王狗头来了。

王狗头的父母前些年先后去世，他送走了父母后就没有再回来过，村里人也不知道他这些年在哪儿搞啥营生，这次也不知道他何时回到了溟梁村。王狗头依旧留着那小平头，啤酒肚，外穿一件黑色夹克，里面是黄色保暖衬衣，脖子上戴着小拇指粗的金项链，面皮血红鼓胀，像刚开膛破肚取出来的一副猪肝。

司马壮看见王狗头，赶紧跑过去扑通跪在地上，嘭嘭嘭磕了三个头，说："狗头伯，俺爹不在了。"

这是豫西北农村的习俗——孝子报丧。

王狗头弯腰拉司马壮起来，说："恁爹刚……刚死，普京又……第……第二次……当……当总统……了。"

司马壮很惊诧：俺爹死和普京第二次当总统有啥鸡巴关系？

司马壮闻到了王狗头嘴里喷出的酒气，酒气很重，才知道王狗头刚喝过酒，他大概醉了。

王狗头摇晃着身子，走到司马同灵前，恭恭敬敬地鞠了三个躬。孝子们听说王狗头前来吊唁，停止了啼哭。司马壮扶着王狗头，王狗头摇摇晃晃、踉踉跄跄地围着司马同的棺材转，转了一圈后站到了棺材前头。

司马壮以为他该走了，说："狗头伯，恁走好。"

王狗头没走。

那些准备抬司马同棺材去下葬的人伫立在旁边，手里拿着绳子、棍子看着他。王狗头一手扶着司马同的棺材，一手从口袋里掏出烟来，用嘴叼出一根，拿打火机点上，深深地吸了一口，烟卷上的火圈闪烁着红光瞬间向上燃烧了半寸多。王狗头憋了片刻，畅快淋漓地吐出了一团烟雾。浓浓的烟雾散漫开，笼罩在司马同棺材上方。

灵棚里死一般的寂静。

王狗头打了一个饱嗝，喷着满嘴酒气说："小壮，恁……爹当村……长，把咱村……老……老戏台……下……六十个……明代……缸，上有……大金……金……戏俑，卖……给港商，一个……十六万……你知……知道……吗？那可是……咱……咱溴……梁村……老……祖宗留……下的。"

王狗头的话像晴天霹雳。

司马同的妻子子女们听了这话，个个抬起头来，泪眼蒙眬，惊讶地看着王狗头。

那些准备抬棺材的人也都惊呆了，看看王狗头，看看司马壮。

司马壮拉着王狗头的胳膊，想搀扶他离开。王狗头一把推开司马壮，继续说："六十……个……明代……金……戏……戏俑缸，金……金戏俑……一尺……尺多高，一个……十六……万，恁爹独……吞了……盖……盖戏台……弄……弄地……司马大……大街……都用……的……的那些……钱。"

一阵短暂的尴尬沉默，司马壮才发现王狗头好像没有醉。

司马壮的脸上慢慢升起了一股怒气，大声说："狗头伯，恁是想给俺爹算死账？还是想回来第二次当村长？"

王狗头摇晃着身子问："啥……算……算死账？啥第……二次当……当村长？"

司马壮的声音立刻变得凶狠起来，说："我看恁是净瞎鸡巴胡扯。老戏台当年是你当成垃圾拆的，我爹去哪弄恁些缸卖？要真有缸，一定是恁给卖了吧？"

司马同的妻子儿女们围了上来，站在司马壮的身后，像一群围着猎物的猎狗，对着王狗头喊：

"那时正是恁当村长，老戏台是恁拆的，是恁给卖了！"

"恁说，卖缸的钱都弄哪儿了？"

"俺爹刚断气，恁跑来诬赖俺爹，到底操的啥心？"

那阵势，那氛围，仿佛要把王狗头撕烂了吃掉似的。

王狗头一激灵，看着仿佛要把自己撕烂吃掉的司马家人，两眼发直，嘴唇颤动，身体有些摇晃。他迟疑了片刻，啪啪啪拍着司马同的棺材说：

"小……同，你这一……一死，哥我……咋也糊……糊涂了？"

王狗头说着，一头栽倒地上。

灵棚里顿时慌乱起来。那些准备抬棺材的人扔下手里的绳子和木棍，有人撕开王狗头的嘴，见他牙关紧闭；又扒开眼皮，眼珠无神，便使劲掐着王狗头的人中穴。人们七嘴八舌地大声呼喊：

"狗头醒醒，狗头醒醒。"

"小壮，快把恁家的小竹床搬来。"

司马壮跑进家里，搬来一张司马同生前夏天乘凉的小竹床。人们七手八脚地把王狗头搬到了竹床上。抬棺材的人把捆棺材的绳子解下来捆着小竹床，抬着王狗头，冒着小雪快步往医院走去。

一个老太太从柿花家出来，拄着拐棍，颤巍巍地向村外走，嘴里不停地喊："狗头——狗头——你可不能走啊！"

老戏台下面有六十个明代金戏俑缸被卖的事，在淏梁村传开了。

人们弄不清啥叫戏俑，只知道金和缸，传来传去，金戏俑缸传成了金缸，金缸又传成了大金缸。一时间溟梁村人议论纷纷：

"隐约听老辈人传下话说，重修老戏台，不用外来钱。没想到老戏台下面放有六十个大金缸。"

"狗头酒后吐真言，司马同把老戏台下面六十个明代大金缸卖了，这肯定是真的。"

"怪不得他司马同这些年发了，一条街都是他的，原来用的都是全村祖宗们的钱。"

"听说柿花与这事也有关系，她嫁的第一家是山西啥坪村？老戏台是弄到那儿卖的。"

……

但村里绝大多数人都不相信是司马同卖了那些缸，都知道现在的戏台还是人家司马同新建的。连王瘸根都说：

"当年那老戏台，司马同死活不让拆，狗头非要拆，说老戏台立那儿不好，两人差一点打起来。"

人们终于想起来了。

当年确是王狗头说要修二十米宽的十字大道，请李嘉诚的专用风水大师看过，说老戏台断了溟梁村的气脉，挡了全村人的财路。他当上村长就把老戏台当成历史垃圾拆掉了，拆的时候周围还站着保安，隔着围墙，夜里干的。

人们猛然醒悟，群情激奋，整个溟梁村像一锅沸腾的开水：

"乖乖，老戏台下面有六十个明代大金缸，一个卖十六万，总共九百六十万，快一千万啊？"

"怪不得当时不种地，每人每月能领五十块钱，交出地再发五十块钱，他是把九百六十万存在银行给我们发的利息啊！"

"你知道个球，利息能有多少？他是把九百六十万拿去投资老村长的房地产，赚的是大钱。"

"不行，祖先们给咱留下这么多大金缸，王狗头都弄哪儿去了？"

"对，问问王狗头，大金缸都弄哪儿了？"

埋葬了司马同，村里有几个年轻人满怀激情和愤怒，去医院找王狗头。

医院说："溟梁村那个叫王狗头的，昨天喝多了。输过液，今一大早就出院了。"

从此，王狗头再也没有回来过溟梁村。

大马士革来信 *

一

母鸡惨烈的叫声，把麦花从睡梦中惊醒。她望着窗外，天还没有亮。她知道娘在干啥。昨天她把算好的日子告诉了娘，今天娘一大早就动手了。麦花坐起来披上衣服，墙上的挂钟六点零五分。娘推门进来了，说："三只母鸡都收拾好了，冻在冰箱里。"说完转身走了。

麦花倚靠在床头，地上一堆东西，是昨天临睡前整理好的。红色小皮箱里，是给柳成发买的衣服、鞋袜和自己的换洗衣服。红白相间的蛇皮袋里，装着三十服调理男女生育的药，是县城一个老中医开的。一箱铁棍山药，那是柳成发最爱吃的。她拿起床头的手机，翻看着柳成发前几天发来的短信：相信我，儿子一定会有的。这条短信她记不清看了多少遍。每看着这条短信，心里就一阵发热，像一股潮水涌来，汹涌澎湃，肚子仿佛也鼓胀起来。她下了床，站在大衣柜镜前，镜子里是自己百看不厌的容颜。肉粉色的细纱跨带内衣，浑圆嫩白的肩膀，丰满的胸脯，双乳微微地颤抖，脸庞的皮肤白嫩细腻，只是额头上有了两条细细

* 原载《中国作家》2014年第4期。入选《2016年中国短篇小说精选》，长江文艺出版社出版。

的抬头纹。麦花不仅在淏梁村，就是在三里五庄，也是个绝色美人。她抚摸着自己的肚子，咳，扁平依旧，无声无息。

麦花家的院落宽敞气派，有栋三层小楼。一棵巨大的香椿树枝繁叶茂，喜鹊在上面垒了两个窝儿。繁殖季节，常有小喜鹊从窝里跌落下来，在地上转着圈儿扑棱。娘在麦秸垛上按出一个小窝窝，双手捧起小喜鹊，像捧着一捧害怕撒落的粮食，小心翼翼地放进窝儿里。有老喜鹊飞来，围着小喜鹊们盘旋飞扑，喳喳喳直叫。老喜鹊嘴里衔着虫子蚂蚱蚯蚓等，小喜鹊们张大乳黄色小嘴欢叫跳跃。娘站在不远处看，脸上喜滋滋的。香椿树根系发达，在地下炸裂般地四处发散。每年春天，墙根下灶台边犄角旮旯，有一丛丛的小香椿树冒出，嫩绿清香。娘做香椿炒鸡蛋，走不了三步就能揪一大把香椿芽。院内种的韭菜一茬一茬地恶长，三五天不割，长得能盖住乌鸦。还有那三棵梨树，春天花开如雪蜂蝶飞穿，秋天拳头大的黄梨挂满枝头。葡萄架上酱紫色的葡萄，一嘟噜一嘟噜挂着。

院子里恬静优雅，充满了生机，可就是缺孩子，空荡荡的，没有人气。

麦花和柳成发结婚已经三年四个月零五天了，一直没怀上孩子。柳成发这些年在外面搞建筑盖大楼，每年挣十多万。娘常站在院子里唠叨："没有孩子，老了爬不动了，谁给你端碗水喝？这院子这楼房，将来姓啥？你就挣座金山银山，有啥狗比掰用？"

淏梁村有闲人，闲人没事干，专门数点结婚三年肚子不鼓的女人。三年肚不鼓，不如地老鼠。全村一百七十六户八百多口人，麦花是第十九个连地老鼠都不如的女人。世间事也怪，二十世纪五六十年代，各家各户住着草房，围着土院墙，里面的孩子成堆成串。炉灰渣土铺就的大街上，孩子们一群一群的，嬉笑追逐哭喊打闹，撵得鸡飞狗跳，村里整日不得安宁。现在的村子像经历过一场瘟疫或战争，年轻力壮的外出打工，年老体弱的多不出门，街道上很少见到孩子。光秃秃的水泥路，两边是水泥墙楼房，地上无草无树，连一只鸡一只鸭一头猪也没有。老头老太太们碰面聊天，常说："咱们年轻时吃粗粮糠菜住茅屋草棚，孩子就像老鼠，一窝一窝地生。现在住瓦房高楼，吃精米细面鸡鸭鱼肉，咋就生不出孩子来？"

为要孩子，这几年麦花和柳成发没少下功夫。麦花天天量体温，月月算日子。滋阴液、壮阳散、育儿精、铁棍山药和各种中药补品，两口子真没少吃。柳成发在县城盖楼时，每月一到日子，白天在工地干活，下了班骑着自行车往家跑，夜里吭哧吭哧拼命劳作，累得像一头深耕料礓地的老黄牛。可麦花的肚子如同溟河洼的盐碱地，寸草不生，不见一点动静。两年前，柳成发又跑到省城干工程，麦花两年多去了五次，住在工棚里。工地上搅拌机轰轰隆隆响，大卡车鸣鸣鸣叫，金属敲击声，工人呼喊叫骂声，穿透简易的工棚，刺耳碎心。

麦花住不了几天，嫌闹得慌，说："想回家。"

柳成发释放完体内积蓄的能量，口气也变得平淡起来，吸着烟说："回去也好，这环境弄出来的孩子质量也不会高，长大了说不定也是个盖楼的。"

柳成发毕竟离家远了，到日子不能回家，麦花急得想爬树。

207

两人常在电话里吵。吵着吵着，柳成发说："电话费太贵，有事发短信。"啪地就把电话挂了。

昨天，麦花又算好了日子，决定去郑州。她给柳成发打电话，关机。再打，还是关机。连续打几次，都是关机。麦花气得差点把手机摔了。晚上电话终于通了，可一直响着《别再等着我》的音乐，没人接。麦花不停地打，柳成发像一头犟驴，就是一直不接。半夜时，回了一条短信：施工忙，有事发短信。

麦花一条短信连发了三次：孩子孩子，我要孩子，你知道吗？

麦花发过短信，气得肚子鼓胀脸色铁青，嚼："这个龟孙，一定是有相好的了。"

娘说："不接电话？不接也去，去了他能把你撵回来？"

早饭后，娘俩出了院门，大街上空无一人。

一条狗，七齐八不整的黑毛上沾些草屑鸡毛，孤零零地在墙根站着，朝她娘俩张望，狗眼神色疲惫，眼角有泪水溢出，泛着亮光，像是一条无家可归流浪的老狗。娘提着一蛇皮袋的中药，从老狗前面走过，一脸的希望，感觉手里像牵着一群子孙。麦花跟在后面，和娘隔着一段距离，耷拉着脸，拉着红色小箱，提着铁棍山药，像一只被牵着去配种的母羊。临上长途汽车，娘再一次叮嘱她："这次去了多住些日子，别着急忙慌地回来。"

麦花有些不耐烦，说："知道，不见动静不回来了。"

娘没再说话，一脸的苦笑。

上了车，麦花给柳成发发短信：下午两点半到郑州，北郊长途汽车站接我。柳成发没回信。麦花重发，还是没回信。麦花连发了三次，都没收到回信。

"这个龟孙到底是咋了？"

长途汽车在国道上行驶。小蹦蹦（手扶拖拉机）、狗骑兔子（带厢的三轮摩托）、农民奥迪（小四轮汽车）、大货车、大卡车，穿梭般地在国道上奔跑。过了莽河桥开始堵车，有人说前面有事故。反方向的路通着，一辆摩托车驶来，"突突突"响，后面冒着黑烟，声音很大，速度不快。骑摩托的男子约四十多岁，穿着褪了色的迷彩服，戴着黄色施工安全帽（不是头盔），帽上有斑斑点点的污物，像鸟拉的屎。后面坐着个女人，小三十岁，戴着墨镜，彩发飘逸，向长途车里的人摆着手，做了个飞吻，得意扬扬地驶过去了。麦花身边坐着个女人，三十多岁，身上香气呛人，眉眼画得很重，像只熊猫；手拿一根棒槌粗的红萝卜，咔嚓咬了一口，边嚼着边骂："破摩托，野男人，有啥狗比掰神气的？"骂过看看麦花，麦花莞尔一笑，低头看手机。手机还是没有柳成发的信息。车堵，麦花心里更堵，堵得着急，急得心里像一团火烈烈燃烧，烧得她满腔愤恨，恨不得踢柳成发几脚扇他几个耳光。

"这个龟孙，真在外面包了二奶？"

长途汽车慢得像乌龟爬。三轮车电动自行车在缝隙里钻行。汽车里的人有些骚动，司机打开了前面的电视。电视里播着新闻，画面上不少穿着公安工商制服的人，吆五喝六地来去匆匆。赤身裸体的男女蹲了一地，像屠宰场堆着的白条猪。播音员说：执法人员一举打掉了郑州市"人间仙堂"，这是个卖淫嫖娼的窝点……麦花睁大眼睛看，画面上裸男靓女神态迥异。一个女的岔开十指捂着脸，眼睛从指头缝里往外看。有的没捂脸，眼部被遮着一条马赛克，看不清楚。熊猫女人吃完了红萝卜，又掏出一塑料袋西红柿。西红柿很小，有鹌鹑蛋那么大，红得发紫。她往嘴里塞了一个，嚼着说："现在的大城市里乱得很，发廊、旅店、公园、树丛里，卧着不少野鸡，专门勾引农民工、要饭的和捡破烂的。"说完往嘴里又塞个小西红柿嚼着。

麦花没搭腔，她看看手机，还是没有柳成发的回信，心里不由得冒出了一股凉气，有些不踏实起来。

下午三点多快到郑州时，柳成发终于回短信了：施工太忙，郑闹去接你。

郑闹是柳成发的徒弟。

麦花出了北郊长途汽车站，见到了郑闹。

郑闹满脸堆笑，接过铁棍山药和三只老母鸡，说："嫂子，师傅忙，我来接您。"领麦花坐进了路边的一辆白色面包车。红白相间的蛇皮袋麦花自己提着。

麦花问："那龟孙忙啥？是不是又找了个小的？"

郑闹说："师傅哪敢？"

麦花说："那咋电话也不接，短信也不回？"

郑闹开着车，表情显得神秘，低声说："公司承接了一个军工项目，师傅带队进去施工，这是保密工程，军方要求全封闭施工，电话不能打，短信不能说，人员也不能随便出入。"

麦花一听，像泄了气的皮球，长长出了口气，心想：我的娘，又白来了？

郑闹开着面包车沿着花园路往北走，过了立交桥，往右拐走了不远，进了黄河宾馆大院。宾馆院里的林荫大道两边花团锦簇。车到主楼前停下，麦花下了车，一个男人走来。

郑闹说："嫂子，这是我们集团的艾董事长。"

艾董事长身高胸宽，大脑袋，谢顶，闪着亮光，耳侧后脑勺长着一圈头发，像山羊毛卷着；络腮胡，高鼻梁，眉毛粗黑，眼眶微凹，双眸闪烁着光泽。艾董事长微笑着，握着麦花的手。艾董事长的手厚实肥嫩，暖滑细腻，富有弹性，说话声音浑厚，带着磁性，能钻进人的心灵：

"柳工长的情况郑经理给弟妹说了吧？你先在这个宾馆住下，一切费用公司负责。"

前几次来，麦花没见过艾董事长，也没住过这么高档的宾馆。麦花有些紧张，一时语塞，不知道说啥。

艾董事长神态轻松，目光把麦花从上到下扫射了一番，最后聚焦到她的胸部。麦花心跳加快，胸脯一起一伏，双乳不停地颤动。

艾董事长微笑着说："弟妹坐车颠簸，一路辛苦了，好好休息吧。"没等麦花说话，就朝她优雅地摆摆手，坐进一辆奔驰轿车走了。

艾董事长的出现和离去，像有的乡长县长到村里视察，和颜悦色，嘘寒问暖，抱个孩子优雅一番，没等老百姓说话就一溜烟离去了。

大人物或有身份的人大概都是这样。

郑闹告诉麦花，艾董事长的祖上是中东地区的犹太人，宋朝徽宗年间从天山南路入境，一路经商来到开封。人类的遗传基因通过复制，不仅把遗传信息传递给下一代，还使遗传信息得到顽强表达。艾董事长的祖先们，在中原地区经过几百年的混血杂交，依然把头骨、发型、肤色、眼睛、鼻子等方面的基因印痕，保留在艾董事长身上。

黄河宾馆僻静，环境优美。四周长着粗壮高大的法国梧桐，院里种着各种花草，看不见人来人往，听不见车马喧闹。主楼前停着七八辆麦花叫不出名字的轿车。郑闹提着东西，领麦花进了主楼，坐电梯到了703房间，打开房门说："嫂子，这是个公寓式宾馆，厨房、冰箱等家庭生活设施和用品俱全。您先住着，吃饭自己做或者到一楼餐厅吃都行，有事打我手机。"

郑闹手机响了，艾董事长打来的。

郑闹跑到楼道里接完电话，进来说工地有事，急匆匆地也下楼走了。

麦花站在窗户前，看着楼下驶去的面包车，回头看着放在地上的铁棍山药、老母鸡和蛇皮袋里的中药，心里骂：柳成发，你个龟孙的……

二

麦花嫁给柳成发，全缘于麦花家盖房。

十年前，麦花家在溟梁村还属于贫困户。娘常年多病，爹一条腿瘸，空荡荡的院子里，一座西厢房，三间薄草房。麦花大了，长得像花儿一样。爹娘想招上门女婿传宗接代，准备盖一座新瓦房。爹叫人锯倒了院里的两棵老榆树，拆了三间薄草房，请来了柳家庄的工匠头柳成发。

柳成发二十七八岁，略瘦，中等身材，一头黑发，高挽着袖

212

子，手拿一把拐尺，眼里透出一种灵气，人显得精明利落。

爹心里没底，恭敬地问："柳师傅，这些木料够不够？"

柳成发没吭声。他迈开两条腿，一叉一叉地迈着步子，丈量完房基地，看看院里的一堆木料，说："没问题。"

爹放心地笑了。

柳成发对徒弟郑闹说："两棵榆树做大梁，旧大梁改成二梁，旧二梁一分为二当檩条，旧檩条一分为三当椽用，旧椽能用的都用上。"

柳成发拿着拐尺皮尺折叠尺，左量右测；耳朵上夹着半截铅笔，时不时取下来算算画画。他带领郑闹几个人，墨斗盒放线，千斤坠吊线，抄起锛、凿、斧、锯、刨等家伙，叮当二五的，三天工夫就做好了两架大梁。接着立大梁，架檩条，砌地基，垒大墙，钉椽，铺苇箔，抹泥，垒带，起房脊。村里人围着看，都夸赞说："这个小木匠手艺好，赶活真尻搔（土语，意思为"手勤脚快""干活利索"）。"

最后一道工序上瓦。柳成发站在两丈多高的房上喊："上瓦。"一个小工两腿半蹲着，两只手握着叠在一起的四片瓦，放在两胯裆间，两腿猛地一蹬，手中的四片瓦像粘在一起似的向房上飞去。柳成发顺势一伸手接住了瓦。郑闹笑着走来，推开了那小工，他两只手里各拿着四片瓦，甩开胳膊左右开弓，"嗖嗖"地往房上扔。

柳成发站在房坡上，叉开两条腿伸手去接，轻松得像接扔上来的蒸馍。

郑闹见围观的人多了，又加上一片瓦，手里捏了五片瓦。他

213

憋足了劲往房坡上扔。没想到失手了，那些瓦散开了飞向房顶，接着像天女散花一样往下落。柳成发跃起身扑过去，魔术般地接住了那些下落的瓦。地上的人拍手喝彩。忽听咔嚓一声，房坡上冒起一股黄土烟尘。

黄尘散淡，房坡上空荡荡的：柳成发不见了。

郑闹像被人杀了一刀，惨烈地大喊"师傅——"，疯一样冲进了屋里。

房坡上塌了个大窟窿，两根断了的椽悬挂在半空中。一束黄白色的光从窟窿里照射进来，光辉灿烂地照着柳成发。

柳成发躺在地上一动不动，两眼不睁，牙关紧闭，嘴歪斜着，像一头被电叉击昏的猪。

房没有盖成，再弄出一条人命？

麦花爹一脸的惊慌，蹲在地上使劲掐柳成发的合谷穴。娘颤抖着手，用毛巾在凉水里浸湿了在柳成发额头上擦。麦花端着一盆凉水在旁边蹲着。郑闹用大拇指头，掐他的人中穴，大喊："师傅，师傅！"

柳成发终于醒了，神情漠然，像是从哪里旅游刚回来。他看着屋顶的窟窿说："是旧椽断了吧？"

郑闹说："是旧椽糟了，怹正好踩到了上面。"

柳成发淡淡地笑了，有些不好意思，说："想节省木料，新旧椽错开用，没想到……"

柳成发动动胳膊还灵活，扭扭脖子摇摇头没啥不妥，说："没事，扶我起来。"

郑闹和几个工人扶着柳成发站了起来。可手一松劲儿，柳成发直往地上坐，如同没有筋骨的一团肉。

柳成发说："这两条腿咋啦？软得像棉花。"

柳成发在县医院治了三个多月，上半身好好的，下半身没了知觉。医生诊断结果是：尾脊椎神经摔坏了，短期内没有恢复的希望。

柳成发出院那天，麦花拉架子车送他回柳家村。柳成发还有个妹妹，二十多岁，双手叉腰，蚕眉横立，厉害得像个钟馗爷，横挡在家门口，她说："哥，你下半身残废了，回来家谁伺候你？你是给她家盖房摔的，她家就得管你。哥，她长得像天仙，家又没男人，你去住她家多好？"

爹柳宝山耷拉着眼皮，蹲在大门口前的地上抽烟，一口一口地吐着烟雾。

柳成发没搭理妹妹，问爹："一家之主，您说哩？"

爹说："你给谁家盖房摔的，拉谁家去。"

柳成发说："我不是柳家人？"

爹脸无表情，站起来往家里走。走到大门口，从嘴里掏出烟袋在门框上啪啪啪磕烟灰，磕过烟灰，甩下一句话："谁把你治好了，你就姓谁家的姓。"说完，头也不回地进家了。

爹磕出的烟灰，纷纷扬扬地往地下飘落。

麦花含着泪，拉着柳成发往自己家走，两腿沉得像灌了黄河滩的泥沙。走到莽河大堤路上，天已经擦黑了。今年上游连降大雨，蟒河水暴涨，混浊的河水翻卷着树枝野草，咆哮流淌。

柳成发说："停一停，我想看看河。"

麦花说："天黑了，河有啥看的？"

车刚停下，柳成发爬到车厢外面，就地一滚，顺着堤坡往河水里滚去。

麦花一看急了，赶紧跳下堤坡，紧紧抱住了柳成发。麦花觉得柳成发抱她更紧，更有力。

柳成发住到了麦花家，像神仙一样被照顾着。麦花爹三天两头给他擦身子。娘常给他做好吃的。麦花用架子车拉着他，跑县医院、乡卫生院、村卫生所，看西医中医土医。一家人盼望着赶紧把他医治好了，送回柳家庄去。大半年过去了，柳成发丝毫没见好。他每天架着双拐，忽悠着两条失去知觉的腿，在院子里转圈子走动。

娘私下说："两条腿忽悠得像荡秋千，看得人眼晕。一个院子，两个男人，三条瘸腿，这过的是啥日子？"

冬天，一场寒流袭来，爹心脏病发作去世了。

麦花已年过三十，登门给麦花提亲说媒的人明显少了。这成了娘最揪心的事。娘说："这样耽搁着，啥时是个头？"

一天上午，郑闹来了，说："师傅，我在县城承包了一座楼，放线时好好的，墙垒出地面是歪的，咋弄？"

柳成发说："拉我去看看。"

两个小工用架子车拉着柳成发走了。

晚上，柳成发被拉回来了。郑闹临走时塞给麦花三百块钱，说："这是给你的护理费，把我师傅照顾好了，每月都有。"

一年多时间，郑闹发了。郑闹第一次来拉柳成发进城时，用的是架子车，褐脊梁，大裤头，一双黄球鞋露出两个大脚趾，跟县搬运站拉货的脚夫差不多。后来接柳成发，架子车换成了拖拉机。再后来，郑闹开着小汽车。那小汽车开动时，后面冒着一股浓浓的黑烟，声音啪啪响。

麦花说："像吃红薯多的人放屁。"

柳成发说："那是从河北旧汽车收购站买的，用汽车废件攒的，车厢、底盘和发动机都不是一个型号。"

麦花说："不管是不是一个型号，咋说也是辆小汽车。"

郑闹已不再褐脊梁，穿上了体面的西装、皮鞋，留着大背头，像毛主席梳的头形。再后来，改穿了夹克，左胸上还绣着一只金狐狸。脚上改穿了布鞋，说是北京内联升的。郑闹的嘴脸也发生了翻天覆地的变化。原先胡子拉碴蓬头垢面的，像荒山老林里跑出来的野人。现在脸皮刮得铮亮发青，头发上抹层蜡油，脸上涂着男子美容霜，身上喷香水，走过去留下一路香味儿。

郑闹对麦花炫耀："知道吗？这蜡油是英国的，美容霜是德国的，香水是法国的。"

柳成发嘬他："妈那×，你人是哪国的？"

郑闹笑着转身走了，留下的香味儿在院里半天不散。

麦花问柳成发："这人咋恁能挣钱？"

柳成发说："他能挣钱？他就有一把力气，只会和泥砌砖瓦，没我的技术，他挣个狗比掰钱。"

麦花说："城里钱恁好挣？"

柳成发说："城里疯了一样盖楼，三尺见方的水泥地，里面塞一两根细钢筋或铁丝，卖到三千多。那里一地都是钱，用笤帚一扫一堆。"

麦花抬头看着自己家那座盖了半拉子的屋，一半铺着青瓦，青瓦间已长了瓦草。另一半苫着麦秸，麦秸毛刺刺的，在微风中摇晃着。柳成发拄着双拐一忽一悠的，往那半拉子屋走去了。

他住在那个屋里。

院里露天的灶台前，娘拉着风箱在烧火做饭。灶膛里的火光昏黄，映在娘饱经风霜的脸上，像涂抹了一层蜡。

麦花直想哭。

冬天黑得早。吃过晚饭，刮起了大风。后半夜风停了，院子里发出呜——呜——的叫声，那叫声像是谁家的孩子正挨揍在哭，哭得声嘶力竭，凄厉悲惨。

麦花醒了，她知道那是公猫母猫在走窝。猫走窝那撕心裂肺的号叫声，吵得她翻来翻去睡不着。她拉开灯起床，拿起那本《中医按摩术讲座》。这书她认真看了半年多，书皮已经摸旧了。书里的人体解剖图、经络穴位，留有她勾勾画画的墨迹。麦花放下书，从抽屉里拿出个小首饰盒。小首饰盒是柏木做的，有杠子馍那么大，做工精美，盖上用彩色贝壳镶嵌着一对鸳鸯，领着三只神态各异的小鸳鸯，在池塘里戏水。这个首饰盒是柳成发做的，不知道他做了多长时间，在麦花三十岁生日那天，用红绸包着送给了她。麦花打开首饰盒，里面没有首饰，有一沓扑克牌大小的卡片，每张卡片上抄写有诗词，是有关麦花的古诗词：

四时田园杂兴·其二

梅子金黄杏子肥，
麦花雪白菜花稀。

218

日长篱落无人过，

惟有蜻蜓蛱蝶飞。

——宋·范成大

春暮

云头红上三竿日，

烟际青来数点峰。

桑葚熟时鸠唤雨，

麦花黄后燕翻风。

——宋·王迈

湘中二首书县斋冰壶·其二

晴垄麦过花，

暖泥秧出水。

宽得一寸心，

人行更千里。

——宋·张埴

渔家傲（次前人）

浪麦风微花雾扫。

痕沙水浅溪桥小。

属玉双双飞杳杳。

山宽绕。

新晴绣得春分晓。

独立无言心事渺。

曾将宇宙思量了。

世变何涯人已老。

休烦恼。

林泉况味终须好。

——宋·陈著

　　麦花认得是柳成发的笔迹。麦花对古诗词似懂非懂，却经常拿出卡片翻看。她想看懂柳成发的人和心。

　　柳成发常被郑闹拉进城去，每次很少空手回来。他第一次给麦花买的是一条紫色羊绒围巾，一开始麦花不要，柳成发说："花妹，你每天照顾我多辛苦？这是名牌，鄂尔多斯的，你围着一定更漂亮。"柳成发笑着叫她花妹，话语真诚，声音好听。麦花听着心里发热，热流像通电一样涌遍全身。后来，柳成发给她买红色羽绒服、牛皮鞋、短风衣，还有各种化妆品。柳成发每次给她东西，都是瞅爹娘不在的时候，家里就他俩。麦花接过东西，眼光从柳成发脸上快速掠过，歪头看着别处。她心里像长满了荒草，眼前一片茫然，别处有啥，根本看不清楚。两个人近在咫尺，相互也不再说话。四周寂静无声，空气也仿佛停止了流动，相互间能听见心脏在跳动。一种莫名其妙的东西从麦花心里溢出，令她感到甜蜜、激动和幸福。柳成发对爹娘也好，张口叫

220

伯，闭口叫娘，外人听了像亲生儿子一样。从城里回来，也带肉夹馍、猪头肉、卤鸡和酱鸭，说是给伯、娘补养身子。爹那时还在世，也喝上了司马懿大将军酒。

"柳成发这个龟孙，要是没病该有多好？"

走窝的野猫还在长一声短一声地号叫着，麦花心里像开了锅，长了草，死活再睡不着。她盖上首饰盒，拿出红色羽绒服穿上，提着一把笤帚走出屋子。

天上星光闪烁，朦胧夜色中，公母猫搅绕在一起，在柳成发住的那半拉子屋门口绵缠滚动，声嘶力竭地号叫。麦花把笤帚嗖地朝野猫扔去。

野猫像一对通奸的男女被人发现，嘴里发出呜呜的叫声，羞答答地跑了。

她抬头看看天，启明星还没有上来，四周寂静如水。麦花走过去捡笤帚，见柳成发的屋门关着，迟疑片刻，手轻轻一推，门开了。她走进屋，低声喊："成发哥？"没听见应声。又喊了声，还是没有应声。麦花反过身子插上门闩，摸着黑，坐到了柳成发的床边。

黑暗中，柳成发一把抱住了麦花。

这个柳木匠，根本就没有睡。他没有再叫她花妹，问："你来干啥？"

麦花说："想把你的病快点治好，也到城里头盖楼。"

柳成发问："找到啥偏方啦？"

麦花说："我看了按摩的书，喇叭里有广播讲座，说按摩可以治下身瘫痪，我想试试。"

柳成发没再吭声。

麦花把手伸进被窝，摸着柳成发的脚丫子，问："有啥感觉？"

柳成发说："没有。"

麦花摸他的小腿："有啥感觉？"

柳成发说："没有。"

麦花摸他的大腿："有啥感觉？"

柳成发说："没有。"

麦花不再摸了。她坐在床上，叹了一口气，没再说话。

麦花白天看书听广播，隔三岔五地后半夜过来，用手揉柳成发的脚丫子、小腿、大腿。她揉得很轻，在柳成发下半身的各个部位慢慢地揉，边揉边问："有感觉吗？"

柳成发说："没有。"

麦花就搓，用十个手指头在柳成发的下半身搓。搓了一阵，问柳成发："有没有感觉？"

柳成发说："没有。"

麦花有些生气，改用手指头抠。抠柳成发的脚丫子、小腿、大腿，一边抠一边问："有没有感觉？"

柳成发的下半身就像头死去的猪，没有一点反应。无论麦花怎样抠，柳成发始终就是两个字："没有。"

麦花累得浑身出汗，心里着急，就用手掐，死劲掐。掐下半身没有反应，就掐他的上半身，肚子、胸脯、胳膊、脖子、耳朵，逮哪儿掐哪儿，一边掐一边问："到底有没有？到底有没有？"

柳成发被掐得难受，赶紧说："有了有了。"

麦花又改掐他的下半身，柳成发又说："没有。"

麦花在柳成发的上半身下半身，不停地轮换着掐，嘴里不停地问："到底有没有？"

柳成发被掐乱了，被问糊涂了，有时候麦花掐上半身，他会说："没有。"掐他下半身，他会说："有了。"

冬去春来，两个人就这样，在夜深人静的床上，一个胡乱掐，一个胡乱答。

第三年春天，院里的三棵梨树花朵怒放，洁白如雪，弥漫着沁人心脾的芳香。夜里，麦花又来到柳成发房间，掐着柳成发的下身，柳成发突然说："有感觉了。"

麦花听了一愣："真的？"

柳成发说："真的！"

麦花跑出屋外，折了一枝盛开的梨花，放到柳成发的脸上，问："这是啥？"

柳成发说："梨花。"

麦花说："你没傻吧？"

柳成发说："没有啊！"

麦花一手拿着梨花，一手在柳成发的下半身一个部位一个部位地慢慢掐，掐一个部位问一句："有没有？"

柳成发认真地说："有了，真的有了。"

柳成发的下半身真的有反应了，他紧紧抱着麦花。

麦花不再问他，也不再动他，死人一样躺着。

梨花的花瓣，散落了一床。

麦花哭了。

柳成发和麦花结婚那天，特意让郑闹弄了九台小汽车，装上施工队的弟兄们。麦花和柳成发坐在主车里，车头挂着一个大花篮，花篮里装着一对塑料的童男童女和五谷杂粮。门拉手上系着红气球，随风摇晃。

柳成发告诉司机："在柳家庄给我转悠，四条东西街、三条南北街，都转悠到，一直转悠到中午再回家。"

打头的是一辆大卡车，卡车厢前头站着郑闹。

郑闹胸前挂着一朵大红花，肩挎一个大帆布包，鼓鼓囊囊地装着一大包二踢脚。他一手拿根香火，一手拿着二踢脚，"咚——啪——咚——啪——"不停地燃放，崩得地下尘土溅起，天上炮屑飞扬。

卡车厢里或站或坐着二十多人，是一响器班。乐手们各显技艺，吹奏着笙、笛、箫、唢呐，拉着板胡、二胡，敲打着鼓、锣、镲等各式响器。每走一段路，就有村里人拿着板凳椅子横坐在路当中，堵住响器车，让车上那帮家伙演奏。车上那帮家伙个个都是人来疯，见围观的人越多，就越是变着花样演奏。演奏《梁山伯与祝英台》《小二黑结婚》《朝阳沟》《李双双》。

这辆大卡车上的人，把柳家庄崩得、吹奏得像过年一样，满街都是人。

中午十二点，彩车到了柳成发家大门口。

柳家大门紧闭，没一个人出来。

郑闹掏出一沓钱，塞给响器班领班的，说："使劲吹，给我往死里吹。"

领班的把钱对着吹唢呐的三个弟兄一晃，说："使劲吹，往死里吹。"

那帮家伙立刻疯了一般，个个摇头晃脑的，鼓起腮帮，涨红了脸，对着柳家大门拼命地吹奏豫剧《穆桂英招亲》《游子拜高堂》等。

唢呐声浪像黄河小浪底开闸放的水，汹涌澎湃，直往柳成发家倾泻奔腾。

柳成发拉着麦花跳下车。麦花身穿婚纱，戴玉镯，脖子上戴着金项链，耳朵上戴金环，满头的金银首饰，在阳光下闪烁着光芒。柳成发戴着毡礼帽，大红绸十字披肩，洗脸盆一样大的红花戴在胸前。

郑闹跳下卡车，搬来磨盘大的一挂鞭，说是十万头的，摊开在柳家大门口地上，拿香火点了，鞭炮噼噼啪啪地响了起来。霎时间，柳家大门口火星四溅，炮屑飞扬，青烟弥漫。

柳成发在炮火硝烟中，挽着麦花的胳膊，满脸洋溢出得意的笑，昂首挺胸地在街坊邻居父老乡亲们面前走了三圈。人们惊呼：

"谁说成发是残废？这不是好好的吗？"

"成发这鸡巴货真有福气，娶了个天仙。"

……

柳成发从裤口袋里掏出两万块钱，一把一把地抛撒在空中。纷纷扬扬的百元大钞，从天上落下来。人们疯了一样去抢。

嘴里喊着：钱！钱！钱！

柳成发拉着麦花，对着自己家大门口，跪在地上，嘭嘭嘭磕了三个头。爬起身来，对着街坊邻居父老乡亲们，又深深鞠了三个躬。然后坐进小车，风风光光地往村外走了。

响器又兴高采烈地响了起来。

司机开着车，觉得有些不对，说："响器吹错了吧？"

麦花细听，说："咋像是《秦雪梅吊孝》？"

柳成发倒不在乎："管他吹球个啥，热闹就行。"

柳成发和郑闹在县城揽工程盖楼，挣了大钱，真的发了。柳成发拿出二十万，把麦花家那一半麦秸一半青瓦的半拉子房拆了，四角落地，重新挖地基，钢筋水泥浇灌的楼架，清一色红砖垒的墙，青瓦盖的顶，漂漂亮亮的一座三层小楼，在溴梁村鹤立鸡群。

娘常对麦花感叹："你苦命的参要是活着多好！"

三

黄河宾馆的早餐很丰盛，馒头花卷油条豆浆咸菜。午餐晚餐自助，鸡鸭鱼肉应有尽有。麦花心里孤独，几天后就没了胃口。郑闹来了。

麦花问："那工程啥时候能完？"

郑闹说："不好说。"

麦花没有吭声。

郑闹说："艾董事长怕嫂子住这儿不习惯，叫嫂子搬到国际杏花园住。"

杏花园是一个高档住宅小区，是艾董事长的公司开发建设的。郑闹打开了一栋楼的502房门，把一串钥匙递给麦花，说："这套房子刚收拾好。"

麦花有些犹豫，说："住这里好吗？"

郑闹说："咋不好？比宾馆方便，还省钱。"

郑闹走后，麦花给柳成发发短信："搬到了杏花园502室。"

柳成发回信说："那是公司的房，领导每人一套。"

这是两室一厅的房子。厅里铺着地毯，一大两小鹅黄色的布艺沙发，对面的电视柜上放着电视机，电视机两边的钧瓷花瓶里，插着色泽鲜艳做工精湛的绢花。主卧室一张双人床，床上被褥床单枕头齐全。床头柜大衣柜梳妆台摆放有致，落地式紫红色窗帘半开着，散发出高雅温馨的气息。墙上挂着一幅画，一个穿着红色肚兜的光屁股男孩，坐在牛背上吹笛，地上一群孩子围着他听，个个兴高采烈的。次卧摆着一张写字台、一把老板椅、两个书柜，显然是个书房。厨房里电冰箱、微波炉、锅碗瓢盆等各种炊具俱全。

这屋里的一切都是新置办的，没有人住过的痕迹。

傍晚有人敲门。麦花开开门，艾董事长在门口站着，身边簇拥着三男两女五个孩子，大的十五六岁，小的五六岁，手里拿着鲜花、鼓鼓囊囊的塑料袋等。艾董事长说："叫阿姨。"孩子们齐喊："阿姨好。"给麦花献上鲜花，呼呼啦啦地把那些塑料袋放在厅里，说："阿姨再见。"孩子们跑下楼去了。

艾董事长静静地站在楼道里，对麦花说："我家住在对门，需要啥说话。"

麦花没想到和艾董事长住对门，心里有些忐忑，说："谢谢董事长。"

艾董事长说："不必客气，叫我老艾就行。我家孩子多，有事可找他们帮忙。"然后也下楼去了，说是晚上去公司加班。

厅里放的一堆塑料袋里，装着苹果、西红柿、挂面、面粉等。麦花把鲜花装进花瓶里，收拾好塑料袋里的东西，坐在沙发上想了想，站起来从冰柜里拿出那冻得像冰坨似的三只母鸡，提着那箱铁棍山药，去敲艾董事长家门。

开门的是一个五十岁左右的女人，穿着粉红色碎花睡衣，身材略有些胖，腮肉细嫩，面色红润，眼睛很大，湿漉漉的头发散发着肥皂味道。那女的说："我是老艾的爱人，刚才洗澡，没过去看你。"

麦花把手里的东西递给她，说："这是老家养的柴鸡，铁棍山药是老家特产。"

那女人接过东西，说："好亲不如对门，没事常来坐坐。"

艾董事长老婆叫曾晓晴，麦花叫她晴姐。晴姐把一大盘洗干净的黄瓜、西红柿、草莓等瓜果端来，拿起一根黄瓜给麦花，说："放心吃，绿色食品。"

晴姐告诉麦花，吃黄瓜不是看顶花带刺，是要看顶部长花的地方是凹还是凸。凸起疙瘩的就不要吃，激素生长剂化肥用得太多。

麦花吃完黄瓜，晴姐又递给她一块西瓜。麦花看着西瓜，带着很多黑籽，没有下口。

晴姐笑了，说："西瓜不要吃无籽的，草莓不要吃太红的，杏桃枣不要吃太大的，西红柿不要吃太小的，韭菜不要吃根粗叶肥的，绿叶菜不要吃没虫眼的。"

麦花说："我们溟梁村人这些年吃的，都和晴姐说的正相反。"

晴姐说："现在很多吃的都是转基因培育，无性繁殖，人吃多了会绝育。"

麦花说："村里人都说，那些东西好吃。"

晴姐说："带来口福的食物，大都隐含着口祸。"

麦花说："晴姐对吃的真有研究。"

麦花和艾董事长家住对门，自然和董事长家的来往就多了起来。麦花到晴姐家串门，很少看到过董事长。即使在双休日节假日，也看不到董事长的身影。

晴姐说："干工程的人，没有家。"

麦花想到了柳成发，笑着点了点头。

白天，艾董事长一家人走了，楼道里死一般地沉寂。麦花一个人待在屋里，空落寂静，心里觉得孤寂冷清。

一天下午，是个周末。晴姐来找麦花，说想带她去黄河滩农场散散心。麦花高兴地答应了。晴姐开着黑色帕萨特小车，告诉麦花，十年前，老艾在邙山脚下的黄河滩，租了二百多亩地，办了个农场。

车行驶一个多小时，下了高速公路，穿过一段弯曲起伏的邙山土路，进了黄河滩。黄河滩很大，茫茫一片，长满红柳野蒿荒草。车在一条隐约可见的沙土路上行驶四十多分钟，到了农场。放眼望去，农场长着玉米、高粱、红薯、冬瓜、黄瓜等，一些人散落在田间，戴着草帽手拿农具在忙碌着。大豆谷子地里，栽着几个稻草人。稻草人伸展双臂，手里的蓝色红色飘带随风飘荡。

晴姐的电话响了。晴姐说："知道了，放心吧，吃黄河大鲤鱼、泡温泉。"关上电话，晴姐又说："这个老艾，总怕我招待不好你。"

都说无商不奸，无奸不商，艾董事长不是这样。艾董事长给麦花留下的印象是温文尔雅，和善心细，待人宽厚，是个很会关心人的老板。他不像电影电视里的老板，阴险奸诈，用各种手段捞钱。这就是人们说的儒商吧？

炊事员老范五十多岁，把凉拌野苋菜、青椒炒瘦猪肉、清炖牛肉等各种菜肴摆在桌上，最后端上来一条红烧鲤鱼。

晴姐说："这是黄河大鲤鱼，长着四个鼻孔。"

"长着四个鼻孔的黄河鲤鱼？"麦花这还是第一次听说。

顺着晴姐筷子头的指点，麦花看见鲤鱼头的两侧，果然长着四个鼻孔。

晴姐说："黄河滩老渔工讲，黄河泥沙太多，水太混浊，那些长着两个鼻孔的鲤鱼呼吸困难，被憋死淘汰了。有些鲤鱼为了生存，就适应环境，长出了四个鼻孔呼吸。这叫自然选择，适者生存。"

麦花佩服晴姐，觉得晴姐是个知识丰富的女人。

晴姐说："现在，四个鼻孔的黄河鲤鱼几乎绝迹了，只有我们农场和很少的几家养鱼场有。农场种的庄稼蔬菜，都不上化肥不打农药不用除草剂。养的牛猪羊鸡鸭鹅等，都不喂激素避孕药和各种化学合成饲料。"

晚饭后七点多钟，晴姐带麦花去附近一家温泉度假村泡温泉。

度假村里露天的温泉池子很多，每个池子大小不一，鸭蛋形元宝形古瓶形莲花形等形状各异，周围种着芦苇红柳蒲草等，像篱笆一样遮挡着，打着各色彩灯，旁边茶几上放着西瓜甜瓜点心茶水饮料。晴姐和她穿着泳衣，在咖啡池、牛奶池、当归池、玫瑰池、菊花池、地黄池、铁棍山药池、红酒池、硫黄池、鱼疗池，一个池子接着一个池子地泡。她们兴致勃勃，谈笑风生。泡饿了吃喝，吃喝够了又泡，泡得大汗淋漓，筋骨松软，浑身柔滑。

　　十一点多，天上有雨点飘落下来。晴姐和麦花跑进室内，洗澡换衣服，返回了农场。

　　这个周末的晚上，麦花过得十分开心。

　　回到房间，她哼着曲儿，把换下的衣服洗干净晾上。洗漱完毕，躺在床上。双人大床软硬适度，麦花伸展开四肢，身心放松，长长地呼吸了一口气，一种从来没有过的舒服和舒心。她想到了对面的晴姐。晴姐有品位，会生活，和艾董事长大概常来这里度周末。黄河滩的植物茂密旺盛，空气洁净清新，散发出勃勃生机。晴姐和艾董事长大口呼吸着这里的空气，吃着绿色食物、黄河鲤鱼，然后兴高采烈地去泡温泉。吃好泡足后，艾董事长一定会其乐无穷地在晴姐身上折腾。那一堆的儿女，肯定是这种折腾结下的硕果。

　　麦花又想到了柳成发，他啃着馒头咸菜，踩踏着泥浆，呼吸着水泥沙尘，如一头负重的老牛，整天耕作在嘈杂脏乱的工地上。麦花打开了手机，一段开机的音乐响过，传出了嘟嘟的声音，那是来短信的声音。麦花打开短信，竟然是柳成发发来的。她惊喜万分，赶紧坐了起来看。柳成发说：

今天下午进市里办事，特准我回家一晚，等我。

我已经到家了，你在哪？

你啥时候回来？

你现在到底在哪里？

咋不回短信？

咋不接电话？

你是不是跟哪个野男人度周末去了？

一连串的短信，像一颗接一颗轰然爆炸的炮弹，炸得她头脑发晕，热血沸腾，六神无主，人要瘫痪了似的。

"这个龟孙，咋偏偏选这个时候回家？"

麦花发现，还有无数个未接电话，都是柳成发打来的。麦花心中万般地悔恨，想扇自己的耳光，头想往墙上撞。她赶紧给柳成发打电话。

柳成发已经关机了。

她看看表，已是凌晨快一点钟了。窗户外面忽闪着刺眼的电光，咔嚓、咔嚓响着炸雷，大雨下得瓢泼一样。麦花犹如一头困在笼中的母兽，疯了一样不停地在屋里转悠，一直转悠到天亮。第二天早上，雨停了。

麦花打柳成发的手机，关机。

她催促晴姐赶紧回去。

中午回到家，床上的毛巾被、床单、枕头乱七八糟的。柳成发昨天晚上回家来了，独自睡了一夜走了。柳成发还拿走了麦花给他带来的衣服和鞋袜。

麦花给柳成发发短信，解释了周末晚上的事。

柳成发没有回信。

麦花连续发了好几条信息，说你不信可以问晴姐，晴姐可以做证。

柳成发还是没有理她。

"柳成发，你个龟孙，真以为我跟着野男人度周末去了？"

麦花心里很是不安，一直处在焦躁和悔恨之中。不管怎么样，这说明柳成发对自己的心并没有变，还是爱着自己的，自己倒有些对不起柳成发。

三天后，柳成发终于回信了：相信你，好好在家养着吧。

麦花一阵激动。她想起柳成发曾说过，城里一地钱，一扫一堆。麦花进了城才知道，这纯粹是编造给她听的美丽谎言。在县城时，他和郑闹为了揽工程，烈性酒往死里喝，好几次酒精中毒昏迷过去到医院抢救。城里的楼高，八九层十几层的，一个泥瓦工在高高的脚手架上，拿着瓦刀抹着水泥，一脚没有站稳掉了下来，摔成一堆肉泥。冬天施工赶进度，柳成发带着工人，天不亮就上工，寒风飕飕，刮得手脚崩裂出横七竖八的血口子。晚上回到家里，手疼得不能拿筷子，脚疼得不能走路。现在搞军队施工，多日不能回家，是多么辛苦。

麦花给柳成发回信：我天天吃闲饭白花钱，还是找点事干吧？

柳成发回信：不用，我养得起你。

一天，艾董事长敲开她的门，在门口递给她一个信封，说："这是柳工长这个月的工资。"

麦花关上门数了数，整整一万块。杏花园地处繁华街区，出了小区大门，沿街有中原购物广场、花园大型超市、中外名优商店、农贸市场，人群熙熙攘攘，商品琳琅满目，温县县城根本无法和这里相比。麦花闲着没事，揣着钱逛街购物，买衣服零食各种生活用品。裹挟在购物的茫茫人流中，她感到自己也变成了一个大城市人。

　　夜里洗完澡，她对着镜子，发现自己的腰围粗了，大腿上的肉也多了。她给柳成发发信：人太闲，养胖了。

　　柳成发回信：胖了好。地肥了，才能多打粮食。艾董事长的老婆就胖，你也像她一样，将来会生养一大堆孩子。

　　麦花笑了。这个龟孙就是嘴甜，会说话。她想到了艾董事长身后的儿女们，那天阿姨阿姨地喊着，呼呼啦啦地把鲜花、一堆塑料袋的食物放在厅里。她仿佛身边也有了一群儿女，也被儿女们簇拥着呼喊着，心里顿时暖乎乎的。

　　双休日，艾董事长的孩子们回来了，在楼道里追逐打闹，哭喊笑骂。麦花的心情又烦躁起来，发短信给柳成发：对门的孩子们真闹腾。

　　柳成发：咱也想闹腾，人呢？

　　麦花：是啊，人呢？

　　上两次来时，柳成发也已经有些发胖了。说起要孩子的事，柳成发腮帮子上的两坨肉在微微颤动，眼睛里放射出似笑非笑的光；然后一把抱过麦花，嘴贴在麦花的脸上说："老婆别着急，面包会有的，儿子会有的。"为了要孩子，她天天给柳成发熬中药喂补品做好吃的，两个人夜里也没少折腾，可她一直没有怀上。

麦花嗔责说："你真是个废物。"

柳成发说："还不是给恁家盖房摔的？"

麦花无言以对。她后来一想到这话，就觉得愧对柳成发。

麦花给柳成发发短信，还是想出去上班，找点事干。

麦花坚持要找事干，是常想起娘说"等他"的话。她告诉柳成发，我这次来就是要等你，等你回来，和你团聚，不能像前几次，无声无息地就回去了。这次有单元住房，条件好，不怀上孩子我就不回去了。

几天后，柳成发回信了，说：我请示了艾董事长，他答应给你安排事做。

麦花很高兴：你想通了？

柳成发：想通了。

麦花：没喝醉吧？

柳成发：没喝酒。

艾董事长的司机来了，说是来接麦花去上班。

艾董事长的公司叫黄河开发建筑有限公司，公司坐落在省城南郊的眼镜湖畔。穿过湖中间风格别致的石桥，迎面一座三层小楼，楼前一片绿茵茵的草地。

艾董事长已经站在草地上等候。

麦花的车还没有停稳，艾董事长就拉开了车的后门，满脸笑容地说："欢迎弟妹来公司上班。"

麦花没有想到艾董事长的公司这么气派，也没有想到艾董事长这么客气。她有些不知所措，也不知道说啥，只是笑了笑，跟着艾董事长进了小楼。上到二楼，艾董事长带麦花进了一个办公室，说："弟妹，你现在是公司董事长助理，这是你的办公室。这一段时间，你主要工作是熟悉公司情况。"然后指着一个姑娘说："这是尤幽，你的助手。"

艾董事长的手机响了。他一边接听手机，一边对麦花做着"拜拜"的手势，下楼去了。

尤幽大约二十多岁，长得跟花儿一样。细眉大眼，胸高臀肥，小嘴红得像转基因的草莓，说话柔情似水，像唱着歌儿一样："麦花总，我在一楼103房间，你有事直接拨房间号。"说完，面无表情地下楼去了。

麦花站在屋里，不知道该干些什么。靠窗的位置放着一张紫檀木桌，桌上放着电脑、电话和传真机等，桌前一把绛红色皮椅。她走过去，轻轻地坐在椅子上，椅子柔软舒适。透过窗前挂着的几条青藤枝蔓，外面是绿色的草地，有工人在修剪。草地上长着几棵杏树。树下的草地上摆着由各色鲜花组成的图案。往远看，是碧波粼粼的眼镜湖。窗户外面有阵阵微风吹来，带着修剪后青草的气息，令人心旷神怡。这哪是办公的地方？简直像仙境一样。麦花坐在椅子上看公司的简介。黄河开发建筑有限公司开得很大，不仅有房地产，还开有门窗厂、水泥厂、涂料厂、农场等。

麦花想到了溟梁村，想到了已经去世的瘸腿爹、年迈多病的娘、一半青瓦一半麦秸的半拉子房，想到了身穿名牌油头香身的郑闹，想到了给柳成发揉搓抠捎的无数个夜晚，想到了到现在不能相见的柳成发……她觉得有些委屈，心里一阵发酸，想流泪。

艾董事长对麦花很客气，像兄长一样。他常到麦花办公室来，每次时间不长，脸上带着微笑，嘘寒问暖几句，不等麦花多说话就走了。

麦花问尤幽："董事长助理，主要助理啥？"

尤幽说："看董事长需要，需要啥就帮助料理啥。"

早上起床，麦花拿出体温表量了量体温，知道这几天又到了日子。可柳成发……

下午快下班时，尤幽来电话说："我和艾董事长晚上有个应酬，董事长说请你在公司先替我值几个小时班。"

麦花答应了。

夜很晚了。照耀在公司院里的草坪、办公楼上的镁光灯已经熄灭了。夜幕下的花草丛里，虫儿们在欢快地歌唱。艾董事长终于回来了。司机架着他，他穿着一件白色衬衣，喝得脸色涨红，酩酊大醉，迷迷糊糊。尤幽跟随后面，胳膊上搭着董事长的西装领带，自己也醉得迷三七五，进屋就拉着麦花的胳膊，嘴里舌头发硬，嘟嘟囔囔的，像塞着半截热茄子，意思是：董事长就交给你了。然后，摇摇晃晃地走了。

麦花和司机把艾董事长搀扶到艾董事长的卧室，司机说还要回去酒店送人，也走了。

艾董事长躺在床上，眯缝着眼，呼哧呼哧喘着粗气，满嘴喷着酒气，像一头醉倒的大象。

麦花端来一盆热水，拿一条毛巾放进盆里浸热了，拧干，轻轻地给艾董事长擦洗脸。

艾董事长喊："热死我了，难受、难受。"一把撕开了衬衣，露出毛烘烘的胸脯。

麦花有些不好意思。

看来，艾董事长今天的酒真没少喝。他嘴里不停地喊："热死了，热死了。"三扒两下又褪掉了自己的裤子。

艾董事长只穿着一条裤头，躺在洁白如雪的床单上。

裤头是红色的，上面绣着一头黑色的非洲野牛。野牛躬着背，低着头，仰起角，牛眼半闭半睁，气势威严凶猛。

这个艾董事长，平时西装革履的，说话办事彬彬有礼，像个绅士。醉酒后咋变成了这样？变成了一个只穿着裤头的男人，一个浑身上下赤裸裸的男人。艾董事长不知羞耻地躺着。他的大腿上、小腹上、胸脯上，长满了一层密密麻麻的黄褐色汗毛。他的胸脯结实厚重，胸肌发达，两条大腿粗壮有力地伸展着。怪不得他和晴姐能生下那么多的子女。

突然，艾董事长坐起身子，张开嘴，瞪眼看着麦花。麦花以为他要说啥，赶紧笑脸迎着。艾董事长没有说话，"噗"的一股液体喷射在麦花的脖子上，随即又闭眼睛倒下了。那液体带着董事长的体温，顺着麦花的脖子往胸脯乳房上漫流。麦花赶紧跑到卫生间，衬衣和乳罩已经湿透了。红衬衣和鹅黄色乳罩，是柳成发陪她在中原购物广场买的。女售货员说是法国货，不少名模和影星们都穿戴，价格贵得离谱，麦花舍不得买。柳成发说："贵怕啥？男人挣钱就是让老婆花的。"他毫不犹豫地掏出了一沓钱。麦花当时激动得直想流泪。

麦花把浸满董事长液体的衬衣乳罩脱下折叠好，放在浴缸边咖啡色的玉石面茶几上。她接着热水，把自己清洗干净。浴室墙上挂着一件米黄色丝绸浴衣，梨花取下来穿在身上。浴衣质地细腻柔软，带着一股男人的气息。

麦花心里荡漾起一股热流，像盆里的热水。她一盆一盆地换着热水，轻轻地给艾董事长擦洗身子。艾董事长的脸、脖子、胸脯、胳膊、大腿，除了那个敏感的部位，艾董事长的全身，麦花都擦洗到了。

艾董事长不再喊热，不再折腾。他伸展四肢，闭着眼睛，喘着粗气，像一只打着鼾声睡觉的猫。

麦花发现，艾董事长的大腿、小腹、胸脯上，黄褐色汗毛一根一根的，密密疏疏。董事长头上谢顶，光秃秃的，不长一根毛发，原来都长在了这些地方。黄褐色的汗毛在热毛巾的擦拭下，顺从地贴在白里透红的皮肤上。当她擦洗艾董事长的腹部时，胸脯上的汗毛挺立起来；擦洗大腿时，腹部的汗毛又挺立起来。那一根根汗毛昂首向上，有半厘米到一厘米长，散发出不屈的活力，透露出男子汉的气魄和威力。

艾董事长不仅事业发达，家庭兴旺，身体也是这样的健壮，连汗毛都顶天立地，充满着活力。

麦花又想到了事业成功生活幸福的晴姐，觉得浑身发热，体内的血液在快速地流淌。

突然，艾董事长又坐了起来，像一头凶猛的非洲雄狮，张开两条像钳子一样的胳膊，不由分说地紧紧抱住了麦花。艾董事长伸出大手，一把撕开了麦花身上的衣服。

艾董事长的大手，厚实肥嫩，暖滑细腻，富有弹性。

麦花浑身酥软，无声无息，没做任何反抗。

她也醉了，醉迷不醒。

麦花回到502房间，连续醉迷了三天三夜。恍惚迷离中，她觉得有个人一直在陪伴着她，那个人好像是艾董事长，又好像是柳成发。应该是柳成发，没错，是柳成发。在蟒河堤上，柳成发爬出架子车滚下蟒河的那一刻，麦花抱住了他，两人一起滚进了蟒河。蟒河水汹涌澎湃，咆哮奔腾。麦花和柳成发紧紧拥抱着，在河水中翻上翻下，上起下伏，随波荡漾。在滔滔河水中，麦花喘不过气来，几乎要窒息，要发疯，要昏死过去。她像抓住一根救命稻草一样，拼死地搂抱着他，一刻也不放手。她和他在激流中相依为命，在窒息中挣扎、翻腾、滚动。

三天三夜，麦花一直把艾董事长当成了柳成发。

第四天早上，麦花醒了。屋里已经没有了艾董事长。艾董事长已经走了，不知道是啥时候走的。屋里依然冷冷清清，空空荡荡。麦花的心像被掏空了一样，浑身无力。她没有起床，也不想起床，不想再去上班。

麦花看到手机在闪，怕是娘来过电话。拿过来看，是柳成发的短信，昨天发来的：我给董事长说了，你刚上班，不习惯，可以在家里休息几天。

麦花想了想，给柳成发回信：娘来电话说家里有事，我回溟梁村了。

麦花走了。

四

麦花回到了溟梁村，十多天昏昏沉沉的，一直嗜睡。

一天早上，麦花终于不再想睡了。她靠着床头，两个乳房有些发胀，乳沟里有东西坠着。她知道那是个翡翠饰件。从脖子上取下饰件拿在手里，饰件有核桃般大小，雕着一个光屁股的小胖男孩儿，喜气洋洋地骑在一头麒麟上。胖男孩儿额头有一红点，通体翠绿。麒麟色泽金黄，昂首腾飞。一个饰件有三种颜色，三合一体，天然绝配，应是世间稀有之物。饰件质地细腻，水头充足，纯净通透，雕工精湛，更是美轮美奂的精品。这是艾董事长，在她醉迷不醒的时候挂在她脖子上的。她隐隐约约记得艾董事长告诉她，这叫麒麟送子，是跑遍了省城珠宝店，精心给她准备的一份礼物。

麦花捏着麒麟送子，透过窗户的玻璃，看到外面的梨树上有一张脸盆大的蜘蛛网。蜘蛛网上挂着一片白色的花瓣儿，在微风中轻轻飘动。一只花蝴蝶飞来，落在花上。蝴蝶红白相间，像那个装着调理男女生育中药的蛇皮袋。一只又黑又大的蜘蛛出现在网上，不知道它刚才躲在什么地方。花蝴蝶扑棱着翅膀，想飞，但翅膀被粘在网上，它已经飞不走了。那只蜘蛛迈着骄傲的步伐，慢条斯理地向蝴蝶走去。蝴蝶拼命抖动翅膀，在挣扎。那只蜘蛛停止了步伐，一动不动地注视着网上的蝴蝶。蝴蝶也停止了挣扎，一动不动。蜘蛛伸出两条细长的前腿，在空中优雅地划动了几下，然后飞扑过去，全身趴在蝴蝶身上，八条长腿乱动，瞬间绕成了一张网，紧紧裹住了蝴蝶。奇怪的是，蝴蝶竟然再没有挣扎，死了一般，任凭蜘蛛发落。

那天晚上发生的事，真像自己也醉酒了一样；醒来后犹如一团乱麻，缠绕在麦花的心头。那天晚上的事情，也是在一瞬间发生的，麦花做梦也没有想到。当艾董事长突然扑上来抱住她时，她也像粘在网上的蝴蝶，一动没动。已经粘在网上了，挣扎有啥用？

一个多月后，麦花惊奇地发现：怀孕了。

麦花开始坐立不安起来，她彻夜难眠，不知道该咋办。这个意外收获，令她既惊喜又惊恐。她不再给柳成发打电话了，也很少再发短信。她不但不给柳成发打电话发短信，更怕柳成发给她打电话发短信。柳成发要是来了电话短信，她该咋说？好在柳成发一如往常，没给她打电话，短信也很少发。是不是工期到了，工程快完工了？

麦花有些紧张，心里忐忑不安。她打电话问郑闹："那工程啥时候能完？"

郑闹还是那句话："军事工程，有保密规定，真的不便多问。"

说心里话，麦花现在倒希望那个工程不要完工，最好永远不要完工。她甚至想：柳成发要真的在外面包了二奶，也不再是啥大事，她也会接受认可。现在的社会宽松开放，不仅大老板、包工头、有钱人包二奶三奶，连城里的农民工、捡破烂的、要饭的，也拿着十块二十块钱去找野鸡发泄。

再说，现在的艾董事长算是自己的啥人？她觉得脸面有些发烧。

娘得知了这个喜讯，天天喜笑颜开，合不拢嘴。她搀扶着鼓着肚子的麦花，在溟梁村的大街上、胡同里散步，逢人就说："县里的那个老中医开的中药真灵验，铁棍山药真是宝。"

溴梁村人的话头也变了：谁说三年肚不鼓不如地老鼠？净是狗比掰瞎扯。看看人家麦花，到大城市一住，肚子还不是鼓起来了？肚子鼓不鼓，还是要看下的啥功夫。那十八家结婚三年以上肚子不鼓的女人和她们的婆婆，看到了榜样和希望，常来麦花家串门聊天。

婆婆们问麦花娘："县里那个老中医的药，俺家儿媳妇也不知道吃了多少服，肚子咋照样不鼓？是不是恁家有钱，给恁家麦花弄的啥偏方？"

肚子不鼓的女人问麦花："这次你去了大城市，恁家成发到底给你下的是啥功夫？大城市神医能人多，给你吃了能怀上孕的啥灵丹妙药？"

柳成发那个凶得像钟馗爷一样的妹妹也来电话了，口气格外的亲热："嫂子，我的亲嫂子，我结婚都三年多了，一直没有怀上。你和我哥咋整的？有啥秘诀传授给我？"

麦花抚摸着慢慢鼓大的肚子，常想起艾董事长。艾董事长做事果断，潇洒自如。他有着厚实肥腻的大手，磁性般的声音，长满胸毛的胸脯，肌肉发达的大腿，铁钳一样的双臂。艾董事长性情奔放激烈狂暴，搅得她情欲激荡，翻江倒海一般……是艾董事长把她带进了一个她从来没有感受过的世界。更令她意想不到的是，柳成发几年都没有完成的工程，艾董事长一上手就完成了。可见男人和男人，在这方面确实是大不相同。柳成发，男人中的窝囊废。不过他的窝囊，还不是因为给自己家盖房造成的？他再窝囊，不也是自己名正言顺的丈夫？他承建的军事工程一旦完工了，回到家看到她鼓着大肚子，质问儿子哪来的，是谁的种，她该如何回答？溴梁村人要知道了孩子不是柳成发的，娘和她的脸面往哪放？

麦花心里冒出一个念头：把孩子做了，一了百了。

可当她一看到满脸喜悦的娘，一想到溴梁村十八个不如地老鼠的女人和她们的婆婆那饥渴般的神情，还有柳成发那个一直没有怀上孩子的妹妹，麦花的心又乱了。肚里的胎儿好像懂得她的心思，每当她一有这样的想法，胎儿在肚子里就不停地欢动跳跃。不知道为啥，麦花曾几次想到了长着四个鼻孔的黄河鲤鱼，仿佛看到了混浊的黄河水里，四个鼻孔的鲤鱼们在欢快地游来游去。麦花下不了这个决心。

一天，柳成发来短信了：麦花，军事工程完工了。

麦花吓了一大跳：我的娘，咋整？

再往下看短信：公司又接到一项国际工程，我们去叙利亚大马士革搞战后重建，在新郑机场马上上飞机了。叙利亚离家太远，国际电话费太贵，短信尽量少发，你自己多保重吧。

麦花腆着肚子，铺开一张世界地图，找到了叙利亚。

叙利亚位于亚洲大陆西部，北与土耳其接壤，东同伊拉克交界，南与约旦毗连，西南与黎巴嫩和巴勒斯坦为邻，西与塞浦路斯隔地中海相望。她也找到了大马士革。地图上介绍说，大马士革历史上是伊斯兰第四圣城，阿拉伯帝国倭马亚王朝的首都，号称人间花园，地上天堂，现在是叙利亚最大的城市和首都。那个地方离中国，离溴梁村太遥远了。

麦花悬着的心放了下来。

她时常关注中央电视台的国际新闻，那里政府组织和基地组织、伊斯兰国武装天天打仗。

一天深夜，肚子里的孩子不停地折腾，麦花睡不着，打开电视。电视正播新闻：叙利亚政府军与反对派武装人员在距首都大马士革市中心约十公里的城镇杜马发生激战，双方分别使用了战斗机和重炮等装备。此次战斗除造成双方士兵伤亡外，还导致至少五十七名平民和外国人死亡。

麦花一阵紧张，给柳成发发了一条短信：新闻里播，那里正在打仗，你千万要注意安全。

柳成发很快回信了：这里每天枪炮声不断，经常有被打死的平民或失踪的中国工人。

中东地区的战乱不断。伊拉克、叙利亚、利比亚、伊朗、土耳其等国，硝烟弥漫，枪炮声不断，人们躲避战乱，四处逃难，流离失所。艾董事长的公司干吗要到那儿去揽工程，挣钱再多，不要命了？麦花猛然想到，艾董事长的身体里流淌着中东犹太人的血液，几百年前那里曾是他祖先的家。艾董事长是不是也去了大马士革？麦花的心又揪了起来。

大马士革的战火越燃越烈，麦花肚里的孩子越来越大。随着枪炮声，孩子不停地翻上倒下，伸胳膊蹬腿的，日夜不宁。

娘说："孩子快要出生了，赶紧去县医院住院吧。"

麦花住进了县医院妇产科。

深夜，麦花突然接到了郑闹的电话。郑闹在电话里哭着，泣不成声，他说："嫂子，艾董事长和师傅都被打死了，被伊斯兰国武装打死在大马士革郊区工地上……"麦花号啕大哭。

她惊醒了，原来是一个梦。

麦花坐起来，泪眼蒙眬地望着窗户外面。外面黑森森的，一片寂静。她擦去眼泪，长长地吐出了一口气，心里有一种解脱，一种从来没有过的轻松。

黎明时分，麦花肚子鼓胀得厉害，有宫缩的感觉。两个护士把她推进了产房。哇的一声啼哭，孩子出生了，是个儿子。

麦花抱着儿子，儿子在哇哇啼哭。

娘在旁边乐得站不稳脚，说："快喂奶。"

麦花一脸愁容，说："没有奶水。"

娘拿着筷子，在蜂蜜瓶里蘸点蜂蜜，放在小碗里用温水和开，用筷子把蜂蜜水涂抹在麦花胀鼓鼓的乳头上，说："让我孙子噙着吸，吸多了就有了。"

麦花把乳头放进了儿子的嘴里。儿子大概尝到了甜头，粉红色的小嘴唶唶地吸着。

产科主任来了，身后跟着一男一女两个陌生人，说："孩子给我吧，到哺婴室喂点奶。"

产科主任抱着儿子抱走了。娘也跟着去了，迈着欢快的步子。

那个男陌生人的脸色有些凝重，掏出一个证件递给麦花，说："我们是郑州××公安分局的警官。"

麦花心里纳闷："郑州的警官找我干啥？"

男警官告诉麦花说："两年前，艾××为了节约成本，偷工减料，不按施工设计要求打水泥固定桩。一天夜里下大雨，柳成发到十多米深的地基坑里检查，突然大面积塌方，被埋在地下窒息死亡。艾××作为公司法人，为了赶工期多盖楼，和郑闹合谋隐瞒重大事故，偷偷就地掩埋了柳成发，摊平了塌方，浇灌上钢筋水泥地基，盖起了十八层楼房。后因工程款分配矛盾，郑闹举报了艾××……"

晴天霹雳，炸得麦花头晕眼黑。

女警官从后面抱住了她，说："请你冷静，请你冷静。"

男警官又从包里拿出一个手机，递给麦花说："这是柳成发的，他死后一直拿在艾××手里，里面有艾××和你所有的短信，请你查验做证。"

麦花接过手机，手有些颤抖，不知道哪个指头碰到了一个键，手机屏幕亮了，显示出一条短信（待发）：麦花，告诉你一个不幸的消息，我在大马士革被伊斯兰国武装绑架了，死活难以预料……

这时，娘抱着儿子回来了。

儿子大概吃饱了，不再啼哭。娘一进门就大声说："柳宝山和成发他妹妹来了，都在外面，来了也不行。闺女，这个儿子说啥也不能姓柳，一定要姓咱家的姓。"

产房里死一般的寂静，空气也仿佛凝固起来。

麦花目光呆滞，默默无语，犹如一尊雕刻的石像，一句话也没说。

两个警官听说柳宝山来了，向外面走去。

娘紧跟着也出去了。

儿子闭着眼睛，小脸粉嫩红润，小嘴微微咧动，他在甜蜜地笑。

麦花眼含泪珠，从枕头下取出那个镶嵌着鸳鸯贝壳图案的柏木首饰盒，打开盒盖，从里面拿出一个物件，轻轻挂在儿子的脖子上。麦花泪眼模糊，慢慢地把首饰盒盖上，双手捧着，抱在胸前。

泪珠终于滚落出来，滴在了首饰盒上……

走出溟梁村 *

我做梦都想离开溟梁村。

溟梁村很小，千把口人，瓦房不多，草房不少，没有一条正经街道。只有一条主街坑坑洼洼，东西走向，常有人家把刷锅水、洗衣水甚至腥臊难闻的尿泼在上面，炉灰、煤渣、垃圾倒在上面，夜里走路看不清楚，会被磕绊得踉踉跄跄，甚至会崴脚摔跟头。街道南边住的人家很少，零零散散的，大多是芦苇坑、树园、猪圈、羊圈、牛棚、厕所和柴草垛，散发出腐败难闻的味道。北边住的人家多些，一座接一座破旧的草棚、瓦房和土垛的院墙。院落和院落之间很多没有院墙，有，也是三尺高左右的土墙，象征性地隔开。冬天寒风飕飕，从开裂得能塞进手指头的墙缝隙往屋里钻，冻得手脚生疮整天流清鼻涕。夏天蚊子嗡嗡叫着追你，花屁股蚊子一声不吭地落在你露肉的地方叮咬。最毒的是牛虻，专门咬吸牛血的苍蝇，咬上人一口又痒又痛，鼓起的包几天不下。闷声闷气的羊们，哼哼唧唧的猪们，吐着长长舌头的狗们，经常大摇大摆地在村里恣意游荡，随处拉屎撒尿。有些人不

---

* 原载《当代》2018年第6期。《长江文艺》2019年第1期转载。

自觉，也和它们一样。尤其不能忍受的是那些排泄物，蛆虫们欢快地把它分解开来，摊成一片，乱飞乱撞的绿头苍蝇落在上面，停留片刻，很快就飞走了。屎壳郎们会不辞辛苦地把它加工成鸽子蛋一样大小的圆球，然后头朝着地，撅起屁股，伸开两条长长的后腿，倒退着推那圆球，它们也不看路，也好像根本没有目标，只是随着性子，自由自在兴致勃勃地推着乱跑。你端碗坐在树墩上吃饭，常有几只家伙简直像故意似的，推着那圆球在眼前转来转去。

你想想，在这样的地方生活一辈子，有啥意思？

我做梦都想离开溴梁村，还因为我妈。她平时在地里忙着干活儿，一回到家吃饭，全家人围着锅台，端着碗刚一张口，她就开始唠叨："看看你，长得跟枪椽一样，学也不上了，就这样天天在村里混着？人家马五蛋养蚯蚓，司马石头养蝎子，王狗头的儿子学做醋，犟驴去邻村跟他舅舅学箍桶钉锅焗碗焗缸，都有一把手艺，这你没看见？啥也不愿学，将来养家糊口，你会啥？看人家张蛤蟆，多有志气，你就不能向人家学学？"

我妈大概在地里劳动太累，回到家里把我当成出气筒，没完没了地唠叨，好像只有通过唠叨，才能消除她一身的疲劳。我一口一口地吃饭，却味同嚼蜡，更像是往肚子里塞着一块一块的砖头。

"咱村王老扁吧，原来是个啥样？头不梳脸不洗，破衣烂衫的，和要饭的差不多。可人家一离开溴梁村，进城不到一年，回来就红光满面，穿着一件中山装，梳着大背头，吸洋烟，撇洋腔，一副大干部的模样，村里人谁不眼气？"

“还说他哩，你是不是要我向他学啊？”

“噢，不说他，不说他了，你不能跟他学。你那几个老怀（土话：铁哥们）哩？砖头、狗蹄、郑鳖，不管人家是在火车站当搬运工、煤矿挖煤还是造纸厂打扫厕所，可人家都进了城，有了公家的事干，吃上了商品粮，端上了铁饭碗。你总不能天天待在家里，吃爹妈一辈子吧？”

我妈说的这些事，原因复杂一言难尽，以后有机会再说吧。

邮递员干瘦干瘦的，四十多岁，穿一身绿衣服，戴一顶绿帽子，骑一辆绿色的自行车，他来到村里站在大街上，可着嗓子喊：“司马狗勺，拿图章取钱，焦作寄来的，一块钱。”

我妈听见了，说：“你看看，你看看，人家砖头出去才几天，就往家寄钱了。”

“不就一块钱嘛，值得那么大喊大叫的？跟叫魂的一样。”

“一块钱？你要是能出去了干公家的差事，给我寄五分钱，娘高兴得一拍屁股蹦多高，满村子转着圈喊你好，五分钱？五分钱能买一斤醋，全家人能吃上好几个月，一块钱还嫌少？一分钱逼死英雄汉。唉，你咋势才能出去闯一闯？”

闻见我妈说这些话，就像有一条鞭子在抽我，身体里就会涌起一股血，那血火烧火燎的，直往后脑勺上撞，撞得脑袋涨疼，像要炸裂开来。好在我这青春的肉体和血管结实，紧紧地裹着这股不安分的血，任凭它冲撞，奔腾，就是不放它自由。那个邮递员，最令人讨厌，他时常来，一来就在大街上伸长脖子可着嗓子，不是喊砖头，就是喊狗蹄，再不就是喊郑鳖的家里人，尤其是后两句，短促有力，穿透力极强：“拿图章，取钱。”每次只

251

要我妈听见，就拿他们做榜样来教训我。狗急了跳墙，兔急了也会咬人。我有时实在忍耐不住，便顶撞我妈：你咋不说司马砖头他爹是村里副支书，孙狗蹄他爹会扛枪打野兔打斑鸠，郑鳌他舅在村里油坊当保管？

每当这时，我妈便不再说话，也不再吃饭，伸手去拿锅台前的榆木烧火棍，要不就是去脱鞋，我肯定是撒腿跑了。

不过事后静下心来细想，也不能怨恨我妈。当妈的谁不想把自己的儿子从农村弄出去，到外面的大世界扑腾扑腾，将来有一个好的前程？什么"子不学，断机杼""花有重开日，人无再少年""少小不努力，老大徒伤悲""少年易老学难成，一寸光阴不可轻"……这一类的警句名言，我妈从来不说，这些她大概也不会，她最拿手的是用村里的人、眼前的事作为范例，来唠叨我指教我。当然，她也有自己的专用语，什么"男人不刚一世贫，女人不刚贫死人""人要有恒心，黄土变成金""爹有娘有，不如自己有""哥有钱拿嫂屋去了""自己不哭眼没泪""火疙瘩现在没掉你脚面上，将来一掉到你脚面上，就该你叫唤了，叫唤也迟了""老古语说，能养废材，不养吃材"，等等，别看我妈不识字，可教育起我来一套一套的。一天到晚就是这些，放谁心里能不烦？其实，我妈心里也清楚，不是她儿子不愿出去，而是四处无门，她儿子实在无法出去。

这村里人谁不想出去？可谁想出去就能出去了的？出村要有介绍信，坐车要有通行证，住店要有证明信，吃饭要有粮票，连买点针线、糖块也要工业券，没有这些你寸步难行，跑，往哪跑？谁要是敢私自跑出去被逮着，就戴上"盲流"帽子遣送回

252

村劳动改造。掌管着这些权力的是村革命委员会，说白了就是主任老搅、副主任张黑毛，这两个人就是村里的皇帝和宰相，掌握着全村千把口人的生死命脉。村里的老百姓就像那关在圈里的猪羊，拴在槽里的牲口，生在农村长在农村，一辈子捆绑在农村劳动，最后死在农村，埋在村北面的坟地。这些我妈她不是不知道，可她就是忍耐不住，像是明明知道过不上好日子却天天唠叨着咋就不能过上好日子一样，把那些话挂在嘴边，天天讲月月讲年年讲，听得耳朵里磨出一层茧子来。为此，我一天到晚感到胸闷，烦躁不安，饭食不香，一夜一夜地睡不着觉，整天价眼珠子在眼眶里转来转去，四处踅摸着逃离村子的出口。

我大伯，一个孤苦伶仃的拾粪老头，平时沉默寡言，对谁都极少说话，有一次竟告诫我妈："以后不要老是数落他，再数落，这小子搞不好会疯。"

一

我的个子长到了快1.7米，嘴唇鬓角长出了胡子且颜色开始不断变黑，胸肌鼓凸起来并有稀稀疏疏的胸毛长出，大腿也粗壮起来，两脚走起路来轻盈快捷有飘然而起健步欲飞的感觉，尤其是体内，一腔不安分的血越聚越多在日夜不息地奔腾。溟梁村我是一天也待不下去了，再待下去，保不准真会像大伯说的那样，会疯。可到哪去？路在何方？总不能像马鞭那样，为了讨好村革委会主任，去把他家的房子点了，自己又去救火，最后把自己弄进了监狱上吊自杀吧？

实在憋得难受，我就夜里出来四处游荡，不料竟喜欢上了这夜深人静的淏梁村。你想，偌大一个世界，万物都沉睡了，变得乖巧无声，俯首帖耳地沉寂在黑暗之中，仿佛这世界上就自己一个人，仿佛自己一个人拥有着这整个世界，想些啥多随意？干些啥多方便？真有点皇帝的感觉。万籁俱寂黑沉沉的夜，成了我消解满腹苦闷熄灭各种欲火最好的世界。

一天夜里，有些憋闷，天上有月亮也有乌云。月亮一会儿出来一会儿又藏在厚厚云层背后，把这世界弄得一会儿亮堂一会儿昏暗。我钻过街道南边的一大片树园，迎面是生产队的羊圈，圈里关着七八十头羊。那些羊们听见有动静，立刻往围栏边拥了过来，有一只胆大的公羊，把两条前腿搭在了栏杆上，月光下，眼睛里放射出绿幽幽的光，充满了对自由的渴望。我没必要搭理它们。绕过一个大土坑，跳过不知道是谁家用高粱秆扎的半人高的篱笆，蹬过一片野坟地，来到了学校南边的土围墙下面。月亮正在往云层里钻，咕咚一声，土围墙上跳下一个黑影，是个人。我径直走了过去。那人想走，我哪能让他走？我拽着他一只胳膊。朦胧的夜色罩着他的前胸，显得鼓囊囊的，像个正喂奶的女人胸脯，丰满神秘。那人软了，诡异地笑着，嘴里吐出孙子般的声音：

"兄弟，没啥，真没啥。"

"真没啥？"

"真没啥……"那人说着，从怀里掏出一个东西送我。

我凄冷地笑了。那东西我没要，一挥手放他走了。这人我认识，村东头老贼张六指的侄子张蛤蟆。

就是这个张蛤蟆，后来极大地刺激了我。

张蛤蟆比我大四五岁，三岁爹死六岁妈死，从小跟着到处拾粪的爷爷和满地捡柴火的奶奶长大。老贼张六指快五十岁了，无妻无子孤身一人，因偷生产队东西被革委会副主任张黑毛逮着剁掉了左手上的第六根手指头，据说他拼死拼活多半也是为了养活他这个可怜的侄子。张蛤蟆不知道是因为营养不良，还是小时候心灵有创伤，他个子不高，人有些瘦弱，文质彬彬的。别看我比他小几岁，可我长得比他高一头，腰也比他粗，但张蛤蟆肚子里有墨水，是村里唯一考上了县高中的人。不过他命运不好，刚上了高中一年级，就赶上了"文化大革命"。大学停办了不再招生，中小学也关了门，张蛤蟆就回到村里来了。不过我真没想到，张蛤蟆在夜深人静会出来偷东西，而且还要送给我。

啥？说出来能笑死人：书。

你想想，这年月谁还读书？奶奶说，荒年出土匪，饥饿出盗贼。现在虽说日子有些好转，见不到一个土匪，而贼却依然不少。有嘴里吃、裤裆里装、胳肢窝里夹，偷生产队地里的玉米、红薯、南瓜、葫芦、西红柿的；有撬锁、掏洞、挖窟窿，偷生产队仓库里的小麦、绿豆、芝麻、高粱的；也有跑到外村，去偷晾晒在绳子上的衣服、裤子的；更有胆大的，用酒精拌饲料把外村的猪、羊、鸡、狗醉晕了偷来杀吃的。尤其是现在，到处都已经燃烧起"文化革命"的熊熊烈火，所有的学校都关门了，城市里的学生拿着国家发的粮票和钱，喊着"星星之火可以燎原"的口号，跑郑州、北京、井冈山、延安等地搞革命大串联，扇"破四旧，立四新"的风，点"革命无罪，造反有理"的火，发"舍得一

255

身剐，敢把皇帝拉下马"的誓，走"重上井冈山"的路，后来又纷纷成立了革命委员会，天天给毛主席发致敬电，大报小报整版整版地发社论，什么《井冈山红旗飘万代》（江西）、《辽阔中原唱凯歌》（河南）、《华北山河一片红》（河北）、《西南的春雷》（贵州）、《东北的新曙光》（黑龙江）、《芙蓉国里尽朝晖》（湖南）、《长江万里起宏图》（湖北）、《不到长城非好汉》（宁夏）、《春风已到玉门关》（甘肃）、《红日高照长白山》（吉林）、《延安精神永放光芒》（陕西）……把整个神州大地弄得风云激荡、如火如荼。我们这些家在农村的学生没有这种闲暇工夫，也没有这种待遇，都回到村里来了，和父母、爷爷、奶奶、祖宗们一样，像一群半大的牲口被赶到地里，整日里面朝黄土背朝天汗滴禾下土地劳动。社会上最流行的口号是：砸烂旧的教育制度、读书无用论、知识越多越反动。老师们被戴上"臭老九"的帽子，批的批、斗的斗、打的打，一个个灰溜溜的，和五类分子归为一类，成了同一个阴沟里的小爬虫。你想想，在这种形势下，张蛤蟆竟然还夜里出来偷书？真是不识时务。

　　天上的乌云多了起来，月亮不知道藏到哪里去了，远处好像有隆隆的闷雷声响，空气中闻到了湿漉漉的气息。但这个时辰应该还是前半夜。我刚才还碰见过两头猪、三只狗也在游荡，不知道是谁家的。有几只黑家伙在眼前飞来飞去，不用细看就知道是蝙蝠，它们在追寻吃的。不知道哪棵树上，传来猫头鹰哕哕哕的叫声。看着消逝在夜幕中的张蛤蟆，我笑了。真是个憨球，干这种事不拣时候。

　　一个大墓骨堆，紧靠着学校的土院墙，墙里面是学校的一排教室，教室的后沿墙和这道土墙之间是一条两三步宽的胡同，长满了荒草小树，顺着胡同往西走几十米远，就是学校的图书室。图书室后檐墙有三扇窗户，每扇窗户上镶嵌着六块玻璃，每块玻璃用四颗鞋钉钉在木框上。临近木框一侧，用手指头死劲儿一推玻璃，钉子一歪，玻璃裂开一道缝。两个手指头伸进缝去，捏着玻璃，轻轻一拿，玻璃就掉了，再把一只手伸进去，就是窗户插销。图书室很大，里面不仅仅存放图书，同时也是个仓库，存放有很多桌椅、板凳、柜子之类的东西。

这地方我和司马砖头很熟悉，时常来。我两个常选在后半夜，村人都已沉睡，鸡狗们也进入梦乡。最好是阴天，天黑得伸手不见五指，三步开外即使碰见人，谁也看不清谁。有一次碰见了人，对方误以为遇见了夜里出来游荡的鬼，惊恐地惨叫一声，逃命一样地撒腿跑了。这是一旦遇到这样的关头，我们最希望看到的结果。我和司马砖头拿着手电筒、螺丝刀，进图书室从来不偷书，那里有我俩特别喜欢的东西，比如铜墨盒啦、铜书夹啦、铜毛笔帽啦，还有办公桌和书柜上的铜锁、铜锁鼻、铜拉手等，这些零零碎碎的铜物件，弄到县城废品收购站卖钱，比卖铁贵。五分、八分、一毛、一毛六、两毛，最多一次卖了九毛五。我俩拿这些钱，先是在县城丁字口路东烧鸡刘那儿买卤鸡爪、鸡头吃。鸡爪一分钱一个，鸡头三分钱两个。我两个人手里捏着几分钱，蹲地上在他的鸡爪篮里扒来扒去，像是在黄河滩的沙土地里捡花生，像是在机械厂倒出来的炉灰渣里捡煤核。烧鸡刘这个老奸商，嚼："就鸡巴一分钱，一个鸡爪，有啥可挑的？"啥叫和气生财？啥叫买卖公平？操。我俩一生气，后来干脆就不再去买他的鸡爪、鸡头了，我俩跑到县皮革厂买油渣吃。县城西边的皮革厂，在加工猪皮时，把猪皮上残存的肥肉、板油刮下来，放到大锅里炸油，捞出的油渣焦黄酥脆，两分钱一纸包。虽说油渣里裹着不少猪毛，但是便宜，还没有骨头，吃起来一大口一大口的，嚼得满嘴流香，尽兴。图书室里还放着一些地球仪和足球，我俩也弄出一两个，给邻村的小猫狗们换鸡蛋吃。那些小猫狗们都胸怀祖国、放眼世界，从小热爱足球事业。我们两个则天天想着自己的肚皮。

说心里话，我很佩服张蛤蟆。在村里的年轻人中，他不仅人品正派性格文静，从来不胡作非为惹是生非，关键是很有才，突出表现是会写诗歌、小说、散文、对口词、三句半等，讴歌贫下中农战天斗地、抓革命促生产的先进事迹，反映农村火热的三大革命实践活动。这些年，他没少写东西。时常有作品刊登在地区、县里和公社的各种报上。这不仅全村人知道，全县的人也都知道。他写的《解放军帮咱闹春耕》诗歌、《一件带血的棉袄》小说、《握紧革命的枪》对口词，还刊登在了省里的《黄河日报》上。这小子人虽瘦小，肚子里真有东西。在村里沉默寡言没有人把他放在眼里，在县里却小有名声。

咔嚓一声，雷在头顶炸响，我这才发现夜幕已经把整个村子包裹得严严实实，眼前黑得厉害，看不到一丝希望的亮光。雨顿时就下起来了，越下越大，我一时没找到避雨的地方，淋得像只落汤鸡。张蛤蟆肯定已经到家了。

1971年秋天，村里传出一个爆炸性消息：张蛤蟆被推荐到郑州上大学了，而且这是县革委会点的名。

从电线杆上绑着的喇叭里知道，1970年6月27日，中央批转《北京大学、清华大学关于招生（试点）的请示报告》，10月15日，国务院随即向全国各地发出电报，要求按照中央精神，在有三年实践经验的工人、农民、解放军中间招收大学生，也就是后来被人们称为的工农兵学员。

　　接到录取通知书那天，张蛤蟆高兴得像娶媳妇，脸色通红，见到人好像不再会说话，光笑，两片嘴唇咧开像柿子花，走路也有些摇摇晃晃，飘飘然然，有点像喝了公猪蛋酒的黑老瘫。谁都清楚，这是农村孩子人生中的重大转折，祖上几代人烧高香也难于祈到这样天大的好事。农村孩子一旦拿到了大学录取通知书，那就是拿到了进城市、吃商品粮、当国家干部的通行证、保证书，放谁能不高兴？用古人的话说，是鲤鱼跳过了龙门。用"文化大革命"前流行的话说，是一条虫变成了一条龙。

　　谁都没想到，张蛤蟆到村革委会开证明、转户口时遇到了麻烦。

　　村革委会主任老搅（后来官复原职，当了村里一把手）乐呵呵的，坐在革委会办公室里，嘴上叼着旱烟袋，吐出一团烟雾，嚼："小蛤蟆，恁家祖坟上冒青烟了。我早就看你这条鲤鱼非要成精，非要跳出这农门不可，是不是？听说这是'文化大革命'后全国第一次大学招生，全县只有仨，咱村就占了一个，好，你这小蛤蟆，真给咱溟梁村长脸，这往后出了溟梁村，恁老叔我这屁股上也放光彩，出去好好干，可不能给村里丢脸。"

　　老搅看上去确实很高兴，话也多了，他从锁着的抽屉里拿出一沓东西，是些空白户口介绍信、证明信、通行证等，填写好了，又拿出公章，看了看章上的字，在嘴上哈了哈气，正要盖，一个人闯了进来，风风火火的，一把夺过公章，捏在手里，说："不能给他盖，不能给他转户口。"是张黑毛，他一脸气急败坏。

"为啥？"

"这小子品质有问题。"

"品质有问题？他才多迷大，是斯跟谁家媳妇了，还是拐跑了谁家闺女，品质上有问题？"

"和他二叔一样，是个贼，偷学校图书室的东西。"

"啥东西？"

"你问他。"

张蛤蟆也不说话，憋得脸色通红，一阵沉默过后，突然哭了，擤鼻涕甩泪的，哭得撕心裂肺悲痛欲绝。老揽再三追问，他才像犯了罪似的，支支吾吾说偷过几次图书室的书，被张黑毛碰见过，不过那些书看完后就又放回去了。村里很多人闻讯跑来，听了议论纷纷的：

"偷书？那不比撕书烧书强？"

"图书室的书不就是让看的嘛，拿回家看咋就叫偷？"

"书堆在图书室不让看，让虫啃老鼠咬啊？"

张黑毛有些发急了，说："他不光偷书，他把学校图书室的铜墨盒、铜书夹，桌上柜上的铜锁、铜锁鼻、铜拉手都扭下来偷走了。我作为副主任和管理学校的贫宣队长，坚决反对小偷上大学。社会主义的大学，决不能培养小偷。将来他大学毕业了，羽毛丰了，手把硬了，还不把社会主义财富都偷光？无数革命烈士，用生命和鲜血打下的红色江山能不改变颜色？"

张蛤蟆眼睛含泪，声音细弱，有些发飘："毛叔，我除了偷过书，恁说的那些东西，我从没动过，真的没有动过。"

"偷啥都不中，都恁叔一样，该剁手。那些东西你没偷，难道长有腿，自己跑了？老搅，我说的你要是不信，就到图书室看看，好好的桌椅板凳柜子，让他给弄得狗咬老鼠啃似的，成了一堆破烂，你亲自去看看，就知道我说的是不是真的！"

"真的，那些……真不是我偷的。"

"妈那×，到了这个节骨眼上，你还嘴硬，还不老实？男子汉，敢做不敢当，就这熊样，还想上大学？无产阶级的大学，咋能够培养你这样的人？"

"毛叔，我说的都是实话，真的都是……"

"实话？你要说的是实话，我头朝下，在村里走三圈。"

院里人越聚越多，围着老搅看，老搅看看张黑毛，看看张蛤蟆，被夹在中间。他大概相信张黑毛说的是真的，但根据他对张蛤蟆的了解，张蛤蟆说的也不可能假，他有些泛疑惑，真假难辨左右为难，不知道该说啥。

司马砖头悄悄揪我的手，用眼睛看我，张了张嘴，想说啥。突然，透过窗户玻璃，我发现老贼张六指跑进院里来了，手里提着一把杀猪刀，两只眼睛瞪得溜圆，大步流星杀气腾腾的，像是要杀人。他那白发苍苍七十多岁的妈，佝偻着瘦小的身躯迈着三寸小脚紧追在后面，张大着嘴，像是喊着什么，听不清楚。我想起了当年那老贼和司马狗勺刺啦一刀刺啦一刀剥驴皮的情景，赶紧大声喊："不好，张六指掂刀来了！"人们看见了杀气腾腾的张六指，立刻躲闪开一条道，把张黑毛孤单单亮在中间。老搅赶紧起身过去，一把推开张黑毛，迎着张六指走去。

我预感到，一场人命关天的大事立刻就要发生。

谁都没有想到，就在这关键时刻，司马砖头没有丝毫的犹豫，大喊一声："我有话要说！"现场顿时变得鸦雀无声死一般的沉寂。司马砖头像炸碉堡的董存瑞、堵机枪眼的黄继光，一个人挺身而出，拍着自己的胸脯，在父老乡亲面前，毫不犹豫地牺牲了自己的名声和清白。司马砖头真是条汉子。沧海横流方显出英雄本色。关键时刻只有勇敢的人才出来控制局面。紧张的气氛一下子松缓下来了，人们开始议论：

"操，弄了半天，原来是这回事。"

"这与人家蛤蟆有啥关系？"

老搅也终于硬气起来，亮明了态度："黑毛，你是管理学校的贫宣队长，你负的是啥责？"

张蛤蟆被解救了。

张六指他妈拉着张六指，张六指拉着张蛤蟆，张蛤蟆拿着户口介绍信、证明信、通行证那一沓盖好了章的东西，走了。

也怪，那么多人，根本没把司马砖头的名声当成一回事，有几个反而大声起哄："张黑毛，头朝下！""头朝下，走三圈！"

张黑毛用眼角杀了司马砖头一把，连带着旁边的我，一脸漠然，打了两个响鼻，依旧头朝上，悻悻地走了，像只落魄的狗。

这儿货，说话从来不算数。

第二天早饭后，张蛤蟆要上大学走了。老搅、老挑、德爷、我和司马砖头都去送他，他家的大门口来了很多人。张黑毛没来，他媳妇来了，像送自己的亲人一样，拉着张蛤蟆的手，亲热得像他亲妈："孩子，别给恁毛叔一样，他就是个二百五，打心眼里，他是舍不得你走，到了大学有啥困难来信，那事不急，松宽下来再好好想想？"

老贼张六指走过去，一把推开张黑毛媳妇，拉着张蛤蟆来到司马砖头跟前，说："好好谢谢砖头，这人，是你恩人，一辈子都不能忘。"

张蛤蟆拉着司马砖头也拉着我，走了十多步远，在老挑家的墙根底下，躲开众人，低声说："哥走了，这村里最忘不了的，就是恁这俩兄弟，真老怀，够仗义。"

司马砖头说："这有啥？是谁弄的，就是谁弄的，不能诬赖栽赃别人。"

我说："打解放到现在，咱全村唯你一个人上了大学，多光荣？县革委会都决定了，他张黑毛算个球？"

张蛤蟆苦笑着，咽了一下口水，说："哥心里明镜儿一样，图书室那事，肯定不是砖头干的，可为了成全哥，砖头老弟毁了自己的清白名声，小中老弟也真够老怀的（碰见张蛤蟆偷书的事我一直守口如瓶，包括对司马砖头），哥将来大学毕业了，无论到哪，就是当了公社革委会主任、县革委会主任，这恩德，这深情，哥一定舍身相报，永不忘记。"

司马砖头摆摆手说："不说了，蛤蟆哥，啥都不说了。我最恨张黑毛，这鸡巴货，他的心一直歪长着，见不得别人好，谁比他好，他就挖空心思整谁。"

我说："张黑毛家六个孩子，没一个读书的，天天拾破烂、偷东西，见你上了大学，他心里有气，眼红。"

"恁俩说的不全是。"张蛤蟆说，"一天夜里我去弄书，被张黑毛逮着了，他嚼我说偷书？那书能顶饥还是能顶渴？憨囡球！后来，他媳妇给俺奶奶说，他想弄图书室的办公桌和书柜，给他大闺女小花做嫁妆，发现所有的办公桌和书柜的锁鼻、拉手、合页，都被人撬走了，气得嚼天骂地，好些天不安省。她这是捎话，怀疑是我干的。那些东西到底谁弄走了，我真的不知道，天地良心。也不知道是哪个龟孙干的，差点害了我，让砖头兄弟枉担了这个恶名。"

"就为这，他记恨你？"

"还有……"张蛤蟆看看周围，欲言又止。

"说。"

"前天晚上，张黑毛媳妇托鹰鼻媳妇来俺家提亲，要把她家的三闺女榴花说给我当媳妇，我不同意，俺奶奶也不同意，俺二叔说我要敢同意，他就拿杀猪刀宰了我。"

"啥？她家三闺女榴花？"

"就是那个得过小儿麻痹，走路一瘸一拐，说话口水流多长，活像'地不平'（村里一个瘸子的外号）他二妹？"

张蛤蟆点了点头。

啪啪啪三声鞭响，豹腿叔赶着马车来了，他要把张蛤蟆送到县城公共汽车站，这是老搅交代的。车上套着的是那匹刚刚三岁的枣红马，是拉老靳走的那匹老马下的。那匹老马打我记事起，就天天套在生产队的马车上，拉人拉粮拉柴草，最远跑到过北山（指太行山）拉煤，沁河沿拉沙，最后老死在马坊院，一辈子没有离开溟梁村。这匹小枣红马那可真叫漂亮，骨架匀称，四腿粗壮，蹄子结实有力，有时尥起卷来，两只前蹄腾空而起，哕哕哕叫着，脖子上的那排长鬃竖着，流放出青春的异彩与活力，显示出威风凛凛与潇洒，绝不亚于电影里那威武雄壮驰骋疆场的战马。只可惜它生在了溟梁村，如果将来它没有机会走出这溟梁村，结局一定和它妈一样，日复一日地在这片小天地里消磨着青春时光，到老到死。平时，这匹小枣红马豹腿叔很少用它，今天送张蛤蟆上大学，豹腿叔一定是特意套上了它。

张蛤蟆在众人簇拥下坐上了马车，朝乡亲们挥了一下手，向村外走了，连头也没回。这小子，后来大学毕业留在省城工作，也没看见他再写过啥东西，最后官至省报的副总编辑。我从来没找过他，司马砖头说曾到报社找过他，那是在改革开放初期，反映火车站货物管理混乱，站上个别领导私运、盗卖煤炭、木材、水泥、钢材和其他货物，请省报调查曝光，张蛤蟆答应好好的，可一直没有落实，司马砖头又去找他，他态度一百八十度大转弯，说曝不曝光，要听本单位宣传部门的。后来有人告诉司马砖头，说是站上领导送了不少东西给他，并把他二女儿安排到火车上当了列车员。司马砖头气得破口大骂，说这个当年的偷书贼，一定是从书上学到了不少坏东西，完全变成了另外一个人，发誓以后再不见他。当然，这都是后来的事，打住不再说了。这种人后来见得多了。

人群分散开来，说说笑笑，像天上悠悠飘散的云，各自干自己的事情去了。

张黑毛媳妇跟在马车后面，依依不舍地往前跟了几步，不停地向张蛤蟆摆手。

我站着没动，看着他们的背影，心绪有些复杂。不知道为啥，突然想起了老地主张磨油那死去了多年的曾祖母。我记事时她已经九十多岁了，听奶奶说，那老太太年轻时是个大本事人。那时候盐奇缺奇贵，她用一块纱布包着盐系在腰上，她男人干重活儿回来，递上盐包舔上几口，哪个儿子干了重活儿，也能舔上几口，家里的女人和不干重活的孩子想都别想，就这样舍不得吃舍不得喝，吃苦受累把五个儿子养大，那五个儿子个个都有出息，在上海、天津、广州、香港做大生意，一个儿子在国民党部队当团长，老太太用他们的钱在溟梁村置办下半条街的家业，土改时她家三十多年的老长工带头把她的家业分干斗净，那老长工理直气壮地住进了她家的青砖大瓦房，她带着重孙张磨油住进了自己家的牲口棚，可没有见这个老太太咋悲伤过，好像那些家业本来就是别人的。在我的印象里，她满头银发性格开朗思维清晰口齿伶俐，三寸金莲走路腾腾作响，她和我奶奶性格脾气相投，特别说得着。有一次她来我家串门，和我奶奶东家长西家短地拉家常，拉到伤感动情处，拽着我奶奶的手说了一句话：

"老妹子，你睁大眼睛看看，这一条街上都是些啥人？"

这个老太太，以她九十多年的人生经验，说出了这句令我一辈子都铭记在心的警世名言。

二

王老扁就是这一条街上一个不得不说的人。

当年，王老扁在批判马鞭时激情满怀神采飞扬，朗读毛主席语录像是朗诵着一首优美抒情诗篇并且眼睛里溢出了激动的泪水，手举着白铁皮卷成的喇叭筒，用毛主席教导谴责投机倒把走资本主义道路的行为那样满腔仇恨义愤填膺，那真是出尽了风头。遗憾的是他这种行为，被村里人注解为假积极，深藏在他心里的目的是想把自己的民办教师身份转成公办教师，那就可以按月领工资，体体面面地当个吃商品粮的公家人，不再像现在，干的和公办教师一样的活儿，拿的却是工分，和在地里干活儿的农民一样，说白了，就是在学校里的农民。这个目的他最终没有实现，原因是后来在清理阶级队伍时，被人举报解放前参加过三青团，那还是在开封读大学时的事，他不知道采用啥办法，私自改写了档案，隐瞒了这段历史。也不知道是谁射了这一箭，稳准狠地射中了王老扁要害，最后连民办教师也干不成了。回到村里，他心灰意冷慵懒消沉四体不勤，衣衫不整蓬头垢面浑浑噩噩，不过，村里不少人理解他，说这些年他不在庄稼地里干活儿，丢生了，体质也软了下来，已经不能再胜任当农民了。王老扁上不了学校，也下不了地，有时坐在家大门口那块青石头上，一手拿着破烂不堪的书，一手拿根木棍在地上不停地写。当有人快到他身边时，他立马合上书，用手或脚或手脚并用，飞快地把写的东西抹去，像贼偷东西怕被人逮着一样。也有人说，夜深人静时路过他家的街屋，听见墙里边叮叮咚咚响，声音很小，也不连贯，不仔细听是听不见的，大概是老鼠吧，趁着黑夜在偷偷嗑咬着木头。

收麦了，那块青石头上不见了王老扁。去哪了？没有人知道，也没有人追问。收完麦子种玉米，天久不下雨，麦茬地干旱得冒火，一碗水泼在地上，嚓地冒起一股白烟，地依旧是原来的模样。猪们懒洋洋的，卧在稀泥坑里，唧哼唧哼地呻吟。狗不再狂叫，趴在树荫下吐着长长的舌头，呼哧呼哧地大口喘气。蚂唧哩（蝉）在树上拼了命地叫唤。村里来了一个穿着干干净净的年轻人，掂着一个网兜，装着两条许昌烟、三瓶宝丰酒，一只手不时在上衣口袋外面摸摸，问："王所长家住哪儿？"

"王所长？电管所的？"

"不是。"

"溟梁村只有一个王所长，公社电管所的。"

"住哪儿？"

"三年前死了，电死的。"

玉米苗刚刚拱出地皮，小红薯苗刚刚开始拉秧，村里来了一个农民模样但眼睛里透露出精明的人，掂了几只捆着腿的老母鸡，肩上背着一头一尺多长的小猪娃，哼哼叫上两声，停片刻，哼哼又叫上两声，猪口水黏糊糊的，湿了他半个后背，几只绿头苍蝇，围绕在猪嘴边和洇湿的地方不停地乱飞乱撞，那人进村就问："王局长家住哪儿？"

"王局长？啥王局长？俺村只有个王举长（cháng）。"

有人推测：溟梁村要出大官了。

春节前夕，王老扁回来了。出去不到十个月，王老扁完全变成了另外一个人。红光满面喜气洋洋的，穿着一件中山装，梳着大背头，黑亮亮，苍蝇落上去寸步难行，打滑，一副大干部模样，看见男人就递纸烟，看见小孩子就塞大白兔糖。

这家伙一定是在外面发了大财。

果然不出人们所料。春天，王老扁在村东头盖起了一座新瓦房。新瓦房离村子二百多步远，周围都是庄稼地，高傲地耸立在那儿。老人们说那里原来有座官府驿站，不知道是哪朝哪代的，早就荒废得不见踪迹，只留下一片平地，白灰渣夯的地基，不长庄稼，开裂的缝隙里长着荒草。据说驿站分驿、站、铺三种。驿是官府接待宾客和安排官府物资的运输组织。站是传递重要文书和军事情报的组织，为军事系统所专用。铺是由地方厅、州、县政府领导，负责公文、信函的传递。根据遗迹的规模，淏梁村东的这地方应该是个铺。铺的遗迹后面有十几座荒坟，立有石碑，掩没在荒草乱树中，没有人去细看过，村里人说那块地原来属铺，埋葬着铺死去的官员。有一个坟头离路边很近，没有立碑，比那些大坟头小了许多，传说那也是铺的一个官员，是被杀了头的，罪名是私改公函，假传公文，从中牟取私利。

　　王老扁在铺的废墟上，盖的房子真好。七层砖垒的墙基，起脊，铺有八条瓦带，三面打起了高高的院墙，出门就是大路，路对面也是一片庄稼地，僻静安宁。临大路的门口还盖起了一座砖瓦门楼，两边放着两尊石狮子。右边的狮子脚按着个绣球，左边的狮子脚按着一只小狮子，有人路过看见了，只是笑，也不说啥。村里有人见了王老扁，问啥的都有：

　　"老扁，一有钱，就躲俺们远了？"

　　"啥话，和俺哥住一院，这儿僻静。"

　　"咋恁有钱？"

　　"有啥钱，都是借的。"

　　"扁叔，在哪儿发的财，漏漏？"

269

王老扁不再说话，一脸的笑。很多人都想进王老扁新院看看，王老扁都笑着谢绝了。王老扁院子的大门不是在外面锁着，就是从里面插着。据说，连他哥王老标也很少进去。有人开始嚼：

"做贼哩？奸窟窿门天天插着，也不怕憋死在里面。"

"操，人真的不能有钱，一有钱就淡情寡义，不认乡亲，一点人味都没有。"

后来发现，有陌生人进出他的院子。陌生人大都是傍晚时来，手里提溜着东西，先四处张望一番，犹犹豫豫地进去，出来时两手空空，脚步匆匆地离去，像电影里夜幕下交换完情报的特务，神秘得如同幽灵一样。村里有人猜测起来：

"这儿货，该不会是贩毒吧？"

"要不就是国民党特务？像金路、苇根那爷俩一样（苇根父子那时还没有平反）？"

"不会吧？没见他家挂天网。"

收了麦子，种完玉米，老扁又走了。

司马砖头说："我爹给了他30块钱。"

没过一个月，司马砖头也走了。司马砖头前天夜里还和我们一起去村西头偷葵花，第二天人就没影了。

郑鳌说："听说砖头的户口也转走了，去焦作火车站当搬运工。"

"别说是搬运工，搬尸工老子也干啊！"我不无伤感地说，"可谁让咱爷们去哩？"

孙狗蹄揣摩道："这，一定和王老扁有关，王老扁说不定真的当了大官。"

我说："就他王老扁那熊样？三青团员，连民办教师都干不成，还能有恁大本事？别忘了，司马砖头他爹司马狗勺可是大队副支书。哪次县里、新乡、焦作、月山铁路上来招工，去的不是大、小队干部家的孙子们？操！"

为此我一直怨恨我父亲，咋不弄个大队干部干干？干个副小队长也行啊。

王老扁再回到溴梁村时，已经半年多过去了。他这次回来，竟然吸起了纸烟。农村人谁吸过这玩意儿？祖祖辈辈的吸烟人，都是腰上别一杆尺把长的用粗蒿子秆的根做的旱烟袋管儿，吸烟叶的很少，很多人把黄豆叶、桑树叶、红薯叶、花椒叶晒干了揉碎了，用猪油一拌，当烟丝按一烟袋锅，噙在嘴里噗出一口噗出一口，顶多撕一片废书报纸，卷着烟丝当成纸烟吸。

我有点爱看王老扁吸纸烟。王老扁吸纸烟的神情姿态很有派头。他站在家大门口，一只手端着另一只胳膊肘，另一只手的中指和食指夹着纸烟，放进嘴里深深吸上一口，对着村的方向吐出一串烟圈，他半眯缝着眼，漫不经心地欣赏着那慢慢扩散的烟雾。吸了几口后，他低下头，换成大拇指和食指捏着烟，用中指轻轻一弹，烟灰飘飘洒洒落下。然后又端起胳膊肘，朝村的方向看，那神态，那动作，不仅仅是潇洒优雅，更像电影里的城里人或大干部，在心里运筹帷幄着大事。我揣摩他的心理，是不是在表示对村里当年不让他干民办教师的一种轻蔑？要不就是出去在大地方混了混，回到村里，把日子过到了他们的头上？后来看电视连续剧《上海滩》，发现他和许文强的派头差不多，只可惜他生在了小小的溴梁村，他要是生在了大上海，混得一定不比许文强差。不过说心里话，王老扁对村里人还算客气，也低调，没有那种趾高气扬的派头，不像城里的有些人和干部。村里有个鸿咏媳妇，随鸿咏把户口迁到郑州才三个多月，整天在郑州市捡烂菜叶子、打扫街道厕所，可一回到村里，脸上搽白粉嘴上抹口红，走起路风摆杨柳，碰见人仰头撅尾，说起话一口洋腔，根本不把村里的父老乡亲放在眼里，简直像个女妖精。王老扁真不这样。

张黑毛腰里别着竹子做的旱烟袋管儿，一撅一撅走来。

王老扁满脸堆笑地迎了过去，递上一根纸烟，说："毛哥，来一根，许昌牌的，可贵了。"

张黑毛一摆手，说："不吸不吸，吸不惯。"从腰里拔出竹旱烟袋管儿，抬起脚，在鞋底上啪啪啪敲打三下，像是发泄着一肚子的不满和恶气，然后用三个手指头，在烟布口袋里抠抠索索地装上一锅烟丝，拿出一根白头火柴，在鞋底上嚓地划火，点上烟丝狠狠地吸了一口，把熄灭的火柴杆扔在了离王老扁不远的地上，一撅一撅地走了，嘴里吐出一道不青不蓝的烟雾，闻着一股黄豆叶味儿。

王老扁自己点着纸烟，也狠狠吸了一口，嚼："操，土包子。"

让村里人感到更惊讶的是，王老扁这次回来竟然说起了洋话，撇洋腔。焦作腔？洛阳腔？郑州腔？还有人说像北京腔，反正不再是本地腔。

"老扁，啥会儿回来哩？"

"昨天晚上。"

王老扁用洋腔说出这四个字，立刻招来了很多人背地里议论，甚者有人嚼：

"坐天？还坐地哩，真恁妈那个×能拽。"

"坐天玩赏？耍到天上去，也不怕摔死你？这个狗日的。"

"湾上？湾下那块地有恁家祖坟，你还要恁祖先哩？"

"有狗比掰仨钱，就又是吸洋烟，又是撇洋腔，拽到天上去了，这村里还能盛（村里人读chēng）下你这个土龟孙？"

这句话，用正统的溟梁村话说就是"夜隔黑来。"

王老扁这人，越来越不注意。他把溟梁村人说的"疙星"说成"下小雨"，"糊涂"说成"粥"，"喝肥"说成"喝水"，"晃"说成"下午"，"读夫"说成"读书"，"才夜隔、夜隔、今隔、觅隔"说成"前天、昨天、今天、明天"，"后夜隔、大后夜隔"说成"后天、大后天"，"开条"说成"开证明"，"地出溜"说成"蜥蜴"，"瞎哩虎"说成"壁虎"……

反正是，王老扁越来越像个城市人，村里人和他有了隔阂。其实这真的不能怨王老扁，村里确实有不少人很操蛋，你日子过得不好他狗眼看人低，处处踩捂（土话：压制贬低别人）你。你要是过得比他好，他会平地起波澜，无缘无故地嚼你，或者有影扯没影地编造假话，说你坏话；甚至会处处事事刁难你，给你挖坑，下绊索，想方设法让你过不去。要不伟大领袖毛主席早就指出"严重的问题是教育农民"？

收完玉米、红薯，我咬着一根蒸熟的红薯在村里闲逛，走到供销社门口，听人说孙狗蹄昨天也离开了溟梁村，去新乡造纸厂当工人了，负责扫茅厕、掏下水道，我大吃一惊，咽到嗓子眼的那块红薯差一点没把我噎死。

司马砖头和孙狗蹄都是我最好的老怀，平时形影不离无话不谈，可他们离开漠梁村，事先竟然没显出一点征兆，一句口风也没漏过，突然一下子人就远走高飞，无影无踪了。这人是咋了？没遇到好事时亲热得穿一条裤子，像一个人，一遇到好事咋都变得这么冷漠无情，只顾自己？这令我非常的意外和沮丧，年轻无邪的心受到了刺激和折磨。

孙狗蹄他妈又矮又瘦，是个瘸子，他爹孙立柱是个打兔的，农闲时天天扛着打兔枪满田野和满坟地跑，连个生产小组长也不是啊。噢，想起来了，我亲眼看到孙狗蹄他爹，掂着三只大野兔、几只憨斑鸠进了王老扁家。那是十几天前的事。后来听说，这样的事好几个人都碰见过，还有人碰见孙立柱给王老扁背去过一只死狐狸。

我这才真的想起了王老扁。

我气得肚子胀鼓鼓的，像元宵节村里耍老虎敲那司马懿得胜鼓，拍着咚咚咚响，不思饭水，满院转悠。我打心眼里又开始埋怨父亲，你当不上大、小队干部不说，咋连个野兔子和憨斑鸠都不会打？天天光知道种地种地种地，也不知道想点啥办法，给恁儿找找门道，铺铺路，一天到晚跟着你种地，把恁儿困在村里，见不到大世面，连焦作、新乡在哪儿都不知道，一辈子能有啥出息？

我妈一点也不同情我，反而嚼我："看看砖头、狗蹄你那两个老怀，天天好的屁股眼上按窝儿（土话：窝窝头），一有了好事，屁都不放一个，自顾自就蹄了，都是啥狗比掰老怀？酒肉朋友，利益对头。"

你们想想，假如你们是我，会是啥心情？我跳井上吊喝老鼠药的心都有过。

一天，王老扁碰见我，四下里看看没人，轻声问："唉，想不想去城里当工人？"

这还用问？这些年来，我哪天不想？连憨凶球都想着进城当工人哩。当今社会，只要在县城里当个工人，哪怕是在工厂里掏大粪、食堂做饭、扫大街，即使是个瘸腿瞎眼憨凶球，农村四肢健全五官端正精明伶俐的姑娘也会齐往他家跑，哭着喊着要嫁给他。特别是毛主席提出"工人阶级是我们国家的领导阶级""工人阶级必须领导一切"的伟大号召后，姑娘们嫁人的口号是：一工二干三学生，复员军人稍等等，老农民天天发癔症（土话：没睡醒）。我家破瓦房两间、旧草房三间，弟兄们全是农民，在农村打一辈子光棍的前景那是明摆着的，历代祖先们的殷殷血脉传到我这一代很可能就此断流，可办个城市户口哪么容易？

天上飘浮着朵朵云彩，真不知道哪朵云彩会有雨。

看着眼前的王老扁，我还真有点动心了。不过很快又泛起了疑惑。就你王老扁，是认得县长、公社书记，还是公安局长、派出所所长？退一万步讲，你就是认得，那说一句话就能把农村户口转成城市户口？再说，你自己连个公办老师都没当成，还能把我弄到城里当工人？扯淡，这王老扁，分明是想日弄穷人家的孩子。

我说："扁叔，毛主席教导我们，农村是一个广阔天地，在这里是大有可为的。我立志扎根咱村一辈子，滚一身泥巴，炼一颗红心。"

王老扁一笑，走了，临走嚼我一句："憨凶球。"

几天后，没想到郑鳖也要离开溴梁村了。他还算有点哥们情谊，临走前悄悄告诉我："去焦作煤矿掘进队，挖煤。"

我大吃一惊。

郑鳖递给我两瓶小磨香油，说："让恁叔找找老扁，把这送给他，看看再送点钱或别的啥。"

我猛然想到，郑鳖他姥姥家就在邻村，村里开有油坊，他舅舅在油坊当保管。

我终于明白了，溟梁村的王老扁，真的成了一个很有本事的人。

溟梁村和我一起长大的老怀们，一个接一个地走了，只剩下了我。我感到从来没有过的孤独、无奈和悲伤。突然有一天，我接到了一封信，里面夹着十块钱。真没想到，信是司马砖头寄来的，说是让我把这钱送给王老扁，再给他送点别的，让他把我的户口也给办了。我好像是疯了，疯疯癫癫的魂不守舍。我拿着信和钱，在村外的麦地里狂跑，没了命似的狂跑。有几个小猫狗（溟梁村对八九十来岁的男孩子都这么叫）误以为我在追野兔，也跑了过来，紧跟在我屁股后，也拼命地跑，像是在田径场上争抢第一名，瞎跑了一阵，他们才发现我前面啥也没有，连根兔毛都没有，便停了下来，七嘴八舌地嚼我是憨囵球、神经病、大傻蛋，然后骂骂咧咧地走了，最后飘到我耳朵里的一句话是"这个鸡巴货，肯定是疯了"。我一直跑得精疲力竭上气不接下气，最后跑到司马砖头家的老坟地，靠着那棵孤零零耸立在老坟地北面的古柏，哭了，痛哭流涕泪如雨下。

后半夜，我醒了，点上煤油灯，手脚麻利地穿上衣服，起床收拾东西，穿上那双刚用架子车旧外胎钉了前、后掌的灯草绒布鞋（前脚掌、后脚跟原本磨破两个洞），用绳子捆着被褥卷背在身上，把挂在墙上的皮弹弓取下来，缠了缠，别在腰上，这是我的心爱之物，经常用它来打麻雀改善生活。我抑制不住满心喜悦喊醒了我妈，说："妈，我走了，到焦作煤矿敢死队（救护队）去，我走后，把家里那只正下蛋的老母鸡也送给俺扁叔吧，再好好谢谢他，他真有本事，让我离开了溴梁村，也当了工人，成了城市人，吃上了商品粮，以后娶儿媳妇的事你就不要再操心了，好姑娘排着队，任你挑。"我妈点亮了窗台上的煤油灯，不怀好意地看着我，突然抡起巴掌，"啪"地扇了我一个耳光，嚷："鸡还没有叫头遍哩，你这是发啥狗比掰癔症？真疯了？"

我这才清醒过来，原来自己真的是做梦，在发癔症梦游。

十多天后，父亲说："东西都备好了，咋一直不见老扁回来？"

我真的有些着魔了，装着沉甸甸的心事，天天有事没事，都要躲在树丛里往王老扁家瞅几次，有两次夜里，像只夜游的狗，溜到他家大门口，从门缝往里窥探。扁叔，你咋一直不在家，到底跑到哪去了？真是要急死我了。

突然一天上午，我瞅见来了三四个警察，进了王老扁家。

"王老扁回来了，回来了，啥时候回来的？"我抑制不住心头激动，一路小跑地去找父亲。

我和父亲拿着早已备好的一条许昌烟、两瓶小磨香油、三只老母鸡、三十块钱，我在前面走，父亲紧跟在后，我爷俩脚步匆匆往王老扁家走。生怕去晚一步，王老扁又蹿没影了。

还好，我和父亲快走到他家门口时，警察们出来了，老搅也在。

老搅送走了警察，回过头来看着我和父亲，我发现他的脸色有些凝重，像遇到了什么不幸的大事。迟疑了片刻，他对我父亲说："出大事了，老扁在洛阳被公安局逮了。刚才，从他家起出了十几个私刻的公章，都是公安局、派出所的，还有一些迁户口用的表格和空白介绍信，他把自己户口也迁到郑州市了。"我和父亲大吃一惊：

"私刻公章？"

"迁假户口？"

"可不是？这货胆子也太大了，坐地不动转户口，犯大律条了，得脑儿能不能保住，现在都不好说。刚才在老扁的桌上，看到一张表，上面写着你家小中的名字、年龄，下面空着，还没来得及填，大红章都盖好了。"

这简直像晴天霹雳，我听了鼻子发酸，直想流泪。

父亲疑惑了半天，对老搅说："这地方，风水不好。"

三

王老扁拿自己的命，让司马砖头、孙狗蹄、郑鳖离开了溟梁村，都远走高飞，当上了工人，混进了上等人的行列。很清楚，王老扁冒着进监狱被杀头的风险，把农村户口弄进城市户口的绝不止他们三个人。现在想来，扁叔（我突然觉得应该很亲热地喊他扁叔）是给过我机会，心里也是惦记着我的，但是我误解了扁叔。今后没了扁叔，我一生的前景还不是明摆着？

278

误人第一是多疑，疑能生苦苦生疑。这两句诗是一个叫夏莲居的人写的，这是清朝末年的一个居士。疑心太重了，真是害死人啊。实话实说，这是我在学校图书室弄的一本书上看到的，自从张蛤蟆上大学走后，我就立志向他学习了。

张蛤蟆对我的刺激实在是太大了。自打张蛤蟆走，我就特别怕看见我妈，到锅里盛饭，碗不满就赶紧离开，很少再和家人一起围在灶台边吃过饭。我经常不断地想张蛤蟆，想起来就无限后悔，甚至可以说是悔恨不已。张蛤蟆，一个农村的穷孩子，没爹没娘无依无靠，靠自己苦苦拼搏，写小说诗歌散文，竟然能把自己写进了大学的殿堂，改变了自己的人生命运，有了那么光明的前程。我那些年，咋光知道在图书室偷东西买嘴吃？像我奶奶嚼我的"嘴就地拖"，咋没有像张蛤蟆那样偷点书偷点杂志学习写点啥？说心里话，我身体内好像也拥有这方面的天赋，有时也有这方面的激情和冲动，张蛤蟆写的那些小说诗歌散文我还真认真看过，要是我稍微用点心，努力努力，比葫芦画瓢照猫画虎，天下文章一大抄嘛，弄些东西出来，水平也不会比他差多少。实可恨我没开这个窍，没动这门心思。后来张黑毛说："蛤蟆写的那些破玩意儿，都是从偷的书刊上把别人的东西改头换面东抄西拼送出去发表的（后来我发现有些真的是），可惜我不识字，我要是会识字，比他玩得还要好，写得还要多，说不定我能到北京上大学。"

我听了，头想往墙上撞。

后来冷静下来，觉得真要撞了，那是自己瞎受罪，没一点球用，还是要向张蛤蟆学习，才可能有出路。书是人类进步的阶梯。读书可以改变一个人的命运。这些话都是从学校图书室弄的书里看到的。

一天在司马胡同，躲闪不及迎面碰见了大伯。大伯迈着方步，端着满满的一叉粪拦住了我，他看看前后没人，说："今年17了吧？去，看看王老标在干啥？"说完，端着粪叉走了。

这句没头没脑的话，让我站在那儿愣了半天。

大伯叫司马报国，快六十岁了。从我记事起，他就孤身一人，单独在邻院生活。大伯性格古怪，孤僻，从不和任何人来往，见到街坊四邻村中乡亲，包括我们几兄弟，很少说话。就是和我父亲，他唯一的亲弟弟在大街碰面，也互不理睬，陌生人一样。在家里，倒偶尔发现老兄弟俩隔着那半人高的土墙，窃窃私语什么。大伯一年四季拾粪，天天鸡叫头遍就起床，拿着粪叉粪铲，大路旁小路沟树林里到处转悠，拾猪狗人粪，记得马鹞眼儿后来变成了一台流动的造粪机，屁股眼就地拖，随处拉屎，大伯却从来没去拾过。经常是，村里人一堆一伙地蹲在街道两旁吃早饭，碗里冒着热气，大伯出现了，端着满满的一粪叉粪，有的粪是刚拉的，也冒着热气。大伯像端着一盘圣餐，面色庄重，目无他人地一步一步招摇走过。

村里大人孩子没有一个人待见他，见到他，就像看到瘟神，远远就躲开了。

看到大伯，就想起我妈还有一句时常唠叨的话："不出去闯闯，窝在村里，学你大伯？拾一辈子大粪，娶不起媳妇，有啥狗比瓣出息？"有一次非常尴尬，我妈话音刚落，父亲过来踢了她一脚，回头看，大伯在旁边站着。

不管咋说，我妈把大伯给我树立成人生的目标，也太伤我自尊了，想起来，心里就像锥子在扎。

但是，大伯对我有救命之恩。七岁那年春天，我饿得头脑发昏，浑身无力，躺在院里麦秸堆上，我妈哭着喊："老天爷啊，这孩子是不是也不中了？"大伯跳过土墙，端着半碗红薯面粥，一口一口喂进我嘴里。长这么大，生死关头，这是大伯留给我一次永远忘不了的亲情，而且是唯一的一次。

再有，就是今天他这句话。

大伯已经走了，司马胡同里静悄悄的，空无一人。一只老喜鹊喳喳喳喳叫着，打头顶飞过，紧接着，又飞过一只小喜鹊。不知道谁家做的炝锅面，香气飘进了胡同，闻着，嘴里渗出了口水。我吸溜着口水，去找王老标。王老标正在村西头大街上，掂着一旧洋铁桶，里面装有糨糊，舞着一把小笤帚，往墙上、大树上贴标语："一人参军全村光荣！""保家卫国是每个青年的神圣职责！""提高警惕，保卫祖国，要准备打仗！"等，标语红纸黑字，散发出油墨的香味儿。

我撒腿往村革委会大院跑。那种心情，如同一头饥渴难耐快要干死的骆驼在茫茫无际的沙漠里发现了一汪清泉，人掉进黄河里快要淹死时眼前漂来一个大葫芦。我打心眼里感谢大伯。

大院里面，已经黑压压地站满了人，比开会传达毛主席最新指示来的人还多。谁都知道，这是农村青年光荣体面地离开面朝黄土背朝天的唯一机会。一年一次，谁肯放过？毛主席发出伟大号召：全国学人民解放军。军人在社会上是最受人尊敬的，只要是军人，农村姑娘不仅一分钱彩礼不要，反而会倒贴嫁妆，也是争着抢着嫁给他，如果不复员转业，比当工人待遇还高。当年的那个地不平（那时他还活着），正年轻，逢到征兵就慌忙得像盘小磨，一瘸一拐地跑前跑后，围着带兵人转悠，哭着喊着要去当兵，嘴里说："当兵卫国，神圣职责。"拉着接兵人的手，孙子一样地央求着："让俺去吧，只要让俺到部队，俺天天给恁洗衣服，做饭、刷锅、掂尿盆都中，俺能吃苦，俺啥苦都能吃。"我那时只恨自己年龄不够。

院里乱哄哄的，两只狗也进来了，在人堆里钻来钻去。三四只鸡，脏兮兮的，在墙根的虚土中刨食吃。人群外有两只鸭子，用两尺多长的绳子拴在一起，相互拉扯着，慢吞吞的，一摇三晃，脏得看不清颜色，其中一只脖子上系一个枣大的铃，沾满油腻，铃时响时不响。一看就知道是张黑毛家的，他媳妇怕一只跑丢了，就用一根绳子拴上了两只鸭子。

马大喷死后，张黑毛接替他当了副主任兼民兵营长。张黑毛站在半截石碌上，把手里的烟袋挥了挥，大声喊："静一静，操，静一静没听见？今年啊，咱村征兵，只有两个名额，听清楚了，两个名额，政治上要求很严。凡是七大姑八大姨祖宗三代，有一点黑咯星（土话：指有政治历史问题）的，都趁早滚蛋，主动些，不要等审查出来再拿下来，那太丢人。还有，不到17岁的，超过21岁的，一条胳膊长一条胳膊短的，平脚底板罗圈腿的，一半精一半傻二半吊的，说话结结巴巴流口水的，夜里发癔症尿床的，七成眼睛打八扣的，闻到屎尿比肥肉还香的……一句话，只要有一点点不合乎当兵条件的，全都趁早撤火滚蛋，想都不要想。"

"呱……呱呱……"一只鸭惨烈地叫着，逃命似的往院子外面跑去，好像伴有铃的响声，还有一只也在叫，带有拖地声。一定是哪个人心烦，把张黑毛家的鸭子当成了出气筒，踢了它一脚（两天后被人发现两只鸭子惨死在路沟里）。不知道哪只狗汪汪叫了几声，也夹着尾巴灰溜溜地跑了。

溟梁村这种人不少，自己心里不高兴，常常找出气筒出气，不是打骂孩子，就是见鸡踢鸡，见狗骂狗，鸭笨，跑得慢，常被踢得惨叫着像有人拿刀杀它。尤其是一些血气方刚的年轻人，更火暴，更二述，气起来憋得难受，一时又找不到出气筒，会对着墙，对着厕所，对着树园，对着天，对着野地，恶狠狠地嚼，嚼天骂地，不堪入耳，甚至用脚踩地、踩墙、踩树，再不解气，会自己扇自己的脸。后来看到有些城市里的人遇事想不开拿刀子割腕抹脖子，我特别能理解。这人性原本都是相通的。

院子里的人骂骂咧咧磨磨蹭蹭地走了，最后剩下了三个人，我，张黑毛的弟弟张黑鼻，八队队长谭老四的儿子谭坷垃。看着他们两个，我对自己参军充满了信心，我看过征兵宣传材料，优先招收有文化的青年参军入伍。可一想到他俩一个哥一个爹是村干部，我心里又难免有些惶恐不安。

带兵的排长姓申，个儿不高，大眼睛，脸白白净净的，穿一身绿色军装，一颗红星头上戴，革命红旗挂两边，看上去英俊潇洒。

我很羡慕他。我个儿高，要是穿上这身军装，也一定非常神气。大院墙上，王老标写的那条毛主席语录真好："人民解放军是个大学校。"我要是上了这所大学，肯定比犟驴天天箍桶、司马砖头当搬运工、郑鳖矿井挖煤、孙狗蹄扫茅厕掏下水道强得多。一旦有机会能上战场，我一定会像董存瑞炸碉堡、黄继光堵机枪眼一样勇敢，弄个战斗英雄当当。想着这些，我身体里的那股憋着的热血又开始沸腾起来，心潮激荡，身上一阵阵发热。

申排长问："你们三个人，什么文化程度？"

我说："高中，一个月后毕业。"

张黑鼻和谭坷垃没有吭声。

申排长问张黑鼻："你什么文化程度？"

张黑鼻："小学，上了两年。"

申排长又问谭坷垃："你呢？"

谭坷垃说："小学三年级。"

申排长指着我说："这个高中生我们要了，那两个里面再定一个吧。"

张黑毛说："这个高中生，家庭政治上可能有点问题。"

申排长问："可能？可能有啥问题？"

张黑毛说："前一段清理阶级队伍时，县存的敌伪档案里查到一个叫司马报国的人，黄埔军校毕业，当过国民党连长。全县有三四个叫司马报国的，具体哪个村的，没弄清楚，我们村就有一个叫司马报国的，是司马中他大伯，会不会是他，正在调查核实。"

张黑毛的话像当头一棒，敲得我头晕，眼前立马飘起一层薄雾，恍恍惚惚的，脚底下像踩着一团棉花，差一点没瘫在地上。

每当在决定我命运的关键时刻，咋总是会出现意想不到的坎儿？

黄埔军校毕业的国民党连长，谁不知道这是个要命的官？"文化大革命"一开始，连国民党宪兵、伪保长、地富反坏右分子，都被定为敌我性质矛盾，都是无产阶级明令专政的对象。他们天天扫大街掏厕所，一有政治运动，比如"破四旧、立四新""清理阶级队伍""追查5.16分子""一打三反"，先要把他们集中起来，戴高帽游街，甚至批斗挨打，制造出一种高压态势和令人生畏的政治气氛。他们的子女包括侄子侄女们，都受到牵连，平时耷拉着脑袋，走路溜着墙根，说话低声下气的，连眼皮都不敢抬得太高，上初中、高中，招煤矿工人、敢死队（救护队），根本没他们的份，更不要说去当兵了，全都窝在村里打牛腿。流行的口号是"老子英雄儿好汉，老子反动儿混蛋""龙生龙凤生凤，老鼠生来会打洞"。

我终于明白了，张黑毛这是在故意整我。

我恨起张黑毛来，咬牙切齿的，恨不能像刚才谁踢他家的鸭一样，踢他几脚，甚至后悔张蛤蟆盖章迁户口那天我不该喊张六指掂刀来了，让张六指出其不意一刀捅了他。可现在，他有权有势火头正旺，一句话，可以让你成，也可以让你败，因此，这满腔的愤恨我只敢埋在心里。人在屋檐下，咋能不低头？张黑毛这个人，身为村副主任兼民兵营长，表面上人五人六的，其实根本就不是一只好鸟，老靳当年真不该提拔他。听麻西犊私下说，当年苇根父子偷听敌台的事，就是他举报的。苇根妈活着时，苇根爹常不在家，他就一直想占苇根妈的便宜，苇根妈死活不干。苇根妈上吊前的那天夜里，他又去家里逼她，苇根妈最后就寻短见了。公安局勘查现场时，发现了张黑毛的足迹，问张黑毛，他编假话说是去劝苇根妈，没劝过来，她就寻了短见，这真是没有想到。反正当时苇根父子俩罪大恶极，全被枪毙了，悲惨孤独的苇根妈上吊自杀，看上去在情理之中，很正常，也就没人往别处去想，更没有人去为她伸张所受的侮辱和冤屈。张蛤蟆吧，多苦的一个孩子？在人生的重大转折关头，因为没有答应他那半憨半傻残疾女儿的婚事，就脚下使绊子，脖子上下刀子，要不是司马砖头（我一辈子感谢司马砖头在关键时刻一人承担了偷的罪名），差一点让张蛤蟆的大学没上成。王老扁的事，村里不少人说也是他举报的，原因是他让王老扁把他的大闺女、大儿子转成城市户口，王老扁没理他的茬，结果把王老扁弄进了监狱，至今死活未定。现在轮到我当兵，也是在关键时刻，为了他弟弟张黑鼻，又拿莫须有的事往我大伯头上安，这不是生生要葬送我的大好前程？我极其赞同司马砖头对他的评价，"他的心一直歪长着，见不得别人好，谁比他好，他就挖空心思整谁。"这个人看起来冠冕堂皇，光鲜正派，说话在道在理，满嘴为公，其实骨子里私心极重，假公济私，刁滑邪恶，为了在别人身上获取自己的利益，往往会利用手里拿到的把柄，把别人往死里整。

我终于发现，这条街上，张黑毛应该是最坏的人。

人真的不能有疑心，一有疑心，就容易把事情看走样。自从听了张黑毛的话，我暗中观察，竟然觉得大伯好像真有问题。他腰杆笔挺，面庞清癯，走路的姿势，真有点像来接兵的申排长。端粪叉的架势，真像端着一支三八大盖步枪。越看越想，心里就越是发虚发凉。

夜已经很深了。外面有风，一阵一阵地刮，老榆树老槐树发出呜呜的声音，像是风中奏响的大提琴，时高时低，悠扬飘忽，悲呜呜咽，低沉哀伤。我死活睡不着，思前想后，决定翻墙到邻院找大伯。

我溜到院墙边，心突突突直跳，比去村里的桃园偷桃、西瓜地偷瓜、菜地偷西红柿、图书室偷东西还要紧张、害怕。平时，翻越这土墙根本不在话下，双脚一蹦，手按墙头，两腿弹跳起来，玩一样就翻过去了。今天夜里，我竟然蹦了两次，才爬上墙，跳过去落地时，腿一软，竟跪在了地上。

大伯起了床，划着一根火柴，点亮了挂在墙上的煤油灯。那盏煤油灯不知道用了多少年，说不定是俺爷爷奶奶甚至祖上留下来的遗物，裹着一层厚厚的油腻，像出土文物。灯头有黄豆粒大，散发出昏黄的光。那光，一半照在土墙上，靠近灯头的地方，熏黑了一片，是半椭圆形的，很规整，像黑色的灯罩，扣在灯头上方。离煤油灯不远的地方，斜着贴一张三四寸宽一尺多长的条幅，上面落满了灰尘，发黑发旧，隐隐约约看见上面写着"小心灯火"四个字，看上去年代已经很久了。另一半光照着大伯的脸，把他的脸涂成蜡黄。这是我第一次近距离细看大伯，想从他的脸上找出我人生的出路和希望。他那张脸真不敢细看，细看满是沟壑，皮粗肉糙，像老榆树皮，四分五裂，一片沧桑。大伯慢条斯理地，也可以说是有条不紊地穿上那件黑粗布棉袄，蹬上了蓝粗布棉裤，掩上大裤裆，把光脚丫子插进了一双粗布棉鞋里，那棉鞋已看不清颜色，两个大拇脚指头从棉鞋前面洞里，轻松地钻了出来，像两只露头的老鼠，在窥探着外面的世界。墙上楔着三四根木橛，木橛上挂着干葫芦、旧毡帽、拐棍等杂物，一根木橛上挂着一条布裤带，脏得看不清颜色，也看不清布料。大伯一手提着裤腰，一手从木橛上取下布裤带，系好了裤子，这才周吴郑王地坐在那张看不清颜色的柳圈椅上。他抬起一只手，那手干瘦皮黑，筋脉血管暴凸，这并不影响他灵活自如地捋了捋如鸟窝般蓬乱的头发。给我的感觉是，大伯说不上热情，也说不上冷漠，应该是一张毫无思想、毫无表情的脸。大伯的屋里散发出一种腐败的酸臭味道。

就这个拾粪老头，邋邋遢遢的遭人讨厌，咋可能是黄埔军校毕业的国民党连长？

我说："伯，想问你点事。"

伯说："啥事恁急，不能等明天？"

我说："不问清楚，我睡不着。"

大伯说："啥事？"

我说："张黑毛说，您是黄埔军校毕业，当过国民党连长，是不是真的？"

大伯看了我一眼，没有说话，一阵沉默。

这种沉默，是我没有想到的。沉默中，我看了大伯一眼。就在那一瞬间，我发现大伯也在看我。他的眼睛里渗透出一种神情，刚毅？倔强？威严？深邃？愤怒？说不清楚，真的说不清楚。反正这种神情，我长这么大从来没发现过。我心头一震，倒吸了一口凉气，肯定是这句话刺伤了大伯。我有些胆怯起来，随之是恐慌，两腿微微摇晃。

大伯终于又说话了，声音低沉，清晰硬朗，一句一句的，像扔出来的一块一块砖头："谁封我的？有啥证据？人证在哪？物证在哪？"

"张黑毛说，有个叫司马报国的人，是国民党连长，怀疑是你，正在查。"

"笑话！这天下，重名重姓的人多了。"

"伯，这事关系到我的前途命运，您能不能去找张黑毛说说？"

"找他说，说啥？哪朝哪代没有军人？哪个军人的天职不是保家卫国？他懂个啥？再说了，我干啥与你何干？伯就是一个拾粪的，帮不了你。"

从大伯屋里出来，我连翻墙回家的力气也没有了，一屁股靠坐在他院子里的麦秸垛上。风好像停了，万籁俱寂。我抬头看天，无助地仰望着深邃的夜空。星星们倒轻松活跃，在遥远的天空自由自在地闪烁着。低头看眼前，漆黑一片，我精力集中地凝视着夜色，试图从中寻找出一丝亮光。我发现，人要是在黑暗中待久了，透过黑暗，可以看到一些黑暗中的事物。眼前的地上，躺着一扇废了的磨盘，两个大树疙瘩，旁边是鸡窝，鸡窝早就废了，大伯好多年已不养鸡了。五步开外，夜色愈加凝重，七八步远就混沌一片，啥也看不清楚了。我的心里很乱，迷蒙、冷漠、失落、孤独、无助、无奈、悲伤……

几天后，张黑毛的弟弟张黑鼻和八队队长谭老四的儿子谭坷垃穿上了军装。

这两个人兴高采烈，像两根绿色的棍子，在村里搅来搅去，搅得全村议论纷纷不得安宁。尤其是他妈的张黑鼻，绿军帽下的那张瓦刀脸，突然间变得又红又胀，像是充了狗血一般，更像是被巴掌扇肿了的猴子屁股，他见男人就说："来，吸根烟，红双喜牌，明天我就上部队去了，想吸也得等几年以后了。"见女的就说："我现在是解放军战士了，吃块糖，上海的，大白兔糖，甜着哩。"真他妈的得意忘形，连他爹是谁？自己现在姓啥？大概都忘了。

我看见他俩那得意扬扬的样子，就眼晕，就心烦，就像躲避当年走哪厕哪那臭不可闻的造粪机马鹬眼儿一样，远远地走开了。

我当兵离开溟梁村的路，又一次被彻底堵死了。

我恨大伯，甚至也恨爷爷奶奶，为啥非要取个司马报国的名字？混了一辈子，就一个拾粪老头，孤零零地住在破茅草屋里，还报啥子国哩？

夜晚躺在床上，夜色像一只刷了黑漆的铁桶，紧紧地箍裹着我，箍裹得我透不过气来。我哀叹自己的命运不好，张蛤蟆司马砖头郑鳖孙狗蹄的命运，包括犟驴，都比我好。万般无奈中，我的脑细胞开始急剧地裂变，增多，开始认真思考人的命运。

人生下来有命，命是生的存在和延续，从生开始，持续不断，直到死亡。运是围绕生命、维持生命、影响生命的机遇，它飘忽不定，不可捉摸，一直陪伴到命的终结。人的命只有一条，人的运会有很多。要不有人说，运来万物皆助力，运去英雄不自由？

苍天呀大地呀，哪天能有啥好运降临到我的头上？

几天之后，没想到好运竟然真的来了。1972年12月21日下午一点多，这个时刻令我欣喜若狂终生难忘：公社大院的传达室里，我激动地用两只发抖的手，在穿一套崭新的军装。那是张黑鼻刚刚脱下的。

老天爷真是没有绝人之路，这人的祸福瞬间都有可能发生逆转。天底下有些好事究竟是怎么来的，有时候你做梦都难以想到。人们常说天上掉馅饼，这句话你还真别不信，它一定是人们对生活实践经验的总结，绝对不是人们随便说的。就在前两天，12月18日，全公社的一百多名新兵集合起来，申排长组织他们跑步。张黑鼻没跑几步，一头栽倒地上，口吐白沫，四肢抽搐，不省人事。

带兵部队的军医诊断为："癫痫病，这个人不能入伍。"

申排长是个果敢的带兵人，他找到老搅和张黑毛说："你们村两天内，须查清楚司马报国的历史问题，两天内不能查清，那个高中生我要带走，现在部队要加强现代化建设，非常需要有文化的兵。"

那两天，比两年还难熬，是我有生以来最为难过的两天。我心里像有数不清的猫爪在抓，一天只啃了半个窝窝头也不知道饿，两天两夜没有合眼也不觉得困，像烧红的鏊上的烙馍，翻来覆去地受着烤灼。我整天竖起耳朵，聆听着邻院有啥动静，曾几次偷偷趴到墙头上窥探。两天，邻院里啥动静也没有，死一般的寂静，一直没见到大伯，没见他外出拾粪，也没见啥人找他，空荡荡的。粪叉和粪铲，靠在厕所墙上。那棵老槐树已过了一年一度的生命周期，叶已落尽，枯死了一样，枝丫干嚓嚓的，无奈地伸展在天空，落在地上的枯叶随风滚动，飒飒作响。一只半大公鸡，不停地挥动爪子，在那个麦秸垛旁刨食吃。那只公鸡大概心也不静，不时地抬起头来，四下张望着。

终于，两天过去了，一切都无声无息风平浪静。张黑鼻痛哭流涕地把军装脱给了我，临了还用军帽擦了一把鼻涕眼泪，要不是想到他正悲痛欲绝，人生陷入低谷，我会扇他两巴掌。

那军装极不合身。上衣穿在身上有些箍，裤腿有些短，我全然不顾了。军胶鞋太大，桌上有一张废报纸，我拿过来一撕两半，揉了揉塞进鞋里。军帽也有些大，我把后脑勺的帽边折起一段，找一个书夹子夹上。我是借了县城里一个同学的自行车回家的。人逢喜事精神爽。我着一身绿色的新军装，把自行车蹬得飞快，脸上洋溢着得意的笑，心已经张开理想的翅膀飞了，军营、钢枪、炸碉堡、拼刺刀、立功受奖、提干……云天雾地不着边际的想象。我盘算着，先回家告诉父母，再在村里的那条大街转一个来回，见到人也不下车，摆摆手就过。因为我一是没有时间，只有三个多小时，晚饭前必须返回县城大礼堂。二是也没钱买烟买糖。有一点绝不能忘，不管时间再紧，最后一定要到张黑毛家，亲热地喊着黑毛叔，给他敬军礼告别。操，我倒要看他会是啥反应？我使劲蹬着自行车飞奔，离村子还有一里多路，上坡，咯呲一声自行车链条断了。我蹲下修，修了半天，两手沾满油腻，也没修好。我只好推着自行车回到家。弟弟们比我还高兴，欢天喜地的，这都不用细说了。

我妈眼睛有些发红，脸色有些悲伤，搓着两只手在屋里直转悠，嘴里不停地唠叨："时间贼紧，给你带点啥？衣服？不用。鞋？底子都磨有窟窿，没有一双好的，哎，难为死妈了。瓦罐里还有仨鸡蛋，准备换醋称盐的，煮煮你带着？"

父亲说："算了，啥也别带了。时间紧，哪也别去了，到隔壁去，给你伯告别一下。"

我到了后院，钻进了自己住的那间茅草屋，跟我的故居告别。茅草屋窄小得只能放下一张床，一个杌子，一张木板钉的桌，桌上摆着课本作业墨水瓶蘸水笔草稿纸，都是日夜陪伴着我令我烦心的东西。我在屋中间三平方尺的空处站了一会儿，脱下鞋，穿着军装躺在床上，我伸展开全身，要痛痛快快地吐出一口气，把这些天，不，把这些年，在溟梁村，憋在肚里的怨气闷气霉气所有不顺心的气全都吐出来。我忽然意识到，人再苦再难再不顺心，一定不能灰心，更不能像马鞭那样去走邪门歪道，只要活着，就总会有扬眉吐气的那一天，要熬，要一天一天地熬，一月一月地熬，一年一年地熬，要咬着牙熬下去。生活永远是美好的，美好的生活永远在前面等着你，就看你能不能熬到那一天。溟梁村人的那句话应该是至理名言，我妈也常说：最穷无非要饭，不死终会出头。谁知道我刚一伸腰一蹬腿，咔擦一声，我头朝下，脸朝上，两脚朝天，床板的一头塌了。说起这床，真令人汗颜。父亲在地上隔开五尺远，栽下两根带岔的木棍，二尺多高。在对应的土墙上，掏两个拳头大的洞，三四寸深。在岔棍和墙洞上，各绷上一根三尺多长的棍。在这两根木棍上，搭了几块长木板，铺上干山药秧，一层粗布床单。就在这样的床上，我睡到这么大，临离开了，它还塌了。我一边弄床，一边流着不知是心酸还是高兴的泪。

回来见到父亲，我没有说话。

父亲说："哭了？见到恁伯了？恁伯一直惦记着你哩，听恁伯话，部队就是部队，军令如山，要服从命令听指挥，领导让干啥就干啥，前面就是刀山火海，也不能后退半步。可不像在家，恁随意。"

我说："大伯没在家，大概拾粪去了。"

当天晚上，全县的新兵在县城大礼堂集中。大礼堂的座椅被清理一空，新兵们在宽敞的水泥地上摊开被褥，闻着新军被子褥子的清香，睡了一夜。

第二天一大早，天下起了雨雪。漫天雪花欢快地飞舞，细雨不紧不慢地飘洒。雨雪交融，随心所欲地下着。早上开饭，有些新兵眼睛发红，脸色呆滞，端着半碗糊涂（土话：粥）半天不喝一口。也有不少新兵心情、胃口极好，就像我，一脸的兴奋，狼吞虎咽，一口气吃了五个蒸馍，喝了四碗玉米面糊涂，白萝卜丝咸菜一口没吃。饭后，新兵们背好背包，准备出发。

大礼堂院子里，热闹得像集市，全都是新兵和来送别的家人。父亲来大礼堂送我，雪花一片一片，有气无力地落在他的头上、身上。父亲没戴帽子，满头苍发，任凭雪花细雨飘落，发梢上挂着很多细小的水珠。他两眼发红，一脸凝重。旁边几个年岁大的女人，围着几个新兵，不停地往他们口袋、手里塞钱，塞鸡蛋，塞袜子，"呜呜呜"地低声哭泣。几个男人，年岁和我父亲差不多，眼含泪水，叮嘱着他们的儿子。

我扫了他们几眼，有些瞧不起他们。我内心里是无比的喜悦，犹如一锅开水哗哗翻腾着。我不仅异常兴奋激动，还有一个急切的愿望：走，快走，马上走，越快越好，尽快离开这个地方，能早走一秒钟就不要多待一秒钟。心灵深处，浮现过张黑毛那张邪恶的脸，想起过鹰鼻当年背着一箱铁棍山药偷着往外跑，被老搅那只大狼狗死死盯追着不放的感觉，挥之不去的还有大伯的身影……人的心灵深处真是个无底洞、万花筒、多棱镜，想啥心思都可能会有，但说出嘴的实在不多。我现在就是这样，心里思绪翻腾，脸上却格外平静。

我对父亲说："到了部队，马上给家里来信，马上。"

父亲从怀里掏出一个牛皮纸信封，递给我，低声说："你伯给你的，装好了，记住，没人的时候再看，一定记住了。"

"大伯？"我没再说啥。我心里，最恨的就是大伯。就是因为他，差点把我的大好前程葬送了。他送我的东西，拿还是不拿？我在犹豫。

弟弟悄悄对我说："大伯殁了。"

"啥？大伯殁了？"这真是晴天霹雳，我简直不相信弟弟的话，觉得他纯粹是在胡扯，"咋殁的？"

弟弟说："大前天夜里，大伯上吊死了，夜隔（昨天）夜里才发现，那信封里的东西是大伯死前留给你的。"

这时，"嘟嘟嘟……"的哨声，"立正""报数""向左（右）转""蹬车"……严厉的口令声，在雨雪中骤然响起，此起彼伏，大礼堂的气氛顿时紧张嘈杂混乱起来。

一队绿色帆布敞篷的卡车开了过来。

"四排的，快上车！"申排长下了命令，"上16号车。"

我的心乱了起来，把大伯给我的东西装进了口袋，扣上了扣子，没再给父亲、弟弟说一句话。我有些懵懵懂懂，心慌意乱不知所措。迈着沉重的双脚，我随队登上了第16号卡车，挥手向父亲和弟弟告别。雨雪中，父亲好像有些摇晃，弟弟赶紧伸出手扶住了他。

雨雪纷纷扬扬，渐渐大了起来。载着新兵的卡车一辆接着一辆，碾着泥泞的雪水，缓缓开出了礼堂大门。大街上响着噼噼啪啪的鞭炮声，两边站满了中小学生、机关干部和新兵的亲戚家人，他们举着小旗，挥着双手，喊着口号，依依不舍地欢送新兵和自己的亲人。

我的眼前，一直晃动着大伯的影子：那端粪叉像端着一支三八大盖步枪的姿势，眉宇间渗透出那种刚毅倔强威严的神情。还有他说张黑毛的话：找他说，说啥？哪朝哪代没有军人？哪个军人的天职不是保家卫国？他懂个啥……

车驶出城外，加速前行。路两边的柳树已经发绿了，枝条清新干净，在雨雪洗涤中轻轻地摇曳。透过树的间隙，是大片的田野，笼罩在蒙蒙烟雨中。麦苗已经从严冬的沉睡中苏醒过来，开始拔节分蘖，焕发出勃勃生机。碧绿的麦苗喜气洋洋，迎接着飘然而至的雨雪，有些地方已经覆盖上一层薄薄的雪。柳树上，几只花喜鹊喳喳喳喳叫着。电线上落着一只半大的鹰，看着行进的车队，欢快地抖动着翅膀飞了起来，往远处的天边飞去了。

严冬即将过去，春天毕竟要来临了。

房子、树木、电线杆、村庄纷纷向后面倒去。溟梁村离我越来越远了。

我心里沉甸甸的，一直在想着大伯。寻找到合适机会，悄悄打开了大伯托父亲给我的牛皮纸信封，里面有十五元钱，十斤全国粮票，还有一张照片。

那是一张年代久远的照片，颜色有些发黄，2寸大小，照片上的人脚穿高筒马靴，身穿国民党军装，头戴军官帽，腰扎武装带，挎着手枪，身姿笔挺，目光刚毅，英姿飒爽。尤其是军帽上那帽徽，青天白日十二角星，被四周梅花枝叶围裹着，显得格外醒目、刺眼。

我两腿发软，双手哆嗦。翻过照片，背面的毛笔小字刚劲潇洒：

　　　誓将此身长报国，代代征人戍边关。
　　　——黄埔第十四期中华民国二十八年九月铜梁

天啊，是大伯……

溟梁村手记 *

一

我到温县溟梁村的第一天，就认识了司马柳树妈。那天，一大早从县城出发走到溟梁村大队部时，天已经过中午了。四月天，太阳虽然不太热，但由于我急着赶路，还是走得满头大汗，心里直发慌。驻溟梁村工作组组长老靳见到我，嘴里咝咝地吸溜了一下口水，不轻不重地说：你是专门赶来吃饭的吧？说完径直往大队院外走了。快到大门口时，他才头也不回地又说了一句：跟我走吧。就出了院子。

老靳是山西人，个子不高，微胖，经常穿着一双旧皮鞋，据说是解放县城时从一个死去的国民党连长脚上脱下来的。1945年豫西北没解放，他就参加了地下党，配合八路军太行支队在这一带活动。解放后，他在县政府农工局工作，我工作的县文联和他在一个大院。大概是做地下工作时间太长的缘故吧，老靳对谁都很戒备，脸上带笑的时候不多。我和他虽然是熟人，但没有啥交往，心里也并不喜欢他。现在他是组长，我是副组长，又晚来了十多天，就没再解释什么，只跌跌撞撞地跟着他，来到了一

* 原载《十月》2013年第3期。《小说选刊》2013年第7期，《北京文学·中篇小说月报》2013年第6期，《中华文学选刊》2013年第7期转载。

户人家。

老靳一进门就喊：司马柳树妈！

院里有一间茅草棚，茅草棚里烟雾缭绕，缭绕的烟雾里立刻有个女人答应说：靳组长怹来了？就吃，就吃。

一个女人小跑般地从烟雾中出来，双手捧着一碗面条，面条黑乎乎的，我一看就知道是红薯面擀的面条。那女人把面条恭敬地放到了院里的小石桌上。

老靳坐在石桌旁的木凳子上，又厚又短的双唇向外凸着，像短嘴猪一样。他滋滋地吸溜了一下口水，对司马柳树妈说：这是新来的，给他也弄碗面条吧。

司马柳树妈抬头看着我，目光有些怯生生的。我因为太饿，充满希望地看着司马柳树妈。司马柳树妈大约三十多岁，中等身材，一头黑发扎在脑后，眉清目秀，人长得也算漂亮。她穿件蓝色粗布短褂，圆领子很低，低到能看见两个半露的乳房；肩上的跨带很窄，窄得肩膀、脖子几乎全都露着，汗水浸湿的短褂贴在胸前两个像窝窝头大小的乳房上。司马柳树妈拦腰系着白色围裙，膝盖下的腿露着，迎面看好像没穿裤子似的。后来我看到她是穿着裤子的，只是裤腿短，没有围裙长。

司马柳树妈还没来得及说话，不知从哪儿跑来三个小女孩，围在放着面条的石桌旁，六只眼睛像饿狼似的盯着石桌上的面条，吧唧着小嘴，都没说话。上房屋的窗户上传来了嘭嘭嘭的敲击声，司马柳树妈对着厨房喊：快送去吧，又敲了。

厨房的烟雾里又走出一个小男孩，只穿一个裤头，上身裸露，满是汗灰，头上粘着草屑，双手端着一个大碗，往上房屋走去。我看见那是一碗面汤，汤里漂着几片红薯叶和几根红薯面条。司马柳树妈回头看着老靳，双手在胸前搓着，脸上露出难色，半天没有说话。我知道这个时期的农村，正是青黄不接的时候，群众家里都不富裕，一定是我的突然到来让她为难了，就说：老靳你吃吧，我不饿。

我说不饿纯粹是胡扯，半晌午时肚子就开始咕咕叫了。我只是不想让司马柳树妈太为难，太尴尬，更不想听老靳的嘴里再说出什么难听的话。我说完，转身走出了司马柳树妈家。

回到大队部院里，我坐在行李上等老靳。饭没吃上，我就想找地方睡，睡能治饥，睡着就不知道饿了。时间不长，老靳回来了，说：司马柳树妈家没有面了，她借去了。她家的街屋空着，没人住，以后你就住在她家。

我背着行李又去了司马柳树妈家。

司马柳树妈正好端着一碗面条走出了厨房，看到我就递过来说，用凉水刚过过，凉散散的快吃吧。我一看是白面条。老靳吃的是黑乎乎的红薯面面条，我吃的竟然是白光光的面条，心里一阵欢喜，真应了那句俗话："迟饭是好饭。"我已经好几个月没吃过白面条了，我知道农村人也只有到过春节才可能吃上一顿白面条。

司马柳树妈一脸愧色地看着我，语调谦恭地说：薛组长，很对不起，让你饿得难受了，真的很对不起。

我听了心里发酸，赶紧说：早饭吃得多，不饿不饿。

司马柳树妈手脚麻利地给我收拾好街屋的床铺，我就在司马柳树妈家的街屋住下了。

二

驻溟梁村工作组共有四个人，老靳是组长，我是副组长。工作组的人分散住在老乡家里。工作组的主要任务是领导溟梁村农民搞好总路线、"大跃进"和人民公社运动。县文联还交给我一项任务，就是体验生活，创作一部反映农村开展这一伟大运动的文学作品。

溟梁村不大，千把口人，坐落在古老的溟河西岸，村子因溟河而得名。我国最古老的词典《尔雅·释地》记载："梁，莫大于溟梁。"郭璞注曰："溟，水名。梁，堤也。"据民间传说，远古时期的溟河汹涌澎湃，水大浪急，先民们就在这里修建了我国有史以来最早最大的"溟梁"工程。宋代诗人文彦博有诗曰："谁谓溟梁大，不能容舫舟。"可见到了宋代，溟河已经河道渐淤，水浅不能行舟。现在的溟河已经根本没有了河的模样，堤岸变成了平地，河道变成了良田，溟梁村有几十户人家把房子都盖在了原来本是溟河的堤岸和河道上。溟河也就成了一个符号，成了溟梁村人一个古老的传说。

司马柳树妈的家在村子东头，院里长着很多树，一座街房，一座上房，都是旧瓦房。挨着上房还有一间茅草棚，那是厨房。司马柳树妈有四个孩子，男孩叫司马柳树，八岁；其余三个都是女孩，分别是十岁的司马柳枝、六岁的司马柳叶、四岁的司马柳花。司马柳树爹是个老病号，得啥病我不清楚，自从我住进这个院子就只是听见他在上房不停地咳嗽，很少看见他从屋里出来过。我住在司马柳树妈家，并不在她家吃饭。工作员吃派饭，每家吃一天，全村轮流吃，一直吃到溟梁村办起了大食堂。

民以食为天。人活着要吃饭。自古以来吃饭有很多方式。开办大食堂是驻村工作组改变农村人吃饭方式的一项主要任务。老靳是个很有韬略的人。为办好大食堂，他带着工作组和大队干部进行了精心策划。

先是营造"大跃进"的环境。溟梁村一个叫彭孝先的人上过私塾，写得一手好毛笔字。他根据老靳的要求，每天提着一个破洋铁桶，桶里装着水，兑上红土和颜料，手里拿一把旧笤帚，在村中主要大街两边人家的房墙上写标语。那些标语都是老靳给他说好的，每个字都有面簸箩那么大，血红血红的。内容如：一年超英，二年赶美，三年进入共产主义；砸碎小锅铸大锅，大食堂里笑呵呵；三天一小宴，五天一大宴，大食堂天天像过年；人有多大胆，地有多大产；插红旗拔白旗，狠批到顶论；一天等于二十年；等等。主要大街上写完后，彭孝先又用一些彩纸剪成条条，在那些纸上写上小标语，贴在一些大树上、小胡同和大队部院里的墙上、屋里。一时间，"大跃进"的标语满街、满院、满眼都是。

全村社员像牲口一样被圈进大队部院子，老靳在开成立大食堂动员会。他吸溜一下口水说：共产主义是天堂，第一步先吃大食堂。小河没水大河满，小河有水大河干。各家各户的桌椅板凳、粮食都要交到生产队的大食堂。从今天起，家家不许冒烟，户户不能存粮。

老靳话说得很严厉，尤其是最后几句话。

大队长王净横宣布了分队方案和各小队社员名单，淏梁村原先的十八个互助组分成了九个生产小队，每个小队开办一个大食堂。个个小队又成立了收缴队、运输队。收缴队负责到各家各户把粮食、桌、椅、板凳、锅、盆等物搬到院外的大街上。淏梁村的街道两边，很快就像家具、炊具展销的自由市场。运输队负责用架子车拉和手搬肩扛，把这些东西弄到各小队食堂大院。大队还专门成立了督查队，负责对全村这项工作的督查。三个队一过去，家家户户干净得像秋风扫落叶一样。

太阳快落时，我回到司马柳树妈家。淏梁村大队长王劲横正带着督查队在司马柳树妈家督查。他拉着我进了上房屋，说：薛组长你来检查检查，看督得彻不彻底。

他拿根一米多长的铁条往衣柜箱的缝隙里捅捅，向床底下的黑暗处扎扎，嘴里问司马柳树妈：你还有啥东西就自觉交出来，省得搜出来斗争你。再说薛组长住在你家，你更要带头，可不能给薛组长带来不好影响。

这个王大队长，真能扯，把司马柳树妈和我拉扯上了。

司马柳树妈像一只将要被宰杀的羊，不好意思地看看我，语调虔诚地说：全交了，都交了，啥也没剩，真的啥也没剩。

大队妇女队长王希英瞥了她一眼，一屁股坐在司马柳树爹躺的床上，满面春风地说：大兄弟，病快好了吧？来，老嫂摸摸你腿凉不凉。她不由分说地把手伸进了司马柳树爹的被窝。

我第一次看见了司马柳树爹。他脸面干瘦，眼眶塌陷，皮色蜡黄。这是一个久病卧床、营养不良的人，嘴里"啊啊"叫，嗓音嘶哑，听不清说的是什么。我的脑子里突现一念，就

303

是这么一个男人，竟有着这么旺盛的生命力，和司马柳树妈生育了四个孩子？

妇女队长王希英从被窝里掏出了一个小布包，小布包里是几个鸡蛋。王希英乐呵呵地说：大兄弟常年不起床，原来是卧床在下蛋呢？都要吃大锅饭了，你还留这鸡蛋干啥？

司马柳树爹瞪着王希英，嘴里还是"啊啊"的，只是声音有些大，显得有些激动。

突听咚的一声，一个小伙子从屋的顶棚上跳了下来，浑身像在尘土里打过滚儿的驴，脸上黑乎乎的，手里抱着三棵白菜。他说：棚上太鸡巴黑了，啥也看不见，真不好搜。他转身又问司马柳树妈：棚上还藏有啥？

司马柳树妈瞪了他一眼，没有说话。后来我知道这个人叫牛大嘴。

屋外有人喊："搜到了一袋麦。"

我们出了屋子，见一个督查队员正从红薯窖里爬出半截身子，灰突突的，手里举着一个布口袋。

大队长王劲横笑了，皮笑肉不笑的。他用铁条指指督查队员手里提的那小布袋、牛大嘴怀里抱着的三棵白菜和妇女队长王希英手里捧着的几个鸡蛋，问司马柳树妈：这是都交了？这是啥也没剩？

司马柳树妈被带到了大队部，被一起带来的还有二十多个人，都是家里被搜出来藏有东西的。老靳板起脸，狠狠地训斥了他们一顿，就把人都放了。

司马柳树妈回家见到我，显得有些不好意思，甚至有些愧疚，说她对不起我，给我带来了不好影响。接着，她一脸委屈地问我：薛组长，那些粮食是我们全家流汗出力，舍不得吃舍不得喝，从牙缝里省下来的，为啥要收走交给大食堂？大食堂是大锅饭，大家吃。刘财旺那些懒汉们不干活，乱流逛，家里穷光光的，啥也没有，开了大食堂不就白吃我们的？你那天到我家吃饭，我借狗剩妈的面，放在红薯窖里的一袋麦本来是要还她的，收走了我拿啥还？

司马柳树妈的质问，我无以对答。我觉得她问的问题，尤其是前一部分，太直接，太现实，也太大，这些问题应该由县长、县委书记，至少应该是工作组组长老靳来回答。其实，我也可以回答她。我在县工作组培训班上集训了十天，十天里我学会了很多话。这些话的内容很多，都是上面一些很有文化的秀才们写的，都是回答在农村走集体化办大食堂时社员们要问的问题，其中也包括司马柳树妈问的问题。

不知道为什么，面对司马柳树妈，这些话我不想说。是这些话太冠冕堂皇，离农村的现实和老百姓的生活太远，还是我自己在思想深处也没有完全理解？弄不清楚。面对着司马柳树妈那张纯朴的脸，那双真诚的眼睛，那种渴望我能给她一个满意回答的神情，我张不开口。话说回来，回答那些问题的话我都是烂熟于胸的，我可以在大会小会上说，可以在广大社员群众面前满怀信心地说，理直气壮地说。这方面我比老靳强。老靳没啥文化，嘴里就那几句话，他的话远没有他吸溜进肚子里的口水多。但是，就在那一瞬间，我决定对她前一部分的问题一句也不说，不回答她。至于她说她借面粉藏小麦是因为我，我就不能不说了。

我敷衍她说："以后都吃大食堂了，狗剩妈不会再要了吧？"

"不要？那这个人情，我不是要落了她一辈子？"

听了司马柳树妈的话，我想起了老靳吃的那碗黑乎乎的红薯面条，想起了我吃的那碗白光光的面条。

<h1 style="text-align:center">三</h1>

淏梁村大食堂开火了。

每当开饭前，九小队炊事员老斜火拿着洋铁皮卷成的广播筒满街喊：社员们，开饭了，带碗带筷一起来。

那声音像雷声一样响，在空中回荡。社员们兴高采烈地拥进食堂，拿着碗到大锅里舀玉米粥。能放下两三头猪的大杀猪锅里，粥稀稠适中，颜色金黄金黄的，里面还下有豆。农村人在粥里下豆是生活奢侈的象征，流行有"三年不下豆，盖间瓦门楼"的说法。大食堂的粥里现在不仅下豆，而且很少只下一种豆。经常是蚕豆、黄豆、花生、玉米豆等交叉着下，有时下两种，有时下三种，有时各种豆全下。

社员们用筷子到大簸箩里扎杠子馍，杠子馍又白又热腾，随便扎，有人一筷子扎上三四个。杠子馍在农村是一种很奢侈的馍，是两个馒头连在一起不用刀切开的大蒸馍。不过在淏梁村人的嘴里，很少光说杠子馍，往往在杠子馍前面要加个"大"字，有人还故意把"大"字的音拖长，说"大——杠子馍"，就显得很豪气，很富气。淏梁村过去只有少数富裕人家遇到大喜大庆大节日时才蒸一次大杠子馍。现在的大食堂顿顿都是大杠子馍。往往是簸箩里的大杠子馍还没吃完，老斜火和马黑土就又抬着一笼冒着热气的杠子馍兴冲冲地走来，一边往簸箩里倒一边对旁边等着扎馍的人说："放开肚皮随便吃，大杠子馍有的是，撑死了别怨炊事员。"

舀了下豆粥扎了大杠子馍的人或席地而坐，或坐在收缴来的桌椅板凳上，听着老榆树上挂的喇叭匣里"大食堂就是好"的歌声，大吃二喝，谈笑不断，热闹非凡。杀猪锅里金黄金黄的下豆粥从来就没有被喝得见过锅底，大簸箩里热气腾腾又白又暄腾的大杠子馍从来就没有被吃光过。

社员们尽情享受着吃大食堂的优越性。

在歌声和社员们吃喝笑闹声中，我经常看到司马柳树妈背着司马柳树爹进到院子，放在固定的柳圈椅子上，然后去打饭菜，用筷子扎大杠子馍。她把两根筷子分开扎，每根筷子上都扎两三个。一根筷子上的大杠子馍自己吃，另一根筷子上的大杠子馍一口一口地喂司马柳树爹吃。满院的吃饭人快走光了，司马柳树妈还在喂她的丈夫吃，吃得很香甜，很喜悦。司马柳树爹大概很少有过这样的生活，嘴里不停地吃，不停地"啊啊"。别人听不懂他说的是啥，司马柳树妈说：他是高兴，高兴了就"啊啊"。大杠子馍太好吃了，吃不够。

终于有一天，司马柳树爹吃出问题来了。那天是司马柳树喂他爹吃，他爹直"啊啊"，司马柳树以为他爹还要吃，就不停地喂。岂不知他爹是吃得太多了，想拉屎；最后憋不住，拉在了裤裆里。他爹卧坐在柳圈椅子里，腰带是根细绳子，深深地陷在胀鼓鼓的肚皮里，怎么也解不开。他爹"啊啊"的声调就变了，像是在骂人，眼睛里还有泪水溢出。司马柳树急得两眼直抹泪。炊事员老斜火等人跑来，看看也没办法。正在这时来了司马柳树妈。她叫老斜火去拿小擀面杖和剪刀来。老斜火很快就拿来了。司马柳树妈把司马柳树爹的后背搬出来，用小擀面杖尖尖的头，顺着司马柳树爹的脊椎骨沟插了进去，细绳子腰带终于从紧勒的肉里被挑了出来，咔嚓一剪刀下去，周围的人才松了口气。人们问司马柳树妈，这一手哪学的？司马柳树妈淡笑着说：娘家妈。我很小时，还没有遭年馑，娘家爹外出吃酒席，回来后娘家妈经常这样做。

看来很多绝招都是有家传的。

尽管遇到了这件事，司马柳树妈还是逢人就说：大食堂真是好啊，大食堂就是像天堂，天堂的饭就是香。要知道这么好，早就该吃大食堂。

我觉得司马柳树妈对大食堂的赞扬是发自内心的。她一个人在队里劳动，全家六口人在大食堂吃饭，回家自己不用做饭，不会再因没有米面而发愁。四个孩子和司马柳树爹不仅能吃得饱，还能吃得好，吃得高兴，天天像过年一样，不到一个月就吃得满面红光。看着司马柳树妈掩饰不住的喜悦，不知道她是否还记得她曾经问过我的那些话，尤其是说大食堂大家吃，刘财旺懒汉们开了大食堂就白吃他们的那些话？

大食堂的春风在溟梁村弥漫荡漾，男女老少过去青菜色的脸，现在被吹得像路沟里、树园里的芍药花，朵朵盛开，红润娇艳。溟梁村的"大跃进"运动也搞得轰轰烈烈，"大跃进"的高潮正在溴梁村蓬蓬勃勃兴起，全村群众"大跃进"的热情从来没有像现在这样高涨过。

"大跃进"的各种活动老靳都进行了精心安排，比如小高炉炼铁。溴梁村的大街上，家家户户的门前都有一个用土坯垒成的小高炉，家家户户都用小高炉炼铁。小高炉里填上旧门板、树疙瘩、麦秸、玉米秆、豆秆、铁棍山药秧等柴火，柴火上放着砸碎的铁锅、铁桶、铁门鼻等。点上柴火，满村烟雾缭绕，呛得人们直咳嗽。县里、公社检查哪个村大炼钢铁搞得好不好，标志就是看哪个村的烟雾大不大。

一天，老靳听说检查组快到溴梁村了，就让工作员和大队干部往各小队跑，指导社员们在高炉外面也堆上柴火猛烧；又让一些社员跑进一些没人住的空院，把大门反锁上，在里面点上一些柴草烧。为了制造更大的烟雾，在那些干燥的柴火上洒上一些水，或者盖上一层新拔的青草。检查组的老爷们一进村口，黄烟滚滚扑面而来，呛得他们睁不开眼睛，鼻涕眼泪直流。他们拉着老靳的手直往村外跑，一边跑一边说："老靳，你们溴梁村的小钢铁炼得不错，炼得真不错。"

再比如拉大车。为了表示人的力气比牲畜大，村里组织进行拉大车比赛。三队的辛大民赤裸着上身，肚皮上画个红太阳，两个耳朵上挂着大雷炮，双手驾着辕在溴梁村的那条主街上跑。辛大民满以为没人敢和他叫板，没料到迎头碰见了司马柳树妈。司马柳树妈也拉一辆大车，耳朵上系着两条红绸飘带迎风摆动，胸前挂的大红花鲜艳夺目。司马柳树妈双手驾辕，昂首挺胸，一脸神气，一边拉大车一边唱：

大跃进，像大车，

俺拉大车像飞马。

一天能跑一万里，

转眼跑到老君家。

太上老君哈哈笑，

要到咱村拉大车。

　　司马柳树妈的行为着实让全溟梁村的人对她刮目相看。谁也没有想到她能这么勇，这么泼，这么能干，以至于以后多少年，溟梁村还流行着一句歇后语，叫"柳树妈拉大车——真能干"。

　　司马柳树妈在没有吃大食堂前，受司马柳树爹和孩子们拖累，为一家人的生计奔忙劳作，在溟梁村默默无闻。大食堂的富裕生活把她养育得精神饱满，青春焕发，调动了她火一样的激情。

　　老靳说：妇女能顶半边天，女人就比男人强。老靳还说：辛大民是哑巴拉大车，光会拉，不会唱，不知道他给谁拉大车。司马柳树妈比他强，不仅能拉大车，还能唱"大跃进"，都知道她是为"大跃进"拉大车。最后老靳拍板，司马柳树妈拉大车比赛拔了头筹，得了第一名。

　　司马柳树妈成了村里的名人。

　　王劲横说：这娘们贼能干，过去咋没发现？

　　屋檐下的一个老太太低声说：这媳妇咋二半调？活像村北头的疯戏子王丘妈。

晚上，天上明月高挂，地下皎洁如银。司马柳树和他的妹妹们不知到哪里去了，院子里很安静。蟋蟀和不知名的夜虫在欢快地歌唱。司马柳树妈像是刚洗过澡，满头秀发披在肩上，浑身冒着皂角液的香气，靠在街屋前的一棵香椿树上。她已经完全没有了白天拉大车时的雄姿和潇洒。月光中的她，娇丽妩媚，像仙女下凡一般，说话像月光一样纯洁柔和。

她对我说：你是工作组副组长，恁有文化，带我们往好日子奔，又住在我家，我一定不能再给你丢人。

听了这话，我心里突然乱得像一团麻。

四

老靳一声令下，全村开始收割麦子。一望无际的麦田像金黄色的海，在微风里掀起层层波浪。布谷鸟在麦海上空欢快地飞翔。溟梁村在吃大食堂的第一年迎来了夏粮大丰收。老靳早上下令开镰后，就到公社开会去了。溟梁村的麦收工作暂时由我负责。

社员们在熟透了的麦田里弯腰弓步，挥镰割麦。村里和地头架起的大喇叭里，不停地播着温县夏收、夏耕、夏种"三夏指挥部"的特大喜讯。刚播王庄村小麦亩产一千斤，接着就播南湾村亩产三千斤，还没有割几把麦子，又播庙林塔村亩产八千斤。到了下午，崔村的小麦就达到了亩产一万二千斤。喜讯一个接一个，很多村子的亩产不断地翻新、暴涨。溟梁村人开始听了感到很兴奋，接着是很惊讶，后来听着听着，人们停下手里的镰刀站

311

了起来，张着嘴看着喇叭不再说话，仿佛傻了一样。都是一样的地，一样的种法，亩产差别咋就这么大呢？

司马柳树妈把镰刀往地下一扔，说：这是王祥吹猪吧？俺表妹的婆家是崔村的，我见过他们的麦子，还没咱村长得好，咋能亩产一万多斤？

我见过溟梁村的王祥吹猪，是司马柳树妈带我去的。王祥是个屠夫，专门杀猪宰羊。那时候农村穷，猪少，杀猪就更少。不像后来的村里家家户户养猪，过年过节时杀猪，村里一片猪叫声。那时候杀猪在农村是件大事，谁家要杀猪早半个多月前在村里就吆喝开了，杀猪时半个村的人都跑去看。我跟着司马柳树妈到了杀猪的地方，见那个叫王祥的人一只手捏着猪嘴，不让猪叫唤；一只手提着一尺多长的柳叶刀，从猪脖子的地方一刀进去，直插猪的心脏。一股冒着热气的鲜血喷射出来，猪哼了几声，伸展开四蹄弹了几下，就没气了。司马柳树妈低声告诉我，要吹猪了。

王祥拿刀在猪后腿上拉个小口，用根三四尺长的铁条捅进去，在猪皮和肉体之间不停地乱捅；捅了一阵后，就让徒弟用嘴对着那个小口开始吹猪。徒弟一口接一口地吹，吹得很有节奏，死猪的肚皮慢慢鼓胀起来，但是一直鼓得不大，鼓得不快。有人喊：王祥吹，王祥吹！王祥把手里的刀往地下一扔，推开徒弟，一手撕着小口，一手捏着小口下面的猪蹄，鼓起肚子，张开大嘴对着小口，像拉风箱一样呼哧呼哧直往死猪的身体里吹气。王祥吹猪时，徒弟拿根棍子，在猪身上不停地敲打。吹猪是需要气氛的，需要把气氛烘托得十分热闹。围观的人分为两拨，开始起哄。一拨人喊：使劲吹！另一拨人喊：使劲打！在一片呼喊着"吹、打"的热闹气氛中，王祥越吹越勇，大口地吸气，大口地吹气，憋得脸红通通的，像刚从猪肚子里掏出的肝。死猪的肚子急剧地鼓胀起来，很快就被吹得变了形，变得像牛那么大，完全没了猪的模样。

司马柳树妈告诉我：死猪只有吹得大，吹胀得变了形，在杀猪锅里用开水烫了，猪身上的毛才能刮得干净，刮得光溜溜的，一根毛也不剩。

晚上，老靳还没有回来。公社有人带信来说，会上让每个村的工作组组长报小麦亩产。老靳由于拿不准溟梁村的亩产，报了几次都没有达标，公社就把他扣下了。公社说哪个村再拖一天报的亩产不达标，驻村工作组的副组长也得到公社开会。老靳很着急，让我和在家的干部研究，拿个意见报他参考。我想起了司马柳树妈的话，就派她连夜去她表妹的婆家崔村取经。

后半夜，司马柳树妈回来了，风风火火的，衣服都湿透了。她说：薛组长，明天你去公社报产量吧，就说溟梁村小麦亩产一万五千斤，接着又自言自语地说：王祥吹猪，谁不会？

第二天下午，老靳回来了。

和老靳在一起时间长了，发现他有个习惯，爱吸溜口水，经常在说话前先咝咝地吸溜一下口水。是不是他口腔里的水腺太丰富，聚在嘴里的水太快太多了，还是有别的原因？我弄不清楚。有一次回文联，在院里碰见农工局的老孙，聊到老靳，老孙说老靳吸溜口水的毛病小时就有，这是老靳自己说的。老靳说他爹做小生意，琢磨什么事时就爱端着铜水烟袋吸溜吸溜地抽。那吸溜声不大不小，不紧不慢，不温不火，津津有味的。老靳看多了也想吸，他爹不让，他就用嘴空吸溜。时间长了，就养成了这毛病。

老靳吸溜一下口水说：这次在公社开会真是长了见识，也真是受了洋罪。我开始报淏梁村亩产小麦八百斤，王村的老樊张口就报一千斤。我咬咬牙想报一千五，西蒙村的崔大嘴连眼睛都不眨报了两千五。停了半天，没有村子敢再报了。

马副社长说让我们长长见识，就让广播室的小黄拉根广播线，安个喇叭对着我们播。喇叭里播的数可真叫刺耳。刚播了林赵公社的南湾村亩产三千斤，一袋烟没吸完，就播秦凌公社的庙林塔村亩产达八千斤。到了下午，又播大崔公社的崔村亩产达到了一万二千斤。

马副社长急得直跺脚，说把你们的驴耳朵撑大了好好听听，别的公社卫星、火箭一个接着一个地放，直往天上蹿，蹿到了九霄云外太上老君的家门口。咱公社可好，连鸡巴个火星都看不见，你们心里不急？我把话放这儿，报的产量低于五千斤的工作组组长，一律留在公社继续开会。实在不行，把各村的副组长也弄来开。开一天不行开两天，开两天不行开三天，啥时候报的产量不给咱公社丢脸啥时候散会。

有几个村组长木着脸报了五千斤走了。我们留下开会的中午还管饭吃，晚上就光喝稀粥了，第二天早上连稀粥也没了。

马副社长拿着一把破蒲扇不停地忽扇，用手端着我们的脸说：连小麦亩产量都上不去，你们还想吃饭，吃个鸡巴！牛社长被弄到县里开会，到现在都三天了还没让回来，天天在那喝冷水，急得在电话里直骂我。都是让你们这些屌货给拖后腿拖的。

老靳很感慨。

他吸溜一下口水说：真的很感谢司马柳树妈，一个女人家，黑天半夜地跑了几十里路，到崔村取到了真经，才把我救了；又指指我说：把你也救了。不是她，说不定咱俩都在公社圈着哩。

按照司马柳树妈的建议，老靳号召溟梁村向崔村学习。社员们把几十亩收割的麦子堆放在一块地里，中间放着小板凳。夜里，县里和公社检查组来了。司马柳枝、柳叶、柳花和一帮孩子们站在麦堆中间的板凳上，拍着手唱歌。

老靳汇报说：今年溟梁村小麦大丰收，上午在公社报的产量太保守了，回来看了一估摸，一亩地产小麦足足有三万五千斤。

老靳正汇报，突然停了一下，然后用两只手提着裤腰继续汇报：这一亩麦子长得多好！麦秆又粗又壮，麦粒又大又饱，上面能站得住孩子。

检查组啪啪啪地鼓起了巴掌。

老靳低声对我说：赶紧找根布条给我，裤带断了。断得真不是时候。

我赶紧把我的布裤腰带解下来，撕成两个布条，我系一条，老靳系一条。老靳裤子还没有系好，孩子们乱了，哇哇喊叫。我隐约看到不知是司马柳枝还是司马柳叶一脚踩空，从板凳上掉了下去了。好在是夜里，检查组没能看得太清楚，以为是孩子们在表演节目庆祝丰收达到了高潮。

溟梁村开始秋收。玉米高粱谷子大豆几天时间就被割倒了。平原的田野上没了遮挡，一望无际，看得很远。为了响应温县秋收、秋耕、秋种"三秋指挥部"的号召，营造溟梁村"三秋""大跃进"气氛，掀起溟梁村"三秋""大跃进"高潮，司马柳树妈作为大队妇女队长，组织全村的妇女、老人和孩子糊了很多纸灯笼。村外的大树、小树、坟头、土岗、河堤、井架上，都挂满了纸灯笼。有的地块空旷，就散插上一些棍子，棍子上挂着灯笼。到了晚上，点起灯笼。远远望去，溟梁村外的田野里遍地灯火，亮如白昼。

《温县大跃进战报》上有人写诗称赞说：太上老君跺脚问，银河何时落人间？

"银河"里的溟梁村社员们，出红薯，剜地，种麦子，干得热火朝天。剜地应该是一锹接着一锹地剜，不能留生地，这样一个壮劳力一天最多能剜几分地。可是在夜里，大干的热情可以创造出很多人间奇迹。司马柳树妈的办法是，剜起一锹土往地面上撒，隔一尺多远再剜一锹土撒在地面上，整块地剜撒完，用耙一耙，就变成了土细如面的秋耕地。这样一个人一晚上可以剜好几亩地。

司马柳树妈出红薯也创造了奇迹。她带着几个娘们，一晚上每人能出近十亩红薯。老靳听说了很兴奋，拉我陪他去现场看看。他说：看看她们到底用的啥新技术，出红薯竟然能够比用苏联老大哥的双轮双铧犁耕地还快那么多？

到了南河洼地，我才明白司马柳树妈们出红薯用的新技术是脚跺手拽。先用脚在红薯根周围跺，跺几脚，土松了，然后抓住红薯秧猛一拽，一两个细小的红薯就带在秧上出来了。一堆一堆的红薯秧上，稀稀拉拉地带着几个红薯。司马柳树妈说：拔去红薯，用耙一耙，就成了秋耕的新地。

我知道，有很多红薯，包括一些很大的红薯就留在地下了，地上薄薄的一层新土是虚的。

在县工作组学习班上，县委李林书记教育我们：工作组到了农村，要千方百计地保护、支持和赞扬群众"大跃进"的热情，不能泼冷水，讲怪话。我看着老靳和司马柳树妈们自豪、自信和喜悦的脸，没敢说啥。

老靳让我写诗歌颂扬司马柳树妈的先进事迹。我领命夜战，在司马柳树妈家街屋的煤油灯下写道：

柳树妈，真能干，

一夜刨薯九亩半。

昨天遍地是红薯，

今天变成种麦田。

社员全像柳树妈，

土地哪还有空闲？

明晚抖抖老精神，

后天种地到云间。

第二天，这篇顺口溜被贴在了大队部的先进人物园地上。几天后又登在《温县大跃进战报》上。《温县大跃进战报》还加了我写的编者按：河南温县是三国时期著名的政治家军事家司马懿和晋武帝司马炎的故乡。自从"八王之乱"和"永嘉之乱"之后，司马家族在中国的土地上就销声匿迹了。可是在一千多年后的今天，在如火如荼的"大跃进"年代，司马家族又诞生了一位很能干的女将——司马柳树妈。很快，这篇带着编者按的顺口溜又被《河南日报》刊登出来。全省全国不少人知道了司马懿的故乡温县，有个村子叫溴梁村，在溴梁村有个很能干的司马家族女将叫司马柳树妈。

司马柳树妈对我说：薛组长，恁真有文化。

根据司马柳树妈的突出表现，老靳决定吸收她进村领导班子，接替王希英当溴梁村大队妇女队长。王希英的丈夫叫彭孝先，解放前在温县城丁字口路东的一家药铺当过账房先生，双手能打算盘，因为写标语有功，老靳安排他在第九小队当司务长。老靳说夫妇两个不能都当干部。

司马柳树妈当了大队妇女队长，"大跃进"的劲头更加高涨。她的脸上洋溢着青春的朝气，英姿勃勃，神采飞扬。她走起路来，两条腿倒腾的速度很快，两条裤腿在摩擦中唰唰发响。她胸脯挺得老高，两个窝窝头大小的乳房在胸前不停地摇晃。她说起话来底气十足，声音洪亮，老年人说像溴梁村过去寺庙里的铜钟声一样。看来当不当干部，人的精神面貌是大不一样的，尤其是女人就更不一样。

我在每天创造着人间奇迹的"大跃进"浪潮中经受着洗礼和锻炼。我想写东西，我想在安静舒适的环境里写溴梁村人在"大跃进"中的创造和奇迹。我有这样的环境，这样的环境是司马柳树妈给我创造的。街屋里的桌椅总是一尘不染，床铺总是平整洁净，地上总是没有一点杂物，桌子上暖水瓶里的水总是满满的，滚烫滚烫。我的衣服裤子，包括散发着脚臭的袜子，也总是洗得干干净净，叠得整整齐齐。这像是我在县城里的家，有时觉得比县城里的家还要温馨。我知道这些都是司马柳树妈干的，因为街屋的门从不上锁。但我不知道她是在什么时候干的。最使我感动的是她当了妇女队长后，村里家里的事情那么多，那么忙，她依然对我照顾得这么好。我的生活待遇一点没有降低。

奔波劳累一天回来，街屋里洁净利落，散发着柳树妈的气息。那气息有着淡淡的幽香，甜滋滋的，沁心入脾。我经常眯起眼睛做深呼吸，细细品味那气息，觉得那气息充满着青春的活力。充满着青春活力的气息像涓涓暖流，慢慢流淌，滋润浸泡着我的脸、我的脖子、我的胸脯、我的肚子、我的双腿、我的周身。我紧张疲劳的肉体在活力的滋润浸泡中慢慢变得松弛，变得活力充溢。尤其是在夜晚，那气息使我的心里阳光灿烂，洋溢出无比的愉悦和希望。

我越来越感觉到，司马柳树妈是个在农村"大跃进"高潮中脱颖而出的新人，头脑精明粗中有细，是个适应社会浪潮又能在社会浪潮中发挥着旺盛生命力的女人。

静静的夜晚，我躺在弥漫着司马柳树妈气息的街屋的床上，经常神使鬼差般地想起离我不足百米外的上房屋里的司马柳树妈。

五

一场霜冻在夜幕里悄悄降临，原本生机勃勃的树木叶子上挂了一层洁白的霜。霜很薄，在朝霞里闪动着晶莹的光。太阳升起来了，还没有升得太高，白霜就化了，化出一层淡淡的烟雾，很快就消失了。中午的太阳还有些热，照射着霜打后的树木。树木的叶子一下子就变黄变黑变干，西北风一刮，哗哗啦啦地掉在地上。几天后，树枝光秃秃地伸向天空，在大风里呜呜响。冬天来了，来得很快。

大食堂的院子里已没有了往日的热闹，主要是饭的质量在下降。开始是大杠子馍变成了蒸馍，蒸馍比杠子馍整整小了一半还要小。再后来，簸箩里一半是蒸馍一半是窝窝头。人们已经不用筷子去扎了，而是下手去抓，去抢蒸馍。这是开办大食堂以来从没有过的。金黄金黄的玉米粥已经看不见了。玉米粥已变得很稀，里面已经没了蚕豆、玉米豆、黄豆和花生。

牛大嘴舔着手指头说：过去一个大杠子馍咬了十大口还咬不完，现在一个蒸馍只咬四口就咬到手指头了。

刘财旺端着一碗粥，坐在一块土坯上，用筷子敲着碗说风凉话：大食堂是天堂，天堂里的粥咋就能当镜子照？

每当司马柳树妈把司马柳树爹背来放进柳圈椅子，再去拿馍舀粥时，蒸馍早被人抢光了，只剩下几个又硬又冷的窝窝头。粥也很稀。司马柳树一手抓个窝窝头，另一手抓个蒸馍。牛大嘴的儿子牛小宝突然跑过去，伸手去夺司马柳树的蒸馍。司马柳树捏得紧，牛小宝只抢走了半个蒸馍。司马柳枝、柳叶、柳花只抢到一个窝窝头，气得哇哇哭。司马柳树爹咬着干涩的窝窝头，喝着能当镜子照的稀粥，嘴里"啊啊"直叫。司马柳树爹很快就又瘦了下来，和吃大食堂前一样。

司马柳树妈以妇女队长的身份去找炊事员老斜火，说：妇女、老人、孩子都吃不饱，大食堂咋办成了这样？

老斜火两手一摊说：仓库里的粮食已经快空了。找老靳要，

320

老靳说大队仓库里的粮食早就被县粮食局调走了，我有啥法？再过几天，窝窝头和稀粥可能也喝不上了。

司马柳树妈跑去工作组反映大食堂的情况。

老靳坐在大队院里的土堆上，看蚂蚁搬家。有的蚂蚁嘴里咬着东西，正往窝里拖。有的嘴是空的，在快速地穿梭奔忙找食。听完司马柳树妈的话，他吸溜一下口水，说：吃亏了，吃大亏了。去年夏天小麦亩产实际上不到五百斤，可各村比着往高里报，虚报得太高、太多，上面按照报的产量每亩征调了一千斤，仓库里的小麦几乎全征走了。

当时我也在场，禁不住地说了一句：这像不像王祥吹猪？吹得越大，毛刮得越干净。

老靳没理我，站起来拍拍屁股上的土，又说：秋庄稼长得不错，但上面要求"三秋"工作要快，掀起了队与队、村与村、公社与公社比进度、争先进的热潮，很多玉米随着玉米秆割下来喂了牲口，绿豆、黄豆没打就连棵埋在了地下，像那时你们一个妇女，一天就出了十亩红薯，把很多红薯都埋在了地里。粮食多了不心疼，糟蹋得太多。大食堂都快没有粮食了。溟梁村的九个小队全都这样。

司马柳树妈的脸红了，半天没再吭声。

老靳想了想，吸溜一下口水又说：大食堂看来不能再这样吃了，要定量。青壮劳力一顿一个馍，妇女、老人、孩子一顿半个馍，粥可以放开了喝。

溟梁村的九个小队大食堂都开始按人定量。

司马柳树妈一家六口人，每顿只领三个馍。馍不够吃就喝粥，喝粥灌大肚，总比饿着强。人们又抢粥喝。司马柳树妈带着柳树、柳枝、柳叶、柳花好不容易挤到锅边，锅里的粥就剩下锅底一点了。锅底里有几个前面抢粥人掉进去的碗和小盆，在稀粥里晃荡。

司马柳树妈向老靳建议：粥也应定量。不然，妇女、老人、孩子连粥也喝不上。

老靳说：粥是稀的，咋定？

司马柳树妈说：叫王铁匠用洋铁皮按一碗的量打个勺，两碗的量打个勺，每家按人数用勺打到饭桶里自己回去分。

每次食堂打粥时，司务长彭孝先喊：

王发臭五口人，两大勺一小勺。

孙满收三口人，一大勺一小勺。

……

王斜火是掌勺的，按照彭孝先喊的打。没过几天，有人骂彭孝先有时把人数喊错，有时把勺数喊错。也有人骂王斜火，骂他掌勺不公平，经常给干部和关系近的人家多打。

一天中午，王斜火给司马柳树妈打完粥，后面排队的牛大嘴喊：多打了，多一勺。

老斜火说：多一勺？不会吧。

牛大嘴说：倒出来量量。

司马柳树妈气呼呼地把桶里的粥倒在一个盆里，老斜火用大、小勺一量，果然多了一勺。

一天，老靳给我说：近来群众反映有些村干部、司务长和炊事员多吃多占，群众很有意见。听说前几天九队炊事员老斜火给司马柳树妈多打饭，让群众当场抓住，影响很不好。一个是大队妇女队长，一个是小队的炊事员，怎么能够这样？他又问我：你和司马柳树妈住一个院子，有没有发现她别的什么迹象？

老靳是地下党出身，有着鹰一样的眼光、猎狗一样的嗅觉和狐狸般的判断能力。我看着老靳那张长期做地下工作的脸，他的嘴里又在吸溜口水，吸溜的后音还拖得很长。

我警觉起来，想了想说：有一天后半夜，听见院里扑通一声响，好像有什么东西跌落在院子里。我以为有贼，悄悄从门缝里往外看，看见了司马柳树妈，她正从地上捡起一包东西，看看周围没动静就提着东西进上房屋去了。还有一次也是后半夜，我去她家上房后面的厕所大便，发现厕所里放着一个小布口袋，摸摸是小米。谁在这个时间这个地方放了一袋小米？抬头看看厕所的外面，月光下小树林里一片冷清寂静。我迟疑半天没敢拿。清晨我再特意去厕所小便，那袋小米已不见了踪迹。这些是不是和老斜火有关？我拿不准。

老靳听了说，百分之百是老斜火干的，司马柳树妈肯定和他有关系。

"关系"一词，在农村就是指男女关系。农村人对男女之间偷情说得很含蓄。我听老靳这么一说，立刻感到有些后悔。

我最不该说的还有一件事：一天晚上回去，街屋的桌上不知道谁给我放了半小碗煮熟的黄豆。

话一出口，我就想自己扇自己耳光。我怎么能给老靳说这些？

我给老靳说这些，本来是想打消老靳对我的怀疑，证明我心胸坦荡，光明磊落，证明我和司马柳树妈井水不犯河水，没有任何私情。可当时我发现老靳看了我一眼，在他看我的那一瞬间，那双鹰眼鬼火般地闪动了一下，他不仅吸溜一下口水，还把吸溜的口水咽进了肚去。

可话一出口，我立马想到了"弄巧成拙"和"此地无银"的典故。老靳会不会觉察到我和司马柳树妈真有关系？

老靳吸溜完口水，口气坚毅地说：司马柳树妈是妇女队长，还有人反映她偷生产队的粮食。干部多吃多占和偷盗集体粮食是绝对不允许的。更何况司马柳树妈是"大跃进"中的名人，省里县里公社里都知道她，这样的人怎么能当村干部？

老靳吸溜一下口水，忽然一巴掌扇在自己脸上。原来有一只蚊子在叮他的脸。他打迟了，蚊子飞了，没有打着，自己白扇了自己一巴掌。我轻轻笑了，提拔司马柳树妈难道不是你老靳的意见？老靳有些不好意思，摸着自己刚被打过的脸说：你当时还在县报省报上吹她是个司马家族的女将，好像她比司马懿还强。司马懿啥时候多吃多占和偷过粮食？

老靳说完，自己也笑了。

六

老靳是个果敢决断的工作组组长，很快就免去了司马柳树妈妇女队长的职务，重新起用了王希英。老靳说溟梁村能干的妇女太少了，挑来挑去还是王希英合适。

女人之间的妒忌像熊熊烈火，燃烧起来非常可怕。王希英自从被撤销妇女队长那天就恨上了司马柳树妈，官复原职后就更是死死盯上了司马柳树妈。她不断给工作组反映司马柳树妈的问题。她说：司马柳树妈在地里拉出的屎，我偷偷去检查过，发现屎里有没消化的麦子。都春天了，别人都吃树叶野菜，她从哪弄的麦子吃？这肯定和炊事员老斜火有关系。

有人发现司马柳树妈偷捋过生产队的麦子，那几棵麦是长在王家祖坟上的，她跑过去捋下来搓搓吃了。

打麦场上的木桩上挂的玉米穗，有人发现司马柳树妈路过时偷偷揪了几个别在了腰里。

有人看见司马柳树妈在天还没有放亮时，偷刨队里平整好的土地，寻找去年秋天埋在地下的红薯，把平展展的地刨得跟猪拱的一样。

总之，妇女队长王希英把有关司马柳树妈的坏信息，源源不断地吹到了老靳和工作组的耳朵里。

说实话，我亲眼看见司马柳树妈一家生活的艰辛。四个孩子正在长身体，每天要吃要喝。司马柳树爹病瘫在床，不停地用棍敲打窗户，不停地"啊啊"叫。吃，成了司马柳树妈一家人天大的事。

春天来了，但院里并没有春天的气息。树的嫩芽刚刚冒出来，司马柳树妈就带着司马柳树、柳枝、柳叶把这些树的嫩芽捋下来吃了。臭椿树芽很臭，柿子树芽很涩，楝树芽很苦，司马柳树妈都把它们放在洋铁桶里煮了，再在清水里泡泡，然后捏成一个一个团子塞进嘴里吃。司马柳花小，吃不进臭涩苦的树叶，饿得哇哇直哭，喊着要喝粥，要吃馍。司马柳树妈抱着她，把树叶放在自己的嘴里嚼，嚼成糊糊吐出来，塞到司马柳花的嘴里。

榆树芽没有异味，连着捋几茬后就不再出芽了，村里人说榆树被狙死了。司马柳树妈把院子里的几棵榆树皮剥下来，撕出第二层又白又嫩的细皮，剪成寸段晒干了，放在碾子上碾，然后磨成粉，再熬成榆树皮面粥。

司马柳树妈告诉我：榆树皮面粥很黏，像胶，撕扯不断，喝时必须先放凉了，憋着一口气，一下子全部喝进肚子；绝对不能长时间地在碗里留一些，嘴里含一些，肚子里进一些，因为有人喝时倒不过气来被噎死过。

我经常看到司马柳树妈和她的孩子们端着一碗放凉了的榆树皮面粥，在大口大口地憋气。以后好几年，在司马柳树妈的院子里就再没有见过活着的榆树。

春天，不仅司马柳树妈家的院子里没有春天的气息，整个溟梁村都天干地荒，没有了春天的气息。正是小麦苗分蘖的季节，天没下一滴雨，麦地裂得口子像小孩嘴一样，麦苗分蘖不好，长得稀稀拉拉，叶子一天到晚蔫着。村里村外的野菜、野花和柳树、槐树、椿树等树的叶子被饥饿的人吃光了，榆树皮也被剥光了。

牛大嘴常说：每天最想听到的声音是，老斜火用洋铁皮卷成的广播筒喊：社员们，开饭了，带碗带筷一起来！可老斜火早已不再这么喊了。这个老不死的，只是半死不活地喊几声开饭了，就不再喊了。

牛大嘴说时，经常用舌头舔着干裂的嘴唇，伸着脖子把嘴里仅有的一点口水咽进肚去。他还说：更可恶的是打饭时，不仅司务长彭孝先还是像以前那样，故意把社员家的人数和大勺小勺的数念错，而且掌勺的老斜火也开始不停地抖动饭勺，有时还抖动得很厉害，经常是一勺粥从锅里舀出来时是满的，倒进社员桶里时就剩七八分满了。

很多社员都说：彭孝先和老斜火这么做，是想多剩下饭留给自己和跟自己好的人吃。群众编顺口溜说：一天吃一钱，饿不死炊事员；一天吃一两，饿不死司务长。

一天深夜，老靳把我叫到大队部，王希英也在。老靳说今天晚上有情况，他像当年做地下党一样，很神秘、很严肃地宣布了这次行动的纪律。然后跟着王希英，我们悄悄来到了九队食堂大院。

王希英指着大院土墙上的一个豁口说：司马柳树妈就是从这儿跳进去的。

当我知道了是关于司马柳树妈的事情，心里像吃了苍蝇似的，有说不出的滋味。

老靳的手里拿一把食堂大院门的钥匙，全村九个小队的食堂和仓库他都拿有钥匙。他打开锁，又把一小瓶液体倒在门轴上。事后我才知道，那瓶里的液体是润滑双轮双铧犁的油。老靳轻轻一推，厚重的大门无声无息地开了。我又一次领教了老靳的老练和狡猾。

大院里静悄悄的。我们蹑手蹑脚地先来到食堂，食堂的门锁着，听听里面没有动静；又来到仓库，仓库的门也锁着，耳朵贴在门上、窗户上听，也没有任何动静。

王希英的声音很低，但语气很坚定。她对老靳说：不会错，一点也不会错。我晚上没吃饭就盯着司马柳树妈，直到启明星挂到天上时，清清楚楚看见她从那个豁口跳进了食堂院子。

老靳摆摆手，示意王希英不要再出声。

我清清楚楚地发现，老靳自从进了食堂院子到现在，一直没有吸溜过口水。我想让他吸溜，吸溜出咝咝的声响，声响越大越好。但他始终没有吸溜，好像他根本没有这个习惯似的。

朦胧的夜色中，我看见地面上有一片旧瓦，就故意使劲踩到瓦上，咔嚓一声旧瓦碎了。那声音在寂静的夜里显得有些响，有些大。

王希英吓得一惊，老靳瞪了我一眼，没有说话。

老靳毕竟是老靳。他睁大了鹰一样的眼睛，审视着夜幕下的院子；用猎狗一样的鼻子，细细地嗅着大院里的气息。片刻，他像一只经验老到的狐狸，轻轻走到了藏红薯的地窖旁边。

红薯窖是在地上挖的坑，约有三四丈长，两丈多宽，一丈多深，上面架着木棍，木棍上覆盖着两尺多厚的玉米秆和麦秸，麦秸上抹着一层泥。红薯窖上有两个洋铁皮做的拔气筒，通往下面的地窖里，倒换着窖里的空气。老靳把耳朵贴在一个拔气筒上听；听了一会儿，有些兴奋起来。他让我去听。

我听见窖里有一男一女。男的声音很低，闷闷的，听不清说的啥，也听不清是谁，但感觉到男的很欢乐。女的声音时大时小，仔细听像是司马柳树妈。

王希英听到了司马柳树妈的声音后，英雄般地笑了。

老靳要抓现行，拉着我们躲在墙角的偏僻处，等着红薯窖里的人出来。我看着夜幕下的红薯窖，想着红薯窖里的司马柳树妈，耳朵里响着那个男人闷闷的欢乐声，我周身的血液在快速流动，心中燃烧起仇恨的火焰。我看了老靳一眼，发现他也正看着我。我的脸立刻红了，心里的烈火一下子蹿到脸上，脸上发起烧来。不过好在是夜里，老靳肯定没有看见我发红的脸。

红薯窖里的人终于出来了。先出来的是男的，像一只钻出洞的老鼠，四下望望，发现没有什么异常，就弯腰伸手拉出了窖里的司马柳树妈。老靳猛地打开手电筒，一道刺眼的白光照在那个男的脸上。

我们大吃一惊。

立刻，王希英像被杀了一刀，号啕大哭起来，接着像疯了一样扑向那个男的，又抓又打。司马柳树妈看见了我，像木头人一样站着，手猛地抖动一下，抱着的小布口袋掉在地上，里面的几个红薯滚落出来。老靳阴沉着脸，半天没吭声。王希英疯子一样在撒泼。我们都没有想到，从红薯窖里出来的那个男的不是炊事员老斜火，而是王希英的丈夫九小队司务长彭孝先。

树上的鸟儿们受到惊吓，鸣叫着扑扑棱棱飞向夜空。

七

批斗司马柳树妈的大会是在溟梁村大队部的院子进行的。

社员们三三两两地进到院子，稀稀拉拉地坐成一个半圆圈。听村里人说，溟梁村开大会形成的这种阵势是有根源的。原来开大会时，全村社员坐成一个圆圈，大队长王净横站在圈中间讲话，手舞足蹈，眉色飞扬。不知道谁私下说，这阵势多像黄河滩人弄的要猴场？王净横像猴在中间玩，社员们围着一个圆圈在要他。这话在村里传开了，人们就都在背后叫他王猴子。这话传到了王净横的耳朵里，他很气愤。他思考再三，反复琢磨，就改成了现在这种阵势：社员们只能坐半圈，半圈的两头之间有一条无形的直线，王净横的固定位置就在直线的中间。直线的另半圈空无一人，它是王净横一个人的地盘。这象征着他的权威、他的势力、他的至高无上，他一个人能顶着全村的人。工作组进村后开会，也沿用了这种阵势。

溟梁村社员们自觉摆好了半圆圈的阵势，等着开会。大队长王净横来了，他站到直线中间位置，挥着手喊大家：坐开了，坐开了，坐成一个圆圈。

人们不明白为啥突然要改变多年形成的阵势，半天没人动。王净横就点了几个人的名字，让他们带头，嘴里骂骂咧咧的。一些人只好站起来，坐到了空着的半圈位置。一个圆圈的会场形成了。

批斗司马柳树妈的会场弄成这样的阵势，是王净横向工作组建议的。他提出摆成这样的圆圈阵势，大概是想起了黄河滩人的耍猴场，想像当年全村社员耍自己那样耍司马柳树妈。

司马柳树妈被两个基干民兵带到了会场，站在圆圈的中间。按照老靳的要求，司马柳树妈和彭孝先要分开批斗，免得两个人在批斗中互相串供。现在的彭孝先还关在第三小队的空仓库里。

司马柳树妈的头发有些凌乱，脸色也不好，蜡黄蜡黄的。仔细看，她好像并不觉得太羞怯，也没有显得太害怕。我又一次想到了她赤裸着上身，耳朵上戴着红绸，胸前挂着红花，嘴里唱着歌拉大车比赛时的雄姿和潇洒。

大队长王净横是第一个上去质问司马柳树妈的。他说：你为啥偷东西？

司马柳树妈说：没吃的，孩子和他爹要活，不偷吃啥？

王净横问：你为啥恁不要脸，和别的男人搞腐化？

司马柳树妈白了他一眼，说：你为啥没有妈？

这一句在我听来是莫名其妙没头没脑的回答，会场上的社员们竟然轰地大笑起来，有不少人笑得前合后仰。王净横的脸立刻红得像猪肝。

后来渶梁村的人告诉我，民国三十二年，也就是一九四三年遭蝗灾时，没东西吃，饿死了很多人。王净横妈丢下她的几个孩子和丈夫，跟县城里一个摆摊卖烧饼的瘸腿男人跑了。当时王净横十多岁，最小的妹妹才三岁多。解放后，王净横和他爹托人到处找，有人说那个卖烧饼的瘸腿男人后来没有烧饼卖了，就把他妈卖给了洛阳的一家妓院，弄了点本钱又到别处卖烧饼去了。也有人说他妈往陕西跑，没跑到三门峡就饿死了。反正到现在村里人谁也没有见到王净横妈的踪迹。

司马柳树妈在这样的场合质问王净横这样的话，是全村人都没有想到的。她令王净横羞愧得无地自容，就像是用刀子直往他的心窝里戳。

王净横暴怒起来，伸手一个耳光，扇在司马柳树妈的脸上。司马柳树妈呸地一口痰吐在王净横的脸上。

王净横脱下一只鞋拿在手上，跳过去用鞋抽打司马柳树妈。鞋底打在司马柳树妈的脸上，司马柳树妈的鼻子嘴里立刻有鲜血流了出来。

司马柳树妈像一头发狂的狮子，猛扑过去，在王净横的脸上咬，咬得王净横哇哇直叫。

会场上社员们立刻闹腾起来。

几个年轻人很快跑到会场中间，拉开了厮打在一起的司马柳树妈和王净横。有一个叫司马柳墩的小伙子夺过王净横手里的鞋，扔出了会场。王净横的腮帮上、耳朵上有血流了下来。

有人质问王净横：为啥打人？兴你问柳树妈，就不兴柳树妈问你？

有人说王净横：问你为啥没有妈，哪儿错了？真他妈的不是好东西。

我发现护着司马柳树妈的人大多是司马家族的。

也有人在帮王净横擦脸上的血，说司马柳树妈：偷东西养汉，还揭别人短，太不要脸了。

这些人里有王姓家族的，也有包括刘财旺、牛大嘴在内的杂姓人。

老靳喝令大家：安静，安静，都回去坐下。他批评了王净横，说：你是大队长，怎么能动手打人？这又不是当年斗争地主恶霸，司马柳树妈是个贫农，主要批斗她的作风问题和偷盗行为，不能动不动就打人。

王净横坐在地上喘着粗气，他不服气，说：贫农咋啦？贫农就该偷东西养汉？

话音未落，王希英跑上前，用食指在离司马柳树妈的脸大约不到一寸远的地方，像敲打锣鼓点似的，不停地做敲打状。这样的动作溟梁村人叫端脸，象征着最大的仇恨、蔑视和侮辱。她端着司马柳树妈的脸，歇斯底里地喊：臭破鞋，养汉精，你到底还要不要脸？

王净横捂着被咬烂的脸，附和道：对，要不要脸？

司马柳树妈抹一把脸上的血，倔强地说：先要命。命都没了，哪还有脸？

正在这时，司马柳树拉着柳枝、柳叶、柳花到了会场。司马柳树眼睛里没有泪水，三个妹妹大声哭着，一起扑向妈妈。司马柳树妈弯下身子，抱着自己的儿女哭，抽泣着说：苦命的孩子，妈养不活你们，溟梁村咱不待了，找你舅舅去吧。

不知道啥时候，司马柳树爹来了，是一个小伙子背他来的，后面还跟着四五个女人，一个五十多岁，另外几个都很年轻。那几个女人跑过去，推开司马柳树姊妹几个，撕拽司马柳树妈的头发，用手打司马柳树妈的脸，嘴里骂着很难听的话。司马柳树抱住其中一个女人，在她的大腿上猛咬，咬得那个女的"娘啊娘啊"直喊。司马柳墩等人拉开了那几个疯了似的女人。司马柳树爹嘴里"啊啊"喊叫着，手里拿着那根敲窗户的棍，就像在家里要饭吃时敲窗户一样，往司马柳树妈身上乱打。一棍子敲在司马柳树妈的头上，鲜血从脸上流了下来。

会场上又乱了起来。

斗争会没办法再开下去，老靳宣布批斗会散了。

八

大队部里，工作组和大队干部在研究对司马柳树妈和彭孝先咋处理。王希英是彭孝先的老婆，老靳要她回避，她没参加会议。我发现王净横的脸上有好几个牙印，有两个咬得太深，还在出血。会上两种意见争执不下。

王净横说：司马柳树妈偷东西养汉，猖狂破坏大食堂，批斗会上拒不接受改造，大咬革命干部，是个地地道道的现行反革命分子，应该立即逮捕法办。他的意见得到几个村干部和一个工作组员的同意。

我说：古人讲民以食为天。春秋时期有个先人叫管仲，他说仓廪实则知礼节，衣食足则知荣耻。司马柳树妈说：命都没了，哪还有脸？这话有一定的道理。这件事我看就算了吧，不能再说了，再说会出人命的。几个村干部和一个工作员同意我的意见。

王净横说：不法办司马柳树妈，要都像她那样去偷，去抢，去养汉，大食堂还咋吃？

我说：要法办就先办彭孝先。他身为小队干部，利用职权，多吃多占，勾引妇女，品质恶劣，是典型的坏分子。

我知道彭孝先是王希英的丈夫，是王氏家族的女婿，第九小队王姓人多，彭孝先当司务长，王姓人吃大食堂没少沾他的光，我就拿他当撒手锏。

王净横说：我问过彭孝先，他说是柳树妈想吃红薯，勾引了他。他是革命干部，意志一时薄弱，被柳树妈利用了。

我说：彭孝先的嘴里很少说过实话。据群众反映，他勾引的不止柳树妈一个。

老靳觉得很难有统一意见，就说再研究吧，会就散了。

散会后，老靳把我留下，说要给我谈谈。

老靳站起身来两只手掏着裤口袋，一副很悠闲的样子。他背对着我，吸溜了一下口水，问：在食堂院里，你把啥东西弄得那么响？

我说：瓦，一块旧瓦。

老靳说：光溜溜的地，就一块瓦，我绕过去了，你就偏偏踩上了？

我说：我没你眼好。

老靳转过身说：老薛，眼好还是心好？你最清楚。刚才在会上，你说的——对——还是——不对？

我说：哪不对？

老靳没回答我，像口吃似的，故意一个字两个字三个字地往外崩：早——有人——反映，说你们——有——关系。我——点拨过，可你——没说——实话。

我有些气愤了，站起来说：老靳，说话要有根据。

老靳吸溜一下口水，继续说："听说——帮洗——臭袜子，还有——内裤——"然后就不吭声了。

老靳真会说话，话说得真艺术。他先说"听说"，又不说谁"帮洗""帮洗"的还是"臭袜子""还有内裤"，下面就又没话了。老靳像是在审犯人，只提示关键词，给我留下了回答问题的广阔空间。

我看了老靳一眼，没有说话。

老靳停了一会儿，又吸溜一下口水后，以同样的方式问了一些问题。总的意思是，司马柳树妈在村里夸我肚子里墨水多，有文化，写过书，写过很多文章都登在报纸上，是个大文化人，还特意提到了我说的那半碗煮熟的黄豆。老靳最后吸溜一下口水，说："干柴烈火的，能是啥——关系？"

我真的很佩服老靳。

　　但老靳不知道，我到溟梁村不到几个月，就和司马柳树妈好上了。

　　那天我病了，发高烧，迷迷糊糊地睡了。半夜醒来，发现身边躺着个女人。是司马柳树妈。她说在帮我收拾屋子时，看见了桌子上我写的书、报纸上我写的文章。她娘家爷爷是教私塾的，自己小时候也认得一些字，就是太浅。她很崇敬我，崇敬我有文化，是个大文化人。她说工作组到村里来，搞"大跃进"，吃大食堂，就是要让社员们过好日子。她对我说：从着你是工作组长，我一定会好好参加大跃进。

　　老靳并不知道，司马柳树妈在"大跃进"中的突出表现其实是和我有关系的。

　　司马柳树妈对我说：柳树爹瘫在床已经好几年了，每天只会"啊啊"，孩子们又小，连个说话的人都没有，心里很苦。你住进这个院子，我心里才亮堂些。你病了，单身一人，一定孤得慌，躺在身边陪陪你。

　　对天发誓，司马柳树妈那天晚上和我躺在一起，也仅仅只是躺在一起，相互之间啥也没做。这是千真万确的。我贴着她鲜活的肉体，闻着她身上散发出的女人香气，心里旌旗摇动，魂不守舍，有着强烈的冲动，但我没有越线。男女之间越是冲动，越不越线，双方的感情积累就会越厚重，就越是显得神圣、神秘、高贵和高尚，就越会产生巨大的吸引力。就像两条水流迎头冲向同一条堤坝，水流越急，堤坝越高，两边的水就积聚得越深，蕴含的能量就越大。一旦堤坝垮了，两股水合在一起，就变得平平淡淡，变得索然无味，它们的能量就消失了，相互之间的吸引力就会荡然无存。

司马柳树妈和我的肉体紧紧贴在一起，我明显感到她那两个窝窝头大小的乳房柔软、温热、细滑。她的手在我的头上、身上滑过，像揪着我的灵魂在走动。我始终没动她一根手指头。因为我病着，浑身无力，但我很享受，很满足。

司马柳树妈对我喃喃细语，说她也很满足，说能和我做个伴，能陪着我躺在一起说说话就心满意足了。

我对司马柳树妈的不满或者叫仇恨，是从我发现有人往院里扔东西、在厕所发现那一袋小米和那半碗煮熟的黄豆开始的。

这些事情后来我从没问过她。这种事不能问，谁都有秘密。有的秘密能够点破，有的秘密不能点破。粮食这么紧缺，还有谁能给她院里扔东西？还有，谁能深夜把小米放到她家厕所里？她给我送的半碗黄豆又是哪来的？

这些秘密本来是不能说的，我却都告诉了老靳。为什么当时话一出口我就想自己扇自己嘴巴？就是我把不该说的秘密都告诉了老靳。

告诉老靳这些秘密，并不因为我是溟梁村的工作组副组长，有责任向组长反映这些情况。掏心窝的话，告诉老靳这些秘密根本不是出于我的责任，只是因为我发现老靳已在怀疑我和司马柳树妈的关系。

老靳每当和我谈起有关事情时，总是漫不经心地哑哑吸溜口水，吸溜得我心惊肉跳。他每吸溜一下口水，都好像是吸走了我心中的秘密，坚定了一分他对我的怀疑。老靳是个很可怕的人。

反右派时老靳是农工局党支部书记，局里十二个人有八个被打成右派，其中有个人和老靳是山西老乡，平时和他关系也不错。一天，这个人在办公室开玩笑说："互助组好是好，牛头能用麻秆挑。"老靳连续吸溜了两下口水，说他恶毒攻击互助组，互助组的牛怎么会瘦得用麻秆就能挑起来？第二天这个人就被打成了右派。老靳给了他那个老乡一把笤帚，让他打扫厕所去了，一直打扫到现在。我害怕老靳吸溜口水，尤其害怕他不停地吸溜口水。因此，我要向老靳表明我的清白，我要他消除对我的怀疑。

其实，我告诉老靳那些秘密更主要的原因是我恨司马柳树妈。我恨她对我的不忠诚、不专一，恨她在我之外还有另外一个男人。

司马柳树妈并不知道我发现了她的这些秘密，更不知道我把她的这些秘密已经报告给了老靳。她每天照常帮我收拾屋子，洗衣服叠被子，开水瓶里灌满滚烫滚烫的水。她只要看见我，就两眼秋波闪动，嘴唇微微张合，两手在自己的腿上轻轻地抚摸。我知道她想和我亲近。

我用坚毅的目光拒绝了她。我不能容忍她在我之外还有一个男人，虽然她和我躺在一起时堤坝高筑，两个充满激情的肉体也仅仅只是躺在一起而已。尤其是发现了她和彭孝先在红薯窖里偷情后，我对她的仇恨更加强烈。

本来，在研究如何处理司马柳树妈时，我心灵深处和王净横的意见是一样的，把她定为坏分子，逮捕法办，关进监狱，以解除我心头之恨。我说不清当时为啥态度会突然转变，坚决地和王净横截然对立。没想到我这样做，让老靳更加坚定了对我的怀疑。

九

我回到司马柳树妈家的街屋时，天已经很黑了。我心里很乱。想起老靳给我说的话，句句像小虫子，在我心里不停地乱钻乱爬，难受得慌。点上煤油灯，昏黄的灯光下，我看见屋里的一切都还是早上起床时那样，被子床单胡乱摊在床上，脏衣服扔在椅子上，桌子上的茶杯口敞开着，盖子不知道放在啥地方了。拿起暖水瓶想倒水喝，发现里面空空的，猛然想起昨天就是空的。

屋里的光开始昏暗下来，窗台上的煤油灯火慢慢变小，忽闪几下就熄灭了。屋里完全黑了。我知道煤油灯里的煤油已经耗尽了。这种情况是以往从来没有过的。我躺在床上，感到从没有过的孤慌。眼前漆黑的夜幕遮住了一切，什么也看不见。唯有我的心还在像江河一样波澜起伏，奔流不息。

我想到了司马柳树妈对我的种种好处；想到了我吃的那碗白光光的面条；想到了她说"从着你是工作组长，我一定要好好参加大跃进"；想到了她给我布置收拾的这个温馨舒适的屋子；想到了她柔软温热细滑的肉体和揪着我灵魂走动的手。总之，想到的都是司马柳树妈给我的关心照顾，给我的享受和满足。

我想到了批斗会。眼前又开始不停地晃动着她那被王净横用鞋底打流血的脸；晃动着她像头愤怒的狮子一样在咬王净横的脸；晃动着那几个疯了一样的女人撕拽她的头发，用巴掌打她的脸；晃动着司马柳树爹用棍子打破她的头，头上流出鲜红的血。

耳朵里不停回响着她搂抱着儿女们那撕心裂肺的哭声，回响着她说的那句"命都没了，哪还有脸"的话。

我心里像有无数根钢针在扎，扎得我心惊肉跳，疼得我直想掉眼泪。

屋外的树上传来猫头鹰的叫声，凄婉悲凉。我知道天已经是后半夜了。睡不着，想去厕所。我来到司马柳树家上房后面的厕所蹲下，才发现自己并没有上厕所的必要。这时，听见有声音。我站起身来，见一个黑影用脚在踩司马柳树上房的后沿墙。声音不大，但很沉重。踩了两脚后，那个黑影直奔厕所走来，没想到在厕所里碰上了我。

我严厉地低喝黑影别动。黑影没动，站在那儿。仔细看着黑影，是个中年男人，手里提着一个小布袋，布袋里装着东西。这是一张我不认识的脸。但我肯定，他一定和那次厕所里发现的半布袋小米有关，一定是司马柳树妈在我之外的那个男人。

我亮明了自己的身份，是溟梁工作组副组长。驻村工作组在那时的农村是最有权威的，主宰着村里的一切。

正在这时，司马柳树从家里跑来，紧紧地拉着那男人的手说：这是我舅舅。

司马柳树妈的哥哥说：他家住在黄河南边。黄河南边农村的大食堂早就散火了，搞单干。社员们分到了自留地、饲料地，还可以开小片荒种粮。路沟、坟地、树林、河堤，只要有空闲地都可以开垦种粮。自己的房前屋后，也可以种瓜种豆。谁种谁收谁吃，社员们家家都有粮食吃。

从司马柳树妈哥哥的嘴里，我知道了以往所不知道的司马柳树妈。

司马柳树妈的小名叫璧玉，娘家在黄河南边巩县。一九四三年，当地人说民国三十二年，河南遭遇了蝗灾旱灾，树皮草根都吃光了，人走着走着，倒在地上就没气了。璧玉爹饿死了，妈带着璧玉的哥哥弟弟妹妹坐一条破船漂到黄河北边躲灾荒。他们发现了半畦萝卜，就拔了几个，还没吃几口就被一个男人抓住了。这个男人就是溴梁村的司马百思，他手里拿着一把砍柴刀。他说：抓住小偷，要剁掉一个手指头。你们看剁谁的？

母亲说：剁我的，孩子们太小。

哥哥说：剁我的，少一个指头没啥。

璧玉说：剁我的，我迟早要嫁人。

司马百思看着有一副美人胎的璧玉，笑了。他说：谁的也不剁了，把这个闺女留下吧，给我当儿媳妇。

璧玉妈满口答应了。全家人吃了一顿萝卜，娘背着一升小米带着其他几个儿女走了。璧玉跪在地上给娘磕了几个头，留在了司马百思家。解放那年，娘惦记着璧玉，让哥哥到溴梁村找她。璧玉已经是一个孩子的母亲了。她告诉哥哥，司马柳树爹叫司马魁，已经娶了一房妻子，生的全是女孩。她当了二房。解放后实行一夫一妻，司马魁就和大老婆离了婚，和璧玉一起过。没想到璧玉又生了三个孩子后，他得了一场病就再不会走路，不会说话，只会"啊啊"。

从厕所回来，我连夜去找老靳。

老靳的屋里人声嘈杂，很乱，王净横和在批斗会上打骂司马柳树妈的那几个女人都在。老靳看见我，就让那几个女人走了。

我把刚才的情况给老靳做了汇报。老靳听得很认真，他吸溜一下口水说：风言风语听说过黄河南面的事，可不知道是真是假。

王净横捂着被司马柳树妈咬破的脸，说：肯定是造谣。她哥散布反动言论，恶毒攻击大食堂，是个流窜的反革命分子，马上派民兵去抓吧？

老靳说：把他叫来问问情况再说吧。

王净横去了。

老靳对我说：刚才那几个女人，是司马魁的大老婆和四个女儿。她们说柳树妈为嘴不要脸，败坏了司马家族的门风。司马家族在溟梁村，在温县，以至在全国，都是很有名望的，提到司马懿、司马昭、司马炎这些司马家族的先人，天下谁人不知？司马柳树妈当年也借助于司马家族的这些先人才上的报纸，名扬全县全省全国。司马家族绝不能再容下这种人。她们要求政府让司马柳树妈和司马魁离婚，大老婆要和司马魁复婚。

司马家族在溟梁村并不是大家族，但由于祖上出过司马懿、司马昭、司马炎，司马家族的人到现在依然显摆着祖上的威风和排场。连半憨半傻的司马炮也经常歪着嘴，流着口水，不清不楚地说：我们老祖宗当年可比你老靳威风，你老靳恁厉害，不是也没见过诸葛亮？

我看过《三国志》和《三国演义》，看了这些书就很崇拜司马懿。我觉得他雄才大略，勇谋超世，确实是中国历史上少有的人物。我印象中隐约记得一幕：曹爽派人刺探司马懿身体状况，想把他杀掉。司马懿装着得了风痹，喂饭饭从口中流出，穿衣衣服掉在地上，话也说不清楚，只会"啊啊"。看来是风烛残年，

342

将不久于人世了，结果骗过了曹爽。曹爽陪魏帝曹芳去洛阳城外祭奠祖陵时，司马懿脱去伪装，威风凛凛地指挥军队封闭城门，举行兵变，挟持皇后发诏书罢免曹爽，为司马家族登上皇帝宝座打开了通道，三国归晋，司马炎最终当上了皇帝。司马家族的这种行为一直为以后一千多年来的封建道德所不容，说他们利用欺骗手段夺取天下。但是在昊梁村，司马家族却一直为他们先人的雄才大略而自豪。他们认为，古往今来那些成就大业者，这种手段有几个人没用过？

司马魁有点像他的祖上司马懿，饭来张口还经常流出口外，衣来伸手也经常掉在地上，一句话也不会说只会"啊啊"。平时看不出他头脑清醒，以为他是个靠喂饭喂水度日的行尸走肉，没想到他得知司马柳树妈和彭孝先偷情后不仅头脑清醒，而且疯狂得像一条健壮的狗，咬得司马柳树妈遍体鳞伤。我暗自庆幸，庆幸我和司马柳树妈躺在街屋床上时没被他发现，否则我的头也会被他用棍子敲得鲜血流淌。

司马魁在批斗会上用棍子敲打司马柳树妈是我没有想到的。我当时觉得他应该去敲打彭孝先，至少应该去敲打用鞋底抽打自己老婆的王净横。但他没有，他把满腔仇恨撒在日夜陪伴自己，每天给自己喂水喂饭，给自己端屎端尿，给自己生儿育女的老婆身上。事后有人指责司马柳树爹，司马家族的人说王净横、王希英、彭孝先都是村干部，他哪敢？敲打司马柳树妈是因为她丢了司马家族的脸。

司马魁在大老婆一家人的簇拥下来找工作组。他脸上肌肉扭曲，一只手挥舞着棍子，嘴里不停地"啊啊"。大老婆解释说：

老魁的意思是坚决和那个养汉精离婚，工作组要是不批准，他要碰死在你们面前。

司马魁是个很古怪的人。他坐在院子里晒太阳时，经常昂着头眯着眼往天上看，好像天上有五彩缤纷的景色，让他永远看不够似的。每当我进了院子，他明明知道是我，却从来就没有低下过他那高贵的头用双眼看我。现在，他却不时地低下他那高贵的头用眼睛瞟着我，目光呆滞却暗射锋芒，刺得我心里有些发毛。因为我心里有鬼，怕司马魁在我没有注意时用棍子敲我。

老靳问我：老薛你啥意见？

我觉得这个时候和司马魁站在一起是明智的选择。再说司马柳树妈和这个半死不活的司马魁待在一起如同守活寡一般，离了婚，也是一种解脱。同时在我的心灵深处还有别的想法，这些想法是永远也不能说出口的。我很干脆地回答老靳说：离吧，离吧，离了也好。

司马魁在大老婆一家人的簇拥下走了。

十

司马柳树妈上吊了。

批斗会后的第三天快到中午时，我才听到了这个噩耗。我当时犹如五雷轰顶，像丢了魂一样，倒腾着沉重的两腿向现场跑去。司马柳树妈是昨天晚上在关押她的小队磨坊里上吊的。等我赶到时，司马柳树妈已经被人抬走了，只有老靳和王净横在。他们表情肃穆，眼睛里流露出悲伤。我看到房梁上挂着一个绳圈，那绳圈在半空中微微摇晃。

老靳用手给我指了一下磨坊的后沿墙，没有说话。后沿墙上抹着一层白灰，白灰墙上有司马柳树妈用一块破碗片写下的遗言。遗言很简单，只有几句：

> 我不游街，自己走了
>
> 有文化人，更要有良心
>
> 柳树柳枝柳叶柳花，忘记妈，去你舅家吧！

我的心里乱得很。我觉得她上吊前一定想了很多很多。我晚上一夜没睡好觉。她大概没有想到，漆黑的夜里，我一个人躺在街屋的床上，一点一滴地回忆着和她往日的温情。她大概不知道，当她把上吊的绳子套在脖子上时，也许他的哥哥正在把一袋粮食往她家的厕所里放，放粮食的时候碰巧遇见了我。

最让我不能忍受的是她的遗言里的那句话：有文化人，更要有良心。这句话像锋利的钢刀，深深地插在我的心上，插得我心里鲜血直流，流得我几乎要晕厥，要窒息，要昏死过去。

看得出来，老靳心情也很沉重。他一直没有吸溜口水。沉闷半天，老靳才对在场的干部们说：司马柳树妈上吊了，但有些事情还是要弄清楚。

县公安局来了两个人，老靳不知道出于什么目的，说我有文化，要我协助公安局的人调查，了解一些情况，好给公社写个报告材料。

我现在特别反感有人说我有文化。

司马柳树妈遗言里说"有文化人，更要有良心"，全村的人都说那是说彭孝先的。彭孝先上过私塾，在溟梁村人的眼里，他是个最有文化的人。就是因为他和司马柳树妈在红薯窖里偷情被抓住，才害死了司马柳树妈。人们都说：司马柳树妈临死前还不放过彭孝先，还在墙上谴责他。

只有我心里最清楚，这句话是对谁说的。

因为昨天晚上老靳告诉我，批斗会当天晚上，他找了司马柳树妈，把我告诉他关于夜里有人往司马柳树妈家的院里扔东西，在厕所里发现小米，包括我屋里煮熟的那半小碗黄豆的事，都一一向司马柳树妈进行了核实。老靳说，司马柳树妈听后哭了，哭得很伤心。她让老靳一定要转告我，那都是她黄河南的哥哥送的，包括那半碗煮熟的黄豆。那半碗煮熟的黄豆是她和孩子们舍不得吃送给我的，她说我经常有病，身体太虚弱。

我百分之二百地断定，那天老靳见司马柳树妈时，一定像那次询问我一样：吸溜着口水，像口吃似的，漫不经心地往外进着关键词，向她了解关于洗臭袜子、内裤和与我的关系。

我断定，司马柳树妈肯定把我和她的关系全都招了。因为我知道司马柳树妈没我老练，绝对没有我老练。我当年是北京大学地下党的外围组织成员，虽说是外围组织成员，但我知道啥话能说，啥话变着花样应对也不能说。你老靳只是太行四分区领导下的地下党。我知道用啥办法对付老靳。可司马柳树妈毕竟是个农村妇女，太朴实太单纯了，尤其是她快言快语，心无遮藏，哪能对付得了老靳鹰一样的眼睛、猎狗一样的嗅觉和狐狸般的狡猾？

我还断定，司马柳树妈一定没有想到，老靳绝对不会全相信她说的话。尤其不会相信她和我睡在一张床上时能够堤坝高筑，从没垮坝。老靳是个自信武断的人，他断定干柴烈火般的男女睡在一张床上，该做的事情一定都做过，要不干吗睡在一张床上？后来，事实证明了我的这一判断是绝对正确。

我欲哭无泪。我恨死了老靳。

公安局的人调查了司马柳树妈偷生产队粮食的事。村里人说，饥饿出盗贼，自古都一样。溟梁村也绝不是司马柳树妈一个人偷粮食，户户偷，人人偷，红薯、玉米、大豆、芝麻、白菜、萝卜，见到啥偷啥。能偷就偷回家，不能偷回家的就地吃到肚子里去。队长见队长，麻袋往家扛；社员见社员，比比裤口袋。王净横、王希英和他们的家人谁没有偷过？为啥专抓司马柳树妈？包括刘财旺、牛大嘴这些杂姓人现在也改了口，都向着司马柳树妈说话。

公安局审问彭孝先关于红薯窖里的事。彭孝先听说司马柳树妈死了，心情也很沉重。公安局的人还没有问，他就流着泪说了实话。他说那天确实是他欺骗了司马柳树妈。他告诉司马柳树妈晚上派她和牛大嘴媳妇加班，到红薯窖里倒腾红薯，红薯在窖里放时间长了，要倒腾，不然会烂。加班后有红薯吃。因为大门的钥匙在老斜火手里，就从土墙的豁口跳进了院子。下到红薯窖里，司马柳树妈发现红薯窖里根本没有牛大嘴媳妇，只有她和彭孝先，彭孝先欺骗了她。她要走，彭孝先抱住了她，占有了她，事后塞给了她一袋红薯。

公安局在调查过程中了解到，司马柳树妈临上吊前的那天晚上，大队妇女队长王希英也去找过她，要她承认是她勾引了彭孝先。司马柳树妈说尽胡扯，是彭孝先利用欺骗的手段占有了她。彭孝先用司务长的权力，偷盗生产队粮食，勾引强奸不少妇女。她手里就有证据。

王希英说工作组和大队班子研究，定她为破坏"大跃进"的反革命分子，是个勾引小队干部的大破鞋，明天就要像当年的王寡妇一样，让她游街示众。

提到王寡妇，我心里咯噔一下。

王寡妇的事情司马柳树妈给我说过。那是在一天夜里，她躺在街屋的床上给我说的。那时我的感冒已经好了，恢复了体力，心里有些欲望涌动。司马柳树妈和我躺在一起，我经受不住诱惑，把一只手放在她胸脯上，慢慢挪到她窝窝头大小的乳房上。我还想做下一步动作。司马柳树妈轻轻把我的手推开了，她说：不能这样，躺着说说话就行了。

我问：为啥？

她说：想起了王寡妇，不想学她。

接着她像讲故事一样给我讲了王寡妇。解放前夕，漠梁村西头有个女人叫刘翠花，嫁给了同村的王姓人家，就是大队长王净横的二爷。儿子五六岁时丈夫得暴病死了，村里人叫她王寡妇。王寡妇当时才二十多岁，孤儿寡母，日子过得很艰辛。后来和邻村的一个男人有了关系。王氏家族发现后，用绳子把那个男的捆起来打得遍体鳞伤，后半夜把他揎进了村后地的一口砖圈井里。王氏家族说王寡妇败坏了门风，辱没了祖上，让王氏家族的后世子孙的脸上无光，按照族规让她游街示众。王寡妇头发被剪得七零八落，脸上涂抹着锅底黑，赤裸着上身，胸前用麻绳挂着两只破鞋，手里各拿一只破鞋，一边走一边用破鞋底抽打自己的脸，嘴里不停地吆喝：我是养汉精，我是大破鞋。

漠梁村一街两行的大人孩子都在看，不少女人，尤其是王氏家族的女人，怀着满腔愤恨用手指头狠狠地端她，用农村人最解恨的话辱骂她，一些孩子用鸡蛋、牛粪、人屎往她脸上身上扔。她那不懂事的儿子、她唯一的亲人，在王氏家族大人们的教唆下，也往她的脸上吐唾沫，骂她是养汉精、大破鞋。

女人其实是最要脸面的。游街让她受尽了侮辱，在村里村外包括自己儿子在内的人们面前颜面扫尽，没了脸，没了做人的尊严。王寡妇游完街，当天晚上就用被单包着头跳井自尽了，跳的也是那口砖圈井。

司马柳树妈一边讲着王寡妇，一边捏紧我的手，语调凄婉地说：我不想让司马家族的人把你搡进井里。你有文化，是国家干部，不能丢这样的人。我也不想游街，我还有一堆儿女，儿女们都还小，在漠梁村还要有脸面。男女之间有情不怕，怕的是越界，就像村口那条清沟里的水，水聚满了，一旦开了口子就把不住了。

我想：司马柳树妈临上吊前肯定是想起了王寡妇。

公安局的人告诉我，大队长王净横昨天晚上去抓司马柳树妈的哥哥，她哥哥闻讯跑了。王净横找到关押着司马柳树妈的地方，也没有找到她哥哥。王净横告诉司马柳树妈：司马魁用棍子敲你是轻的，他说司马家族人的脸让你给丢尽了。他和大老婆一家人找到工作组，要求和你离婚，和大老婆复婚一起过。老靳还没有表态，薛副组长就首先表示同意了，接着老靳也同意了。

司马柳树妈听了两眼发直，一句话也没说。

更令我没有想到的是这个王净横，他居然在司马柳树妈面前还说：你经常夸薛组长有文化，是大文化人。可人家薛组长揭发说，他住在你家，知道你很多情况，准备把你的事写出来，登在报纸上，要让你像当年一样，在全县全省扬名。

这真是天大的冤枉！我仰天无语，心中如锥扎刀割。

司马柳树妈死后没有几天，溟梁村的大食堂就散伙了。

十一

我进了司马柳树妈家的院子，没想到竟然迎头碰见了司马柳树妈。她面目憔悴，一脸委屈，看见我，两眼放射出仇恨的光，一句话也没说，气呼呼地往上房屋去了。我吓得两腿发抖，说不出一句话来，拔腿就往外面跑。

我慌慌张张地跑到大队部找老靳。老靳听完我的话，就像没听见一样。他吸溜一下口水，低头看着他那只裂了口的皮鞋，那只破皮鞋随着他的脚在不停地摇晃；摇晃了一阵，老靳狡谲地冷笑了。他用一副胜利者的神气说：司马柳树妈没有死，这你没有想到吧？

老靳告诉我，司马柳树妈把绳子套到脖子上，蹬翻了小板凳，两腿悬空，舌头从嘴里吐了出来，响声惊动了看守的民兵马哒哒。马哒哒赶紧跑进去，用镰刀割断了绳子，救下了司马柳树妈。司马柳树妈躺在磨坊的地上，人已经没有气了。王净横等人闻讯赶来时，老靳正在把摸司马柳树妈的鼻子和脉搏。老靳像一个经验丰富的医生，摸罢完后站起来悲伤地说人已经不行了，就派他的心腹、工作组的赵小米和马哒哒把司马柳树妈抬走了，说是送公社卫生院再抢救看看，以后就严密封锁了消息，对外说司马柳树妈死了。

这时我才突然发现，那几天我在溟梁村一直就没有看见过赵小米和马哒哒。

老靳给全村人设置了一个假象，欺骗了全村人，包括工作组和村干部。在这个假象笼罩在全村的悲伤气氛中，老靳通过公安局的人把很多谜都揭开了。老靳利用司马柳树妈的死，看清了溟梁村人的真相。

老靳，狐狸一样狡猾。

老靳采取了干净利索的组织手段，免去了王净横、王希英的村干部职务。彭孝先因强奸妇女、偷盗贪污集体粮食被逮捕法办。公安局的人在大队部院子里开逮捕大会，宣布他的罪行。大个子老孙用绳子把彭孝先五花大绑，捆紧后用肩膀把他背起来离地两尺多高，然后又狠狠摔在地上，摔得彭孝先哎哟哎哟直叫。下面有群众鼓掌。我当时也感到非常解气。这些人都是罪有应得。如果司马柳树妈不是以命相拼，没有上吊；如果不是老靳把司马柳树妈的假死真做，这些人就不会有这样的下场。司马柳树妈用自己的一条人命才洗去了身上的冤情，换来了事情的真相，换来了人们对她的同情，其中也包括王净横、王希英。因为我看到他们再没有了往日的骄横跋扈。当人们提起司马柳树妈时，他们都面色沉重，眼睛里流露出羞愧和懊悔。

逮捕大会后，老靳把我叫到他的办公室，宣布了对我的处理决定：根据组织上调查，你和司马柳树妈之间有着不正当的男女关系。报请上级批准，撤销你工作组副组长职务，给你留党察看处分，调县农场接受劳动改造。

我吃惊过后很快就冷静下来，因为我知道跟着老靳迟早会是这种结果。再说，我确实有愧于司马柳树妈，真的是对不起她，我这也是罪有应得。

我迈着沉重的两腿，回到司马柳树妈家的街屋，收拾东西，准备前往黄河滩的县农场。

街屋里曾经有过干净的地面、整洁的被褥、整齐的衣服、清新的气息，如今变得凌乱冷清。一只小耗子在窗台上的暖水瓶口上悠然自得地趴着，两只鼠眼骨碌碌地转动。它在盯着我，好像在嘲笑我。这个暖水瓶里曾经每天都灌满了滚烫滚烫的开水，但自从司马柳树妈出事后就再没灌过开水，一直是冰凉冰凉的。我把手里的一本书狠狠向它砸去，它吓得吱吱叫着，跳上床跑了。就在这张床上，曾经躺过司马柳树妈鲜活的肉体，曾经充满着令我心醉的女人气息。这种气息使我浑身充满燃烧的激情，感到无比地满足和欢乐，伴随我在溟梁村度过了一段难忘的时光。现在这气息早已消失殆尽了，闻到的气息有些发冷，有些陈腐。我感到了悲伤和凄凉。

我背着行李和书包走出街屋，特意看了一眼上房。上房屋的门洞开着。这几天上房屋里再没有传来司马魁那种令人讨厌的"啊啊"声，也再没有听见他用棍子敲打窗户那种令人心碎的声响。他为了司马家族的名誉，提出和司马柳树妈离婚，是我首先表示同意的。他已搬到大老婆家里去了。这对于司马柳树妈来说，应该是一种解脱。我也走了，对她来说，也真的是解脱了。老靳告诉我，为了司马柳树妈的脸面，对我的处分是党内的，淏梁村人是不知道的。

我走出街屋，看见了门口那棵香椿树。香椿树上曾经倚靠过仙女下凡般的司马柳树妈。就在那个月光如水的夜晚，她倚靠着这棵香椿树，含情脉脉地告诉我：你住在我家，我一定不能再给你丢人。这曾经让我心乱如麻。我知道这时候司马柳树妈就在上房屋，我看见她在屋里影子一晃就不见了。我故意使劲关街屋门，把关门声弄得很响。响声过后，我故意站着没动，用眼睛瞟着上房。上房的门大开着，我没有看见司马柳树妈。我想：她一定是在故意躲我吧？或许正在从窗户上那块玻璃往外看我？

突然，我看见上房屋的一扇门在轻轻地移动，心里一阵惊喜。我觉得司马柳树妈知道我要走了，一定会出来见上我一面的。我有很多话要告诉她，特别是一定要把老靳的阴谋和我对她的误解告诉她。一直以来，我们之间有着太多太多的误会，这种误会从很大程度上讲都是老靳造成的。我要告诉她，这些误会像一座座连绵不断的大山时时刻刻压着我的心灵，使得我痛苦万分，一直无法摆脱。

接下来的一幕使我彻底绝望了。我看见上房屋的门在慢慢地移动，最终被人从里面关上了。就像一场好戏演完了，无论热情的观众怎么鼓掌，两扇帷幕还是毅然决然地拉上了一样。

我死心了。就在那一刻，我又想到了老靳吃的那一碗黑乎乎的红薯面条，我吃的那一碗白光光的面条。我两眼含着泪，慢慢走出司马柳树妈家的大门。

突然，咔嚓一声雷响把我惊醒了。我坐起身来看看窗外，窗外是黑漆漆的天，一阵电闪雷鸣。一场大雨很快就要来了。

原来，刚才我做了一场梦。

补　记

这是根据我父亲生前留下的手记整理的。那天，我坐在大厅里父亲生前常坐的老布沙发上，翻阅着一本人民出版社出版的《大跃进亲历记》。书中写道：三教堂养猪场一头母猪一胎产下62头猪崽，应城县"保证一个红苕1万斤，力争一个红苕2万斤"，亳县亩产水稻40808斤，象山县最大的一颗"卫星"亩产水稻16万斤，昌邑县的中学生提出为亩产20万斤小麦而奋斗。浮夸风、浮躁风和接踵而来的大旱带来了灾难性的后果：亳县农民因缺粮只能吃树叶、树皮、谷糠、稻壳、棉籽壳充饥，一些农民因大量吃槐叶、椿叶、蓖麻子、苍耳子中毒死亡。芜湖县殷港村殷港小队22户人家86人得过浮肿病，饿死11人。叶县旧县公社妇女得了浮肿病，子宫下垂，"不是一般的下垂，而是掉出体外，挂在裤裆里"。

我出生于20世纪70年代，偶尔听到从那个年代过来的人们讲起那个年代的事情，仿佛在听一个遥远的故事和传说。

我看到这些类似于天方夜谭的亲历记，禁不住掩书嘘唏，思绪翻滚。我深深地被那个年代忽视经济规律、脱离客观实际、浮躁浮夸及其带来的灾难所震撼。

母亲走过来，看看我手里的书，问了问我的感受，回她的房间去了。不一会儿，母亲拿出一包用牛皮纸包裹着的东西放在我的手上，说：这是你父亲留下的，你好好看看，整理整理，不知道有没有刊物能发。

包裹手稿的牛皮纸颜色已很陈旧了，外面用纸绳扎着，像是一包年代久远的文物。我打开包裹，急切地翻了翻，发现是父亲20世纪50年代末到60年代初，在温县溟梁村当驻村工作组副组长时写的手记。手记中，父亲记录了溟梁村的一些事情和人的故事，其中引起我注意的是一个叫司马柳树妈的女人，父亲在很多地方都写了她。有时写得很有文采，洋洋洒洒；有时则欲言又止，几笔带过，好像有意隐藏着什么。

我静下心来，用了一段时间研读父亲的手记，整理出《溟梁村手记》寄给了省里的《黄土地》文学杂志社，很快就发表了。

一天，一个男人找到我。这个男人大约五十多岁，波浪般的长发披在肩上，额头上勒着银灰色的缎带，戴着墨镜，身后跟着几个青年男女，众星捧月一般。他们手里拿着一本《黄土地》。那个男人说：我叫司马柳树，是溟梁村的。

我一听是溟梁村的司马柳树，立刻紧张起来，没料到野地烧香引来了群鬼。我赶紧让座倒茶，说：我只是把父亲的手记整理整理，有什么不妥，你们多多包涵。

司马柳树摘下墨镜，笑了。他说：薛老师，你的《溟梁村手记》勾起了我的回忆和思考。我们父母之间个人的恩怨情仇已成为历史了。那时的社会太浮躁，浮躁得近似疯狂，真像我母亲当年说的王祥吹猪。不过，我们有责任让历史告诉未来。

我说：那是，那是。

司马柳树说：我想把你《溟梁村手记》改编后拍成电影贺岁片，名字暂定为《疯狂的年代》，预计能收入十个亿。想请你当顾问，不知道你意下如何？

我吃惊得有些语无伦次：你拍？拍电影？十个亿？

司马柳树没有说话，他用两个手指头夹着一张黑色的名片，很优雅地画了一个圆圈，然后递给我。我看见上面没有地址，没有电话，只有几个烫金的大字：中国司马懿影视集团有限公司董事长司马奥卡。我立刻瞪大了眼睛看着他：噢，你就是司马奥卡？

司马奥卡还是没有说话，只是微微点了一下头。

司马奥卡是中国影视界的大腕，是名扬国内外的大导演，拍过很多大片和贺岁片，经常到戛纳电影节去走红地毯，有时一次轮番走好几趟，有时站在红地毯上有人推他也不肯下来。可惜他拍的电影我一部也没有看过，他的大作、大名和参加戛纳电影节的活动我都是从报纸、电视上知道的。

我的脑海里立刻浮现出那个穿着裤头、上身裸露、满身汗灰、头上粘着草屑、端着一大碗面汤和抱着一个女人大腿猛咬、咬得那个女人"娘啊娘啊"直喊的孩子，我无论如何也想不到他竟会是眼前的这个著名大导。

司马柳树半眯缝着眼看着我，一字一句地说：司马奥卡，我的艺名。

正说着，和司马奥卡一起来的小伙子手机响了。小伙子捂着嘴接听了一会儿，弯下腰，把手机捂着夹在裤裆里，轻声问司马奥卡：董事长，王总电话，说胡导的《人鬼绝恋》报纸上登了，一周票房收十个亿，我们的《狗马情深》两周才七个多亿，咋办？

司马奥卡很平静，用嘴呼呼地吹了两下手里的墨镜，说：给王总打五百万，起用水军，说《狗马》片五天票房十五点七六三个亿。

小伙子点着头，从裤裆里掏出手机，捂着出去回电话了。

我有些发呆，说不出一句话，脑子里发木，一片空白。过了好一阵，我才有些清醒。我突然想起了父亲的《溴梁村手记》里写有一句话：

历史往往有着惊人的相似之处。